Bernard Clavel est né à Lons-le-Saunier, [illegible] 1923 ; il quitte l'école dès l'âge de quatorze ans, et entre en apprentissage chez un pâtissier de Dole. Les deux années qu'il passe sous la coupe d'un patron injuste et brutal vont faire de lui un éternel révolté. Du fournil à l'usine, du vignoble à la forêt, de la baraque de lutte à l'atelier de reliure, de la Sécurité sociale à la presse écrite et parlée, il connaît bien des métiers, qui constituent « ses universités ».

Il écrit son premier roman, *L'ouvrier de la nuit,* en 1954. Encouragé dès lors par Jean Reverzy, Gabriel Chevallier, Armand Lanoux, Gaston Bachelard, Gabriel Marcel, Hervé Bazin, Marcel Aymé et quelques autres, il poursuit une œuvre qui s'impose peu à peu : il obtiendra plus de vingt prix, dont le prix Goncourt 1968 pour *Les fruits de l'hiver*. Il entre à l'académie Goncourt en 1971 au couvert de Giono, décide de la quitter en 1977, et n'a jamais accepté la Légion d'honneur…

Bernard Clavel puise son inspiration dans la Franche-Comté de son enfance, et dit volontiers que son mariage avec la romancière québécoise Josette Pratte lui a permis de donner à son œuvre un deuxième souffle, avec, entre autres, *Le royaume du Nord,* une grande fresque romanesque inspirée par l'aventure des pionniers canadiens. La guerre et le combat pour la liberté, la dignité humaine et l'amour de la nature sont les thèmes majeurs de son œuvre. En quarante ans, il a écrit plus de quatre-vingt-dix ouvrages – romans, essais, contes et poèmes pour enfants –, traduits dans une vingtaine de pays, et il figure parmi les trois auteurs préférés des Français d'après une étude de la Sofres.

Éternel errant, il a déménagé plus de quarante fois, écrivant et peignant toujours avec le même acharnement.

LES GRANDS MALHEURS

DU MÊME AUTEUR
CHEZ POCKET

LA GRANDE PATIENCE
1. La maison des autres
2. Celui qui voulait voir la mer
3. Le cœur des vivants
4. Les fruits de l'hiver

LE ROYAUME DU NORD
1. Harricana
2. L'or de la terre
3. Miserere
4. Amarok
5. L'angélus du soir
6. Maudits sauvages

LES COLONNES DU CIEL
1. La saison des loups
2. La lumière du lac
3. La femme de la guerre
4. Marie Bon Pain
5. Compagnons du Nouveau Monde

Brutus
Le carcajou
Cargo pour l'enfer
Le cavalier du Baïkal
L'Espagnol
L'hercule sur la place
Jésus, le fils du charpentier
Malataverne
Meurtre sur le Grandvaux
Les petits bonheurs
Pirates du rhône
La retraite aux flambeaux
Les roses de Verdun
Le seigneur du fleuve
Le silence des armes
Le soleil des morts
La table du roi
Le tambour du bief

BERNARD CLAVEL

LES GRANDS MALHEURS

ALBIN MICHEL

ISBN : 978-2-266-16124-4

À la mémoire de Joseph Jolinon,
auteur du Valet de gloire, *qui fut le premier*
à me révéler certaines monstruosités de la guerre.

B.C.

Je suis un homme qui croit invinciblement que la science et la paix triompheront de l'ignorance et de la guerre, que l'avenir appartiendra à ceux qui auront le plus fait pour l'humanité souffrante.

Louis Pasteur

Avant-propos

6 août 1945, sept heures trente : Le jour grandit. Des oiseaux chantent dans le feuillage dru de l'énorme ginkgo biloba qui se dresse à quelques pas de l'Observatoire. En plein centre d'Hiroshima.

Très haut dans le ciel, le commandant Claude Etherley, à bord d'un avion d'observation météorologique américain, constate que la couverture de nuages permet un repérage tout à fait satisfaisant de la vaste cité qui se met au travail. Il lance le signal attendu par l'équipage du B 29 *Enola Gay* qui le suit avec, dans sa soute, Little Boy. Puis il vire sur l'aile pour aller contempler de loin le spectacle.

À huit heures vingt, la première bombe atomique de l'Histoire est larguée sur cette ville qui compte plus de quatre cent mille habitants.

L'explosion fera quelque trois cent mille victimes.

De la ville, il ne reste que des ruines, des cendres, des pierres et du ciment vitrifiés par une température de six mille degrés centigrades. Les métaux ont fondu. Tous les végétaux et même les plus gros arbres ont flambé en un instant. Il ne subsiste pas trace du moindre brin d'herbe. Pas un semblant de vie.

Le ginkgo biloba plusieurs fois centenaire a été pulvérisé avec sa charge d'oiseaux et d'insectes. C'était un des plus vieux arbres du monde.

7 avril 1946, huit heures du matin : Le jour est levé. Le soleil éclaire un univers de désolation. Des ouvriers travaillent à quelques pas des décombres de l'Observatoire. Un gros bulldozer pousse un monceau de cendres, de gravats et de ferrailles tordues. Un cantonnier est là, accroupi, qui regarde le sol. Au lieu de s'écarter pour laisser passer l'engin à chenilles d'acier, il se redresse et lève le bras. La machine s'arrête. Le conducteur descend et rejoint l'ouvrier qui, de sa pelle, écarte avec soin la poussière grise et les pierres noircies.

— Regarde !

Du sol craquelé sort une tige minuscule qui porte déjà trois petites feuilles très reconnaissables.

— Ginkgo !

Les deux hommes n'en reviennent pas. Ils se bornent à hocher la tête en observant le terrain tout autour. L'un d'eux murmure :

— Rien... Absolument rien. Il n'y a que lui de vivant.

1950 : Aux États-Unis, le président Truman annonce qu'on vient de fabriquer une bombe beaucoup plus puissante que celle qui a détruit Hiroshima. Le même jour, Claude Etherley quitte l'hôpital psychiatrique où il était soigné, prend tous les billets de banque qu'il possède, les glisse dans une enveloppe qu'il expédie à Hiroshima. Puis il va s'enfermer dans une chambre d'hôtel où il tente de se suicider. On prétendra qu'il est fou. Victime de la guerre, malade du mal qu'il a fait, de l'immense douleur dont il se sent responsable, comment ne le serait-il pas ?

30 décembre 1999 : Le siècle passe. Lourd du poids de millions de morts qui auraient dû vivre longtemps, qui devraient vivre encore. Le temps s'écoule sous un ciel chargé des grisailles de l'hiver. Pas un flocon. La blancheur est absente de ces journées engluées dans la pluie froide, le vent miaulant et la boue. Une boue qui n'est rien comparée à celle de ces tranchées que je n'ai connues qu'à travers des images figées et des récits glanés çà et là au fil de souvenirs égrenés par des anciens. Moments où le rire dominait parfois les sanglots.

Je n'ai pas connu la boue mêlée de sang, pourtant tout est en moi de ces années d'où a fini par remonter l'écho des gémissements et des râles, des plaintes étouffées par le grondement de ces orages de feu et de cuivre où se sont engloutis tant et tant de rêves, où ont sombré tant d'heures d'espérance. Où ont disparu tant d'amours à peine nées.

8 novembre 2001 : « Certes, c'est une grande folie, et presque toujours châtiée, de revenir sur les lieux de sa jeunesse... » Ainsi s'exprime Albert Camus après son retour à Tipasa. Cette phrase m'est revenue en mémoire il y a quelques jours alors que je m'étais rendu à Lons-le-Saunier. J'aime toujours revoir cette ville où je suis né et où j'ai grandi, aimé par des parents merveilleux. Ils ne m'ont pas laissé une fortune. Le peu d'argent qu'ils avaient pu économiser a été pris par d'autres, mais ils m'ont légué un trésor que nul ne me dérobera jamais ; il est au plus chaud de mon cœur. Je sais à présent qu'il est là et nulle part ailleurs.

Je ne voulais pas revoir notre maison, mais j'ai cédé devant l'insistance de gens qui s'intéressent à mes livres et qui m'ont entraîné là.

Je ne suis pas allé dans le jardin, je n'ai accepté de le regarder qu'en voleur, en me hissant sur le mur de mon école. J'ai vu. Et j'ai été cruellement châtié. C'était en effet une folie car le passé est vraiment mort. Non seulement la maison transformée et enlaidie est écrasée par des immeubles, non seulement le jardin n'existe plus, mais le hangar où mon père empilait son bois, où il avait construit un petit atelier, le hangar où était l'établi sur lequel j'ai appris à manier le rabot que m'avait offert Vincendon, le vieux luthier, a été incendié. Il n'en reste plus qu'une carcasse calcinée. Des poutres noircies se dressent vers le ciel. Les voyant, j'ai senti ma gorge se nouer et des larmes sont montées que je n'ai pu retenir.

M'est revenu ce jour où, jouant à la guerre avec des petits voisins, nous avions quitté la tranchée creusée tout près pour nous réfugier dans le hangar. L'un d'entre nous avait des pétards. Il les coinçait entre les planches et les allumait pour tirer sur l'ennemi imaginaire qui nous assiégeait. Quittant le carré de légumes qu'il était en train de désherber, mon père arriva à toutes jambes en brandissant son sarclerot et en criant :

— Bande de galapiats ! Vous allez mettre le feu à mon hangar ! Foutez-moi le camp d'ici et que je ne vous retrouve jamais chez moi !

Toute l'armée mise en déroute par ce vieil homme en colère disparut. Sauf moi, bien entendu, condamné à reboucher la tranchée avant d'aller faire mes devoirs.

Ainsi se terminait la guerre d'entre les deux guerres. Cette guerre à laquelle nous avons tant joué et qui, après un si grand nombre d'années que je n'ose plus les compter, continue de me suivre à la trace.

Je suis resté un moment à contempler les ruines de mon enfance puis, à l'instant où je m'éloignais de ce mur, mon regard s'est porté une dernière fois vers la carcasse calcinée du hangar. Ai-je vu réellement ou ai-je imaginé ? Deux poutres accrochées l'une à l'autre formaient une croix dominant cet effondrement. Une croix noire pareille à celles qui s'alignent dans certains cimetières militaires allemands. J'étais trop bouleversé pour regarder mieux. J'ai regagné la rue des Écoles où les maisons détruites peu avant la Libération ont été reconstruites. Mais, de ces immeubles qui ne ressemblent en rien aux modestes demeures que j'ai connues jadis, sont sorties des ombres qui m'ont entouré. Certaines auraient voulu m'entraîner vers les vestiges des années mortes. J'ai résisté. Je me suis éloigné de ces lieux où rien ne subsiste de ce qui me souriait autrefois.

6 février 2002 : Je suis un vieil homme habité par la guerre. La garce me poursuit où que j'aille et quoi que je fasse. Chaque fois que j'ai cru l'avoir distancée, un événement, une lecture, une rencontre sont survenus qui l'ont lancée à mes trousses. Vieux fauve hargneux, elle me suit à la trace et ne cesse de s'accrocher à mes basques, de grogner à mes trousses comme si elle voulait à tout prix me faire sentir que je ne lui ai pas assez consacré de mon temps, pas assez donné de ma jeunesse. Comme si elle voulait me reprocher d'avoir toujours tout fait pour détourner d'elle ceux qu'elle cherchait à dévorer.

La guerre est une atroce maladie. Elle habite l'homme depuis la nuit des temps ; elle le pousse vers une nuit plus profonde encore.

Le germe de la guerre est entré en moi lorsque j'étais enfant. Je l'ai porté des années avant de prendre conscience de ce qu'il représente. Plus tard, j'ai souvent tenté d'écarter cette fièvre maligne, cette peste. Ce mal étrange fait de lumière et d'ombre, de fulgurances et de grondements.

Je ne saurais dire au juste quel âge j'avais quand le mal a commencé de me ronger. Mais je sais que les fleurs de feu ont éclos alors que j'ignorais encore tout de la vie.

La guerre habite ma vie depuis mon enfance. Elle a pris toutes les formes, son visage grimaçant a su se profiler partout où j'ai vécu. Partout où s'est porté mon regard, il m'attendait, embusqué, prêt à bondir.

La guerre habite ma vie et c'est sans illusions que je me remets à parler d'elle. Aujourd'hui, de retour sur mes terres d'enfance, je constate que je ne la ferai pas lâcher prise. J'aimerais m'en défaire, mais elle me nargue toujours. J'ai beau la chasser, elle revient obstinément. Pour elle, le temps ni les distances ne sont rien. D'un coup d'aile, elle peut envahir notre ciel serein et fondre sur nous comme un gigantesque oiseau de proie. On n'apprivoise pas la guerre. Même quand on croit l'avoir muselée et enfermée dans le recoin le plus obscur de la mémoire, elle demeure en éveil. Un rien vient la fouailler, l'exciter pour lui donner envie de mordre à nouveau.

10 avril 2003 : « Je suis un vieil homme habité par la guerre. » Il y a un peu plus d'un an, je commençais ainsi un livre où je m'étais promis de dire tout ce qui est resté en moi de la guerre. J'en étais à plus de trois cents pages. L'automne rouillait les rivages de la Loire où nous demeurions encore. Aujourd'hui, l'avantprintemps sème les premières fleurs sur le Revermont où nous sommes venus nous fixer. Je croyais naïvement à la paix, mais un autre conflit vient d'éclater. Il fait froid. Dehors et surtout en moi. Tout est gris. Très sombre et je voudrais avoir la force, le courage de mourir. Mais la mort me fait peur. Elle m'a toujours fait peur, et je suis aujourd'hui un vieil homme habité par la peur. La peur de la mort, bien sûr, mais toujours de plus en plus tenace et de plus en plus forte, la peur de la guerre.

La guerre qui m'a rattrapé, plus absurde et plus effrayante encore que toutes celles qui l'ont précédée. Plus absurde parce que l'humanité est aujourd'hui beaucoup mieux qu'hier armée pour éviter toute guerre. Plus effrayante parce que le monde est, aujourd'hui bien plus que jamais, en possession des moyens de se détruire.

J'ai toujours eu peur de la guerre. Aujourd'hui plus que jamais je frémis à l'idée de ce qui menace nos enfants. Je pense sans cesse à ces millions d'innocents que l'on s'acharne à estropier ou à tuer. Et surgit devant moi la frêle silhouette de cette petite Vietnamienne aux mains arrachées et au visage labouré par les éclats d'une mine. Cette fillette aveugle qui tremblait dans mes bras en gémissant restera pour moi le symbole de la guerre, l'image atroce de toutes les guerres. Car il n'est pas de guerre propre. Pas de guerre noble. Toutes les guerres sont des crimes contre l'humanité.

Il n'y a pas de crime de guerre, c'est la guerre en soi qui est un crime et criminels tous ceux qui travaillent à la rendre inévitable.

Alors que tous les espoirs de bonheur nous étaient permis, alors que nous étions en mesure d'évaluer vraiment l'importance des risques et en possession de tout ce qu'il faut pour imposer la paix universelle, il a suffi que quelques hommes fous d'orgueil désirent s'imposer, se grandir aux yeux des peuples pour qu'éclate un conflit dont les conséquences mettent en péril l'humanité entière.

Je suis toujours et plus que jamais un homme habité par la guerre, mais alors que vivait en moi le souvenir des batailles passées, vient grandir mon angoisse des malheurs à venir.

Et cette peur devient colère. Rage d'impuissance.

Alors qu'enfant j'ai rêvé des temps où j'aurais pu, à quelques années près, connaître les tranchées et être de ceux qui voulaient en sortir en brandissant un fusil pour aller pendre Guillaume, Hindenburg et Ludendorff dont j'avais tant entendu parler, alors qu'adolescent j'ai cru l'heure venue d'aller punir Hitler et sa clique, devenu un vieil homme qui n'a plus pour arme qu'une plume dérisoire j'aimerais être le fou de Dieu, le kamikaze assez fort pour se faire exploser en étreignant les responsables.

Chaque fois que j'ai condamné la guerre, il s'est trouvé des forcenés, des bravaches pour m'insulter, pour me reprocher d'être pacifiste. Je sais qu'il s'en trouvera encore qui hurleront en lisant ces lignes et ce qui va suivre. J'ai passé l'âge de leur répondre. C'est vrai, je suis un vieil homme. Je n'ai pas à me plaindre de ma santé, mais les années sont là. J'espère bien tenir le coup encore longtemps, mais ma mémoire peut me trahir, ma main peut se mettre à trembler. Ma vue a déjà baissé et ce que j'ai besoin de raconter va forcément me prendre un peu de temps.

Car, plus tenace et plus forte que jamais, la guerre me colle aux trousses. Le vieux chien hargneux montre les dents. Il s'accroche à moi et refuse de me lâcher. Mais je ne sens rien de féroce dans sa ténacité. Son grognement est presque un murmure d'amitié. Alors je le caresse. Il ouvre sa gueule et, sans hâte, il me précède. Je le suis. Je sais très bien qu'il me conduit sur les sentiers des guerres que nul ne saurait vraiment oublier. Des sentiers où m'ont précédé nombre de camarades aujourd'hui disparus.

Et si j'éprouve ce soir le besoin de me remémorer ce temps, c'est moins pour le plaisir d'en retrouver le parfum fané que par besoin de revivre certaines heures avec des êtres dont le souvenir continue de me hanter. Des visages et des voix sont là qui s'accrochent à moi et refusent de me laisser poursuivre ma route en paix.

Avec ces vivants, j'ai partagé des années lumineuses mais aussi des jours sombres. Avec eux j'ai souffert et j'ai été heureux. Quel qu'en soit le prix, je dois revivre ces heures. Je le dois à tous ceux qui sont morts alors que la vie s'ouvrait devant eux, lumineuse et sereine. À tous ces êtres qui m'ont tant donné. À tous ces êtres-là comme à tant d'inconnus dont les souffrances qu'ils ont endurées font qu'ils me sont frères à jamais. Comme me sont frères Claude Etherley et ceux qui vivaient à l'ombre du ginkgo biloba d'Hiroshima jusqu'au 6 août 1945.

B.C.

LIVRE I

Première partie

1914

1

La mère Dufrène est âgée de quarante et un ans quand éclate la guerre de 14. Son mari est mort deux ans plus tôt, la laissant seule avec un fils et une fille. Et avec ce modeste domaine d'un vignoble qui ne rapporte pas lourd. C'est là qu'elle se met à élever des lapins angoras. Mais leur tonte ne fait qu'ajouter un tout petit peu de beurre dans la soupe maigre. Le fils, Arthur, a vingt-cinq ans ; la fille, Noémie, vingt-six. Vingt-cinq ans en 1914, ça n'a rien de réjouissant sauf pour quelques embusqués et certains industriels.

Mobilisation : les larmes de la mère et de la fille. Le départ. À l'époque, les Dufrène ont encore un cheval. Tandis qu'Arthur part à Lons-le-Saunier, à la caserne, avec sa musette et un vieux panier à couvercle où il a mis trois bouteilles de son vin, la mère va mener le cheval à la réquisition. Et c'est bien ça, le plus triste. Un beau cheval de cinq ans. Perdu très vite dans la masse des centaines de chevaux rassemblés dans la cour de la gare pour être embarqués. La vue brouillée par les larmes, Antonine Dufrène restera longtemps à essayer de suivre des yeux son Brunon. Elle vient de découvrir à quel point elle l'aime. Un cheval, ça n'est pas comme un homme, ça ne sait pas se débrouiller. Si on lui fait du mal, il ne peut pas se défendre.

Noémie a accompagné Arthur jusqu'à la grille de la caserne. Elle l'a suivi des yeux jusqu'à ce qu'il se perde dans la foule des hommes comme Brunon s'est perdu dans la foule des chevaux. Puis elle a retrouvé sa mère qui remontait de la gare.

— Alors ?

— Le pauvre.

— Et ton frère ?

— Le pauvre.

Finalement, c'est la même chose. Un homme. Un cheval. Peut-être la mort pour les deux. En tout cas : la souffrance.

— Et y a pas mal de monde qui chante et qui rigole. Il se boit beaucoup de vin et de goutte.

— Qu'est-ce qu'on va faire, nous deux ?

— Je sais pas. Sûrement pas chanter ni nous saouler.

— La vigne ?

— Ma foi... Reverchon, peut-être ?

Reverchon, un voisin qui a un cheval comme lui : trop vieux pour être mobilisé, va leur donner un coup de main. Faire le plus gros. Le plus dur. Le reste : deux femmes et deux pioches. Les mains comme de l'écorce de chêne. Les reins moulus. De la sueur en veux-tu en voilà !... Avec des larmes.

La guerre : peur de voir arriver le garde champêtre apportant ce qu'il porte souvent chez tant d'autres où le deuil entre avec lui. Les lettres d'Arthur qui apprend le métier de soldat. Puis des lettres où il se bat. Pas tristes. Pas très longues non plus. Arthur n'a rien d'un écrivant : « J'ai reçu ton colis. Besoin de rien, vous privez pas pour moi. Mon sergent est gentil et le capitaine est un brave homme. » Puis, un jour de février 1915 : « Je viens d'être décoré de la croix de guerre. Mon capitaine me dit que d'ici un an, je serai sans doute caporal. »

— Un an ! Ça veut dire que c'est loin d'être fini. Il n'est pas à la veille de nous revenir.

Enfin : permission. Dix jours là. Un sacré coup de collier à donner. Pas fainéant du tout, Arthur Dufrène ! Pas homme à s'en aller traîner les bistrots. Il pense souvent à son cheval.

— On sait même pas où il est.

— Peut-être mort.

Arthur n'en parle pas, mais il a vu bon nombre de chevaux morts. Et des animaux splendides, blessés qu'il fallait achever. Chaque fois qu'il a croisé, au cours d'un changement de secteur ou d'une relève, un train d'artillerie, il a regardé attentivement les chevaux. Toujours avec l'espoir de voir le sien. Mais non, rien !

— Si mon Brunon était du lot, il me sentirait.

Sa mère n'en parle pas, mais il y a plus que des paroles de tristesse dans les regards qu'ils échangent lorsque le vieux Reverchon vient avec son vieux cheval. Le voisin non plus ne dit rien. Il a tout compris. Les chevaux, Arthur les a toujours aimés. Depuis sa plus tendre enfance, il a appris à vivre en amitié avec eux. Il les a toujours menés en douceur, sans colère, sans utiliser le fouet.

— Si seulement j'avais pu servir dans l'artillerie ou le train des équipages !

Il ne le dit jamais qu'à lui-même.

Et sa permission terminée, il repart.

À la fin de 1916, blessé au bras gauche par un éclat de grenade : hôpital, convalescence. Des jours de liberté. Des jours à peiner dans la vigne. Mais il faut repartir. Une médaille de plus. Un galon de caporal. Pour la mère, toujours la même peur. Et ces semaines qui s'ajoutent aux semaines. Cette guerre enlisée dans la boue et qui semble ne jamais devoir finir. Les privations. Les gens qui se plaignent. Ils n'osent pas trop parler, mais il arrive que la peur fasse naître la colère.

On ne l'avoue pas, mais on donnerait bien l'Alsace et la Lorraine pour que les Boches foutent le camp et que reviennent nos maris, nos garçons, nos frères. Qu'ils reviennent sains et saufs et qu'ils nous ramènent nos chevaux !

La terre réclame aussi bien les bêtes que les hommes. Mais il y a la terre où on se bat qui a soif de sang. Une terre où ne poussent plus que des croix de bois.

Dufrène est un bon soldat. Un bon caporal souvent volontaire pour des patrouilles dangereuses. Fraternel. Dévoué. Aimé de tous.

Tout de même, ça n'en finit plus, cette guerre ! Et les copains, il en est déjà tombé un paquet ! Officiers, sous-officiers, hommes de troupe, ça dégringole. On a déjà remplacé deux fois le capitaine. À présent, c'est un ancien juteux de la coloniale pas plus aimable qu'un obus de 77. Jamais content de rien.

Le caporal Dufrène a quelques bons copains. En particulier le soldat Brunel. Jurassien comme lui, de trois ans son aîné, charpentier de son métier et qui, lui aussi, a travaillé avec des chevaux. Une passion en commun, ça peut souder deux hommes. Seulement Brunel a le sang chaud. Un petit peu râleur. Il dit bien des choses que tout le monde pense mais que nul n'ose lancer comme il le fait.

Il a été soldat avant la guerre. À la caserne, il s'est battu avec un adjudant et il a fait de la prison.

Quand commencent les mouvements de révolte, les cris de « Vive la paix ! On en a marre ! », il n'est pas le dernier à ouvrir sa grande gueule. À plusieurs reprises, Dufrène essaie de le calmer. Mais il y a le vin, il y a les autres qui poussent à la roue.

Des arrestations. Pour le général qui commande la division, il faut des exemples. Cour martiale : Brunel est accusé d'avoir incité ses camarades à la révolte, d'avoir cherché à provoquer une mutinerie comme il y en a eu dans d'autres secteurs. Et, en particulier, à Cœuvres qui ne se trouve pas loin.

Le commandement a peur et la peur fait bien du mal. Le soldat Brunel, titulaire de la croix de guerre avec quatre citations, est condamné à mort.

2

Nuit terrible dans un village en ruine près des lignes. Brunel a été enfermé dans un réduit à peu près intact qui pue la merde et la pisse. C'est un bleu de l'escouade commandée par le caporal Dufrène qui est de garde devant la porte basse du réduit où on a poussé le condamné.

Une nuit épaisse de menaces. Épaisse de l'ombre d'un ciel chargé. Du côté des lignes, c'est presque le silence. Des obus, mais assez loin vers le nord. Quelques lueurs plus proches.

Dans la grange où la compagnie est couchée, Arthur Dufrène n'arrive pas à trouver le sommeil. Il n'a pas assisté à l'audience, mais le sergent Berthier, qui est greffier, lui a tout raconté en détail. Berthier est de Voiteur, tout près de chez les Dufrène. C'est un fils de vigneron qui a fait des études de droit. Il est ulcéré. Tout s'est déroulé sans que l'accusé puisse se justifier et sans que personne ne prenne vraiment sa défense. Le soldat désigné pour être son avocat n'a pas pu dire trois mots. Paralysé par la frousse de tous ces galonnés qui constituaient le conseil de guerre.

— Tu comprends, pour le commandement, c'est

trop beau. Un type déjà condamné pour s'être révolté contre un gradé. Il y a des mutineries pas loin d'ici. Il faut prendre les devants, faire un exemple. Le pauvre Brunel était exactement ce qu'il leur fallait.

Arthur ne dormira pas, il le sait. Il se lève et, sans réveiller les autres, il sort de la grange.

— Putain de nuit !

Il s'oriente. Se repère très bien. Il doit éviter les rencontres. Il contourne des ruines et atteint assez vite la prison de son copain. À la porte, le factionnaire tout nouvel arrivé.

— C'est moi, caporal Dufrène.

— Ah ! c'est toi ! j't'avais pas entendu. Dis donc, c'est vraiment épais, une nuit pareille.

— Tu l'as dit, oui : le cul d'un Sénégalais ! Va te reposer un moment.

— Mais c'est pas la relève.

— Va roupiller, je te dis. Je prends ta place. Le sergent fera la relève, tu reviendras avec lui.

— C'est pas réglo.

— Va toujours.

Le soldat s'éloigne. Arthur colle son oreille à la porte. Silence. Il gratte des ongles.

— Brunel, tu m'entends ?

— Oui.

— C'est moi, Dufrène.

— Je t'ai reconnu. Le gamin est parti ?

— Oui.

— Ouvre-moi.

Le caporal hésite.

— Ouvre, Dufrène. Tu vas pas les laisser me fusiller. J't'ai aidé quand t'as été blessé.

Arthur tâtonne. La porte basse n'est fermée qu'avec une énorme cheville de bois qui passe entre deux anneaux de fer. Brunel se coule dehors.

— Bon Dieu, Arthur. Y me fusilleraient. Faut que je me tire.

— Y me fusilleront à ta place.

L'autre hésite un instant.

— T'en as pas plein le cul, de leur putain de guerre ?

Sa grosse patte empoigne le bras du caporal et serre fort.

— T'as envie d'y laisser ta peau ? Laisser ta mère dans le pétrin ! Si on te fusille, c'est la honte.

— Qu'est-ce qu'on peut faire ?

— Se tirer.

— Où ça ?

— En face !

— Chez les Boches ?

Le charpentier n'a pas un instant d'hésitation :

— Prisonniers, mon vieux, c'est pas plus mal. Leur soupe vaut peut-être pas notre rata, mais au moins, on nous foutra la paix.

Rien. Vidé, le caporal Dufrène, plusieurs fois décoré, cité, bon soldat.

— Joue pas au con. Je te laisserai pas me boucler. Je me débine. Tu tires. Tu dis que t'avais ouvert pour me filer de la flotte et je t'ai bousculé. T'as tiré, tu m'as manqué.

— Si je tire, les autres seront vite là. Et ils risquent de pas te manquer, eux !

— Tu vois... Faut que tu viennes avec moi.

Arthur, le bon soldat, ne réfléchit plus. Sa mère est là. Sa sœur aussi. Elles le poussent vers le camp de prisonniers... Il les entend : « On en revient », « Les guerres, ça dure pas l'éternité. »

Il hésite encore. Son copain le tire par le bras :

— Y te feront pas de cadeau, tu sais !

— Ils m'ont pris mon cheval.

— Allez ! Viens !

Le caporal Dufrène, le bon vigneron honnête, n'est plus qu'un pauvre gars dont les jambes se mettent en marche. Un automate. Il court comme s'il espérait rattraper son cheval.

On dirait soudain que la nuit est à peine moins épaisse. Une clarté très vague, mais assez pour éviter les pièges.

3

Cette nuit-là, la mère Dufrène a mal dormi. Couchée comme chaque soir à huit heures, elle s'est réveillée : dix heures sonnaient. Elle venait de tomber dans une sorte de gouffre sans fond. Elle avait dû courir beaucoup car elle était très essoufflée.

— J'aime pas ça ! Mauvais présage.

Assise contre son oreiller, elle s'est mise à penser. Penser à son garçon, bien entendu !

Sa tête penche en avant. À peine son menton tombe-t-il sur sa poitrine, elle se redresse d'un coup sec.

— Mais qu'est-ce que j'ai donc ?

Arthur est tout jeune. À peine dix ans. Il court. Il bondit comme un chat coursé par des chiens. Autour, la nuit est épaisse, mais ça ne fait rien, il court tout de même. Qu'est-ce qu'il fuit donc comme ça ?

— C'est stupide, les cauchemars !

À présent, il y a un homme au fond du puits. Un homme. Est-ce que ce ne serait pas son petit ?

Vingt fois elle se rendort pour se réveiller encore. Quelle nuit ! Et demain, c'est jeudi. Il faut aller au marché. Vendre deux malheureuses douzaines d'œufs et trois têtes de salade.

Une misère ! Descendre jusqu'à Lons-le-Saunier avec Reverchon et son vieux cheval. Faire toute cette route à côté de lui sur le banc de son char et ne rien lui dire de ce cauchemar dont le souvenir l'obsède.

Les deux hommes sont partis. Ils connaissent très bien le secteur. Tous deux ont souvent été volontaires pour des patrouilles de nuit. Volontaires ou pas, il fallait avancer jusqu'au réseau des Boches et rapporter un morceau de fil de fer barbelé. Prouver qu'on ne s'était pas planqué dans un trou d'obus pour revenir en racontant une histoire.

Ils vont sans un mot. L'oreille tendue. Tous les sens en alerte. Éviter à tout prix les postes français. Aller droit sur les lignes ennemies et essayer de se faire connaître avant que les autres ne commencent à tirer.

Le silence est angoissant. Ils réussissent presque facilement à ramper sous les barbelés sans accrocher.

Les lèvres frôlant l'oreille de Brunel, Dufrène murmure :

— On a dépassé leur poste avancé. On va jusqu'à leur tranchée ou on appelle ?

— Mieux vaut aller sur la...

Une fusée monte des lignes allemandes.

— C'est le moment, dit Brunel.

Et il se lève. Dresse sa longue carcasse et gesticule en criant :

— Tirez pas ! On se rend !

Une mitrailleuse crache. Son feu déchire la nuit. Sans un cri, le charpentier s'écroule. Dufrène rampe sous lui. Il sent couler du sang chaud sur son dos mais il perçoit un râle sur sa nuque. Faut faire vite !

Cassé en deux sous la charge, il fonce. Des fusils

tirent. Le manquent. La pointe de son soulier bute. Il bascule en avant et s'écroule dans la tranchée. Tout de suite, il sent qu'on l'empoigne. Il supplie :

— Blessé... Le soigner. Vite, le soigner.

L'artillerie se déchaîne : l'enfer.

Pour une mère, pour une sœur, un fils, un frère déserteur, c'est quelque chose !

Les gens parlent. Racontent n'importe quoi. Le père Reverchon est allé aux nouvelles. Il a un cousin juge de paix à la retraite qui connaît bien du monde et qui s'est renseigné auprès des autorités.

On n'est pas certain du tout que le caporal Dufrène soit vivant. S'est-il laissé entraîner par l'autre arsouille que le tribunal avait condamné ? Bon soldat, le caporal Dufrène, mais humain. Il a peut-être ouvert la porte pour donner à boire ou à manger au prisonnier. Ils ont pu se bagarrer. L'autre avait la réputation d'un violent et d'un costaud.

Ça ne tient pas debout ! Arthur était de taille à se défendre. Et il a contre lui cette histoire du bleu qu'il a envoyé se coucher en prétendant qu'il voulait monter la garde à sa place. Tout le monde sait qu'il était copain avec le condamné. Ils sont partis tous les deux et ils se sont fait tuer bêtement par les Allemands. Toute la compagnie a entendu les mitrailleuses qui crachaient dur ! Et après, les canons ont tiré aussi. Les Français et les Allemands. L'horreur, quoi !

Pas de nouvelles.

— Tout de même, s'il était mort, le garde champêtre nous aurait apporté un papier.

Le papier finit par arriver. Arthur Dufrène est porté disparu. Même l'ami du père Reverchon ne peut rien savoir de plus.

— Disparu. Est-ce que ça veut dire qu'il reste de l'espoir ?

Le silence. Des gens qui ont pitié. D'autres qui vous regardent de travers et qui aimeraient vous cracher au visage.

Semaines interminables. Enfin, une lettre arrive. Une lettre transmise par la Croix-Rouge internationale : « Je suis prisonnier dans la campagne, pas très loin d'une ville qui s'appelle Essen. Regardez sur ma géographie. Ne vous faites pas de souci. Je travaille chez des cultivateurs qui ont un bon cheval. Je ne manque de rien. Les gens sont gentils. J'espère que vous allez bien et que les vignes sont belles. »

Joie. Bonheur. La mère et sa fille s'embrassent. Mais faut-il en parler ? Arthur ne dit pas comment il a été fait prisonnier. A-t-il réellement déserté ? Il ne parle pas de ce soldat qui serait parti avec lui. La mère dit :

— Ce soldat, il paraît que s'il n'était pas parti, on allait le fusiller.

— Peut-être qu'Arthur a eu pitié.

— C'est à n'y rien comprendre. Est-ce qu'on fusille nos enfants comme ça, aussi facilement ?

Reverchon va demander à son ami et revient avec cette réponse : il paraît qu'on en a fusillé d'autres !

— Écoute, maman, il ne faut plus en parler. Arthur est vivant. La guerre finira bien un jour. Il reviendra.

Par des rempailleurs de chaises qui se déplacent dans toute la région, la mère Dufrène apprend que Brunel est mort.

— Mort comment ?

— Tué, comme tant d'autres.

Elle n'ose pas demander s'il a été fusillé par les Français ou si ce sont les Boches qui l'ont tué. Elle préfère ne poser aucune question. Et elle s'enferme dans un silence très lourd à porter. Au marché, elle n'ira plus. C'est sa fille qui s'y rendra pour vendre le peu qu'elles tirent du jardin.

Terriblement éprouvantes, ces années qui n'en finissent plus de s'étirer. Après trois lettres de son garçon : le silence. Les Allemands l'ont-ils tué ? La mère a écrit par la Croix-Rouge. La sœur a écrit aussi. Est-ce que les lettres arrivent ? Noémie a fait des démarches. Elle est allée à la préfecture. Elle a été assez bien reçue par une dame qui lui a promis de tout tenter pour lui donner des nouvelles. Comme rien ne venait, elle y est retournée.

— Mme Verne ne travaille plus ici. Il faut voir le commandant Simonot.

Deux heures d'attente dans un couloir où il n'y a même pas une chaise pour s'asseoir. Trois femmes attendent déjà, il est normal qu'elles soient reçues avant Noémie. Ça ne dure pas longtemps. Cinq minutes. La première qui sort a le visage fermé. Un marbre. Pas un mot. Un regard qui ne veut rien dire. La deuxième revient en larmes et se sauve comme si on la poursuivait. La troisième, qui est une grande paysanne au visage de vieux bois patiné, marche la tête haute, fixe Noémie d'un œil sombre et souffle :

— Une brute, ce type-là. Tenez-vous raide, mon petit. Un qui aime faire mal !

Noémie entre, bien décidée à ne pas pleurer quoi qu'on lui apprenne.

Le commandant est affalé dans son fauteuil. Un dossier à couverture bleue ouvert sur son bureau où des chemises de couleurs différentes s'empilent.

Un gros homme sanguin, crâne rasé. Son képi est à

côté des dossiers. Il est posé à l'envers, comme s'il attendait qu'on lui jette des sous. Simonot lève les yeux vers Noémie et aboie :

— Dufrène Arthur, caporal. C'est ça ? Votre mari ?

— Non, mon frère.

— Pas de quoi être fière. Déserteur. Passé à l'ennemi avec un voyou déjà condamné.

Noémie se raidit un peu plus. Elle puise au fond de son courage la force de protester :

— Qui prouve qu'il a déserté ?

— Qui ? Mais ça ! La preuve est là, nom de Dieu !

Il bat de la main les papiers dans son dossier. Noémie fait encore un effort énorme pour demander :

— Est-il toujours vivant ?

Le gros manque d'exploser. Son écarlate vire au violet. Sans se lever vraiment, il se hausse dans son fauteuil comme si tout son corps gonflait. Il éructe :

— Vivant ? Vivant ! Mais je m'en fous. Mieux vaut pour lui, et pour nous, qu'il soit mort. Ça nous économisera douze cartouches !... Vivant... Vivant... Vous avez le culot de me demander s'il est vivant ? Devriez avoir honte ! Foutez-moi le camp en vitesse, sœur de déserteur !

Noémie sort sans hâte. Elle se dresse. Elle a mal. Sans se retourner, au moment de franchir le seuil, elle lance d'une voix qui vibre un peu trop :

— Merci de votre amabilité, monsieur !

Elle claque la porte pour ne plus entendre les rugissements de l'énorme commandant Simonot.

Noémie est rentrée à pied jusqu'au village. Plus de deux heures de marche pour se donner le temps de pleurer, puis de se calmer. Elle ne racontera rien à sa mère. Rien à personne. Simplement :

— Nul ne sait s'il est vivant.

Et c'est la vérité.

Alors, il faut attendre. Patienter. Travailler dur pour continuer de vivre.

À la fin de l'année 17, arrive une lettre d'un inconnu. Elle a été écrite à Genève et postée en France, à Évian. Juste un mot d'une très belle écriture : « Ne vous faites pas de souci pour le fils que vous aimez, il se porte bien. Il travaille chez des cultivateurs qui, pour n'être pas de chez nous, n'en sont pas moins de braves gens. Eux aussi souffrent de la guerre. Et ils ont un fils soldat. Salutations respectueuses d'un ami d'Arthur. »

Il n'y a ni nom ni adresse et la signature est un gribouillis illisible.

À nouveau, plus rien. Un terrible silence pour la mère et la fille Dufrène, mais, au fond du cœur, la certitude qu'Arthur est vivant.

4

Alors, s'il est vivant, il finira bien par revenir. La guerre terminée, on ne va pas continuer à fusiller nos enfants ! Et on ne va pas les garder en prison.

— Quand il rentrera, faut qu'il trouve sa terre en état.

— Tu as raison, maman. Il voudra se marier, il faudra qu'il ait un domaine.

Alors, c'est le travail qui mène tout. Le travail et l'espoir.

Comme les deux femmes n'ont aucune possibilité d'acheter un bon cheval, elles font avec celui de Reverchon. Mais le vieux a aussi un peu de terre et sa bête n'est plus en très bonne santé. C'est donc à la main qu'il faut faire le plus dur. Dans la vigne la plus en perte, elles transpirent sang et eau. Ça vaut la peine. C'est là que l'on récolte le meilleur raisin. C'est de là que coule le meilleur vin.

Sulfater, la mère ne peut vraiment pas le faire. Trop dur. La bouille lui brise les reins et les bretelles lui scient les épaules.

— Laisse, maman. Tu sais bien que j'aime ça !

C'est vrai, Noémie ne déteste pas cette besogne si

pénible. Tout de même, certains soirs, quand le soleil a cogné dur toute la journée, elle a du mal à se tenir droite.

Quand Reverchon remonte avec son cheval pour descendre la voiture où sont les tonneaux vides, il se désole :

— Ma pauvre petite, c'est pas une besogne pour toi.

— Si c'est pas pour moi, c'est pour qui ?

Le vieux hoche sa tête à la face ridée et barbue et il soupire :

— Tu as raison. Y a plus de bras. La guerre les a tous pris.

Puis, essuyant d'un revers de main la sueur qui s'accroche à sa barbe grise, il ajoute avec un énorme soupir :

— Bon Dieu, que je voudrais avoir quelques années de moins pour pouvoir te donner un coup de main.

— Quand Arthur reviendra, il sera content de trouver les vignes si belles.

Reverchon fait une moue qui plisse son visage maigre.

— Je le connais bien, ton frère. C'est pas un ingrat. Y saura ce que tu endures pour lui garder sa terre en état. Puis s'il le voit pas assez, je serai là pour lui dire.

Et ils redescendent au village sur ce char à quatre roues qui les secoue dans ces mauvais chemins pierreux et traversés de rigoles à sec.

Ici, tout est pénible. Mais les vignerons n'ont jamais eu l'habitude de se plaindre. Et les femmes finissent par trouver tout naturel de mener ces besognes d'hommes. Que ce soit sur les coteaux les plus pentus ou dans les caves les plus profondes, au gros soleil, au gel, à la pluie ou à la lueur vacillante des chandelles. Et même dans les bois des hauteurs où elles doivent se rendre pour abattre des acacias et débiter les piquets qui leur permettront de remplacer ceux qui ne tiennent plus.

Noémie devra même en façonner un bon nombre, car son frère avait planté tout un morceau de coteau où il n'avait pas encore eu le temps de voir grandir ses jeunes ceps. Elle ne peut pas laisser cette parcelle en friche. Et c'est avec le plus grand soin, en demandant conseil à de vieux vignerons, qu'elle va tailler là pour la première fois. Elle est montée avec sa mère. Elles ont chaud, elles transpirent, mais elles sourient toutes les deux en échangeant des regards chargés d'amour. Amour pour le vigneron absent et pour sa terre.

Deuxième partie
1917

5

Prisonnier, Arthur Dufrène : moral très bas. Il s'en fait pour les siens qui sont loin et doivent se demander s'il est encore vivant. Pourvu que les messages qu'il leur a adressés soient bien arrivés ! Et il revoit son copain Brunel dont il a senti le sang lui couler sur la nuque. Brunel mort en courant pour échapper à la mort le dos contre un poteau, immobile et les yeux bandés. Il y pense souvent et, sans le vouloir, il porte sa main à ses yeux. « Brunel, c'était pas un lâche. Pas un salaud. Une grande gueule. Un qui ne supportait pas ce qui lui semblait injuste. Est-ce qu'on tue un homme pour ça ? »

Le camp, ce n'est pas le bagne. Mais des barbelés pour tout horizon, alors qu'on peut deviner au loin des coteaux où poussent des arbres, des terres labourées. On voit même parfois passer des hommes qui mènent des chevaux.

Certains prisonniers vont travailler dans des mines. Depuis le camp, on voit des cheminées énormes qui crachent noir, ou blanc, ou bien jaune comme le soufre qu'on utilise pour les vignes. Si le vent porte dans cette direction, ça pue terriblement. Travailler là-dedans, c'est dur, mais ils sont mieux nourris. Un sergent de zouaves avec qui Dufrène a sympathisé lui conseille :

— Y paraît que certains sont allés bosser chez des paysans. Toi qui es de la terre, tu devrais demander.

Arthur s'est renseigné. Attente. Jusqu'à ce qu'un jour arrive un vieux bougre à moustaches grises et qui porte une casquette à oreilles. Devant la grille, il parle à l'interprète qui demande à Arthur qu'on a fait venir :

— Est-ce que tu sais mener un cheval ?

— Oh oui ! J'en avais un. Brunon. Une sacrée bête qu'on m'a prise.

L'homme traduit et le vieil Allemand se met à rire. L'interprète sourit :

— T'as de la chance. Ce vieux-là a vu tes yeux s'illuminer. Il a compris que tu aimes les chevaux. Il te prend chez lui. Mais je te préviens : faudra bosser et pas chercher à t'évader. C'est très surveillé. Et si t'es repris, c'est le poteau avec douze flingues en face.

Arthur Dufrène promet. Il n'a aucune envie de s'évader. Il espère seulement faire savoir à sa mère qu'il a retrouvé la terre. La terre et un cheval.

Horst Gutmann est venu chercher son prisonnier avec un lourd char à quatre roues. Ils prennent place côte à côte sur le banc de conduite et l'Allemand passe tout de suite les rênes au Français :

— Tu... tu...

L'interprète, qui est encore là, interroge le vieil homme puis explique :

— Il veut dire : à toi de guider.

— J'ai compris. *Danke schön.*

Gutmann rit tandis qu'Arthur Dufrène fait démarrer le cheval – un beau cheval tout gris, sans doute pas jeune.

— Comment il l'appelle, son cheval ?

Le vieux répond directement à Arthur :

— Franz... Franz...

— Allez, Franz... Allez, mon beau.

On traverse la ville. Des maisons grises, des magasins. Des gens dans les rues, surtout des femmes et bon nombre d'enfants. Des camions, aussi, mais le grondement des moteurs ne surprend pas Franz qui va son chemin sans broncher.

On sort de la ville. La route est étroite et tortueuse. Elle monte entre des terres labourées et des petits bois souvent en friche. Là, il y a un sacré travail à faire !

6

Cette terre inconnue, Arthur Dufrène la regarde mais c'est la sienne qu'il voit. Celle de ce Jura où il a grandi à l'ombre des ceps de vigne. Vignes plantées par son père et, bien avant, par le père de son père qu'il n'a pas connu. Vignes plantées et soignées par ces hommes morts à la peine.

Arthur pense « mort ». Aussitôt, des images se présentent à lui. Brunel, bon charpentier, compagnon du tour de France. Fier de son métier, de son savoir, fier de sa force. Aussi gros cœur que grande gueule. Brunel qui l'a secouru le jour où il a été blessé. Brunel qui se serait fait hacher menu pour des copains mais qui ne supportait pas la bêtise de certains chefs toujours prêts à sacrifier leurs hommes par respect aveugle des ordres. De la consigne. De la discipline. Brunel qui n'admettait pas qu'on le traite comme un chien enragé.

Arthur pense « mort » et se dresse devant lui le poteau haut comme un gamin de dix ans qu'il a vu il y a à peine six mois, tout mâché par les balles à la hauteur du cœur d'un soldat. Un garçon de vingt ans qu'on avait obligé à s'agenouiller avant de l'attacher. Gaubert avait refusé de partir en patrouille parce que c'était la troisième fois qu'un juteux qui ne l'aimait pas le désignait. Trois fois en deux jours alors que d'autres ne sortaient pas. L'injustice lui avait fait dire non. Et ce non lancé à la face d'un gradé lui avait coûté la vie.

Est-ce que lui, le bon vigneron du Revermont amoureux de sa terre, pouvait laisser fusiller un copain : un bon charpentier amoureux du bois, de son métier et des hommes ?

La vision du grand corps vigoureux cassé en deux par les balles le hante. Il y pense sans cesse. Ce n'est pas le seul soldat qu'il a vu tomber depuis le début de cette guerre, mais quelque chose qu'il ne parvient pas à définir fait que c'est toujours le premier qu'il voit quand lui vient l'idée de la mort. Le copain dont il a senti le sang lui couler sur le dos.

Ici, la terre n'est pas celle de son pays. Pas de vigne. Mais les paysans sont comme chez lui, des gens de travail. S'évader ? Pour aller où ? Le seul endroit où il aurait envie de se rendre, c'est son Jura natal, là où sa vigne l'attend. Il se souvient que sa mère lui a souvent parlé des vieux qui avaient vécu 70 et évoquaient toujours ce qu'ils avaient enduré. Elle parlait aussi des années de gelées tardives. Un désastre. Pas une goutte de vin. Les chiffres tournent parfois dans sa tête : 73, 84, 97. Lui, Arthur, il avait huit ans. Il s'en souvient bien. C'est que la terre vous marque.

Les Gutmann ne parlent pas un mot de français, mais ils ont une fille, Renata, qui a seize ans. Elle a appris le français à l'école et ne demande qu'à parler. C'est déjà une belle plante. Avec de grands yeux d'un bleu très clair tirant sur le vert. Son père questionne.

— Mon père demande ce qu'on cultive, chez vous ?

— Un peu de tout, mais surtout de la vigne.

— Pour le vin ?

— Bien entendu. Très bon vin.

Elle traduit et les yeux du vieux s'allument d'une flamme qui ne saurait tromper.

— Rouge ou blanc ?

— Un peu de blanc, mais surtout du jaune.

Là, il est évident que le père ne comprend pas.

— Jaune, qu'est-ce que c'est ?

Arthur réfléchit quelques instants et, très lentement, avec beaucoup d'application, il parvient à donner une définition de ce vin si particulier qui doit attendre au moins six ou sept années en fût, sans ouillage.

Renata fronce le front et fait répéter le mot qu'elle cherche en vain dans son dictionnaire. Arthur cherche aussi mais ne trouve pas. Il explique :

— Le vin, au tonneau, il s'évapore toujours un peu. Sept ans, c'est long. Ouiller, c'est remplir de temps en temps le tonneau avec le même vin. Pour le jaune, on ne remplit pas. Au bout de sept ans, il y a, à la surface du vin, ce qu'on appelle un voile. Une sorte de peau souvent assez dure.

— Sept ans sans goûter ce vin ?

— Eh oui ! Si c'est bon, c'est une merveille, sinon ça fait du vinaigre.

Tout cela crée entre eux des liens. Renata est intelligente et ne demande qu'à s'approcher un peu plus d'Arthur. Souvent, elle lui parle de son frère qui se bat sur le front du Nord, tout près de la Belgique, et qui écrit régulièrement. C'est elle qui lit les lettres à haute voix et qui traduit un peu pour Arthur.

— Karl, c'est un bon paysan. Il aime sa terre

comme toi tu aimes ta vigne. J'ai hâte que tu le connaisses.

— Oui, il me tarde qu'il vienne en permission.

Arthur dit cela, mais au fond de lui, il y a quelque chose de mystérieux qui lui fait redouter un peu le retour de ce soldat.

7

Les mois passent. Dans le vignoble du Revermont, le travail continue toujours avec la peur. L'angoisse qui vous serre la gorge mais qu'il faut surmonter.

Les mois s'ajoutent aux mois. La guerre pèse de plus en plus. On ferait tout pour lui échapper.

On vient de condamner un ramasseur de chiffons et de peaux de lapin. Deux ans de prison pour avoir vendu à des jeunes une mixture de sa composition qui provoque d'énormes éruptions de boutons. Des permissionnaires en usaient aussi qui avaient tellement enduré qu'ils étaient effrayés à l'idée de remonter au front.

Récemment, un cultivateur de la région a été arrêté pour avoir abattu un veau qui ne pesait pas le poids réglementaire. Il risque la prison. Soixante-trois ans. L'aîné de ses fils a été tué à Verdun. Le deuxième est encore sur le front. Il finira bien par revenir en permission. Sa sœur l'attend.

— S'ils ont foutu notre pauvre papa en prison, Jacques est capable d'aller tuer le juge. On l'enfermera lui aussi, comme ça, il ne repartira pas à l'abattoir.

Chaque jour, soit à midi soit le soir au retour de la vigne, Noémie court à la mairie pour lire le communiqué affiché à la porte. Toujours à peu près les mêmes nouvelles avec, seulement, des noms qui changent selon les secteurs. Des noms qui ne disent pas grand-chose.

Hier, en rentrant à la maison, la jeune femme avait l'air tellement bouleversée que sa mère a pris peur.

— Mauvaise nouvelle ?

— Tu sais que Jean-Baptiste Bournon a eu deux fils tués au début de la guerre.

— Ça s'oublie pas. Pauvres gens !

— Récemment, le maire lui a donné un certificat à envoyer à son plus jeune, le petit Victor qui a juste vingt ans. Pour que ce garçon ne soit plus au front. Eh bien ! le certificat est parti. Mais quand il est arrivé, le pauvre Victor était à l'hôpital. On venait de lui couper les deux jambes.

— Seigneur !

La mère a toujours été très pieuse. Cependant, se laissant tomber sur une chaise et s'accoudant à la table, elle fait d'une voix qui hésite un peu :

— Ma pauvre petite, je me dis des fois que si Dieu existe, ou bien il n'est pas puissant ou bien il est cruel.

Noémie prend place sur le banc, en face de sa mère qui s'est mise à sangloter. Après quelques instants, elle la reprend doucement :

— Tous ces crimes épouvantables, tous ces braves gens qu'on fait mourir, toutes ces souffrances, tout ça doit faire saigner terriblement les plaies de celui qui est mort sur la croix pour que le monde soit juste et bon.

8

Les mois continuent de passer en ajoutant toujours des souffrances aux souffrances et des morts aux morts.

Chez les Gutmann, le fils est venu deux fois en permission. Il est à présent Oberscharführer – un grade équivalent à sergent-chef. Karl a neuf ans de plus que sa sœur Renata, un an de moins qu'Arthur Dufrène. C'est un grand gaillard solide, visage taillé à coups de serpe dans du buis très dur, yeux clairs : deux vrilles d'acier, et il parle comme un chef. Son français rocailleux et guttural est moins bon que celui de Renata, mais on comprend qu'il faut obéir tout de suite.

— Pas prisonnier pour s'amuser. Beaucoup prisonniers pour venir ici. Compris ?

— Oui, monsieur.

— Dire : *Ja wohl !*

— *Ja wohl.*

Renata qui assiste à la scène cligne de l'œil et fait comprendre à Arthur qu'il doit accepter. Dès qu'elle le voit seul au travail, elle le rejoint.

— Mon frère n'est pas méchant. Mais il faut toujours dire comme lui.

Elle pose sa main fraîche sur le bras nu d'Arthur. Un instant, le Français croit qu'elle va s'approcher. Séduit par ce regard où il a souvent cru lire quelque chose de mystérieux qui l'attire. Il fait un mouvement en avant et sa grosse main recouvre celle de la jeune fille qui se retire et part en courant.

À l'instant où elle franchit la porte de l'écurie, elle croise son frère qui entre. Elle se retourne et lance d'une voix qui fait penser à celle de Karl :

— Pas oublier de descendre la paille !

— *Ja wohl !* crie Arthur qui s'est déjà remis au travail.

Karl s'est arrêté sur le seuil. Une grande fille blonde un peu forte l'accompagne qui embrasse Renata. Ils parlent tous les trois, puis Karl avance avec cette blonde qu'Arthur salue en enlevant la vieille casquette que le père Gutmann lui a prêtée.

— C'est ma fiancée. À la fin de la guerre, mariés.

Il se tourne vers Arthur et ajoute :

— Lui prisonnier. Bon fermier. Bon pour cheval.

Suivent quelques mots très rapides en allemand. Trop rapides pour que le Français comprenne. Le couple va caresser le cheval puis quitte l'écurie.

Arthur monte au grenier. L'échelle est très étroite et branle un peu. Trois barreaux au moins sont à changer.

— Faut que je le fasse avant que quelqu'un se casse une patte.

Il commence à prendre de la paille à grosses fourchées pour la lancer en bas. Il en a déjà fait descendre un bon tas quand la voix claire de Renata lui arrive :

— Arrête. Je monte.

C'est la première fois qu'elle le tutoie. Il va jusqu'au bord du plancher et empoigne les deux montants de l'échelle.

— Attention, il y a des barreaux qui ne valent plus grand-chose.
— Je les connais.
— Je les changerai, mais...
Elle vient de prendre pied sur le plancher et, plaquant ses deux mains sur la poitrine d'Arthur, elle le pousse de toutes ses forces. Il proteste faiblement :
— Mais... Mais...
— Tais-toi, Français des vignes !
Elle éclate de rire. Elle l'a fait reculer jusqu'aux premières bottes de paille. Il tombe en arrière et, tout de suite, elle se laisse tomber sur lui.
— Attention. Ton frère peut venir.
— Non. Tous partis... Partis chez la maison de cette grosse fille que j'aime pas... Moi ici pour te surveiller.
Elle menace très fort :
— Te garder ! Comme soldat !
Ils s'embrassent longuement. La main d'Arthur pétrit deux seins fermes. Puis elle descend et relève la jupe. La peau des cuisses est douce. Les cheveux où il enfouit son visage sentent bon. Un parfum qu'il ne connaissait pas mais qui le trouble. Renata murmure :
— Oui... Oui... Je veux... Je suis à toi... Français... Je t'aime depuis le premier jour.
— Moi aussi, je t'aime.
Il la caresse. Comme il va la prendre, elle murmure :
— Doucement, tu es le premier.
Il hésite un peu mais elle se hâte de souffler :
— Oui... Oui... Je veux.
Elle n'a pas vraiment crié. Juste un petit « ho ! » à son oreille.

La lumière est douce et il fait tiède sous ce toit que caresse le grand soleil. Ils ne savent plus que répéter :

— Je t'aime.
— Je t'aime.
Et Renata, d'une voix légèrement angoissée, s'inquiète :
— Tu me laisseras pas ?
— Jamais. Je t'aime trop.

Troisième partie
1919

9

Quand la guerre se termine, le monde est métamorphosé.

Dans le village où demeurent la mère Dufrène et sa fille, il y a eu un défilé avec la clique des pompiers et des flambeaux. Les deux femmes ne l'ont vu passer devant leur portail que depuis la fenêtre de la cuisine dont les volets étaient entrebâillés.

On ne peut pas partager la joie des autres quand on est dans l'angoisse. Or elles sont sans nouvelles d'Arthur depuis plus de trois mois. Et ni la fille ni la mère n'ont envie de faire la fête.

Partout, il y a des gens qui dansent.

— Oui, soupire la mère Dufrène, à la mobilisation, il y avait beaucoup de viande saoule un peu partout. Aussi bien dans les gares, dans les trains que dans les rues des villes et sur les places des villages. À présent, il y en a partout aussi. En 14, on se saoulait sans penser à ceux qui allaient mourir. À présent, on fait la fête sans penser à ceux qui sont morts.

Noémie a bien du mal à contenir ses larmes. Elle s'en va fermer la fenêtre pour ne plus entendre la musique du bal qu'on a installé au fond de la place, presque devant l'église.

— Nous ne pouvons pas nous plaindre, maman. Pense à toutes celles qui ont perdu...

Elle doit se taire quelques instants pour se reprendre avant d'ajouter :

— Ce matin, en montant à la vigne de Pronde, j'ai rencontré Denis Dubuc.

— Ah, il est rentré ! Sa femme doit être heureuse, sa mère aussi. Elles ont enduré.

Noémie soupire profondément. Hochant lentement la tête, elle dit :

— Il me tend la main gauche : « Excuse-moi, mais l'autre, ce serait pas agréable à toucher. »

— Qu'est-ce qu'il a ?

— Il lui reste le pouce et le petit doigt. Tout le milieu, c'est un trou. Pas beau à voir, tu sais.

— Je m'en doute. Et pour travailler...

— Certain qu'il va avoir du mal à s'habituer.

— Et ils vont être nombreux comme ça, soupire la mère.

— On n'a pas le droit de se plaindre. Arthur n'est pas là, mais il n'est pas mutilé.

La mère soupire. Elle soupire souvent en pensant à ce fils.

Et puis, très vite, une longue lettre arrive où il parle de la terre de son pays. Une page comme ça avant d'oser : « À présent, ma chère maman, chère Noémie, il faut que je vous apprenne une grande nouvelle : les gens chez qui je travaille, et qui sont de braves cultivateurs même s'ils n'ont pas de vigne, ont une fille. Elle s'appelle Renata. Nous allons nous marier car Renata m'a donné un beau bébé, Rudiger, qui a à présent huit mois. J'espère bien que vous viendrez nous voir un jour. Renata vous embrasse toutes les deux. Mais ne parlez de ça à personne et mettez au feu toutes les lettres que je pourrai vous faire parvenir. »

Non, la mère Dufrène n'en parle à personne. Sa fille non plus n'en parlera pas. Trop peur que les gendarmes aillent jusqu'en Allemagne chercher ce pauvre Arthur.

— Tout de même, on aurait les conseils de quelqu'un...

— Quelqu'un qui te dirait quoi ?

La mère hausse les épaules et soupire. Et la fille ajoute :

— Surtout pas, maman. Tu sais, un mot est si vite lâché.

Deux semaines passent. Les mobilisés rentrent peu à peu. Ce sera long. On ne peut pas libérer tout le monde en bloc.

— Pour nous emmener, ça allait plus vite. Ça faisait moins d'histoires.

— La comptabilité était plus facile. On se disait qu'on aurait juste à faire une soustraction pour connaître le nombre de morts !

Parmi ceux qui reviennent au village, le père Coulon reprend sa place à la cure. La mère Dufrène l'annonce à sa fille quand elle rentre de la vigne :

— Je ne veux pas trop tarder à aller me confesser.

Pas grand-chose à se reprocher. Quand elle a fini, elle hésite un peu puis se décide : elle raconte le départ de son fils, ce qu'il a fait. Elle explique qu'il vit dans un village pas loin d'Essen avant d'avouer qu'il ne reviendra pas puisqu'il est marié et qu'il a un enfant.

Elle hésite encore un peu avant de se risquer :

— Il m'écrit quand il trouve un moyen de faire poster les lettres en Suisse ou directement en France.

Ses lettres, ça m'embête de les brûler. Si vous acceptiez de les garder...

Le prêtre a un bon soupir pour dire :

— Chez moi, elles seront comme dans le plus solide des coffres-forts.

Carnet de M. Richardon

Je suis démobilisé depuis peu et on m'a envoyé en poste dans ce village de Vigneux-la-Roche où une vieille retraitée avait fait la classe durant toute la guerre. Une brave femme, sans doute, mais que je n'ai vue que quelques heures. Elle est repartie en promettant de me rendre visite dès qu'elle reviendrait au village.

C'est mon premier poste. Vingt-six élèves, filles et garçons de six à douze ans. C'est-à-dire jusqu'au certificat d'études. J'ai la chance d'avoir fait deux années de guerre sans être blessé. Mais je ne m'attendais pas à ce qu'on m'expédie dans une école alors que je venais juste de sortir de l'École normale quand l'armée m'a appelé. À moi de me débrouiller. Et je ne connais personne ici.

Rencontré le curé qui m'a l'air d'un brave homme et qui connaît tous les enfants et pratiquement tous ses paroissiens, mais je ne pense pas qu'il puisse m'être d'un grand secours. Il ne m'a donné qu'un conseil :

— Les tenir ferme. Ils ont été très libres durant cette guerre.

Pour ce qui est des adultes, des vignerons pour la plupart, il a ajouté :

— Ne vous laissez pas trop tenter par leur vin. Il est bon, mais il tape un peu sur les nerfs. Et évitez la goutte.

Je ne suis pas un gros consommateur d'alcool.

Durant tout le temps que j'ai passé sur le front, j'ai tenu un carnet où je notais mes impressions sur cette guerre et sur mes camarades et mes chefs. Mais je l'ai perdu. Je l'avais laissé dans une tranchée avec mon sac au cours d'une attaque, un obus de gros calibre est tombé sur la tranchée et il n'est resté qu'un large entonnoir plein d'une boue gluante d'où émergeait une main d'homme aux doigts broyés. C'est d'ailleurs une des dernières visions que je conserve de cette guerre atroce.

Et dire que je vais avoir à instruire des enfants dont je devrai toujours garder à l'esprit que, peut-être un jour, on les expédiera se faire estropier et massacrer eux aussi ! Car je ne suis pas revenu de ces deux années avec la conviction que les souffrances qu'ils ont endurées ont rendu les hommes meilleurs. Ni plus généreux ni plus intelligents.

Depuis mon arrivée à Vigneux-la-Roche, je me rends chaque soir sur un promontoire d'où l'on domine la vallée de la Seille et, plus loin, l'immense plaine de la Bresse qui s'en va jusqu'aux monts bleus bordant l'autre rive de la Saône. Je m'absorbe dans la contemplation de cette vaste étendue si paisible en apparence et je me demande comment des humains peuvent être assez fous pour se battre.

Je sais bien que certains ont eu assez de courage pour refuser de le faire. En général, ils en sont morts. J'avoue que j'y ai pensé. Je me suis dit et répété que j'étais un lâche, je n'ai pas eu la force qu'il aurait fallu pour regarder en face les douze trous noirs du peloton d'exécution. Je n'ai pas eu le cran de crier : « À bas la guerre ! »

Et, bien que je traîne ce remords, c'est à moi qu'il revient de guider mes élèves. Mais comment leur ferai-je comprendre que la guerre est monstrueuse et qu'on doit l'éviter à tout prix ? Et cela malgré des parents revenus de quatre années de souffrances et d'injustice et qui sont si fiers de leurs décorations ?

Il faut s'accrocher et tenter de leur faire entrer dans le cœur le germe de la paix sans avoir l'air de ne vouloir que cela. C'est là le genre d'acrobatie que je vais devoir réaliser tout en ayant garde de soulever le village contre moi. J'ai parfois très peur de ne pas être assez fort ni assez adroit pour y parvenir.

10

— Tu sais mener les chevaux. Tu as un garçon à faire vivre. Ici, pas assez de terre pour tant de monde. Tu as peur de retourner dans ton pays. Ici, il y a pas travail pour toi. Pas travail pour ta femme.

Ils sont dans la vaste cuisine de la ferme des Gutmann. Il n'y a pas qu'en France que les soldats sont rentrés chez eux. Les Allemands aussi ont été démobilisés. Oui, ils sont tous là. Le père, la mère qui est une longue femme maigre comme un piquet. Aussi dure qu'un pieu d'acacia et sans doute aussi pointue que ceux qu'on prépare pour les planter à coups de masse. Elle ne parle pas un mot de français, mais ses petits yeux au regard de vrille montrent qu'elle sait fort bien ce qui se passe et qu'elle approuve. Elle ne cesse de hocher sa tête aux arêtes saillantes.

Le père beaucoup moins dur, mais soumis. De temps en temps son regard croise celui de sa fille et il fait une moue avec un geste qui signifie que les choses sont comme ça, qu'il n'y peut rien. Car c'est son fils qui parle. Karl a toujours parlé durement à tout le monde. Un gars fait pour être un patron. Dans l'armée, il a appris à obéir et surtout à commander. On sent tout de suite qu'il n'est pas homme à accepter que l'on discute ses ordres.

Renata se tient entre son père et son mari. À plusieurs reprises, elle a un mouvement du corps et de la tête qui laisse penser qu'elle va intervenir, puis son regard croise celui d'Arthur où elle lit la résignation.

Arthur n'est pas chez lui. Loin de son pays, loin de sa terre, il sait qu'il devra se soumettre par amour pour Renata et pour le petit qu'elle lui a donné.

Karl Gutmann répète :

— Les chevaux, tu aimes bien.

Et le Français devenu allemand par amour et par alliance approuve d'un signe de tête, encore heureux qu'on lui offre de travailler avec des bêtes et non pas avec des engins à moteur.

Angelika, la femme de Karl, est là aussi. Elle ne va pas tarder d'accoucher. Tout le monde pense que, pour être si grosse, elle doit porter au moins deux enfants. C'est ce que le docteur a dit aussi.

Alors, des larmes dans les yeux, Arthur Dufrène – à présent Art Gutmann – attelle Franz en se disant que c'est peut-être la dernière fois qu'il aura le bonheur de mener ce cheval auquel il s'est attaché. Et il a mal car il s'était habitué à cette bête et il sait que Karl ne la mènera pas avec beaucoup de douceur. Il attelle au char sur lequel ils ont chargé un lit, une malle noire qui ressemble à un cercueil, deux gros sacs de toile grise, un matelas roulé et tenu par une corde. Une corde qu'on pourrait prendre pour se pendre. Mais peut-on se pendre quand on aime une femme et qu'on a un enfant tout petit ?

Ils chargent et ils partent. Avec le père Gutmann qui aidera son gendre à décharger et remontera l'attelage à la ferme. Ils gagnent une maison grande comme une boîte de sardines que Karl leur a trouvée, coincée entre d'autres demeures du même genre et le haut mur qui cache l'usine Krupp. Une maison en location. Ils mettent le lit en place et une toute petite table dans une cuisine où il y a déjà une espèce de fourneau noir dont un pied a été remplacé par deux briques aussi noires. Puis Arthur sort avec le père Gutmann pour dire au revoir au cheval. Il prend dans son bras la bonne grosse tête qu'il serre contre sa joue.

— Adieu, mon vieux. Sois sage.

Quand il serre la main de son beau-père, il voit que son regard luit beaucoup et lui aussi sent monter des larmes. Alors, il se retourne très vite :

— Adieu, père...

Et sa voix s'étrangle.

Il rentre. Renata est assise sur une des deux chaises boiteuses qu'ils ont apportées, elle tient sur ses genoux son fils qui sourit en agitant ses petits bras aux mains potelées.

— C'est dur ?

— Oui, c'est dur. Ce cheval, je l'aime bien.

— Il n'y a pas que le cheval.

— Je sais.

— Demain, tu vas commencer un travail pénible.

Elle hésite et finit par ajouter :

— Ça m'embête beaucoup.

Arthur s'efforce de rire pour répondre :

— Au moins, je risquerai pas les coups de soleil.

Mais les mots ont du mal à franchir le seuil de ses lèvres. Renata le regarde, il voit bien qu'elle fait un gros effort pour ne pas pleurer.

— Tu vas être avec des gens qui ne parlent pas français.

— Je me débrouille.

— Je sais.
— Et j'aurai sans doute pas à parler beaucoup pour ce travail.
— J'espère, mais faut continuer d'apprendre.
— Avec toi, et avec lui...
Il montre son fils qui vient de s'endormir contre la poitrine de sa maman. Elle l'embrasse doucement :
— Mon petit Rudy, je veux qu'il apprenne le français en même temps que l'allemand. Pour qu'il aime son père autant que sa mère et qu'il ait envie de connaître la France.
— Oui, dit Arthur avec un énorme soupir, un jour, nous irons tous les trois.

Chaque fois qu'il pense à son village, Arthur a le cœur serré. Mais il suffit qu'il regarde Renata pour reprendre courage. Renata et ce bébé qu'il a hâte de voir grandir. En espérant qu'il n'y aura plus jamais de guerre.

11

Le premier jour, Renata a tenu à accompagner Arthur à son travail. C'est très impressionnant, tous ces bâtiments gris où des gens s'entassent. Des camions et même des chars tirés par des chevaux assez hargneux.

Un planton les fait entrer dans un petit bureau aussi triste que les hangars. Un homme très gros et rouge de trogne est là, assis derrière une longue table où s'empilent des papiers. Avec un rire gras, il s'adresse à Renata :

— Vous venez travailler à la mine ?

— Je suis venue parce que mon mari ne parle pas encore parfaitement l'allemand.

— Votre frère m'a expliqué. Ne vous inquiétez pas. Nous avons un très bon interprète. Allez !

— Mais s'il a besoin...

— Il n'a besoin que de travailler. Et vous ne pourrez pas descendre au fond. Filez !

C'est un ordre. Et lancé par un homme avec qui on ne doit pas pouvoir discuter beaucoup plus qu'avec Karl Gutmann. Renata embrasse Arthur et lui souffle à l'oreille :

— Tu sais que je t'aime. Sois calme.

Comme elle hésite encore à sortir, le gros répète, très dur :

— *Worwärts, und schnell !* (Allez, et vite !)

Dès qu'elle a fermé la porte derrière elle, l'homme décroche un appareil de téléphone, tourne une manivelle et lance des ordres trop rapidement pour qu'Arthur puisse comprendre. Quelques instants passent. Le gros ne cesse de fixer Arthur. Il sourit, mais son œil semble promettre quelque chose qui n'a rien d'engageant. On frappe. Le gros aboie, la porte s'ouvre. Un grand gaillard solide entre et tend à Arthur une main ferme qui serre fort.

— Je me nomme Bartenbach. Hans Bartenbach. De Hanovre. Mais j'ai vécu à Paris avant la guerre. J'étais secrétaire à l'ambassade d'Allemagne.

— Moi, je suis du Jura.

Hans se met à rire :

— Je sais. Vigneron. Je connais le vin d'Arbois. Tu aimes les chevaux et tu as une femme allemande très belle. Je l'ai vue passer avec toi. Son frère nous a tout raconté.

Il ajoute :

— Il est pas très gentil. Dur soldat ! Avec moi, c'est pas pareil. Tu as de la chance...

Le gros aboie trois mots que le Français ne peut saisir, mais Hans répond et, se tournant vers Arthur, lui pose la main sur l'épaule en le poussant vers la porte :

— Allez. Le chef n'aime pas qu'on perde du temps à parler. Il est comme ça, mais si un jour tu avais un problème grave, je suis certain qu'il t'aiderait.

Ils sortent et se dirigent tout de suite vers un bâtiment voisin. Il y a là bon nombre de vêtements imperméables suspendus assez haut. Hans décroche une corde et fait descendre des vêtements.

— Ça devrait aller. Change-toi.

Arthur délace ses brodequins, quitte son pantalon et sa veste puis enfile une combinaison en grosse toile et des bottes. Hans a passé un imperméable par-dessus ses habits et quitté ses souliers pour enfiler des galoches.

— Tu n'es jamais descendu dans une mine ?

— Non, jamais.

— Tu verras. Au début ça impressionne, mais c'est pas l'enfer. Et puis, les chevaux, y paraît que tu aimes ça.

— Oui, beaucoup.

— Et on dit que tu sais les mener.

— J'ai du plaisir à travailler avec eux. Et dans le vignoble, c'est souvent très dur.

Ils ont traversé une petite cour et sont entrés dans un bâtiment où il y a des grincements de métal et des coups sourds. Ils arrivent devant une cage dont Hans ouvre la grille.

— Entre.

La porte se referme, la cage descend lentement. Elle s'enfonce sous terre.

— Qu'est-ce qui se fabrique dans les usines Krupp, toujours des canons ?

Hans se met à rire.

— Non, c'est fini. On va faire des locomotives et des wagons pour le chemin de fer. Et des rails.

Arrivés en bas, la grille s'ouvre. Il y a là le début d'une galerie très faiblement éclairée avec une voie ferrée étroite où sont arrêtés des wagonnets dont les bennes sont vides. Hans s'engage dans la galerie qui amorce une courbe légère. Arthur sent tout de suite une odeur d'écurie qui domine celle, moins agréable, qu'il avait sentie au sortir de la cage de descente. Un homme assez âgé à forte moustache blanche sort par une porte qui ouvre sur la droite de la galerie et s'avance à leur rencontre. Hans lui parle en allemand et, comme il parle lentement, Arthur comprend qu'il explique qui il est, d'où il vient et ce qu'il va faire. Et Hans ajoute :

— Il comprend bien, mais faut pas parler trop vite. Et lui, il parle un peu aussi.

Le vieil homme hoche la tête et, se retournant, il invite le Français à entrer dans l'écurie :

— Viens voir Schwarz, c'est avec lui que tu vas travailler.

Arthur sait que ce nom veut dire « noir ». Et le cheval qui est là est une très belle bête au pelage luisant. Tout de suite, il s'approche de lui et serre sa tête contre sa joue comme il a toujours fait avec tous les chevaux qu'il a menés. Le vieil homme se met à rire et lui tape sur l'épaule :

— *Freund... Freund... Ja... Ja...*

12

Toute la journée, Arthur a conduit Schwarz. Le vieux palefrenier est venu à plusieurs reprises. Parlant lentement, il a su se faire comprendre et ce qu'il a expliqué n'a pas étonné le Français.

— Les chevaux, ici, dans la mine, certains prétendent qu'ils deviennent aveugles. Au contraire. Ils voient très clair. C'est quand on les ramène au jour qu'ils sont gênés par le gros soleil. Faut les remonter de nuit. Et puis, je peux te dire qu'ils savent compter. Schwarz tire trois wagonnets. Si tu lui en mettais un de plus, y tirerait pas.

— Oh ! vous croyez ?

— Et si tu essaies de le faire travailler une heure de plus que son poste, y marchera pas non plus. Ça prouve que, des fois, les chevaux sont plus intelligents que les hommes.

Arthur Dufrène est heureux d'avoir rencontré pareil amoureux des bêtes. Le soir, avant de le quitter, le palefrenier lui confie :

— Schwarz, quand il y a eu la réquisition des chevaux, il venait d'arriver. À peine un mois qu'il était là. Je me dis : Faut pas laisser partir cette bête à la guerre. Y va se faire tuer ou estropier. Il y avait un autre noir bien plus vieux. Et un peu vicieux. Qu'est-ce que je fais ? Je trafique les papiers. C'était pas gentil pour le vieux, mais de toute façon, il avait plus guère à vivre.

Il ajoute :

— Celui-là, je lui ai certainement sauvé la vie. Il aurait peut-être fini avec de la ferraille dans le ventre. Ben, tu me croiras si tu veux, mais il le sait. Il s'est attaché à moi.

En disant cela, il caresse et il embrasse Schwarz.

— C'est bien, ce que tu as fait, dit le Français.

— Oui, mais faut le dire à personne.

— Promis !

Le soir, Arthur est heureux de rentrer dans sa minuscule demeure où il retrouve Renata et leur bébé qui sourit en le voyant.

— Alors, pas trop pénible ?

— Pourquoi ? J'ai un cheval formidable.

Et il commence à parler de Schwarz.

— J'aimerais bien le connaître. Comment il est ?

— Je sais pas exactement sa race. Mais c'est un beau noir avec juste la crinière grise.

— Doit pas être heureux, là dans le fond.

— Il est habitué. Et le vieux qui les soigne affirme que les chevaux sont pas malheureux. Il en a connu un qui a vécu vingt-six ans.

Et ils parlent des chevaux qu'ils ont connus tous les deux. Des races et des travaux qu'ils leur ont fait faire. Comme Rudy continue de gesticuler et de sourire, Renata dit :

— Tu vois, ça l'intéresse beaucoup, notre conversation. Je suis certaine qu'il aimera les bêtes autant que toi.

Le regard d'Arthur s'assombrit.

— Qu'est-ce que tu as ? demande Renata.

— Rien. Je pense à tous les chevaux que la guerre a pris. Tous ceux qui ont été esquintés et qui sont morts.

— Et les hommes ?

— Oui, les hommes, bien sûr. Mais les bêtes ne sont pour rien dans tout ça. Elles ne demandent qu'à travailler en paix. À nous donner du blé ou du vin.

Ils s'embrassent tendrement, en regardant leur enfant qui sourit dans son berceau.

13

En quelques semaines, Arthur devient ami avec Hans, l'interprète. Un homme généreux qui a eu bien des malheurs au cours de sa vie. Sa femme est morte en mettant au monde un enfant mort de faim dans son ventre. Mort de faim comme des milliers de femmes et d'enfants sont morts durant cette guerre pendant que leur père était en train de se faire trouer la peau sur le front.

Hans aussi a été blessé au front. De retour à Essen, obligé de reprendre le travail dans ces mines liées à Krupp pour pouvoir nourrir sa mère infirme et sa sœur paralysée.

Renata et Arthur sont très émus par le destin de cet homme. Et lorsque surviennent des troubles provoqués par l'arrêt des commandes d'armement, c'est Hans qui les aide à tenir bon. Il y a des troubles, mais pas de véritable explosion. Durant quelques jours, ils voient Gustav Krupp descendre se promener dans la ville en costume et chapeau melon parmi les ouvriers et les mineurs. Bon nombre se découvrent pour le saluer. C'est également Hans qui se débrouille pour qu'Arthur ne soit pas renvoyé en France. Car la plupart des travailleurs étrangers doivent retourner chez eux. On leur donne un billet de chemin de fer avec un peu d'argent pour qu'ils quittent la Ruhr. Les autres « Kruppianers » cessent de protester, trop heureux de pouvoir demeurer dans l'usine ou au fond de la mine.

Hans raconte à ses amis :

— Durant toute la guerre, la devise des Krupp a été : « Plus nombreux seront les ennemis de l'Allemagne, plus grand sera notre honneur et plus grande notre gloire. »

À présent, dans tous les ateliers et même dans les vestiaires de la mine, on placarde des affiches annonçant : « Nous fabriquons tout. »

De la plus grosse machine-outil à la plus petite dent en acier.

Au fond de la mine, toujours avec Schwarz, Arthur poursuit sa tâche pour nourrir les siens. Renata a trouvé une voisine mère de trois enfants qui accepte de lui garder son bébé pendant qu'elle va faire des ménages chez quatre épouses d'ingénieurs. Ainsi arrive dans leur minuscule demeure un peu plus d'argent.

Arthur a beau être heureux du bonheur que lui procurent Renata et Rudy, dont il espère faire un homme solide et honnête, il pense souvent à sa terre. À ses coteaux plantés de vignoble. Il pense à la cave où son père, durant tant d'années, a conservé du vin qui doit continuer de vieillir. Et il cultive en lui l'espoir de conduire un jour sa femme et son fils au beau soleil de ces coteaux. De leur faire découvrir ce nectar si généreux qui sait, durant des années, garder au fond de l'obscurité des caves toute la saveur, tout le parfum et toute la lumière du soleil.

Il lui arrive d'en parler à son cheval noir si calme et si docile :

— Si je pouvais t'emmener avec moi, tu découvrirais ce que c'est que le grand bonheur des vignes et le jus du raisin.

Quatrième partie
Mai 1923

14

— Si j'avais une auto et si je savais la mener et si je savais où le dénicher, cet animal-là, ben, j'irais le chercher.

Il y a de la colère dans la voix et dans le regard de cette grande blonde dans la trentaine. Une paysanne avec des mains larges et épaisses pareilles à des battoirs à lessive. Son œil bleu s'est assombri. La sage-femme qui revient de la cuisine en s'essuyant les mains se met à rire :

— Ben, ma bonne Lucie, ça en fait des *si* ! J'crois qu'il vaut mieux que vous restiez ici. C'est plus utile.

L'autre a un geste désespéré de ses longs bras et soupire :

— Foutre le camp le jour où son fils vient au monde, ça ne s'est jamais vu !

Une pauvre voix épuisée monte d'entre les oreillers :

— Allons, ma grande, tu penses tout de même pas que mon Eugène allait manquer un défilé et une médaille. Et puis, on savait pas que ce serait pour aujourd'hui. Ce Président, il a pas choisi son jour.

— Médaille de quoi ? rogne Lucie de sa grosse voix rugueuse comme un cep de vigne.

— Médaille de je sais pas quoi pour son vin. Y paraît que notre vin jaune est le meilleur. Tu le savais pas encore ? Mais tout le monde le dit, fait Noémie Roissard.

À trente-cinq ans, elle vient de mettre au monde un gros garçon qui va se nommer Xavier. Il est là, contre son flanc, bien langé, dans ce lit haut dont les bois luisent. La chambre n'est pas grande mais assez pour qu'on ait placé, à un pas du lit, un berceau que le père a fabriqué dans le bois d'un autre vieux lit de noyer.

En face, il y a une énorme armoire en loupe d'orme très veinée et patinée. À la tête du lit, un crucifix en plâtre jaunâtre avec un rameau de buis. Le papier peint des murs est rayé vert et brun avec des torsades d'une couleur indéfinissable. Dans un angle, un prie-Dieu ; plus loin, une chaise paillée où se trouvent des vêtements pliés.

Le garçon, né depuis à peu près deux heures, vient de s'endormir. Il a braillé un bon moment.

Venir au monde le 26 mai 1923 alors que tout le bas Jura et le Revermont couvert de vignes fêtent le centenaire de la naissance de Louis Pasteur, ce n'est pas banal. Mais quand on a, comme Xavier Roissard, un père très bon vigneron qui admire le grand savant sauveur de la vigne, ce n'est pas rien ! Que son père soit allé recevoir des mains du président de la République une médaille pour les qualités exceptionnelles de son vin jaune, ce n'est pas banal non plus.

La mère qui grogne par habitude est très heureuse, au fond, que son homme soit ainsi honoré. Elle ne regrette qu'une chose : n'avoir pas pu partir avec lui. Mais elle voit un bon présage, un signe du ciel que ce garçon vienne au monde, en quelque sorte, sous pareils auspices. Elle n'ose pas le dire, mais elle pense : « Le ciel est avec nous. Monsieur Pasteur, tout de même, c'était quelqu'un ! »

Et un président de la République, c'est quelque chose aussi. Même si elle n'en parle jamais, elle est assez fière du vin de son homme. Et pour ce bébé, avoir un père grand mutilé qui aura une médaille en plus de celles de la guerre ! Un père qui, hier avant l'aube, a attelé le Noir au tilbury pour descendre à Domblans prendre le train pour Dole. Une aventure ! Ce n'est pas sa faute si sa femme a choisi ce jour-là pour accoucher juste en revenant de la gare. À peine le temps de dételer et de mener le Noir à l'écurie. Et la sage-femme, la mère Broquin, n'a pas besoin qu'un homme vienne mettre son nez dans sa besogne.

— Vous savez, des petiots, j'en ai mis au monde des flopées, ben, je peux vous dire que, souvent, j'aurais donné cher pour que les pères soient pas là à se foutre entre mes pattes pour me compliquer la tâche.

— C'est sûr, approuve la grande Lucie venue là en voisine, pour aider. Mais y peut pas y avoir des défilés avec le président de la République chaque fois qu'un moutard vient au monde !

Elles rient toutes les trois et Lucie propose :

— Voilà midi qui s'avance, m'en vas faire chauffer de la soupe. Vous en prendrez bien une bolée, madame Broquin.

— C'est pas de refus.

— Tout de même, soupire Noémie Roissard, s'il a plu autant hier à Dole qu'ici, mon pauvre homme, à défiler avec sa jambe raide et ses poumons gazés, on aura de la chance s'il a pas attrapé la mort.

— Faites pas de souci, dit la sage-femme, y se sera mis à l'abri. Pensez bien que le président Millerand devait pas avoir envie de se faire rincer pour décorer des vignerons.

— Mais c'est pas hier à Dole, qu'il a décoré. C'est aujourd'hui à Arbois. J'sais même pas où il aura passé la nuit, mon pauvre Eugène.

La grande qui revient de la cuisine se met à glapir :

— Te tracasse pas pour ton homme, ma pauvre Noémie. Il aura pas passé la nuit à la belle étoile. Et avec ce qu'ils auront bu, ils auront pas senti le froid. Il a une sacrée chance que tu lui donnes un beau petit gars qui fera un rude vigneron.

Comme s'il avait entendu qu'on parle de lui, le nouveau-né se remet à crier. Noémie se tourne vers lui et la sage-femme intervient :

— Laissez-le brailler, ça peut pas lui faire de mal.

Une belle lumière entre par la fenêtre. De son lit, la jeune mère peut voir la cour de la ferme où ses poules picorent sur l'énorme tas de fumier.

— T'oublieras pas de donner à manger à nos bêtes, Lucie. On te met à contribution.

— Trop heureuse de te rendre service, ma bonne amie. Et trop heureuse de te voir avec ce petit gars, moi qui n'ai pu faire que des filles.

— C'est pas fini. Peut encore te venir un gars.

— Parle pas de malheur. À quarante ans passés, ce serait une belle tuile !

Des coups sourds ébranlent la maison.

— Tu entends, dit Lucie, c'est ton cheval qui cogne du sabot. Il sait que tu viens de lui donner un futur laboureur. M'en vais aller le voir.

— Mets-le au pré, c'est ressuyé. Ça lui fera pas de mal.

— Puis je vais lui dire que Xavier est né. Il va être tout content.

Elles rient encore toutes les trois et la grande sort tandis que la sage-femme approuve :

— C’est une chance d’avoir une voisine pareille.

— Sûr que c’est une solide. Et dévouée. Demain, c’est elle qui va atteler pour aller chercher mon homme au train.

Noémie se tourne vers son bébé et son sourire est déjà plein d’amour et de bonheur.

Elle pense à Eugène Roissard, ce bon vigneron qu’elle a épousé l’an dernier. Elle pense aussi à son frère, Arthur Dufrène, et à sa pauvre mère enterrée peu avant qu’elle ne se marie. La pauvre femme n’est-elle pas morte de chagrin en pensant à son fils qui est resté chez les Boches ? Noémie sait bien qu’elle ne devrait pas dire : les Boches, d’ailleurs elle ne le dit jamais à haute voix. Il n’y a que son homme pour le faire. Son homme qui ne parle jamais d’Arthur Dufrène et qu’elle n’ose pas questionner à son sujet. Est-ce qu’il lui en veut vraiment d’être parti de l’autre côté avec ce charpentier qui a été tué ?

Noémie se tourne à nouveau vers son petit qui s’est endormi. Elle sourit. Se relevant légèrement, elle croise les mains. Puis son front se plisse et, remuant à peine les lèvres, elle murmure :

— Seigneur tout-puissant, faites que plus jamais ne revienne la guerre. Faites que Xavier ne soit jamais amené à connaître toutes ces horreurs.

15

Pour Eugène Roissard, c'est demain le grand jour. Hier, il a passé la journée à Dole où le président Millerand était arrivé à neuf heures moins dix par train spécial, en compagnie de M. Bérard et de M. Straus, ministre de l'Hygiène. Le train qu'avait emprunté Eugène n'est entré en gare qu'à dix heures passées et le Président n'était plus là. Mais le vigneron n'était pas seul à débarquer et à se hâter vers la maison natale de Pasteur, au bord du canal des Tanneurs.

Il pleuvait à torrents. Une pluie glaciale lardée de vent mais Roissard ne sentait pas le froid. Sa grosse canne en main, il se hâtait pour suivre les autres qui connaissaient le plus court chemin par des rues en pente raide vers le bas de la ville.

Au sortir du compartiment de troisième classe où il avait pris place, Eugène Roissard avait retrouvé Victor Dubois, un Lédonien de son âge, boiteux presque autant que lui des suites de la guerre. Ce Dubois, boulanger rue des Salines, faisait lui aussi partie des invités en sa qualité de compagnon du Tour de France. Mais lui ne venait pas pour être décoré.

— T'as de la chance. Tu vas serrer la louche du

Président et des ministres. Si t'as quelque chose à demander, faudra pas rater le coche !

Mais Eugène Roissard n'a rien à demander. Il fait avec ce qu'il a. Il peine beaucoup sur son petit vignoble, mais de vrais amateurs viennent de loin pour lui acheter son vin jaune. Ça, c'est une belle satisfaction. Et cette médaille que le Président va lui remettre demain, à Arbois où tant de vignerons réputés seront là pour l'envier, ce n'est pas rien non plus.

Alors, à Dole, il marche sous le déluge dans ces rues où tout éclate de couleurs. Des fleurs partout. Et une foule qui se dirige vers cette maison de tanneurs où est né Pasteur, il y a cent ans, le 27 décembre 1822. Tout en marchant le plus vite possible à côté de l'autre boiteux, il grogne :

— Tout de même, c'est pas en mai qu'il est né, Pasteur. C'est à la Noël. J'vois pas pourquoi y font ça à présent. Et c'est pas en 23, c'est en 22.

— Ben, tu le diras au Président.

— Tu parles, que je vais dire ça !

— T'as tort, faut toujours dire les choses qui vont pas.

Mais le Président, à Dole, ils ne le verront que de loin. À la maison natale, impossible d'entrer. Des soldats et des policiers partout. Roissard a beau leur montrer son invitation.

— Votre invitation, elle est pour demain, à Arbois. Ici, on est à Dole !

— Mais je voudrais voir la maison...

— Un autre jour ! Circulez !

Bousculés par des curieux, les deux boiteux se sont éloignés, courbant le dos sous l'averse. Ils vont dans un petit café bondé où ils ne peuvent même pas s'asseoir.

— Bordel ! grogne Roissard, leur invitation, j'ai bien envie de leur dire de se la foutre au cul ! Et de rentrer chez nous tout de suite. Une chance que ma femme soit pas venue. Elle aurait pris la crise !

— Fais pas ça. Une médaille pour ton vin, c'est important. Ça peut t'aider à le vendre.

— J'ai pas besoin qu'on m'aide. Personne m'a jamais entendu me lamenter !

— Peut venir des temps durs, des années noires.

Ils grelottent toute la journée sous l'averse sans jamais pouvoir approcher les officiels. À midi, un quignon de pain et un saucisson qu'ils se partagent dans un bistrot de l'Abedugue, très loin du centre de la ville où tout est envahi par une foule énorme. Et si le boulanger n'était pas si tenace, Roissard foutrait le camp. Cent fois, il répète :

— Bon Dieu, leur médaille, y pourraient se la mettre où je pense !

La nuit dans la salle d'attente de la gare où il doit y avoir une centaine de personnes, puis le lendemain, le train pour Lons-le-Saunier. Toujours en compagnie de Victor Dubois.

— Tu vois, Roissard, je pourrais dire que je suis allé à Dole m'emmerder pour rien, seulement, je le dis pas. J'ai eu la chance de te trouver. Tu t'en viens avec moi à Lons, et là, t'es chez moi. Et t'es déjà sûr d'être au chaud et de pas bouffer que du saucisson trop dur !

Ils arrivent à Lons-le-Saunier bien avant le train présidentiel qui n'y sera qu'à trois heures de l'après-midi. Ils vont tout de suite chez le boulanger, rue des Salines, où la femme de Victor Dubois les oblige à se changer. On fait sécher près de la gueule du four les vêtements de Roissard qui, beaucoup plus petit que son ami, ne trouverait pas chez lui de quoi se vêtir.

Mme Dubois repassera le costume du vigneron. En attendant, elle leur sert une soupe aux légumes où a cuit un énorme morceau de lard. Le plat brûlant les réchauffe mais le vigneron qui a toussé toute la nuit continue, de plus en plus essoufflé. Le lard et les légumes achèvent de les réconforter. Et parce qu'il se trouve chez un boulanger, Eugène parle beaucoup de tous ceux qu'il a connus durant la guerre, quand il chauffait un four aux annexes de Dole où l'on cuisait le pain destiné aux poilus.

— Y t'auraient laissé là, mon pauvre vieux, tu serais pas boiteux et t'aurais pas été gazé.

— T'as bien été blessé aussi.

— Oui, mais je suis plus jeune. Je suis parti sur le front dès la mobilisation. On rigolait pas mal. On buvait des grands coups, puis on croyait que ça allait durer trois mois !

Et Victor évoque les années terribles qu'il a passées à se battre avant d'être blessé en 17, au chemin des Dames.

— Moi, poursuit Roissard, quand ils m'ont fait partir, y ramassaient vraiment tout ce qui tenait encore debout. Des plus vieux et aussi des gamins qui faisaient pitié à voir.

— Je sais. J'en ai vu des drôlement amochés.

Ils se racontent ce qu'ils se sont cent fois raconté. Puis arrive l'heure de se rendre à la gare pour accueillir le Président. Et Victor prévient :

— Ici, on est chez moi. Te fais pas de bile, on nous empêchera pas de passer. Et au moins, on a le beau temps.

Une foule énorme enveloppe la gare de Lons-le-Saunier où le train présidentiel arrivera à seize heures trente précises. Roissard et son ami sont au premier rang parmi les notables de la ville. Une compagnie du 27e de ligne présente les armes. La musique exécute *La Marseillaise* tandis que M. Millerand et ceux qui l'accompagnent descendent du wagon. Eugène et Victor sont tout de même obligés de rester sur le quai pendant que les visiteurs de marque entrent dans un salon où le maire de la ville souhaite la bienvenue aux personnalités. Trois petites filles offrent des fleurs au Président. Quand les portes s'ouvrent, le cortège se forme pour gagner la préfecture derrière la musique militaire.

Tout mutilé et gazé qu'il est, Eugène Roissard a le cœur qui bat très fort, car la musique joue la marche du régiment de Sambre-et-Meuse. Des soldats forment une haie de chaque côté de l'avenue pour contenir la foule qui se presse tout le long du parcours.

Quand le cortège arrive devant l'église Saint-Désiré, la musique cesse de jouer. Sur les escaliers, une chorale chante. Et ces voix claires de jeunes filles font vibrer bien des cœurs.

Victor prend son ami par le bras.

— Viens avec moi.

Ils se frayent un passage parmi les spectateurs et gagnent la cour de la préfecture où attendent déjà de nombreux anciens combattants. Au premier rang : les mutilés. Les deux boiteux se joignent à eux. Ils se tiennent là, raides comme s'ils étaient encore soldats. Et ce sont deux discours qu'ils écoutent, très émus. Arrive l'évêque de Saint-Claude. Encore des discours. Eugène et Victor sont bien aise d'avoir chacun une canne pour s'y appuyer. Puis c'est l'inauguration d'une exposition au lycée et une visite à l'hôpital. Quelle journée épuisante avec ces marches à travers la ville !

Autre moment d'émotion devant le monument aux morts.

Tandis que les personnages importants sont reçus par les représentants de la presse, le boulanger entraîne son ami dans un grand café où ils boivent du vin blanc de l'Étoile en attendant l'heure du banquet auquel ils sont conviés.

Là, le maire fait un discours où il parle longuement des paysans, en particulier des vignerons qui font des merveilles.

Le Président annonce alors que, demain, dans la cité d'Arbois où Pasteur a mené tous ses travaux importants sur la vigne, il décorera trois vignerons dont les vins font l'envie de tant de pays.

Eugène Roissard sent des larmes de bonheur monter en lui. Son cœur se serre. Une grande envie lui vient de se lever pour aller serrer la main du Président, mais il n'ose pas.

16

C'est fait. Ils sont à Arbois où les a conduits un wagon de deuxième classe accroché en queue du train présidentiel. Tout est fleuri, même la locomotive. Les cloches de Saint-Just carillonnent. Dès que le président Millerand descend du train, elles se taisent et c'est l'harmonie municipale qui joue *La Marseillaise*. Le maire de la ville, M. Groley, s'avance pour souhaiter la bienvenue aux voyageurs officiels. Il s'exprime au nom de toute la commune, en particulier des vignerons reconnaissants. M. Millerand répond. Il dit son bonheur et son émotion de se trouver dans cette ville que Pasteur aimait, sur ces terres où l'on cultive l'un des plus grands vins du monde.

Et Eugène Roissard sent un frisson courir le long de son dos car il est persuadé qu'en prononçant ces mots, c'est lui que le Président regarde. Le Président qui se tient encore devant ce wagon bleu et noir à filets d'or qui n'est que pour lui.

Aujourd'hui, Eugène Roissard, que le boulanger lédonien n'a pas accompagné, va se tenir partout parmi les personnalités. Dans le cortège, il est trois rangs derrière le Président. Le cortège qui parcourt des rues merveilleusement fleuries et dont la première halte est devant une sorte d'arc de triomphe, édifié à l'aide de tout un matériel fourni par les vignerons. L'outillage complet du vigneron, le même que Roissard utilise à longueur d'année dans ses vignes, dans sa cave ou sa grange, est là. En haut est inscrite cette devise : « Arbois. On y rit, on y sonne, on y boit. »

Une halte devant la statue de Pasteur suivie d'une visite à la maison où il a tant aimé venir et où il a tant travaillé. Et c'est devant cette demeure que le Président remet les médailles. Il décore Eugène le dernier et, lui serrant longuement la main, il lui dit :

— Monsieur Roissard, je suis fier et ému de récompenser pour son travail un homme qui a déjà été honoré pour ses actes de guerre, pour son dévouement à la patrie. Je connais votre vin. Il fait partie des plus grands et la France peut être fière de vous.

Le regard d'Eugène Roissard s'embue tandis qu'il bredouille :

— Merci, monsieur le Président... Je vous...

Mais il ne peut rien ajouter. L'émotion lui noue la gorge. Déjà, le Président s'éloigne et le cortège se reforme pour gagner la gare. C'est durant ce trajet que le ciel crève et qu'une pluie aussi rageuse que celle qui a noyé les fêtes de Dole se met à tomber.

Quand Eugène Roissard arrive à la gare, il est trempé. Il éternue à plusieurs reprises et se met à tousser.

Le train présidentiel s'en va vers Salins. Mais bien des Lédoniens restent, comme Eugène Roissard, dans la salle d'attente car le train pour Lons-le-Saunier ne passera que dans deux heures. L'attente est interminable pour le boiteux qui se tient appuyé sur sa canne. Une heure au moins s'écoule, puis une dame vient le trouver et lui offre de prendre sa place sur une banquette. Le vigneron remercie. Il prend sur ses genoux les trois bouteilles du vin de la vigne de Pasteur que les vignerons d'Arbois lui ont offertes. Il s'assied et se recroqueville. Il a froid. Le froid de cette averse qui a trempé ses vêtements et qui le pénètre jusqu'aux os. Il a froid, mais dans la poche de sa veste, sa main serre l'écrin où se trouve la médaille de bronze que le président de la République française lui a remise et qui prouve que son vin est l'un des plus grands.

17

Quand l'omnibus s'arrête à la gare de Domblans, il est quatre heures passées. Eugène voit tout de suite la grande Lucie plantée près du portillon où se tient l'employé préposé à la récolte des billets. Dès qu'elle l'a repéré, elle lève haut la main. Il se hâte, donne son billet et, tout de suite, se précipite vers la voisine qui parle avant qu'il ait pu dire un mot :

— Félicitations, mon cher Eugène.

Il pense à sa médaille et fait la moue en disant :

— Bah, ça fait plaisir, seulement c'est bien du tintouin pour pas grand-chose. Mais c'est toi qui es là, ma femme est pas malade ?

— Comment, pas grand-chose ! Mais c'est un beau garçon. Et tout vigoureux, et votre femme est bien aise...

Roissard s'arrête de marcher et lui fait face. Des voyageurs qui sortent derrière lui les bousculent et ils se retirent d'un pas.

— Quoi ? Qu'est-ce que tu dis ?

— Ben oui. Un beau garçon. Un futur vigneron.

— Il est né ?

— Ben oui. Ça fait deux jours.

— Bordel de merde ! Et moi qui étais pas là. Et on pouvait pas m'aviser ?

— Il aurait fallu savoir où vous toucher. Et comment y arriver.

— Ça alors... Ça alors...

Roissard ne sait plus du tout ni quoi dire ni quoi faire. Ils vont jusqu'à la voiture. Il caresse le Noir avant de monter et dit à la grande :

— Je te laisse mener. J'suis trop bouleversé.

Elle monte à côté de lui et se met à rire.

— Bouleversé... Vous devriez être aux anges. Un beau petit gars bien dodu et qui a de la voix !

— Bordel de milliards de merde, il est venu puis j'étais pas là pour...

— Pour lui réciter la table des matières ? Figurez-vous que, pour l'heure, y s'en fout de vos bordel de merde. Faut pas commencer à lui apprendre ça !

— Est-ce que la mère Broquin était là ?

— Naturellement. Et contente de pas vous entendre avec vos bordel et le reste !

Eugène Roissard ne dit plus rien. Le cheval a de lui-même pris le trot qu'il garde jusqu'au moment où la route commence à monter. Le vigneron le regarde aller et il ne sait plus où il en est. Il voit le Noir et il essaie de se représenter son garçon. Il n'a pas vu grand nombre de nouveau-nés dans sa vie. Il connaît mieux les chevaux que les nourrissons. Il s'apprête à demander si l'enfant a beaucoup crié mais c'est Lucie qui pose une question :

— Alors, c'était bien ?

— Quoi donc ?

— Quoi donc ? Mais Pasteur, pardi ! La médaille, le Président et tout le bataclan.

— Sûr qu'il y avait du monde. Des cliques et des harmonies. Le banquet et tout.

— Et les médailles ?

— Ça, ma grande, c'est pas rien ! Tu vas voir.

Il s'incline pour chercher dans sa poche. Il sort le bel écrin en cuir grenat qu'il ouvre. La médaille est là, avec le visage de Pasteur d'un côté et, de l'autre, une grappe de raisin avec ces mots en relief : « Gloire aux bons vignerons. » Et, au-dessous, en caractères plus petits : « Eugène Roissard, 28 mai 1923. Arbois. »

— Ben, dites donc, fait Lucie en hochant la tête, y s'est pas foutu de vous, le président de la République ! Et qu'est-ce qu'il vous a dit ?

— Ben, y m'a dit : « Monsieur Roissard »... Enfin, monsieur Roissard...

— Vous savez plus ?

— Nom de Dieu, tu m'as tout chamboulé la tête avec cette naissance. Voilà que je sais plus.

— C'est pas grave. Ça vous reviendra. Mais je pouvais pas ne rien vous dire.

— C'est sûr ! Tout de même, j'en reviens pas.

— Pourtant, c'est normal qu'une femme qui arrive à terme pose son gosse.

— C'est sûr ! Mais j'étais pas là.

Le cheval a repris le trot en arrivant sur le replat qui précède la dernière enfilade de tournants en côte et la grande Lucie admire comme elle le fait chaque fois :

— C'est une sacrée bonne bête !

Eugène, qui décidément a la tête ailleurs, s'étonne :

— Bonne bête ?

Lucie se tourne vers lui. Ils se regardent et, en même temps, ils éclatent de rire tous les deux. Et la grande s'exclame :

— Sûr que c'est pas de cette pauvre Noémie que je veux parler. Elle, je dirais plutôt que c'est une bonne pâte. Une sacrée cruche qui se laisse mener par le bout du nez et qui est pas tombée sur un homme commode !

Eugène ne dit rien. Il se contente de lancer à Lucie un regard noir. Mais Lucie ne s'intéresse qu'au Noir qui vient de reprendre le pas et qui donne à plein licol pour attaquer le premier virage. Non, Eugène ne dit rien. Il se contente de penser : « Celle-là, j'lui foutrais bien des gifles, si elle n'était pas en train de mener ! »

18

Quand la voiture arrive dans la cour de sa ferme, Eugène Roissard est très ému. Tout lui apparaît comme s'il avait quitté cet univers depuis une éternité. Les poules qui jacassent en grattant dans la rigole à purin viennent tout de suite près du cheval. Eugène leur lance :

— Sauvez-vous, m'en vas voir mon petiot !

Puis, se tournant vers Lucie :

— Je te laisse dételer et bouchonner.

Il file du plus vite qu'il peut vers la porte d'entrée. Il se dit qu'il a laissé ses trois bouteilles de vin d'Arbois sous le siège de la voiture.

— Bah ! Ça risque rien.

Il entre dans la cuisine. Il hésite. Traverse cette pièce où tout lui semble étranger. Pourtant, deux jours, qu'est-ce que c'est ? Rien du tout !

Le couloir puis la chambre dont la porte est ouverte. Il entre sans bruit. Noémie est couchée à demi assise et adossée à deux oreillers. Elle met son index sur ses lèvres et souffle :

— Y dort. Le réveille pas.

Sans bruit, Eugène approche. Il se penche et embrasse sa femme en murmurant :

— Ma pauvre. Et j'étais pas là...

Elle sourit et dit :

— Il est beau, ton Xavier.

Eugène s'approche du berceau. Il veut poser sa lourde canne contre la commode mais elle glisse et tombe sur le plancher. Aussitôt, un cri monte du berceau et le père grogne :

— Bordel de merde, que je suis donc maladroit !

— Eh bien, le premier mot que cet enfant aura entendu de la voix de son père, c'est bordel. Ça promet.

Et elle rit. Le vigneron s'excuse :

— Je sais, je devrais pas.

— Faudrait que tu t'amendes un petit peu si tu veux pas que ton fils apprenne tout de suite des gros mots.

Eugène est bien emprunté devant ce berceau d'où continuent de monter des pleurs déchirants.

— Donne-le-moi, et le laisse pas tomber.

— Manquerait plus que ça !

Il se penche et, avec mille précautions, il prend l'enfant emmailloté et le met dans les bras de sa femme qui le serre contre elle et se met à chantonner en le berçant doucement. Très vite, Xavier se calme et se rendort. À mi-voix, Noémie demande :

— Alors, c'était intéressant ?

— Ben oui. Mais j'étais pas près de toi.

— C'était mieux, la mère Broquin était bien aise de pouvoir faire son ouvrage sans entendre jurer sans arrêt !

— Tout de même !

— Dis-moi donc comment c'était.

— Beaucoup de musique. Mais la pluie, nom de...

Il s'arrête.

— Oui, la pluie ?
— Surtout à Dole.
— T'as pris froid. Ça s'entend à ta voix.
— Mais non.
— Et ta médaille ?

Il s'approche un peu plus, tire de sa poche l'écrin de beau cuir qu'il ouvre et tend à sa femme puis, fouillant dans la poche intérieure de sa veste, il en sort une enveloppe qu'il n'a encore montrée à personne. Il l'ouvre d'une main qui tremble un peu et il en sort une carte.

— Tiens. Regarde.

Noémie prend la reproduction du portrait de Pasteur en train d'examiner une éprouvette.

— Regarde derrière.

Elle retourne la carte et lit à mi-voix :

— « Honneur au bon vigneron Eugène Roissard, roi du vin jaune. Que le soleil soit sur ses vignes et au cœur de tous ceux qui aimeront son vin. Médaille de bronze. Les vignerons d'Arbois. »

Elle lève la tête vers lui. Sans chercher à cacher les deux larmes de bonheur qui perlent à ses cils. D'une voix à peine perceptible, elle murmure :

— Mon homme... Et juste le jour où notre petiot est né. Je suis certaine que c'est un bon présage... Mon Dieu, que j'aurais donc aimé que ma pauvre mère puisse le voir. Dire que ça fait à peine un an qu'elle est plus là...

— Et mes parents aussi, ils auraient été heureux. Mais eux, ça fait longtemps qu'y sont plus de ce monde.

Eugène se penche et embrasse sa femme sur le front.

— J'aurais voulu que tu puisses venir avec moi à Arbois.

— Tu me vois accoucher devant le président de la République. Dis donc, il est pas sage-femme, cet homme-là !

Ils rient tous les deux. C'est si bon de rire même si ça réveille le bébé qui se remet à crier.

— Tu devrais te changer, fait Noémie, ton veston m'a l'air humide.

— De toute façon, j'peux pas rester comme ça.

Eugène Roissard se dirige vers la porte au moment où entre la grande Lucie qui demande :

— Alors, il est beau ?

— Oh oui !

— Comme vous le vouliez ?

— Oh oui !

— Est-ce que ça fera un bon vigneron ?

— C'est certain. Mais pas demain matin.

La grande acquiesce :

— Non, faudra au moins attendre l'après-midi.

— J'avais des bouteilles sous le siège.

— Je les ai posées sur la table de la cuisine.

— M'en vas tout de suite en ouvrir une, et on va trinquer à sa santé.

— La santé à qui ? demande Lucie.

— À mon petiot, pardi, réplique le vigneron.

— Alors, faut le dire. Y s'appelle Xavier, votre petiot.

Eugène se dirige vers la cuisine et sort son couteau de sa poche. Il coupe la ficelle le plus près possible du nœud pour pouvoir la réutiliser, puis il déplie soigneusement le papier. Il prend les trois bouteilles qu'il pose sur la table et qu'il regarde comme s'il redoutait qu'elles n'explosent. Il lit l'étiquette :

— Vigne de Pasteur. Dix-huit cent nonante-trois. Il hoche la tête et murmure :

— Bon Dieu ! Y se sont pas foutus de moi. Une sacrée bonne année ! C'est presque dommage de l'ouvrir alors qu'il vient d'être bousculé.

Il tape délicatement sur la cire qui cachette le goulot, ouvre son tire-bouchon et, la bouteille entre les genoux, il tire. Dès que le flacon est ouvert, il prend un verre où il verse quelques gorgées. Il respire religieusement. Un parfum très particulier.

— Mille dieux, ça va être quelque chose.

Il a parlé à mi-voix mais Lucie qui entrait juste à ce moment-là a très bien compris. Elle s'avance :

— Certain que ça doit être bon. Mais votre femme vous dirait qu'il y a pas besoin de faire appel au bon Dieu. Surtout si y en a mille. Comment voulez-vous qu'ils se contentent d'une bouteille si y sont mille ?

— T'as raison. Faut que je fasse attention.

— Ce serait une bonne chose.

— Une bonne chose, sûrement pas meilleure que ce vin.

— Vous l'avez goûté ?

— J'l'ai senti et ça me suffit pour savoir qu'on peut trinquer sans crainte. Apporte des verres.

Il part avec son propre verre et la bouteille. Dès qu'elle le voit arriver, sa femme admire :

— Mon Dieu, quelle couleur pelure d'oignon !

— Je peux te dire que c'est du fameux !

Il verse dans les verres que Lucie lui tend.

— Pas trop, dit Noémie.

— Faut ce qu'il faut. Et faut pour Xavier.

— Mon Dieu !

Avant de boire, Eugène trempe le bout de son doigt dans son verre et, s'approchant du lit, il mouille les lèvres du bébé. Tout de suite, un petit bout de langue sort trois fois et le père tout fier :

— Mon vieux, ça va faire un sacré soiffard, celui-là ! Il a pas l'air de craindre ça du tout.

— Pourquoi y craindrait, fait Lucie, est-ce que ses parents n'aiment pas ça ?

— Goûtons !

Ils prennent une gorgée de vin qu'ils mâchent longuement. Ils se regardent tous les trois et leurs yeux pétillent d'un grand bonheur. Eugène hoche la tête et dit simplement :

— Ça, c'est du vin !

Et les deux femmes répètent :

— Ça, c'est du vin !

Le père lève son verre.

— À mon fils, à ma femme, à mes amis et à la mémoire de Pasteur qui a sauvé la vigne. Et à toi, ma bonne Lucie, qui viens nous aider.

Et ils boivent lentement. Religieusement.

19

Les Roissard ont très bien dormi, le père, la mère et l'enfant qui n'a pas pleuré. Mais, dès quatre heures du matin, Eugène s'est levé et, empoignant ses vêtements, il est parti s'habiller dans la cuisine. Il n'a pas entendu sa femme qui lui demandait :

— Tu te lèves déjà ? Y fait pas jour.

Elle s'est levée aussi et a enfilé une blouse pour le rejoindre.

Il tousse à s'arracher les bronches.

— Mon pauvre, t'as pris froid à Dole.

Il reprend son souffle pour répondre :

— T'inquiète pas. J'ai senti venir et je voulais pas tousser là-bas pour pas le réveiller.

— Reviens te coucher un moment.

— Non. Vas-y, toi.

— Je vais faire le café, mais, mon pauvre homme, si tu te lèves chaque fois que t'as envie de tousser...

— Va donc te recoucher.

— Tu rigoles, c'est pas parce que j'ai fait un enfant que je suis malade. Mais toi, qu'est-ce que tu veux faire avant le jour ?

— Faut que j'aille à la cave.

— Pour quoi faire ?

— Y faut.

Il ne va pas avouer à sa femme qu'il veut descendre voir sa cave parce que son fils est né. Et pourtant, ce matin, il n'a pas d'autre raison d'y descendre.

Dès qu'il a bu son café au lait et mangé un morceau de pain trempé, il prend sa canne et il sort. Il commence par aller ouvrir la porte du poulailler. Tout de suite, les poules filent sur le tas de fumier. Puis il va à l'écurie où il donne à manger au Noir qu'il caresse un peu avant d'aller ouvrir aux trois chèvres qu'il pousse par la porte de derrière vers l'enclos. Il parle à son cheval :

— Toi, je te sors pas. Tout à l'heure, on va monter à la vigne. C'est pas le temps de se reposer, on a un petit gars à nourrir.

Il sort de l'écurie et s'arrête quelques instants au bout de la maison pour regarder le jour qui se lève derrière la colline crêtée d'un bois où un vent léger joue avec les cimes.

— J'sais pas pourquoi, j'ai besoin de descendre à notre cave avant de faire quoi que ce soit.

Et il se rend compte que c'est la première fois qu'il dit « notre cave ». Jusqu'à présent, c'était « ma cave ».

Il ouvre la lourde porte de chêne qui couine un peu. Il allume une bougie qui est toujours sur un petit rayon au-dessus de la porte avec une boîte d'allumettes. Puis il s'engage dans l'escalier qui descend tout droit durant huit marches et mène à une cave assez large où sont le pressoir, deux grandes sapines et trois gros foudres de chêne où un homme peut entrer par un guichet et se tenir debout aisément.

— Mon petit gars, faudra que t'apprennes très jeune à entrer là-dedans. J'suis sûr que t'aimeras ça. Tous les gamins aiment ça.

Il traverse cette première cave en diagonale pour atteindre une porte basse et étroite ouvrant sur un autre escalier qui plonge dans la roche. Quatorze marches très hautes. Il les a comptées cent fois, qui mènent à une cave beaucoup plus petite. Une belle voûte et des niches dans la pierre où sont empilées des bouteilles dont certaines ont plus de cent ans. Elles étaient là du temps du père d'Eugène, le vieux Roissard, déjà connu fort loin par les vrais amateurs de vin jaune. D'autres, en plus grand nombre, ont été empilées par Eugène qui les surveille. Pour les plus vieilles, il a déjà changé les bouchons – un travail pénible et délicat qu'il a toujours fait lui-même. Tout ce qui est ici lui inspire une vénération que la plupart des gens n'imaginent pas. L'an dernier, il y a eu des fêtes du vin en Bourgogne. Un plein autocar est arrivé jusque dans la cour pour voir la fameuse cave.

— Pas question ! Trop de monde.

— En plusieurs fois.

— Vous allez me faire monter la température de deux ou trois degrés. Inutile d'insister.

Et la meute s'en est allée voir les caves d'autres vignerons.

Eugène regarde tout. Il ne touche à rien. Il sait quel vin il ouvrira le jour où on baptisera son petiot. Et il sait que dès que cet enfant marchera, il le fera descendre ici. Il s'en réjouit à l'avance. Il se voit avec ce petit gars qui grandira dans l'amour de la vigne et du bon vin.

— Sûr que ça fera un sacré vigneron ! Quand y sera en âge, on refera certaines parcelles qui seront trop vieilles.

Il fait le tour de cette cave qui est presque une grotte. Il y règne une température parfaite qui ne varie guère au rythme des saisons.

— Tiens, j'aurais dû descendre les deux bouteilles d'arbois qu'on n'a pas entamées. Ça peut vieillir encore. Puis un jour, je dirai à mon petiot : « Tu vois, ce vin-là, y vient de la vigne du plus grand savant que la terre a porté. Monsieur Pasteur. Louis Pasteur. Un nom que tu devras jamais oublier. Et ce vin, il est de mille huit cent nonante-trois. Cette année-là, j'avais dix ans. »

Il s'arrête au pied de l'escalier. Son visage s'éclaire.

— Nom de Dieu, mais c'est ça ! On ouvrira une bouteille le jour où Xavier aura dix ans. M'en vas le dire tout de suite à sa mère !

Il remonte et il lui semble soudain que les marches sont moins raides. Pour un peu, il se mettrait à courir en traversant la cour. Il entre à la cuisine où sa femme est toujours assise devant son bol de café au lait fumant. Il rayonne. Elle le regarde très étonnée :

— Mais qu'est-ce que tu as ?

— Ce que j'ai ? Bordel de merde, je viens de penser à quelque chose. Ces deux bouteilles, elles peuvent vieillir encore.

— Elles vieilliront même si y a pas le bordel et le reste.

— Ah oui, excuse-moi.

Son visage s'est assombri mais s'éclaire de nouveau quand il poursuit :

— Ben, tu sais à quoi j'ai pensé ? Devine.

Elle réfléchit un instant.

— Je sais pas. Tu veux qu'on les boive pour le baptême de Xavier ?

Il a l'air étonné. Presque déçu. Il dit pourtant :

— On pourrait. Mais deux bouteilles, ce serait pas lourd pour du monde. Non. Quand ce vin a été récolté, j'avais dix ans. On ouvrira une bouteille le jour de ses dix ans.

À présent, c'est le visage un peu fatigué de Noémie qui s'éclaire d'une grande joie. Elle se lève. Vient vers lui et l'embrasse.

— T'es pas facile. Faut toujours que tu gueules et que tu mêles les dieux et tout le bataclan à tout ce que tu dis, mais t'es un sacré bonhomme tout de même.

Elle recule d'un pas, le regarde intensément puis, éclatant de rire, elle ajoute :

— Tu veux que je te dise : ben si j'étais comme toi, je te dirais : Sacré bordel de merde, je suis bien aise d'avoir épousé un emmerdeur de ton espèce.

Il la prend de nouveau dans ses bras. Il la serre contre lui :

— Ben moi, je suis content d'avoir épousé une femme qui m'a donné un beau petit gars qui fera un sacré vigneron !

Ils s'embrassent encore et Eugène soupire :

— La seule chose qu'y faut espérer, c'est que Xavier connaisse jamais la guerre. Que cette saloperie revienne jamais nous foutre dans le malheur.

Elle hoche la tête et soupire elle aussi :

— T'es comme moi : j'y pense souvent. Mais pourquoi veux-tu que ça revienne ?

Il réfléchit quelques instants avant de répondre :

— Parce que les hommes sont fous.

Un instant passe, puis Eugène reprend sa canne qu'il avait posée sur le bout de la longue table de ferme.

— C'est pas tout ça, faut pas s'endormir. M'en vas atteler et monter en Rougein pour passer la galère pendant que c'est encore tendre. Toi, j'aimerais que tu te reposes un petit peu.

— T'en fais pas pour moi. La grande va passer ce matin, elle me fera le plus gros.

— Dis-lui de manger la soupe avec nous à midi. Qu'elle boive encore un coup de cette bouteille qu'on a entamée avec elle.

Ils s'étreignent du regard et Eugène part d'un bon pas, comme s'il avait rajeuni de dix ans.

20

Dès qu'Eugène Roissard entre dans l'écurie, le Noir se met à remuer et à battre de la queue.

— T'es comme moi, mon gros, t'as envie de bouger. Ben, on va s'en donner. Et tu sais qu'on a un beau petit gars. Y t'aimera bien. J'en suis sûr et certain. Pis toi aussi, tu l'aimeras bien. Sais-tu qu'il a déjà goûté mon vin ?

Il détache son cheval et, le laissant sortir de sa stalle, il continue de lui parler de ce petit homme dont il sait déjà qu'il s'attachera aux chevaux et au vignoble. Le cheval l'écoute et approuve d'un hochement de tête.

— T'as compris. T'es pas bête, toi.

Il se dirige tout de suite vers le portail grand ouvert et s'arrête sur le seuil pour attendre son harnachement. Eugène prend les harnais, il commence à passer les sangles tout en continuant d'expliquer que son Xavier saura soigner les chevaux. Puis il parle à son cheval de Monsieur Pasteur qui était un sacré bonhomme. Il a sauvé la vigne, l'a plantée et l'a laissée à Arbois donner un fameux vin.

— C'est pas la saloperie au bromure qu'on nous refilait dans les tranchées. Je peux te le dire. Et y m'ont donné la photo d'un tableau de Pasteur. Suffit de voir ses yeux, à c't'homme-là, pour savoir à quel point il était intelligent.

L'attelage terminé, il charge la petite charrue qu'il appelle sa galère sur le cul du char. Il y met aussi un bigot et un fossou. La charrue n'est pas très lourde, mais il a de plus en plus de mal à la lever. Et, comme chaque fois qu'il peine, il s'en prend au temps qui passe et à ses maux :

— Bordel ! Plus ça va, plus c'est dur. Si ça continue à empirer, un jour je pourrai plus rien faire. Et mon petiot, l'est tout de même pas à la veille de se mettre à la besogne. Si d'ici deux ou trois ans je peux plus rien soulever, je me demande comment on va faire.

Son chargement achevé, il dit au Noir :

— Tu m'attends là.

Et il regagne la maison. Sa femme est dans la cuisine, assise près du fourneau, à éplucher des pommes de terre.

— Y dort ?

— Je pense.

— Je peux le voir avant de partir ?

— Bien sûr, mais le réveille pas.

— Sois sans crainte.

Par précaution, il pose sa canne sur la table. Et, marchant le plus doucement possible, il va jusqu'à la porte de la chambre. Il sait où sont les quelques lames du plancher qui couinent et il les évite soigneusement. La porte est ouverte. Il n'entre pas. Il se penche et c'est à peine s'il peut voir un tout petit peu de ce visage enfoui dans les langes. Il reste immobile quelques instants et, sans desserrer les lèvres, il promet :

— Tu seras un bon vigneron. J'en suis certain.

Il regarde encore puis, toujours avec précaution, il s'en va. Quand il arrive à la cuisine, sa femme lève les yeux vers lui.

— Il est beau, hein ? Un ange !

Il approuve de la tête en disant :

— J'ai attelé. J'y vais.

— Tu m'as pas appelée pour t'aider à charger.

— Manquerait plus que ça, ma pauvre femme !

— Je suis pas impotente.

— Tu voudrais pourtant pas monter à la vigne ?

— Dès que je pourrai sortir Xavier, on ira.

— Attends un peu. Mais t'as raison, faut qu'il fasse connaissance avec la vigne tout jeune.

Ils sont heureux tous les deux et les regards qu'ils échangent sont une étreinte.

Eugène sort et traverse la cour. Dès qu'il entend son pas, le cheval tourne la tête vers lui et bat de la queue.

— Tu verrais ça, mon Noir, comme y roupille notre petit gars !

Il y a une joie infinie dans son regard et dans sa voix. Une joie que doit sentir le Noir qui pioche du sabot pour dire qu'il est impatient de tirer. Le vigneron monte sur le siège de sa voiture et, prenant les guides :

— Allez, mon Noir.

Le cheval démarre et, dès qu'ils ont atteint le chemin, il le dirige vers la gauche où la montée s'amorce très vite. Mais ce n'est pas une montée bien pénible pour le cheval dont le char n'est pas lourdement chargé.

À peine ont-ils atteint les premières vignes, la vue s'ouvre sur l'immensité de la Bresse. Le jour qui grandit lèche d'une lumière douce les traînées de brume qui stagnent sur les étangs. Eugène aime ces matins calmes qui promettent de belles journées.

— Tu vois ça, mon Noir, comme c'est beau. Y va aimer ça, notre petit gars. C'est certain : y va aimer. D'ici peu, on va pouvoir l'amener avec nous. Et c'est pas lui qui va te faire lourd à tirer.

Eugène est comme au septième ciel. Il regarde les vignes qu'ils longent. Là, il y en a une très vieille qui appartient à la veuve Boisson.

— La pauvre, elle peut plus faire grand-chose. Un jour, elle sera obligée de s'en défaire. Faudrait pas que je la laisse filer chez d'autres. Y en a toujours qui sont à l'affût pour acheter tout ce qui se présente. Mais notre petit gars, y voudra sûrement agrandir un peu son domaine. Il en aura la force. Et pour peu qu'il marie une courageuse, il leur faudra de la terre. Surtout de la bonne terre à vigne.

Le chemin plus étroit monte davantage. Un bon moment encore et Eugène arrête son cheval. Il descend. C'est toujours pénible avec sa jambe raide. Il pose sa canne devant le siège et se met à dételer. Quand c'est fait, il laisse le Noir brouter de jeunes pousses de la haie et s'en va descendre sa galère.

— Allez, viens, mon Noir.

L'attelage est facile et, tout de suite, le cheval va lui-même prendre place au bas de la première rangée de ceps. Le vigneron empoigne les mancherons.

— Allez, hue !

La bête gonfle sa large croupe et tire fort vers le haut. La terre, ici, est très caillouteuse, mais encore souple des pluies récentes. L'herbe a commencé de pousser. Il était grand temps de venir. Eugène aime beaucoup cette vigne qu'il a plantée voici près de quatre ans. C'est le premier travail important qu'il a pu accomplir quand sa blessure a commencé à le faire souffrir un peu moins. Ce sont des plans de savagnin et il est certain que cette parcelle exposée plein sud lui donnera de quoi faire du bon vin jaune.

— Ho ! Mon Noir.

À mi-chemin du haut, il est obligé de s'arrêter. Le souffle lui manque et il redoute de se mettre à tousser.

— Bon Dieu, quand mon gamin sera en âge de le faire...

Il repart. Et il va aller comme ça jusqu'au bout du dernier rang proche du bois d'acacias qui ne lui appartient pas. Quand il y arrive, il s'arrête un moment pour le regarder.

— Ça aussi, ce serait bon en vignoble. Si un jour les Morin voulaient le vendre. Ils n'en font rien. Trop gros pour faire des piquets et ça vaut rien comme bois de feu. Ça pète trop. Quand Xavier sera en âge, ce serait une chose à avoir pour qu'il dessouche et plante du savagnin.

Il se tourne vers la plaine où les brumes ont disparu. Tout est baigné d'une belle lumière, il commence à faire chaud. Eugène transpire. Il regarde le soleil.

— Doit être plus d'onze heures. On a bien marché, mon Noir. On va se rentrer à la soupe.

Il se réjouit de retourner voir son fils. Il lui parlera de cette vigne et de tout ce qu'il pourra faire quand il sera grand. Il lui semble soudain que cette immensité de pays lui est offerte. Il suffira de travailler pour la gagner.

— Faudrait aussi pouvoir acheter plus bas pour avoir de la terre à foin. Pour l'heure, on a tout juste pour le Noir, mais des fois, avoir deux chevaux, ça rend service. Et puis, on aurait une vache, peut-être que Xavier épousera une fille du bas qui saura traire et qui fera du beurre et du fromage. Quand on a des années pauvres en raisin, c'est bien d'avoir du fourrage. Et des patates, un peu plus.

Quand il arrive dans sa cour, il a construit une ferme plus grande pour son garçon, il a défriché et planté. Et la cave de Xavier est pleine d'un vin jaune que tout le pays lui envie. Le pays et beaucoup plus loin ! Il revient vers la tête de son cheval qu'il caresse en disant :

— Y a pas à tortiller, mon beau, t'as beaucoup plus de souffle que moi !

Carnet de M. Richardon

On vient de célébrer en grande pompe le centenaire de Pasteur et j'apprends qu'un vigneron de notre village s'est rendu à Arbois où on lui a remis une médaille pour son vin. Je ne connais pas encore cet Eugène Roissard mais le curé est assez choqué qu'il soit parti recevoir une médaille alors que sa femme allait accoucher. Moi, je ne suis pas du tout scandalisé. Nous sommes ici dans un pays dont le vin est la principale richesse et la grande fierté. Quand je vois ces vignes accrochées aux flancs très pentus des coteaux, je pense à la peine de ceux qui cultivent ces terres et élèvent ces vins. Bien entendu, la naissance d'un enfant est un événement, mais Mme Roissard n'était pas seule chez elle. Je ne crois pas que son mari puisse être blâmé. Je vois trop à quel point cette terre est ingrate et pénible à cultiver. Les bonnes années sont rares. Je regarde souvent ces femmes et ces hommes qui travaillent à la pioche en des endroits où même le plus adroit des mulets ne pourrait labourer. Je les vois porter la bouille et sulfater en transpi-

rant sous un soleil de plomb. Il paraît que, durant certains hivers, ils doivent remonter à dos d'homme la terre que les pluies arrachent à leurs vignes. Je vois leurs chevaux souvent très vieux. Les seuls que la guerre leur ait laissés. Non, je n'approuve pas ceux qui les jugent durement. Ce curé est sans doute un brave homme, mais il est bien heureux que les vignerons lui donnent de leur bon vin jaune pour célébrer l'Eucharistie. Quand je lui en ai poliment fait la remarque, il a souri en me disant :

— Monsieur Richardon, le mécréant que vous êtes a sans doute raison de me rappeler à un peu plus de charité.

Et il est allé chercher du vin jaune pour que nous trinquions à la santé des bons vignerons et à la mémoire de Pasteur qui sauva la vigne.

Livre II

Cinquième partie

Novembre 1933

21

Le soir tombe. Grand calme. Silence presque parfait.Xavier Roissard descend de la vieille vigne du bois Raclot derrière son père. C'est la vigne à laquelle Eugène tient le plus. C'est lui qui l'a plantée. Elle lui donne un vin comme peu de vignerons du Revermont peuvent se flatter d'en avoir dans leurs caves. Tout du savagnin et uniquement des vieux plants.

Xavier suit donc son père qui tient, sur son épaule gauche, un rouleau de fil de fer et, de la main droite, un énorme maillet à long manche. Il porte deux piquets cassés qu'ils viennent de remplacer tout en haut de cette parcelle, presque à la lisière du petit bois d'acacias. Le père s'arrête. Posant son maillet, il se retourne pour demander :

— As-tu vu le couchant ?

— C'est beau. Tout rouge.

De lourdes nuées violettes montent sur un ciel de braise encore très lumineux. Loin sur la vaste plaine bressane, des copeaux orangés, pareils à de petites flammes, indiquent quelques étangs de la Dombes.

Le père Roissard se met à tousser et à cracher. Gazé, il est toujours à la recherche de son souffle.

L'éclat d'obus qui lui a brisé le tibia gauche l'oblige à tordre un peu le corps pour marcher, surtout dans la descente assez raide de ce coteau. Là, il se tient de la main droite sur le manche de son maillet, sa main gauche à plat sur sa poitrine où il sent une brûlure extrêmement douloureuse qui lui taraude les bronches chaque fois qu'il est arrêté par une forte quinte de toux. Il crache à plusieurs reprises, puis aspire une longue goulée d'air. Il passe deux fois le dos de sa main sur sa grosse moustache grise avant de se mettre à grommeler comme s'il faisait demandes et réponses :

— Beau ? Si tu veux. Mauvais présage. Ta mère serait là, tu l'entendrais : « Rougeur du soir emplit les abreuvoirs... » Bon, ma foi, quand la vendange est dans la cave, y peut pleuvoir. Ça fait pas de mal. Mais c'est pas à la pluie que je pense. On dit aussi : « Ciel de sang appelle le sang. »

Il s'arrête encore pour tousser. Mais de quel sang est-ce qu'il veut donc parler ? Un jour, on a donné à Xavier une orange sanguine, il sait que ce n'est pas à ça que pense son père qui n'aime pas les oranges. Alors le vieux vigneron reprend :

— Me souviens, en 14, à la veille que je parte mobilisé, je me tenais dans cette même vigne avec mon père. On venait déjà de changer des piquets. Et on a vu un ciel tout pareil... Sacré bonsoir, celui qui m'aurait dit vers quoi on allait, j'aurais pas voulu le croire !... C'est sûr. Mon pauvre petiot, Dieu te préserve de vivre ce qu'on a connu... Oui, Dieu te préserve !

Et il se remet à descendre. Xavier reprend ses deux tronçons de piquets et suit le vieux. Il n'est pas vraiment étonné. Il a tellement l'habitude de l'entendre se plaindre de ce qu'il a subi à la guerre qu'il juge ça tout naturel.

Il regarde toujours le ciel qui continue à se métamorphoser. De lourdes nuées montent de l'ouest, pétries par le vent, mais où ils se trouvent, c'est toujours le grand calme. De longues lames d'or piquent çà et là sur la vallée de la Saône, très loin. Sur le Revermont, pas le moindre souffle. Un vol de corbeaux passe au ras des cimes du bois pour plonger vers les terres basses où serpente le ruisseau. Sans s'arrêter ni se retourner, le père grogne :

— Oiseaux de malheur... J'aime pas ça non plus... Mauvais présage.

Il fait trois pas en mâchouillant quelques mots que le garçon n'arrive pas à comprendre puis, plus clairement, il se rappelle :

— Oui, ce soir-là, j'étais ici même avec mon père qui s'est mis à me parler de septante. Il se souvenait très bien d'avoir vu les casques à pointe défiler dans les rues de Lons avec leur musique qui n'a rien à voir avec nos clairons. Ils ont des espèces de petits flûtiaux et des tambours plats.

Ils arrivent en bas de la vigne où serpente un chemin tout creusé d'ornières. Ils viennent de s'y engager quand ils voient le cousin Marcel traverser le pré à grandes enjambées. Xavier admire beaucoup ce grand gaillard fort comme un bœuf qui tient un bistrot à Lyon et vient souvent les voir quand il fait sa tournée du Revermont pour acheter du vin aux vignerons des environs. Il l'impressionne par sa taille, sa force et son savoir. Et l'enfant sait que Marcel a été un très bon joueur de rugby.

Le géant pose une main sur la tête d'un piquet et bondit par-dessus le fil de fer. Le père s'énerve :

— Me déglingue pas ma barrière. Y a une porte, sacrebleu ! T'as la flemme de faire le tour ! Et tu vas nous ensauvager nos chèvres.

Marcel ne l'entend pas. Fonçant vers Xavier qui laisse tomber ses bouts de piquet, il crie :

— Tu me fais pas peur avec tes triques, freluquet !

Il a une voix de basse puissante et des mains comme des pelles à blé. Il se baisse, empoigne l'enfant et le lève à bout de bras avant de le serrer contre lui en disant :

— T'as vu un peu, ce coucher de soleil !

Le père grogne :

— Ciel de sang au couchant...

Le bourdon du grand Marcel coupe le souffle du vieux vigneron.

— Du sang ? Qu'est-ce que vous me chantez là, mon oncle ? C'est pas du sang, c'est de la gelée de groseille. Un couchant groseille met du vin dans les seilles !

Et il éclate d'un énorme rire qui finit par gagner le père Roissard. Mais chez lui, le rire se termine toujours par une forte quinte de toux qui fait dire à Marcel :

— Tu vois, mon petiot, ton père c'est le meilleur vigneron que je connaisse dans tout le Revermont, mais il suffit de lui parler de vin pour qu'il se mette à tousser comme un malheureux.

Le cousin abandonne le père et emporte Xavier au grand trot vers la maison. La mère vient juste d'allumer la suspension dans la cuisine. La porte est ouverte. Marcel se courbe en avant pour passer le seuil :

— Baisse la tête, cavalier !

Il doit tout de même poser le garçon tout de suite sur le carrelage car il risquerait de heurter du front les paniers et les bassines accrochés aux chevrons du plafond.

— Alors, ma tante, toujours aussi dangereux de venir chez toi !

Il se dirige vers le fond de la pièce où Noémie Roissard se tient devant la cuisinière noire. Elle exulte. Elle adore ce neveu dont elle s'est beaucoup occupée quand il était jeune, car c'est un fils de la sœur de son époux. Une brave femme morte alors que l'enfant avait à peine sept ans.

— Toi, grand gognand, si tu ne trouvais pas toujours à redire, je me ferais du souci pour ta santé !

Marcel s'incline pour embrasser sa tante, puis, pivotant d'un quart de tour, il se penche vers la cuisinière et soulève le couvercle d'une cocotte en fonte.

— Je le savais en entrant. Tu es toujours la reine du gras-double au vin jaune, ma tante. Et tu sais que j'aime ça bien plus encore que le tablier de sapeur !

— Et Mathilde ? Où est-elle ?

— Au bistrot, pardi.

— Elle aussi, elle aime mon gras-double, mais elle y a pas droit.

— Faut bien qu'elle reste pour garder. On va pas fermer une veille de fête.

— Toujours les femmes qu'on sacrifie, soupire Noémie Roissard.

Eugène, qui vient d'entrer, pose son maillet et son fil de fer près de la porte et dit :

— Sauf à la guerre. Là, c'est bien les hommes qu'on sacrifie pendant que les femmes ont la belle vie.

— Putain de guerre ! lance Marcel de sa voix la plus profonde, est-ce qu'un jour on va arrêter de nous en parler ?

Le vigneron hausse les épaules et va s'asseoir près de la longue table qui occupe le centre de la pièce. D'une voix fatiguée, il grogne :

— Tu as raison, mon grand. Viens boire un coup en attendant la soupe. Pas besoin de parler de la guerre, elle viendra assez vite toute seule.

— Dites pas ça, mon oncle. D'abord, une guerre ne vient jamais toute seule. Si elle vient, c'est que des salauds sont allés la chercher.

— Des salauds, oui. Tu as raison. Mais toi, tu as de la chance d'être trop jeune sinon... Seulement s'il en revient une, tu seras bon pour la faire.

— En tout cas, s'ils doivent venir jusqu'ici, vaudrait mieux vider votre cave avant qu'ils s'en occupent, comme ça on pourra foutre le camp sans être trop chargés.

Le regard du vigneron s'est assombri. Il fronce les sourcils et repousse derrière son crâne chauve sa casquette grise que la sueur a marquée. Il serre les lèvres comme s'il se retenait de parler. Puis, regardant sa femme, il souffle d'une voix sourde :

— J'espère ne jamais les voir ici. Mais on va tout de même en boire une bonne ! Allons, donne la bouteille que j'ai débouchée.

Marcel se tourne vers Xavier qui se tient à sa gauche, debout, un peu raide, comme hésitant.

— Viens là, garnement !

Le garçon s'avance. Marcel le tire contre lui et le serre fort en demandant :

— Alors, la rentrée ? Raconte un peu comment ça se passe. Est-ce que tu travailles ?

Embarrassé, Xavier répond qu'il est assez content puis, tout de suite, sur un autre ton et avec une belle clarté dans ses yeux bleus, il lance :

— Ce soir, y a la retraite. Je vais porter un lampion. Puis demain, on va à Lons. Le maître a dit : « Ce sera un 11 Novembre pas comme d'habitude, tâchez d'être astiqués pour pas me faire honte. »

— Qu'est-ce qu'il va donc se passer ? demande le cousin.

C'est Noémie Roissard qui répond :
— On sait pas. Mais je lui ai acheté une culotte neuve.
Et Xavier s'empresse d'ajouter :
— Une culotte longue !
Marcel s'extasie :
— Des pantalons à dix ans, eh bien ! mon vieux, quand je vais dire ça à Mathilde, elle va regretter de pas être venue. Mais tu viendras nous voir à Lyon, avec ton pantalon d'homme.
Le garçon se tourne vers son père pour demander :
— C'est vrai, papa, qu'on irait à Lyon ?
Le regard du vigneron s'éclaire. Levant son verre où le vin jaune vient d'être versé, il le tend vers celui que tient le grand Marcel.
— À la tienne... Certain que ça me ferait rudement plaisir de revoir Lyon. Voilà plus de dix ans que j'y suis pas retourné.
Xavier se met à tourner autour de la table en battant des mains et en chantant :
— Chouette, papa va m'emmener voir ma cousine Mathilde ! Chouette, papa !...
Les deux hommes dégustent ce vin doré. Ils le gardent longtemps dans la bouche. La femme goûte aussi, mais, tout de suite, elle retourne à sa cuisine et remue des casseroles. Le vigneron cligne les yeux et regarde Marcel.
— Alors ?
— C'est quelque chose !
Eugène Roissard se met à rire doucement.
— C'est toujours pas ce que tu risques de servir dans ton café.
— Comme vous dites, mon oncle, ça risque pas. Ils n'aiment que le beaujolais. Il est de quelle année ?

— Devine !

Marcel hausse les épaules. Son lourd visage se plisse et sa tête va de droite à gauche.

— Je ne veux pas me risquer, mais c'est une grande année. Peut-être d'avant-guerre.

Le vigneron se redresse et se tourne vers sa femme.

— Il est fort, ton neveu. Eh bien, oui ! c'est du 1911. En fût jusqu'en 18 et mis en bouteilles par mon pauvre père qui ne l'aura pas vu vieillir longtemps.

Son visage redevient sombre. Il hésite un instant avant de reprendre :

— Mon père, tu peux dire qu'il savait soigner le vin.

— Et vous avez bien suivi son exemple, mon oncle.

La tête d'Eugène Roissard fait trois fois non.

— Pauvre de moi. À côté de mon père, je suis rien. Rien de rien. Faut dire que l'année 11...

— Et cette année ?

— Trop tôt pour se prononcer, mais j'ai peur que ce ne soit pas dans les très bons.

Ils boivent à nouveau et leur manière de se regarder et de hocher la tête vaut mieux qu'un long discours.

Avant son gras-double au vin jaune, Noémie Roissard apporte sur la table une grande soupière blanche ventrue où elle vient de verser, sur du pain coupé en petits cubes, un bouillon de poule qui embaume lui aussi.

— Décidément, fait Marcel, ici, rien qu'à respirer au-dessus des marmites, on est nourri. Et à respirer au-dessus des bouteilles, on finirait par se saouler.

Les regards s'allument. Le grand pose sa main sur la nuque du gamin qu'il secoue un peu en ajoutant :

— Ça m'étonne pas que tu sois si costaud, garnement. Si j'avais été nourri comme toi, je serais plus fort que Rigoulot...

Sa tante l'interrompt :

— Dis donc, tu vas pas te plaindre. Ta pauvre mère était meilleure cuisinière que moi. Et elle t'a assez gâté.

Une ombre passe sur le regard de Marcel qui dit, d'une voix plus douce :

— Tu as raison tante. Ma bonne maman m'a assez gâté. Et je donnerais gros pour qu'elle soit encore là !

Ils prennent cette soupe fumante où ont cuit des carottes, des raves et un gros poireau dont ils mangent des morceaux en continuant de parler du vin.

Xavier écoute, très attentif, mais sans oser poser de questions. Il a l'habitude des conversations où le vin tient une place importante et il sait qu'un jour il sera vigneron. Mais aujourd'hui, il pense surtout à la retraite aux flambeaux qu'il ne veut pas manquer. Il pense aussi que, demain, il doit se rendre à la ville avec ses camarades et sous la conduite du maître pour une cérémonie dont on leur a annoncé qu'elle sera un très grand moment. M. Richardon leur a promis : « Un 11 Novembre dont vous vous souviendrez toute votre vie ! »

Comme sa mère enlève la soupière et apporte la cocotte où le gras-double fume, il annonce à Marcel :

— Demain, y a le clairon Sellier qui vient jouer au monument à Lons. Toute la classe y va. Avec en plus toutes les écoles du canton.

— Sellier, qui c'est celui-là ?

Gravement, le vieux vigneron reprend la parole :

— Je suis étonné que tu ne le connaisses pas.

— J'ai entendu ce nom, mais je ne vois pas de qui il s'agit.

— Si tu avais fait la guerre, tu saurais que c'est celui qui a sonné le cessez-le-feu le premier, le matin du 11 novembre 18.

— Allons, fait Noémie. Comment veux-tu qu'il s'en souvienne, il avait à peine quatorze ans. Mangez votre gras-double. Il va bientôt être l'heure. Et Xavier va porter un lampion. Tout de même, vous n'allez pas lui faire rater ça.

22

C'est l'heure de la retraite aux flambeaux. Ils sont sortis tous les quatre mais Marcel et Xavier partent devant en courant. Noémie sourit :

— Ce grand Marcel, il est encore aussi gamin que notre Xavier. Ça lui manque beaucoup que Mathilde ne puisse pas lui donner un enfant.

Eugène, armé de sa grosse canne, boitille à sa gauche. Il hésite un peu avant de grogner :

— Tout de même, ce qu'il nous a dit tout à l'heure... Je n'ai pas voulu aller plus loin, je ne veux pas me disputer avec lui...

— Bah, laisse voir faire. Il dit ça, mais si la guerre venait...

— J'espère qu'il saurait se conduire en homme !

Le vigneron hésite, fait trois pas en silence, puis, d'une voix plus sourde, il ajoute :

— Un dans la famille, c'est bien assez pour que des gens nous lorgnent de travers. Et même que certains nous tournent le dos.

Sa femme aussi marque un temps. Elle regarde autour d'eux car ils ne sont plus seuls à marcher en direction de la place, puis, baissant le ton et s'approchant de son homme, elle répond :

— Lui, au moins, il est vivant !

Eugène soupire et, les dents serrées, il laisse aller :

— Vivant... Mais avec la honte... Des fois...

Il n'achève pas. Ils atteignent la place de l'église où l'instituteur est en train de faire mettre les enfants en rang par deux. Trois pompiers dont les casques luisent à la clarté des réverbères leur distribuent des lampions tricolores où tremblotent les flammes des bougies. La fanfare est déjà en place et Domarin, le tambour, est en train de tendre la peau de sa caisse claire. Il bat quelques petits coups. Un bugle et une contrebasse lâchent quelques notes. Il y a aussi trois clairons tout à fait en tête. L'un d'eux est le chef. C'est un grand maigre qui vient d'enlever sa casquette pour en éponger le cuir avec un mouchoir à carreaux violets et blancs.

— Si Feutrot transpire déjà, remarque Noémie, qu'est-ce que ça va être après.

— T'inquiète pas, ils auront de quoi se rafraîchir le gosier.

— Combien tu as donné ?

— Cinq bouteilles, comme toujours. Si tout le monde en a donné autant, va y avoir de la viande saoule.

Marcel, qui vient de les rejoindre, s'enquiert :

— J'espère que c'est pas du 1911 que vous avez donné.

— Bigre non ! Mais tu sais, j'ai que du bon vin dans ma cave. Ce que je donne, tu peux croire que c'est pas de la piquette. J'en connais qui en feraient bien leurs réveillons !

Feutrot, qui a remis sa casquette, vient de souffler deux notes dans son clairon. L'alignement s'achève et tout le monde s'immobilise. La voix un peu rauque de Feutrot domine les parlotes :

— Pour tout le monde : garde à vous ! À mon commandement, la retraite en partant. *Un, deux !*

Les clairons se lèvent et tournent en jetant des éclats de feu. Celui du chef monte haut et retombe, entraînant le tonnerre des cuivres et des caisses. Derrière les enfants de l'école, la fanfare déboîte. Ils sont bien une bonne douzaine et, dès qu'ils sont passés, le public se met en marche derrière eux. Eugène Roissard laisse le bruit s'éloigner.

— Si vous voulez suivre. Moi, avec ma patte...

— Tu viens, mon grand ?

— Merci, ma tante. Ça m'a fait plaisir de voir passer Xavier, mais vous savez, tout ce qui fait penser à l'armée, moi... Je reste avec l'oncle.

— Ne vous battez pas, fait-elle en s'éloignant.

— Ça ne craint rien, lance son homme, il est trop fort pour moi !

— Et puis, fait Marcel, s'adressant seulement à Eugène, je ne vois pas pourquoi on se battrait.

Ils marchent lentement en direction d'un banc sous le gros tilleul qui se trouve à gauche de l'église. Le vigneron fait quelques pas en silence avant de répondre :

— Avec les idées que tu as...

— Quelles idées ?

— Ta manière de dire que tu pourrais déserter. Tout de même. Et ici, devant ta tante encore.

Bougon, Marcel hausse les épaules et grogne :

— Oui, je sais, c'est pas malin.

Ils viennent d'atteindre le banc lorsqu'un homme qui s'appuie sur une canne lui aussi débouche de derrière le tilleul. Comme il va vers le banc de pierre, il grogne :

— Au rendez-vous des éclopés.

Puis, s'adressant à Marcel :

— Mais toi, t'es pas infirme, t'es solide sur tes pattes. Un grand sportif comme toi, tu peux marcher.

— Je n'allais pas laisser l'oncle tout seul.

Ils s'assoient tous les trois et Eugène s'adresse au boiteux :

— Tiens Gaston, toi qui es du conseil, est-ce que tu sais pour quelle raison le maître emmène les enfants à Lons, demain ?

Gaston, qui est un gros homme joufflu et rouge, souffle très fort, puis lance :

— Ça alors, si tu le sais pas, t'es le seul du pays. Tu lis donc pas le journal ? Tu causes à personne ?

— Le journal ? Je lis *La Croix du Jura* le jeudi. Et pour le reste, tu sais bien que, nous autres, on est un peu à l'écart.

— Eh bien, mon vieux, demain, il y a le clairon Sellier qui vient sonner le cessez-le-feu.

— Qui c'est celui-là ? demande Eugène.

Le conseiller municipal a un haut-le-corps. Ses joues se gonflent un peu plus et il s'exclame :

— Bordel ! tu le connais pas, toi ? Mais c'est le clairon qui a sonné le 11 novembre 18 ! Depuis, chaque année, il va sonner dans une ville qui le demande.

— Tu vois pas que je me paye ta tête ? C'est sûr que je le connais. C'est un grand musicien, en quelque sorte !

— Rigole pas, fait Victor, tous les anciens s'en souviennent, de ce jour-là. Je me doute que tu l'as pas oublié non plus. En tout cas, si vous voulez descendre demain matin, je vous conseille de pas traîner au lit. Moi, je peux pas vous prendre, on sera complet dans mon auto, et ton attelage, Eugène, pour le garer, faudra pas être trop tard sur le champ de foire ou sur la place, à l'entrée de la ville. À l'intérieur, tout risque d'être barré.

— J'ai pas l'intention de descendre, répond le vigneron. Et toi, Marcel, t'as ton vélo.

Le grand se met à rire :

— Moi, j'suis venu pour acheter du vin. Demain matin, je prends la route pour Arbois. Ici, vos vins sont trop chers pour mes clients. Et de toute façon, c'est du rouge que je veux remporter.

— Tu risques de pas trouver grand monde dans les caves, fait le conseiller.

— Je sais chez qui je vais. Ceux-là sont comme moi, y seront pas au défilé.

Gaston reprend sa canne et, poussant une sorte de grognement, il se lève :

— C'est bon, je vas aller pour le vin d'honneur, si vous voulez venir avec moi...

— On va attendre ma Noémie, répond Roissard.

Le boiteux s'éloigne. Le vigneron attend un peu et dit :

— J'crois que tu l'as peiné un petit peu.

— J'ai rien dit de mal ?

— Tu vois comme il est arrangé. Touché au genou et à la hanche. Il était vigneron, y peut plus, il boite plus que moi. Et son fils tué huit jours avant la fin... Faut comprendre. Pour lui, le 11 Novembre, c'est pas rien.

— Je comprends... Et pour vous, mon oncle, c'est...

— Moi, c'est pas pareil.

— Pas pareil ? Parce que vous boitez moins ?

— Non. Mais c'est dur tout de même.

Les clairons et les tambours se rapprochent. Bientôt, les premiers flambeaux débouchent en haut de la place.

— Veux-tu aller au vin d'honneur ? demande le vigneron.

— Ça ne me tente guère, mais si vous y tenez...

— Non. Avec ma patte, rester planté... Ta tante attendra le gamin. Nous deux, on va se rentrer tranquillement.

Ils marchent un moment sans rien dire. Croisent quelques retardataires qui se hâtent et les saluent sans s'arrêter. Un petit homme sec crie :

— Salut, Marcel, c'est par là-bas les coups à boire !

— Merci, dit Marcel qui se tourne vers son oncle pour demander : Il vous dit rien, à vous ?

Roissard s'arrête et regarde le grand qu'il voit mal car le réverbère le plus proche les éclaire à peine.

— Depuis la fin de la guerre, il nous bat froid à ta tante et à moi. Et pourtant, la guerre, il l'a faite à l'arrière, planqué chez son cousin qui avait toujours son usine.

— Et alors ?

— Alors, un jour il a reproché à ta tante d'être la sœur d'un déserteur. Je voulais aller le corriger. Noémie n'a pas voulu. Je le regrette encore.

Marcel soupire. Ils se remettent à marcher. Les échos de la fanfare viennent jusqu'à eux. Le grand attend qu'ils soient assis tous les deux dans la cuisine devant un verre de vin jaune.

— Écoutez, mon oncle, il ne faut pas que cette histoire vous empoisonne la vie. Mathilde a voulu savoir. Elle s'est renseignée. Elle a écrit. Nous avons eu des nouvelles.

Son oncle hausse les sourcils. Sa moustache se met en accent circonflexe sur sa lèvre qui tremble légèrement.

— Et alors ?

— Eh bien, ce n'est pas très brillant.

— Quoi donc ?

— Vous savez, Arthur, c'était un bon vigneron. Un vrai qui aimait la terre. *Sa* terre.

— Il avait qu'à y revenir.

— Mettons qu'il ait eu tort. Mais je ne crois pas qu'il soit très heureux là où il est.

— La faute à qui ?

Le grand lève ses longs bras et les laisse retomber en soupirant :

— Fatalité !

— En tout cas, je vais pas le plaindre. De la terre, y en a partout. Y peut travailler...

Marcel a une sorte de ricanement triste :

— La terre, quand on en a des mètres au-dessus de la tête, des fois, pour la travailler...

Le vigneron a une espèce de sursaut. Son visage se creuse de rides et ses yeux s'agrandissent :

— Quoi ? Y serait mort ?

Marcel fait non de la tête et sourit.

— Pas encore. Mais vous savez qu'il a épousé la fille des cultivateurs chez qui il travaillait comme prisonnier de guerre...

— Une Boche, quoi !

— C'est ça. Mais quand le frère de cette fille qui était soldat...

Le vigneron l'interrompt en parlant durement :

— Encore un Boche. Et si ça se trouve, c'est lui qui a balancé la saloperie qui m'a arrangé la jambe ou le gaz qui me ronge les poumons.

— Possible.

— Tu voudrais pas que j'aille le remercier !

— Il ne s'agit pas de ça, mon oncle. Laissez-moi continuer. Donc, ce démobilisé revient, il reprend le train de culture et fout sa sœur dehors avec Arthur et leur garçon.

— Un petit Boche !

Agacé, Marcel se contient mais dit tout de même :

— Ben oui, un petit Boche qui est le cousin de Xavier.

Là, le vigneron explose. Frappant du poing sur la table, il fait vibrer les verres et crie :

— Bordel de Dieu ! Tu voudrais pas que je l'invite à venir boire mon vin ? Et manger du pain blanc !

Le grand a de nouveau un geste, une grimace et un soupir profond avant de dire :

— Ce n'est pas avec de la haine qu'on évitera les guerres. Toujours est-il que ce pauvre Arthur qui aimait tant le soleil travaille avec un cheval au fond de la mine.

Là, le vigneron ne peut se retenir de rire.

— Bordel, lance-t-il. Y fait tout de même pas de la vigne !

— Non. Il extrait du charbon, ou du fer, je sais pas.

— Y a pas de sot métier. Y a que le cheval qu'on peut plaindre.

— Mais il y a des métiers terribles.

— Ma foi, c'est pas moi qui l'ai expédié en Bochie. Il aurait pas fait le con, il serait revenu et il aurait les vignes qui se sont vendues à la mort de sa mère qu'on a enterrée sans lui. Des vignes rachetées par ce bon à rien de Barbier qui trouve moyen de faire du mousseux, une vraie piquette avec des terres pareilles...

Un moment coule avec des bruits et des éclats de voix qui viennent de l'autre bout de la rue, puis le grand Marcel dit :

— Vous savez, mon oncle, pour les Allemands

depuis quelque temps, ça doit pas être tout rose. Oubliez pas qu'au début 23, c'est-à-dire y a dix ans, on a réenvahi la Ruhr...

Le vigneron l'interrompt pour grogner :

— Et alors, y nous avaient pas envahis, en 14 ?

— Il paraît qu'ils en ont bavé. Et avant, ils avaient déjà eu une sorte de petite révolution. À présent, ils ont cette espèce de cinglé d'Hitler qui risque de foutre la pagaille.

— C'est leur affaire. Je vais pas les plaindre. Ils m'en ont assez fait baver et j'ai vu mourir assez de mes copains par leur faute.

Le grand essaie d'expliquer au vigneron que ce n'est pas la population laborieuse qui est responsable de la guerre, mais Eugène Roissard ne veut rien entendre. Il se ferme sur ses propres souffrances, sur tout ce qu'il a vu de douleur et de peine. Il marmonne :

— Leur Hitler, ça va pas durer longtemps.

— Hindenburg l'a nommé chancelier. Et il est soutenu par les gros industriels qui lui filent du pognon. Même les évêques sont de son bord. Et il est en train de mettre sur pied une espèce de police qui risque de leur en faire baver.

— On aurait bien besoin d'en avoir une qui foute un peu d'ordre chez nous. Quand tu vois comment se conduisent les communistes !

Marcel serre les poings et pousse un énorme soupir. Il se retient de répondre. Un long moment passe. Le vigneron le regarde fixement. La nuit semble peser très lourd sur la maison. On la sent là, dans cette cour, car la porte est restée entrouverte. Marcel perçoit un bruit de pas.

— Je crois que les voilà qui reviennent.

Il se tait. La porte vient de s'ouvrir en grand et Noémie entre derrière son garçon rayonnant qui crie :

— Vous avez vu ça ?

— On a vu, dit Marcel. Tu étais très beau.

— Et vous êtes pas venus au vin d'honneur ?

— Ton papa avait mal à sa jambe.

— Ben, on a eu de la limonade avec de la grenadine.

— Allez, dit sa mère, c'est l'heure de monter au lit si tu veux voir ce clairon Bourrelier dont tout le monde parle.

— Pas Bourrelier, rectifie Marcel : Sellier. C'est pas son métier, c'est son nom ! Allez, Xavier, au lit, sinon tu viendras pas à Lyon voir Mathilde.

23

Le matin du 11 Novembre, il fait un temps splendide. Une petite bise sans méchanceté miaule sur le vignoble où tremblent encore quelques feuilles rousses. Dans un ciel limpide, la lumière grandit. Elle ruisselle au long des coteaux pour atteindre les prairies des bas-fonds où étincelle la rosée.

M. Richardon marche à hauteur du premier rang. Les élèves, garçons en tête, vont par trois. Le petit Paillet est au centre. Devant le monument aux morts du village, l'instituteur ordonne une halte.

— À toi, Daniel, dit-il de sa grosse voix un peu sombre.

Le garçon aux yeux noirs s'avance seul et va poser un bouquet de fleurs au pied du socle dominé par le poilu de bronze qui lève la main droite et fléchit des genoux en ouvrant grande la bouche.

Paillet réprime un sanglot, s'immobilise en fixant le nom de son père au bas de la liste : « Paillet Jules 1890-1933. »

M. Richardon pense : « 33, on croirait qu'il n'est pas mort de la guerre. Pourtant... »

À voix haute, il ordonne :

— Allons !

Daniel rentre dans le rang et le défilé reprend. À sa droite, va Jean-Pierre Grasset, un petit blond à l'œil vif et au visage tout en os. À sa gauche, Xavier Roissard, son meilleur copain, comme lui fils de vigneron.

La marche est joyeuse. Pour les enfants, le matin du 11 Novembre n'est pas vraiment noyé de tristesse, et, aujourd'hui, le ciel semble pousser à la joie.

À l'entrée de Lons, le petit autocar qui les a conduits s'arrête devant la maison de l'octroi. Les enfants descendent et se mettent en rang. M. Richardon fait aligner sa troupe :

— À présent, nous marchons au pas. Personne ne souffle mot. Pas même les filles ! Allez : en avant, marche ! Une deux. Une deux !

Tête haute, très fiers, les élèves se mettent en marche. Jusqu'à la place de la Chevalerie, un défilé impeccable que bien des gens admirent d'un air grave.

Ici, pas de poilu perché sur un socle. Des plaques de marbre en demi-cercle où sont gravés des noms. Devant, une section du 60e régiment d'infanterie monte la garde. Les soldats sont casqués. Le soleil fait luire l'acier des baïonnettes. Presque tous les garçons rêvent.

— Ce que je voudrais être soldat !

Jean-Pierre Grasset décide :

— Je serai général. Et je vous en ferai baver !

Le maître d'école ne peut s'empêcher de grommeler :

— Les morts, on devrait leur foutre la paix ! Leur apporter des fleurs, oui, mais pas leur présenter les armes... J'ai peur qu'il y ait toujours des guerres.

Il se tourne vers ses élèves. Il lit dans tous les

regards, même dans les yeux du petit Daniel, une admiration et une grande envie. Il soupire profondément. Il cesse un instant de voir le monument et les soldats pour ne contempler que des visages. Ceux des garçons de son âge qu'il a vus mourir. « Ils n'ont pas eu la même chance que toi », pense-t-il.

Il tourne la tête, le temps d'essuyer une larme. Il a envie de décrocher sa médaille. Il se raidit. Il ferme les yeux le temps de se reprendre.

Des gens arrivent qui s'immobilisent à quelques pas du monument.

Un long moment passe puis, très loin, des tambours se mettent à rouler. Des clairons sonnent. La clique du 60e arrive, suivie par des drapeaux.

M. Richardon se demande : « Est-ce qu'un jour les hommes parviendront à comprendre qu'on ne tue pas la guerre sans tuer les armes ? Parle ainsi et ils te traiteront de communiste, d'anarchiste, de défaitiste, de lâche. » Il est venu là avec, au cœur, une certaine joie un peu sombre. Les morts sont morts. Leur rendre hommage. Ma foi ! C'est un devoir qu'il faut s'imposer avec cœur. Mais la stupidité...

Soudain, l'instituteur sursaute. Il était loin et un coup de gueule d'un adjudant le ramène à la réalité.

— Garde à vous !

Malgré lui, par un vieil automatisme, il vient lui aussi de claquer les talons. Et tous ses élèves se sont mis au garde-à-vous. Il les regarde et le visage de Xavier Roissard le frappe. L'enfant ouvre des yeux immenses. Il resplendit. On dirait qu'une lumière est en lui.

Les soldats sont figés. Leur chef lance l'ordre :

— Présentez... armes !

Les fusils montent. Tout se fige.

Un homme s'avance. Vêtu d'un costume noir. Tête nue. Cheveux gris. Il s'immobilise à quelques pas du monument et lève son clairon. Il sonne. Une sonnerie qui semble un peu triste.

L'instituteur regarde de nouveau ses élèves. Une fois encore, le visage du petit Roissard le frappe. L'enfant ne sourit pas vraiment, mais une joie profonde, tout intérieure, semble l'habiter et déborder de lui. À sa gauche, le petit Paillet pleure à chaudes larmes. À la gauche de cet orphelin, Jean-Pierre Grasset, plus raide qu'un piquet, serre les lèvres. Ses yeux bleus sont pleins d'un vrai bonheur. M. Richardon hoche lentement la tête. Sans desserrer les lèvres, il murmure :

— C'est à la guerre qu'ils pensent, pas aux morts. À la guerre fraîche et joyeuse...

24

Après la prise d'armes qui a suivi le dépôt des gerbes, il y a eu un défilé. Toutes les écoles du canton y ont participé et M. Richardon a été félicité par un commandant pour la belle tenue de ses élèves. Très ému, il a continué tout de même à penser à toutes ces décorations et à la sienne et n'a pu s'empêcher de trembler à l'idée qu'un jour, peut-être, ses élèves seraient appelés à prendre part à une guerre.

Le défilé terminé, les enfants se rendent, toujours en bon ordre, dans les différentes écoles de la ville pour un apéritif d'honneur offert par le conseil municipal. La petite troupe de M. Richardon se dirige vers l'École normale d'instituteurs. Sous le préau de l'annexe, de longues tables attendent avec des boissons fraîches et des plateaux où l'on a aligné des tranches de saucisson, du pain de mie, du pâté, des noix, des noisettes, du raisin et des figues.

Les élèves de M. Richardon viennent à peine d'arriver que le grand Roussot et son copain Collin s'approchent de Xavier. Ils le poussent dans un angle du préau. Tout de suite, Roussot s'en prend à lui :

— Dis donc, ton oncle, il est pas sur le monument

à Lons. Il est pas sur celui de chez nous. Tu disais : « Il est à Lons. » Mon cul !

— Laisse-moi !

Roussot est le pire des cancres. Noémie Roissard, qui a toujours recommandé à son fils de l'éviter le plus possible, dit de lui : « C'est un voyou qui parle à sa mère comme personne oserait parler à un chien. »

— Ton oncle, il y est pas parce qu'il a foutu le camp chez les Boches.

— Pas vrai. Il est mort et on n'a pas retrouvé son corps.

Roussot et son copain partent d'un grand rire.

Xavier essaie de filer mais Roussot, plus grand et plus fort, le retient. Le petit Paillet et Grasset qui viennent de voir que quelque chose va mal arrivent en courant. Grasset est beaucoup plus petit que Roussot mais très rapide et nerveux.

— Laisse-le !

— Son oncle a déserté...

— Fous-lui la paix avec ça.

Le grand Roussot hurle :

— Et mon cul, il te...

Le poing de Grasset lui arrive en pleine face et son nez se met à pisser rouge.

Un normalien, témoin de la scène, accourt, empoigne Roussot qui cogne des pieds et des poings tandis que M. Richardon accourt lui aussi avec le directeur de l'École normale.

— Et on s'étonne qu'il y ait des guerres !

Hurlements de Roussot aussitôt conduit à l'infirmerie tandis que M. Richardon félicite Xavier qui est blême :

— Tu l'as bien arrangé.

Mais Grasset, très fier de lui :

— Non, m'sieur. C'est pas lui, c'est moi. Et il l'a pas volé... Et y me fait pas peur ce grand con !

— Qu'est-ce qu'il t'a donc fait ?

Un récit à trois voix : Grasset, Paillet et un peu Xavier Roissard. Le normalien revient et s'en mêle :

— Ce garçon est un forcené. Regardez-moi ça !

Il montre sa veste grise dont une poche pend, à demi arrachée :

— Un voyou, fait M. Richardon. Mais qu'est-ce qui lui a pris, d'un seul coup ? Mon pauvre Xavier, même si ton oncle n'a pas été tué, il a pu être blessé et fait prisonnier. Il est peut-être allé mourir dans un camp au fin fond de l'Allemagne. Comment savoir ?

Il réfléchit, puis son visage s'éclaire :

— Regarde Paillet, le nom de son pauvre papa n'a été gravé que cette année. Il est bien mort de la guerre pourtant.

Il pose sa main droite sur la nuque de Xavier, la gauche sur celle de Paillet. Et il dit à voix très basse quelques mots que les enfants ne peuvent comprendre. Simplement, à la fin, il ajoute plus haut :

— La guerre, mes petits, c'est atroce. C'est un très grand malheur qui traîne des suites horribles derrière lui.

Il leur caresse la tête et conclut d'un ton plus gai :

— Allons, venez boire un verre de limonade et manger une bricole. Ça vous fera oublier vos ennuis. Et si vous y pensez encore, dites-vous que ce ne sont que de tout petits malheurs.

Ils se rendent près de la table où tout le monde est réuni. Ceux qui ont suivi la bagarre de loin viennent vers eux mais M. Richardon est catégorique :

— C'est fini. À présent, on boit à la mémoire des morts de la guerre.

Mais la mémoire des morts n'intimide pas grand monde. L'admiration – surtout celle des filles – est pour Grasset que tous félicitent :

— Tu l'as vachement sonné !

Carnet de M. Richardon

Quand je vois la tournure que prennent les événements, j'ai bien peur que nous nous dirigions à nouveau vers de grands malheurs.

Hier, 11 Novembre particulier. Ce que j'en retiendrai surtout, c'est un moment très pénible où des garçons se sont querellés parce que l'oncle de l'un d'eux aurait déserté en 17. J'ignore si c'est exact, de toute façon, ça ne me regarde pas.

Quand je pense que le Japon a tourné le dos à la Société des Nations parce qu'on lui reproche d'avoir envahi la Mandchourie, à quoi peut servir cette S.D.N. si elle ne parvient pas à se faire respecter, à empêcher une nation d'en agresser une autre sans raison ?

Nul n'a retenu Joseph Paul-Boncour de signer avec Mussolini, Hitler et les Anglais un pacte d'entente. L'entente est toujours une bonne chose, mais ne risquons-nous pas de faire du Duce l'arbitre des nations européennes ?

Et notre pauvre pays cherche désespérément de l'argent. On va encore prélever six pour cent de plus sur nos salaires et même sur les pensions, qui ne sont déjà pas bien grasses.

J'ai toujours fait tout mon possible pour enseigner à mes élèves la morale et l'instruction civique. Mais quand j'apprends qu'on a dégagé l'Allemagne de ses obligations de payer les réparations de guerre à la France, et que notre pauvre pays doit continuer de rembourser ce qu'il doit aux Américains, je me demande quelle morale on peut encore enseigner.

Et nos malheureux enfants qui voient, au cinéma, un Hitler hurlant comme un fou pour électriser les foules, je suis extrêmement inquiet pour leur avenir. Et que l'on change de gouvernement plus de dix fois en quatre ans ne me paraît pas très sain. Comment pouvons-nous faire des hommes avec des enfants qui découvrent sans cesse pareilles turpitudes ? Et certains s'étonnent que les syndicats ne soient jamais d'accord. C'est pour faire face à ce genre de situation en Allemagne qu'Hindenburg a fait nommer Hitler chancelier du Reich. Je suis très soucieux à l'idée que nous pourrions, un jour, en France, faire appel à des extrémistes de cette espèce pour redresser le pays dont il faut bien admettre qu'il va à la ruine. Mais que faire ? J'en parle à mes collègues mais tous, comme moi, se sentent troublés.

J'étais l'autre jour avec quelques amis dans un café habituellement bien fréquenté. Ce sont les parents d'un de mes bons élèves qui en sont propriétaires. J'ai découvert que le patron est totalement conquis par de La Rocque. Il fait partie des Croix-de-Feu. Et il pousse son fils de onze ans dans cette direction. Je ne me reconnais pas le droit de dire à ce gamin : N'écoute pas ton père. Il faudrait qu'il le comprenne à travers mes leçons d'histoire, de morale ou d'instruction civique. Y arriverai-je ? Je suis envahi d'une grande crainte et effrayé par mon impuissance.

Sixième partie

Printemps 1934

25

Des mois ont passé avec un rude hiver de gel et de neige. Xavier n'a pas oublié la promesse faite par son père de le conduire à Lyon.

Ils entreprennent ce long voyage dès le mois de mai de l'année 1934. Le garçon aide son père à atteler le Noir au break. En moins d'une demi-heure, ils sont à la gare de Domblans. Là : embrassades avec la mère et mille recommandations du père, exactement comme s'ils partaient pour un séjour de six mois et comme si Noémie Roissard avait des jours de route à parcourir pour remonter jusqu'à la ferme. Puis les adieux au cheval qui secoue ses grelots comme s'il redoutait qu'on l'abandonne. Xavier a même l'impression que son père a la larme à l'œil et que sa moustache tremble curieusement quand ils regardent s'éloigner l'attelage et que la mère se retourne pour agiter la main avant de virer à gauche et de disparaître derrière une maison.

Plus de trois quarts d'heure à attendre le train. Le père bavarde avec le chef de gare et deux voyageurs. Comme souvent, ils parlent de la dernière guerre et des risques d'en voir venir une autre dont tous s'accordent à dire qu'elle sera terrible.

Enfin, le train arrive. Commence, pour Xavier, un voyage vers l'inconnu. Il ne quitte guère la portière que le temps de partager avec son père le pain, le fromage et les cerises que la mère leur a préparés dans un petit panier. Ce n'est pas du tout l'heure du repas, mais, dans ce wagon bringuebalant, chacun mange. C'est un omnibus qui s'arrête vraiment dans toutes les gares pour n'arriver à Lyon que peu avant midi.

Le grand Marcel les attend sur le quai, à la gare des Brotteaux. Comme il domine tout le monde d'une tête, ils n'ont aucune peine à le trouver. Après les embrassades, ils montent dans un tramway grinçant et ferraillant qui semble devoir écraser les piétons et renverser ces automobiles et ces camions qui le frôlent. Xavier est émerveillé par tout ce remuement en même temps qu'effrayé par le vacarme.

Enfin, le cours Gambetta où les cousins tiennent un café. Et là, c'est bien autre chose ! La cousine Mathilde, une belle blonde à la poitrine abondante, enlève Xavier qu'elle embrasse et présente aux consommateurs tandis que le père Roissard sort de son sac deux bouteilles de vin jaune qu'il pose fièrement sur une table. Marcel prévient :

— Ça, c'est de son vin, à l'oncle Eugène ! Mais ça se boit pas comme vous buvez du beaujolais.

À Mathilde qui tient toujours Xavier étroitement serré :

— Arrête de l'embrasser, tu lui fous du rouge à lèvres partout. On croirait qu'il a la rougeole.

Éclat de rire dans la salle. Xavier veut que Mathilde le pose par terre car la chienne se dresse pour lui lécher les mollets.

— Tu vois, crie Mathilde de sa voix pointue, Mirette te reconnaît. Elle ne t'a pourtant vu qu'une fois il y a plus d'un an, quand on est allé vous rendre visite à la ferme.

Le reste de la journée s'écoule pour Xavier comme dans un rêve. Bien qu'Eugène Roissard ne tienne pas en place. En dépit de son essoufflement et de sa jambe raide, il arpente la salle et fait cent fois le tour du pâté de maisons au cours de ce premier après-midi. Aussi, dès le lendemain, il fait lever Xavier de bonne heure et, à peine absorbé un bol de café au lait et une tartine, il prend sa canne.

— À l'aventure !

Ils empruntent des rues où des hommes poussent des flots d'eau dans les rigoles avec de longs balais tordus. Il est à peine neuf heures quand ils arrivent devant une caserne. Dans la cour, un peloton de cavaliers tourne en jouant de la trompette et en tapant sur de petits tambours plats. C'est cette fanfare qui a guidé les pas du père Roissard. Il entraîne son fils jusque vers le factionnaire planté devant une guérite. Quelques mots avec lui et, reprenant sa marche, il parle à Xavier un peu comme s'il se parlait à lui-même :

— Des cuirassiers ! Il me semblait bien que c'était ça. Le régiment où a servi Ponard. Un bon petit gars gentil, serviable et tout. Avant 14, il était venu nous acheter du bois et je lui avais donné du vin. On est devenus amis. Bon Dieu, ça me ferait bigrement plaisir de le revoir...

Et Eugène Roissard, malgré sa jambe raide, allonge le pas en répétant :

— La Croix-Rousse, c'est pas si grand, je devrais pas avoir de mal à le retrouver, mon petit Ponard.

Xavier marche à la gauche de son père, du côté où il ne manœuvre pas sa canne. Il voit de mieux en mieux ce petit cuirassier et son cheval qui les attendent à côté d'une croix rousse. Est-ce qu'il joue de la trompette ? Xavier n'ose questionner le vigneron.

Sur l'autre rive du fleuve tumultueux, des maisons très hautes et dominées par d'autres maisons plus hautes encore. Une sorte d'empilement de murs, de fenêtres et de toitures. Vont-ils devoir escalader tout ça ? Plus loin, une espèce de tour Eiffel comme celle que Xavier a vue sur une carte postale de Paris. La langue le brûle d'interroger son père, mais il sait qu'il ne vaut mieux pas quand celui-ci est à bout de souffle. Or, il l'entend respirer très fort et, deux fois déjà, il a été obligé de s'arrêter pour tousser.

Ils s'écartent pour laisser passer des voitures. Le père Roissard se rappelle :

— La dernière fois que je l'ai vu, c'était tout à fait par un coup de chance. Je me trouvais en gare de Dole. À la fin de l'année 16. Ça bardait rudement sur le front. Moi j'étais mobilisé aux annexes. À la boulangerie, responsable de la chauffe des fours. Et je te promets que les poilus qui ont mangé du pain qui sortait de là n'ont pas eu à s'en plaindre... C'est bon : l'adjudant-chef m'avait envoyé à la gare pour reconnaître un arrivage de bois de chauffe. Il y avait à l'arrêt un train bondé de soldats.

Il s'arrête de parler pour entraîner Xavier dans la traversée d'une avenue assez large. Puis, marchant un peu plus lentement, il reprend :

— Donc je passais sur le quai. Il y avait à l'arrêt ce train bondé de soldats. Pauvres gars, ils y montaient. J'entends crier : « Ho ! l'ancien ! » Je m'arrête : le petit Ponard ! Juste le temps de traverser les rails pour lui serrer la main : son train repartait. Tu peux croire que j'en avais gros sur le cœur.

Il s'arrête le temps de tousser et de cracher dans la rigole où l'eau coule, puis, avant de reprendre sa marche, il soupire :

— Je me disais que les pauvres gars n'en reviendraient pas tous. Et je me doutais pas que, trois mois plus tard, on allait m'expédier aussi et que j'en sortirais bien amoché.

Xavier regarde toujours avec un peu d'effroi ces autos qui passent très vite, ces tramways bondés qui battent de la cloche.

Après avoir longé le fleuve un moment, ils s'engagent sur un pont.

— C'est le Rhône ?

— Tu as vu cette couleur qu'il a ? On ira voir la Saône. Ça court moins vite mais c'est beau aussi.

Les eaux sont vertes. De larges tourbillons se forment en aval du pont. Xavier pense à la Loue, au Doubs, à la Seille et à tous les ruisseaux qu'il a vus dans le Jura. Ce n'était vraiment rien à côté de ce fleuve où la lumière s'éparpille.

— Et la Croix-Rousse ?

— On y va !

Quittant le pont, ils traversent encore une rue très large pour s'engager dans une autre plus étroite qui les mène sur une vaste place. Au fond, d'énormes chevaux de bronze crachent de l'eau en poussière dans un bassin. Un petit arc-en-ciel se dessine dans cette buée pour disparaître très vite. Des douzaines de pigeons plus familiers que les poules de la ferme viennent mendier. Des gens leur lancent du pain et des graines. Tout est source d'étonnement. Et le soleil qui grandit commence à chauffer dur. Xavier aimerait s'arrêter pour regarder ce monde étrange. Cette eau, ces chevaux énormes, ces pigeons, ces moineaux qui leur disputent ce qu'on leur donne. Mais son père continue de l'entraîner.

Ils traversent la place en diagonale pour s'engager dans une rue qui monte. Le tramway y grince dans un virage. Ils la quittent pour prendre un escalier de pierre aux marches très hautes qui oblige le père à ralentir. Un homme qui porte sur son dos un énorme colis enveloppé de toile verte s'arrête et le pose sur une sorte d'étagère en fer forgé qui semble avoir été placée là à cet usage. Aux fenêtres, de nombreux pots de fleurs et, parfois, du linge qui sèche. Sur une petite place plantée d'arbres, une vieille femme donne du pain à des moineaux qui viennent se poser sur son épaule et ses bras. Là encore Xavier aimerait s'arrêter, mais son père le tire d'une poigne ferme :

— Allons, traînasse pas !

Ils continuent à monter. L'odeur d'essence des voitures est moins gênante que dans les rues du bas.

Le père Roissard entraîne son garçon dans une ruelle étroite et très pentue où il s'arrête devant une toute petite boulangerie.

— Voudrais-tu manger un croissant ?

Xavier n'a pas l'habitude qu'on lui offre des gâteaux. Surtout son père qui ne l'a jamais fait et qui n'aime pas qu'on gaspille l'argent.

— Oh oui ! papa !

Cette boutique profonde a l'air d'un couloir. Elle sent bon. Des pains de toutes sortes sont alignés sur des rayons de métal dont les montants en cuivre luisent. Sur la banque, se trouvent des piles de croissants, de petites brioches dorées et de pains au lait. Xavier n'a jamais vu tant de merveilles chez le boulanger du village.

— Un croissant ou un pain au lait ?

— Un croissant, s'il te plaît.

La boulangère, grosse femme rousse, tend un beau croissant encore tiède à Xavier qui remercie.

— Vous avez un petit garçon bien poli, monsieur.

— J'ai pas à me plaindre.

— C'est votre petit-fils ?

— C'est mon garçon, réplique Eugène Roissard très fier.

Le père sort son vieux porte-monnaie à fermoir de cuivre.

Il paye et demande à la boulangère :

— Est-ce qu'il y a longtemps que vous êtes établie ici ?

— Depuis l'hiver de 1905. On a repris des parents de mon mari juste après le premier de l'an, quand on s'est mariés. Mes beaux-parents étaient là depuis plus de trente ans.

— Alors, vous avez dû connaître Ponard.

— Ponard ?

L'effort plisse ses épais sourcils. Une moue creuse deux rides de chaque côté de sa bouche. Elle fait aller sa tête de gauche à droite plusieurs fois avant de réfléchir avec un accent qui étonne Xavier :

— Ponard, c'est un nom qui ne me dit rien du tout. Ça n'a jamais été de mes clients.

— Il était boulanger dans ce quartier.

— Quelle rue ?

— Je ne m'en souviens plus, mais à la Croix-Rousse.

— Ponard ?

— Oui, Ponard. Un bon petit gars gentil, serviable et tout.

La boulangère a beau grimacer, sucer sa lèvre, elle ne voit pas de petit Ponard. Xavier, que son père entraîne de nouveau et qui savoure son croissant moelleux, voit de mieux en mieux. Au fil des heures, ce cuirassier, guère plus grand que lui, se matérialise. Il prend une consistance surprenante. Pourtant, de boulangerie en boulangerie, personne n'a entendu parler de lui.

La seule chose que Xavier ne parvient pas à se représenter, qu'il cherche en vain sur toutes les places, dans toutes les rues, les ruelles en pente de cet étrange quartier, c'est cette croix rousse. Son père a beau répéter que c'est tout ce quartier qu'on appelle ainsi, il doit bien y avoir une croix quelque part ! Et s'il la découvre, il est certain de découvrir en même temps le petit cuirassier, son cheval, son sabre et sa trompette.

Leur course dure deux longues journées. Heureusement, le temps est au beau. Pour le deuxième jour, le cousin Marcel a prêté au père Roissard une vraie musette de soldat kaki. En grognant que c'est une honte de faire marcher pareillement un enfant de cet âge, Mathilde leur a préparé du jambon, du fromage et des fraises qu'ils mangent dans un bistrot avec du pain acheté aux boulangères du quartier. La halte dans un café est encore, pour le vigneron jurassien, l'occasion de bavarder avec des clients et de se renseigner sur le petit Ponard. Décidément, nul n'a jamais entendu ce nom.

Pourtant, ni Xavier ni son père ne s'ennuient. Car Eugène Roissard, persuadé qu'ils approchent du but, trouve à raconter mille histoires de soldat. De ces histoires qui vous font rire ou vous font trembler. Avec bon nombre de morts, mais jamais tristes. Le père parle aussi bien de son temps de service au 44e que d'une année passée à chauffer le four des boulangeries militaires, que des mois dans les tranchées. Même lorsqu'il raconte – pour la centième fois – sa blessure à la jambe, l'attaque aux gaz qui a suivi et son séjour à l'hôpital, rien n'est vraiment douloureux.

Les rues succèdent aux ruelles. Sur les pentes, s'accrochent de petits jardins où des enfants jouent, où des gens donnent à manger aux oiseaux.

Parfois, une rue en cascade s'ouvre. La vue plonge sur la Saône ou le Rhône. C'est étonnant, ces cours d'eau qui coulent tout en bas.

Et le père Roissard explique à Xavier des tas de choses sur les barrages en lui promettant de le conduire au confluent des deux fleuves, en un lieu dont le nom intrigue beaucoup Xavier : la Mulatière. Le père s'y est baigné dans sa jeunesse.

À certains endroits, par-dessus la dégringolade des toitures, on découvre des lointains où flottent des fumées et des vapeurs.

— Y a pas mal d'usines, dit le père.

Ils empruntent aussi des couloirs que le père appelle « traboules », où l'on entend claquer et rouler des métiers à tisser : les bistanclaques.

— Ça fait de la soierie. Et pas mal de vacarme !

Au cours de ces deux journées, le père Roissard raconte à Xavier plus de choses qu'il ne lui en a raconté depuis sa naissance.

Et comme il n'est question que de casernement, de manœuvres, de tir, de guerre et de canons, ce sont vraiment pour le garçon des journées de vie militaire. Sa tête est pleine de fanfares. Rien de triste. Chaque personnage qui surgit raconte une histoire. Et tout revient le soir, sur la table du café du cours Gambetta où la cousine apporte la soupe. Elle en a assez, la cousine Mathilde, mais Marcel est un auditeur attentif qui demande souvent des détails. Xavier s'endort sur la table, c'est à peine s'il entend la voix pointue de Mathilde :

— Ce gosse est épuisé. Vous lui faites faire des marches terribles.

— Il aime ça. Et c'est un bon exercice, rétorque le père Roissard. Il en fera jamais autant que j'en ai fait.

Enfin, vers la fin de l'après-midi du deuxième jour, la chance leur sourit. Comme ils passent devant un « bouchon » dont la porte est ouverte, le vieux vigneron voit, accoudé au comptoir de métal, un homme qui porte un long tablier blanc.

— Un boulanger ! Entrons !

L'homme réfléchit, gratte son crâne luisant :

— Attendez voir ! Ponard. C'est un nom qui me dit quelque chose.

Il allume la cigarette qu'il vient de rouler avec le tabac du vigneron, puis il souffle son briquet pour lancer avec une grosse bouffée de fumée :

— Ponard, ça y est ! J'y suis. Un grand gaillard large comme une porte de grange !

Le visage d'Eugène Roissard s'illumine.

— C'est ça ! Grand et fort comme un bœuf. Sûr que les sacs de farine lui faisaient pas peur, à celui-là.

L'autre se met à rire :

— Aussi, vous me parlez d'un petit gars, c'est ça qui me tourneboulait la tête.

— Bien entendu, soupire le père : classe 18, ça lui fait vingt et un ans de moins que moi. Pour moi, c'est un petit gars, vous comprenez ?

Le boulanger comprend très bien. Lui aussi est un ancien qui a vécu la guerre. Et, dans l'atmosphère enfumée du bistrot, les récits de soldat vont s'enchaîner longtemps. Xavier finit par s'endormir sur la banquette.

Il fera le trajet de retour sur les épaules de son père qui allonge le pas en fredonnant *Sambre-et-Meuse*. L'air vif du soir l'a réveillé, il est un dragon qu'acclame la foule des passants. Eugène aussi avance dans un rêve. Mais la cousine se charge de le ramener sur terre dès leur entrée. Mettant la soupe à réchauffer, elle lance, furieuse :

— Est-ce que ce sont des heures pour un gone de cet âge ? Et pour cavaler aux trousses d'un fantôme ! Si sa mère savait ça, elle ferait du beau, ma pauvre tante !

Sans le connaître, elle a fini par détester le petit Ponard dont elle entend parler à longueur de repas. Elle ajoute :

— Demain, cet enfant restera ici avec nous !

Le vigneron n'a pas le temps de réagir que, déjà, Xavier se met à hurler. Eugène laisse passer l'orage puis, très calme, absolument sûr de son effet, il annonce :

— Demain, on va voir Ponard... Cette fois, je l'ai retrouvé.

— À la Croix-Rousse ? demande Marcel.

— Non, il est à la Guillotière.

La cousine éclate de rire.

— Autrement dit : à deux pas d'ici. Et vous avez cavalé deux jours aux cinq cents diables !

— Eh oui ! Mais c'est à la Croix-Rousse que j'ai déniché un de ses anciens patrons, explique Eugène. Un brave homme, tiens ! Classe 96. Lui, c'est dans la coloniale qu'il a servi. Il me disait justement qu'en février 17...

La coupe déborde. Mathilde crie :

— Foutez-nous la paix avec votre guerre ! Dépêchez-vous de manger et au lit. Ce gone ne tient plus debout.

Le père Roissard rengaine son histoire de février 17 et admet à contrecœur :

— Vous avez raison. Je veux aller à la Guille demain à la première heure ! On ne va pas traînasser avant de se coucher.

26

Et le lendemain : en route sans même avoir pris le petit déjeuner.

— Je connais Ponard, dit le père Roissard, on le prendra avec lui !

Ils y sont très vite. La boutique sent bon le pain chaud et la brioche. De ce magasin, Xavier ne gardera aucun souvenir si ce n'est cette odeur retrouvée dans toutes les boulangeries à l'heure où l'on apporte les fournées encore chaudes sur les rayons aux cuivres luisants. Mais il n'oubliera jamais le fournil sans fenêtre où deux mitrons torse nu pèsent et mettent en forme la pâte sur un long tour de bois. Il oubliera encore moins le grand gaillard large et épais qui pose sa pelle à long manche et se penche vers son père pour l'embrasser en lançant d'une voix de basse énorme :

— Mille dieux ! L'ancêtre ! Si je m'attendais !

Les mitrons se retournent. Leurs mains blanches de farine pendent le long de leurs tabliers de sac. Comme Xavier, ils demeurent bouche bée à regarder leur patron et ce vieil homme qui s'embrassent en pleurant à chaudes larmes.

Quand ils ont fini leurs effusions, le boulanger qui

domine le père Roissard de trois têtes au moins se penche vers lui :

— Tu vas m'attendre le temps que je finisse de défourner. Tu sais ce que c'est !

C'est alors que Xavier remarque ce que son père a vu avant lui : Ponard a un gros crochet de métal à la place de la main gauche. Un crochet poli et brillant. Et ça ne l'empêche pas de défourner son pain avec une habileté qui tient du prodige. L'apprenti qui vient d'entrer et de pousser près de la gueule du four une énorme corbeille sur roulettes se démène pour suivre la cadence et empoigner les flûtes, les pains fendus, les couronnes puis les miches à mesure que son patron les fait culbuter sur la platine du four.

Quelle matinée ! Quel petit déjeuner ! Puis, de nouveau le fournil avant de repasser à table avec la femme du manchot, sa mère et les commis. Xavier ne quitte pas des yeux le petit cuirassier métamorphosé en gigantesque boulanger dont le moignon violacé enveloppé de métal et de cuir le fascine. Il ne pense plus à la Croix-Rousse. Il écoute ces deux hommes si différents l'un de l'autre et que semblent souder mille et mille souvenirs de guerre.

Eugène Roissard a bien du mal à quitter Ponard sans avoir partagé avec sa femme et son équipe le repas du soir. Mais il ne veut pas prendre le risque de se faire secouer une fois de plus par la cousine. Ils s'en vont donc vers les cinq heures. Le père porte sous son bras un beau pain de quatre livres bien doré et Xavier est tout heureux de tenir un carton où se trouve une splendide couronne de brioche qui embaume.

Lorsqu'ils arrivent au café, les cousins s'extasient devant ces trésors et écoutent avec émotion le récit du père Roissard.

— Vous vous rendez compte : perdre sa main trois jours avant la fin de la guerre ! Le soir du 8 novembre, blessé par un éclat d'obus. Pour avoir pris la garde à la place d'un copain qui avait une courante épouvantable. C'est tout de même une sacrée poisse ! C'est comme...

Profitant d'un moment où il reprend son souffle, Marcel lui dit :

— Et le capitaine Renaud, le père de Marc, tué le 11 novembre à dix heures du matin. Lui, c'est pas trois jours avant la fin, c'est une heure !

Mathilde qui n'en peut vraiment plus de cette suite d'histoires de blessés malchanceux élève la voix :

— Ça suffit comme ça ! Ce gamin tombe de sommeil et il serait plus intelligent de le bercer avec autre chose que vos histoires de gens charcutés et écrabouillés par des obus.

Xavier doit obéir et aller se coucher. Pourtant, les histoires de soldats, il pourrait passer la nuit à en écouter.

Et durant trois longues journées encore, le vieux vigneron va entraîner son garçon à la découverte de cette ville aux maisons empilées les unes sur les autres à tel point que Xavier a parfois l'impression que tout cet entassement risque de s'écrouler. Trois jours à marcher avant que le père ne s'en aille reprendre le train. Car la vigne ne saurait l'attendre plus longtemps.

Mais pour Xavier Roissard, ce qui restera surtout de ce Lyon d'avant-guerre du 92, cours Gambetta ce sont les heures de violence qui s'y déroulent quelques mois plus tard. Le cousin Marcel vient le chercher avec son splendide side-car tout neuf. Merveilleux voyage ! Enfoncé dans ce petit engin et coincé par des coussins, Xavier se voit au volant d'une voiture de course.

La vie dans le café est extrêmement amusante. La chatte dort sur son lit, la chienne par terre à côté. Quand il ne sort pas dans Lyon avec sa cousine, Xavier demeure dans un coin de la salle. Là, il doit faire ses devoirs de vacances, mais il passe surtout son temps à écouter les propos qu'échangent les consommateurs et les patrons. Malgré qu'il ne comprenne pas grand-chose à ce qui se raconte, il est toujours impressionné par la fièvre de certains échanges et par le fait que, souvent, il est question de menaces de guerre.

Des noms nouveaux reviennent dans ces conversations : Chautemps, Croix-de-Feu, La Rocque, Camelots du roi, Blum, fascistes. Il lui semble parfois que les hommes accoudés au comptoir vont en venir aux mains. Quand il y a trop d'électricité dans l'air, Mathilde intervient. Très vite, les hommes se calment.

Un après-midi, Marcel discute longuement avec trois ouvriers des usines Berliet. Il est beaucoup question des communistes et des Croix-de-Feu. À peine les trois clients sont-ils partis, le grand annonce :

— On boucle !

— Quoi ? Fermer à pareille heure ? Mais tu es fou ! lance Mathilde.

— On ferme et on éteint tout. Et tu verras que ça risque fort de ne pas être pour rien.

Calmement, Marcel raconte ce que les clients lui ont confié et Mathilde se laisse convaincre. Il fait encore grand jour quand ils rentrent tous les meubles de la terrasse, tables, fauteuils, parasols, puis accrochent les lourds volets de bois doublés de métal. Marcel fixe à l'intérieur les barres de sécurité. Un client ami de la maison, qui travaille dans une usine de pâtes alimentaires toute proche, leur donne un coup de main. C'est un petit homme dans la trentaine, plutôt réservé mais qui, ce soir, redoute le pire :

— Avec les Croix-de-Feu, on peut s'attendre à tout. Ce sont des fanatiques qui ne rêvent que de donner des coups et qui n'ont jamais peur d'en recevoir. Je les ai vus à l'œuvre à Paris, en février, c'était épouvantable.

Le bourrelier, dont l'atelier-boutique est voisin du café, ferme lui aussi ses volets. D'autres commerçants des environs suivent leur exemple et bien des gens du premier étage en font autant.

Mathilde a préparé le repas du soir qu'ils prennent rapidement dans la pénombre. On entend toujours circuler les tramways et bon nombre de voitures. Le dîner terminé, Marcel sort du couloir intérieur l'échelle qui sert à laver les devantures et la dresse à gauche de la porte donnant sur le cours. En haut de cette porte, se trouve une vitre étroite que les volets ne ferment pas. Marcel regarde un moment.

— Il y a du monde, beaucoup de monde, qui se dirige vers l'extérieur de la ville. C'est par là-bas qu'ont lieu les réunions des partis politiques... Je vois même des femmes avec des gosses. Les gens sont fous. Complètement fous !

Il redescend en ajoutant :

— Je dois pas être seul à avoir peur que ça fasse du grabuge, on a sablé les trottoirs.

— Quoi, s'étonne sa femme, du sable sur les trottoirs ! Il ne va pas geler à cette saison ?

— En prévision d'une charge de cavalerie. Pour que les chevaux ne glissent pas.

— Une charge de cavalerie ? Qu'est-ce que tu racontes ? On n'est plus au temps de Gravelotte !

— Ce ne serait pas la première fois que la garde à cheval chargerait pour disperser des émeutiers.

Xavier ne dit rien. Il écoute, et il pense aux cavaliers qu'il a vus dans la cour de la caserne le jour où, avec son père, ils marchaient dans Lyon. Il aimerait grimper à l'échelle pour voir ce qui se passe dans la rue, mais il n'ose pas. Il y a en lui, en même temps, cette curiosité et une vague crainte des événements qui se préparent. Ça ne semble plus être la guerre pour rire avec des fusils en bois qui ne tirent pas vraiment.

Soudain, une lueur glisse au ras du plafond de la grande salle : les lampes de la rue viennent d'être allumées. Marcel ordonne :

— Vous allez monter dans la soupente.

— Pourquoi ?

— De là-haut, vous pouvez voir un peu la rue.

— Je ne veux pas que tu restes seul en bas.

— Monte et ne t'inquiète pas. S'il y a le moindre risque, je vous rejoindrai en vitesse.

— Mais...

— Il n'y a pas de mais. Je te dis de monter avec ce gone ! Je ne suis pas seul : la chienne reste avec moi.

Mathilde soupire profondément et pousse le garçon vers le couloir étroit où se trouve une petite échelle qui permet d'accéder à une pièce minuscule et basse qui prend jour – si l'on peut dire – sur la salle du café par une ouverture qu'un volet en longueur, ouvrant au ras du plafond, permet de fermer. Comme il reste ouvert à peu près en permanence, ce minuscule local pue très fort le tabac et l'anis. Par cette imposte et les petites vitres placées en haut des volets de la devanture, on voit une partie du cours Gambetta où luisent les rails du tramway. En se penchant, on découvre aussi quelques mètres du trottoir d'en face. Plus aucune voiture ne circule mais bon nombre de piétons se dirigent encore vers l'extérieur de la ville. Certains passent en courant.

Xavier est collé contre sa cousine. Elle lui serre le bras d'une main qui tremble un peu. Il fixe les pavés de la rue où luisent les rails et, plus loin, les dalles du trottoir où l'on a semé le sable.

L'attente est très longue. La nuit est tombée assez vite. Peu à peu, la rue se vide. Mathilde s'impatiente et parle de rejoindre Marcel, toujours dans la salle à présent plongée dans l'obscurité.

— Restez tranquilles !

À plusieurs reprises, la chienne qui se tient près de son maître grogne.

— Qu'est-ce qu'elle a ? demande Xavier.

— Elle est inquiète. Les chiens sentent toujours le danger avant les gens.

Marcel parle doucement à Mirette qui se calme. La chatte monte dans la soupente et vient se frotter contre les jambes de sa maîtresse en ronronnant. Xavier se baisse pour la prendre, mais elle, qui aime beaucoup se blottir dans ses bras, ne se laisse pas faire. Elle s'éloigne puis retourne pour se coller contre les jambes de Mathilde.

Il y a là un gros pouf sur lequel la cousine se laisse tomber. Xavier s'assied à côté d'elle et elle le serre fort contre elle. La chatte monte sur les genoux de sa maîtresse et se met à ronronner. Xavier aimerait dormir là, contre cette femme, avec cette chatte qui semble les unir. Mathilde doit le sentir.

— Dors.

Mais Xavier ne risque pas de s'endormir. Il y a dans ce silence inhabituel de la rue quelque chose de tendu qui suffit à le tenir éveillé. Et puis, ce sable répandu sur les trottoirs...

— Dors, mon petit. Dors.

Et la cousine le serre fort contre elle. Il n'a guère plus de onze ans, mais ça aussi, c'est une chose qui l'empêche de trouver le sommeil : la douceur de cette poitrine où sa joue appuie. Cette chaleur. L'odeur de ce corps parfumé.

— Dors, s'il arrive quelque chose, je te réveillerai. Sois tranquille, il ne se passera rien de dangereux pour nous.

Xavier ne répond pas, mais il n'a vraiment pas envie qu'il n'arrive rien. Au contraire. Il souhaite de l'action. Une charge, des trompettes, des centaines de dragons, sabre au clair, sur leurs chevaux écumants. Pourquoi pas aussi des coups de fusil ou de mitrailleuse ?

D'abord des cris venus d'assez loin. Puis d'autres plus proches. Quelques coups de feu, des bruits de verre brisé. Plus rien pendant quelques instants. Une galopade de gens, hurlant. De grands coups frappés sans doute contre une porte avec un objet très dur. Des détonations. Coups de pistolet ou de fusil.

La vraie guerre, quoi ! Mais pas aussi spectaculaire que Xavier l'avait imaginée.

Le garçon s'est levé et regarde par l'étroite imposte. La rue est à peu près vide. Quelques minutes. Des piétons, de plus en plus nombreux, courent en direction du fleuve. Certains s'arrêtent pour arracher des grilles au pied des arbres. Ils tentent de les briser en les cognant contre la bordure du trottoir, puis ils les abandonnent et reprennent leur course.

Le bruit grandit. Une galopade. Des chevaux. Des cavaliers mais sans sabre ni trompette. Comme ils parviennent à hauteur du gros platane planté de l'autre côté du cours, un cheval gris s'abat sur la chaussée entre les voies du tramway. Incapable de se relever.

— Le pauvre gars est pris sous son cheval, fait Mathilde.

Des hommes surviennent en courant et se mettent à le frapper à coups de pied.

— C'est une honte ! crie-t-elle d'une voix étranglée.

Un des agresseurs tombe.

— Il a reçu un coup de sabot du cheval, fait Xavier que ce spectacle excite beaucoup mais qui a peur.

— Bien fait pour lui ! lance sa cousine.

Le cheval qui se débattait finit par se relever au moment où un bruit plus proche oblige Mathilde et le garçon à se retourner et à faire les deux pas qui les séparent du trou où est dressée l'échelle. En bas, Marcel vient d'allumer la lampe dans la petite pièce aveugle dont la porte donne accès au couloir de l'immeuble. Mathilde descend l'échelle en ordonnant au garçon :

— Reste en haut. Interdiction de me suivre.

Elle continue de descendre en criant à son mari :

— N'ouvre pas, Marcel ! Surtout, tu n'ouvres pas.

Mais déjà Marcel a tiré la lourde porte. Bousculade dans le couloir. Des jurons. Deux hommes entrent. Ils en soutiennent un troisième qui a le visage en sang. Hurlement de Mathilde.

— Tais-toi ! lance Marcel.

Derrière les deux qui soutiennent toujours le blessé, entrent deux hommes armés de triques :

— C'est un coco ! Faut l'achever !

Mais Marcel a déjà empoigné une chaise. La tenant pieds en avant, il fonce comme un taureau furieux. Un des assaillants tombe à la renverse tandis que l'autre, coincé contre le mur par les pieds de la chaise, se débat comme un diable. Les hommes qui ont amené le blessé l'allongent sur le petit canapé au fond de la pièce et se précipitent sur les deux autres. Avec l'aide de Marcel, ils les refoulent dans le couloir très sombre dont la porte qui donne sur le cours est restée entrebâillée. Le cousin expédie l'un des agresseurs au milieu du trottoir d'un coup de pied magistral qui le fait se tordre comme un ver. L'autre prend le même chemin et, à présent, c'est lui qui a le visage en sang alors que Marcel a le poing droit un peu rouge. La grosse porte claque et le cousin se félicite :

— Celle-là, peuvent toujours essayer de l'enfoncer. Mais je l'avais fermée. Si je tenais le salaud qui l'a rouverte...

Mathilde a pris du coton et une serviette de toilette. Penchée sur le blessé qui ne bouge pas, elle éponge le sang qui coule de son nez, de sa bouche et de son œil.

— C'est des Croix-de-Feu, dit Marcel.

— Oui, approuve un homme, des fumiers à La Rocque. Une chance que t'étais là. Dis donc, t'es rudement costaud, toi !

Calmement, Marcel répond :

— Un mètre quatre-vingt-douze, quatre-vingt-dix-huit kilos, et j'ai joué deuxième ligne, j'ai pas peur des coups.

Ils se penchent tous sur le blessé.

— Ces salauds lui ont cassé le nez.

— C'est pas seulement son nez, fait Mathilde en retirant un tampon de coton imbibé de sang, mais ses dents. Et son œil est pas beau à voir.

— Vous pensez, ils l'ont cogné avec une manivelle de bagnole.

— Ils auraient pu le tuer.

— C'est ce qu'ils cherchaient, fumiers !

— Faudrait un docteur.

Le blessé revient à lui. Il gémit et porte sa main à son visage. Sa main aussi est ensanglantée. Dehors, le bruit semble s'éloigner.

— Je vais téléphoner, dit Mathilde.

— Vous pensez, ma pauvre petite, pour avoir un toubib en ce moment, ça m'étonnerait.

— Il y a le Dr Turquin qui est un ami. Il est à deux pas d'ici. S'il est chez lui, il viendra. J'en suis certaine.

Elle va jusqu'à l'appareil qui se trouve à l'entrée du petit couloir menant à la salle du café, puis elle revient en expliquant :

— Il a déjà plusieurs blessés à soigner. Si vous lui menez votre ami, il s'en occupera.

Pas moyen de retenir Marcel, il a déjà pris le blessé dans ses bras comme il ferait d'un enfant de dix ans.

— Referme bien derrière nous. Surtout, n'ouvre à personne.

Ils sortent par-derrière, par la porte qui donne sur la petite rue Rachais. Mathilde referme.

— Faut te coucher, mon petit.

— Non, j'attends avec toi.

Elle prend Xavier contre elle sur le divan dont elle a retiré la couverture tachée de sang, et ils restent là tous les deux à épier la nuit. Mathilde tremble. Un long moment passe, puis Marcel revient seul et explique :

— Fracture du crâne et du maxillaire. Il a pris aussi des coups dans le ventre. J'ai bien peur que ce soit le premier mort de la prochaine... Pauvre gars, ouvrier plombier. Deux gones tout jeunes.

Mathilde soupire et, d'une voix étranglée :

— Voilà un homme qui aurait mieux fait de rester chez lui. La politique, mon Dieu, où ça mène !

27

Marcel a ramené Xavier à la ferme. Une belle journée. Le soleil et le vent de la vitesse ont saoulé le garçon qui monte se coucher très tôt. Les parents et Marcel restent à bavarder. Bien entendu, on parle des événements. Le père, qui a pourtant promis à sa femme de ne pas contrarier Marcel, ne peut s'empêcher de dire :

— Alors, les communistes ont encore fait du grabuge !

Marcel le regarde un moment en silence et Noémie qui redoute une explosion se hâte d'intervenir :

— Laissez voir la politique tranquille.

— N'aie crainte, ma bonne tante, j'ai pas envie de me quereller. Je veux juste vous raconter une chose à vous qui vivez en bonne entente avec votre cheval : quand il y a eu du grabuge, comme vous dites, ce sont des Croix-de-Feu, les gens de l'extrême droite, qui ont foutu la merde...

— Facile à dire, interrompt le vieux vigneron.

— Laissez-moi finir, mon oncle.

— Va toujours !

— La garde républicaine à cheval a chargé pour

disperser les émeutiers. De beaux chevaux que vous auriez admirés. Eh bien, ces fumiers de Croix-de-Feu avaient ficelé des rasoirs de coiffeur, lame ouverte, au bout de longues triques. Et ils taillaient à grands coups dans les jarrets des chevaux.

— Oh ! fait le père.

— Je vous le jure sur la tête de ma femme, fait calmement Marcel. D'ailleurs, la presse en a parlé.

— C'est vrai, ose timidement la mère. Des gens me l'ont dit.

Un moment d'un silence très pesant. Le vigneron serre ses gros poings et les veines de ses avant-bras se gonflent. Son menton tremble, sa moustache se soulève deux fois avant qu'il ne parvienne à grogner :

— Bordel de merde ! Ils auraient fait ça ?

— Je les ai vus. Un cheval est tombé devant chez nous avec son cavalier coincé dessous.

— Faire ça à des chevaux ! Bordel... Bordel !...

Il ne sait plus où il en est.

— Et qu'est-ce qu'on leur a fait ?

— Aux chevaux ? Je suppose qu'on a soigné ceux qui n'étaient pas trop esquintés. Les autres ont dû être expédiés aux abattoirs !

Les poings du vigneron se serrent de nouveau. Ils tremblent sur la table.

— Nom de Dieu, tenir ces salauds-là ! Leur tanner le cuir avec une bonne trique jusqu'à ce qu'ils en crèvent en demandant pardon ! Ça, je suis volontaire pour le faire. Que les hommes se foutent des coups de lame les uns les autres, ça me répugne, mais ça les regarde. S'ils sont assez cons, ma foi, mais qu'ils s'en prennent à un cheval, ça, je pourrai jamais l'encaisser !

À mesure qu'il parle, sa colère monte. Il se tait. Il fixe son neveu dans les yeux et, d'une voix éteinte, il souffle :

— Ce serait un inconnu qui me dirait ça, je le croirais pas. Mais toi...

— Et il paraît qu'à Paris, ça a été pire.

— Bon Dieu ! Et on n'a pas étripé ces salauds ?

Marcel se borne à hausser les épaules. Son lourd visage est empreint d'une infinie tristesse. Ils demeurent là tous les trois quelques instants sans un mot, puis, se redressant et brandissant de nouveau ses poings serrés, le vigneron lance :

— Tu vois, Marcel, des fumiers pareils, moi je serais volontaire pour les atteler par les couilles et les faire traîner dans les chemins par des chevaux jusqu'à ce qu'ils en crèvent. Et que tout le monde puisse les entendre gueuler.

Noémie ne peut se retenir de lancer :

— Beau spectacle à donner aux enfants.

— Eh ben, des enfants, au moins, lui réplique Eugène, ces gens-là pourraient plus en faire !

Elle hausse les épaules puis se lève de table en murmurant :

— Mon pauvre homme...

Elle va jusqu'à son fourneau tandis que son mari et son neveu demeurent accoudés à la table, face à face. Tous les deux sont écrasés par une charge énorme. Ils se regardent mais ne trouvent plus rien à ajouter. Le vieux vigneron a devant lui tous les chevaux qu'il a eu la joie de rencontrer dans sa vie. Tous les chevaux qu'il a connus sont là, devant lui. Beaux. Francs. Pleins d'amitié pour les hommes.

Au bout d'un moment, monte en lui une haine terrible envers ceux qui sont capables de martyriser des bêtes.

28

Xavier Roissard ne saura jamais si le plombier, père de deux enfants, a pu être sauvé. Mais ce blessé ensanglanté va s'inscrire, dans son souvenir, comme la première victime d'une guerre dont il ne fait alors aucun doute qu'elle ne manquera pas de venir. Il l'attend avec le secret espoir qu'elle se déroulera exactement comme celle de 14-18. Il connaîtra, lui aussi, les charges héroïques, la vie dans les tranchées, peut-être même – avec un peu de chance – cet Orient dont certains anciens parlent si souvent. Le voilà avec une bonne blessure à l'épaule, soigné par une belle infirmière dont il tombe amoureux. Une blonde – comme sa cousine Mathilde – qu'il épouse à sa sortie de l'hôpital où on l'a décoré.

Parce que la maison de ses parents ne se trouve pas très loin de Lons-le-Saunier, qui touche à Montmorot, Xavier entend souvent son père et ses amis parler du célèbre caporal Peugeot, le premier mort de la guerre de 14. Peugeot n'est pas né à Montmorot, mais il a dû y séjourner, car la conversation revient régulièrement sur lui. Tué la veille de la déclaration de guerre par un officier boche (on ne dit jamais allemand, pas encore fritz) que les soldats français ont descendu tout de suite. N'empêche, la mort de ce caporal-instituteur reste un crime odieux dont on continue – près de vingt ans plus tard – à parler comme si l'on espérait d'autres victimes pour le venger. Tout cela entretient dans la tête de Xavier des idées de revanche. Et lorsque le maître d'école leur enseigne certaines pages de français, on en vient aussi à évoquer la guerre. Et c'est encore lui donner à penser qu'elle ne peut pas manquer de revenir.

Certains extraits de son manuel de lecture sont consacrés à Louis Pergaud, autre instituteur comtois tué au cours d'une attaque. Merveilleux auteur de *La Guerre des boutons* et du *Roman de Miraut* que Xavier a pu lire chez Marcel. *Le Grand Meaulnes*, qu'il aime tant, a été écrit par un combattant, Alain-Fournier. Lui aussi est à compter parmi les premiers tués de 1914.

Mais ce que Xavier aime par-dessus tout, c'est ce chapitre des *Croix de bois* où l'on voit Sulphart blessé suivre le boyau jusqu'au poste de secours. L'auteur de ce roman-là n'a pas été tué, mais le manuel parle peu de lui.

Récemment, Mathilde a offert à Xavier une belle édition reliée en rouge avec des lettres dorées d'un livre qu'il se met à lire avec passion : *Servitude et grandeur militaires*. Il ne comprend pas tout mais continue tout de même sa lecture.

Un jour que sa cousine l'a conduit au parc de la Tête-d'Or et qu'ils se sont assis pour contempler le lac où évoluent des cygnes, Xavier demande :

— Sur l'île, qu'est-ce qu'il y a ?

— Je crois que c'est juste un monument aux morts.

L'enfant hésite. Il pense à ce qui s'est passé le

11 Novembre 1933 et aux propos que son père a échangés avec Marcel. Après quelques minutes de silence, il ose :

— Toi, tu sais des choses sur les gens de notre famille qui sont chez les Boches ?

— D'abord, il ne faut pas dire « chez les Boches ». Ils sont en Allemagne. Chez les Allemands qui sont des gens comme nous, mais qui parlent l'allemand. C'est une belle langue. J'avais commencé de l'apprendre au collège, j'ai eu le tort de ne pas continuer.

Elle se tait. Xavier attend quelques instants avant de poursuivre :

— Et il paraît que j'ai un cousin, chez eux.

Elle soupire, lui prend la main.

— Oui... tu as un cousin. Il a juste quatre ans de plus que toi. Je te montrerai sa photo. C'est un beau garçon, je trouve même que tu lui ressembles un peu.

Elle hésite à son tour. Demeure à regarder Xavier dont elle tient toujours la main puis, se tournant de nouveau vers lui, elle ajoute :

— Moi, je trouve bien dommage que tu ne le connaisses pas.

Le soir, alors qu'ils ont fini de manger et qu'il ne reste plus que quelques consommateurs dans le café, Mathilde dit à son mari :

— Après-midi, au parc, avec Xavier, on a parlé de son cousin Rudy...

— Ah, y s'appelle Rudy, tu m'avais pas dit son nom.

— En réalité, son prénom, c'est Rudiger.

— C'est drôle.

— C'est Roger, en français.

— J'aime mieux Rudiger, dit Xavier qui répète plusieurs fois ce prénom avant d'ajouter : Qu'est-ce que j'aimerais le connaître !

— Je suis certain que vous vous entendriez très bien, décide Marcel. Moi, je suis allé le voir, tu sais. Je lui ai parlé de toi. Lui aussi, il aimerait te connaître.

Il se tait. Regarde Mathilde avant de reprendre :

— On va essayer d'arranger ça.

— Mais mon père..., soupire Xavier.

— Il ne faut pas lui en parler pour le moment, conseille Mathilde. Quand le temps sera venu, c'est moi qui lui dirai. Tu verras : ça s'arrangera très bien.

Xavier est aux anges, mais Marcel se borne à hocher la tête avec une moue qui fait dire à sa femme :

— Tu n'y crois pas, toi ?

— Je voudrais bien que tu aies raison, mais l'oncle, il a son caractère.

— Que veux-tu, soupire Mathilde, on ne peut pas en vouloir à des hommes qui ont souffert à ce point et qui ont vu mourir un si grand nombre de leurs amis !

— Je sais, grogne Marcel en se levant pour aller saluer deux clients qui sortent. Je sais, mais c'est pas comme ça qu'on réalisera l'entente entre les peuples. Pas comme ça qu'on aura la paix !

Carnet de M. Richardon

Les enfants m'étonneront toujours. Xavier Roissard qui est un bon garçon vient de me raconter son voyage à Lyon où il a assisté à cette manifestation qui a fait deux morts. Il était terriblement excité par cette aventure qu'il a pu suivre d'assez près pour ne pas en perdre un détail. Peut-être même l'une des deux victimes dont la presse a parlé est-elle cet homme qu'il a vu emporter chez un médecin, par son cousin Marcel que je connais à peine et pour qui il paraît avoir une grande admiration.

Ce qui m'a frappé le plus, c'est que pas une lueur de tristesse n'a passé dans ses grands yeux bleus. Au contraire, il semblait vibrer d'une sorte de joie profonde.

Et quand il m'a dit : « Ça va peut-être amener la guerre ! », j'ai senti qu'il l'espère vraiment. Son père est pourtant très mal en point et nous voyons tous combien il peine à cultiver son modeste vignoble.

Je sais la place que les batailles tiennent dans l'histoire de France, j'ai maintes fois constaté que c'est ce qui intéresse bon nombre de garçons et même de filles, mais je ne vois pas ce qu'il conviendrait de faire pour les détourner de pareille passion.

Il y a quelque temps, ils m'ont demandé de leur parler du caporal Peugeot qui a habité pas loin d'ici, à Montmorot. Je leur ai expliqué comment ce pauvre garçon, instituteur comme moi, avant même que la guerre ne soit déclarée, a été tué par un officier allemand en patrouille sur le sol français.

J'ai très bien senti, à travers leurs questions, que ce n'était pas la compassion qui les habitait, mais l'esprit de revanche. Le désir, je serais tenté de dire le besoin, de se battre eux aussi. Quand ils ont appris que l'Allemand avait à son tour été tué, j'ai vu les regards s'allumer d'une lueur sur laquelle il n'y a pas à se méprendre. Pour ces gamins dont les pères, la plupart du temps, ont aussi vécu dans les tranchées, ce n'est pas de l'histoire de France, mais une tranche de vie toute chaude, toute saignante. J'ai beau leur montrer combien la guerre est atroce, aligner les blessés, les mutilés et les morts, j'ai beau leur parler de mes camarades disparus, évoquer leurs souffrances, rien ne leur fait vraiment peur. Serais-je le seul à avoir peur ? Et il y a de quoi ! Quand on voit ce qui se passe : ces bagarres un peu partout en France, à Lorient, à Toulouse, Saint-Étienne, Menton. Toujours parce que les Croix-de-Feu du colonel de La Rocque organisent des réunions. Et que les gens de gauche, horrifiés par cette progression sur notre sol d'un mouvement de la même famille que le nazisme, perdent tout contrôle d'eux-mêmes.

Mais ce ne sont pas seulement les hommes du commun qui ont la violence dans le sang et qui appellent la guerre. Que dire de nos gouvernants incapables de se mettre d'accord entre eux pour imposer la paix ?

Déjà, au début d'avril, on nous annonçait que l'Allemagne voulait être autorisée à réarmer. Il y a fort à parier qu'elle a sérieusement commencé de le faire sans rien demander à personne. Je serais bien étonné que l'on ait placé un contrôleur derrière chaque ouvrier métallurgiste pour voir si ce sont des casseroles, des outils de jardinage ou des obus qui sortent de sa machine. L'Angleterre, au même moment, réclamait un désarmement total et général. Un beau rêve ! La France refuse de désarmer en pensant aux classes creuses. Autrement dit : aux soldats dont elle aura besoin pour la prochaine dernière !

Il faut bien reconnaître que notre beau pays a déjà beaucoup à faire pour balayer devant sa porte. Certains s'y emploient, comme les radicaux qui ont poussé hors de leur parti tous les députés compromis dans le scandale de la sinistre affaire Stavisky.

Tous ces événements, auxquels s'ajoute la menace de dévaluation du franc, sont terriblement inquiétants. Et je me pose toujours la même question : comment enseigner la morale à des enfants qui voient ce monde se dégrader ? Des élèves qui, au sortir de l'école, sont plongés dans un univers où ils n'entendent parler que de corruption, d'escroquerie et de gens très haut placés compromis dans des affaires où l'argent est le maître de tout. J'en ai parlé longuement avec le père Coulon, curé de notre village. Comme moi, il se sent totalement impuissant et ne cesse de s'interroger. Je ne suis pas croyant, il le sait, mais je m'entends très bien avec ce brave homme qui fait beaucoup pour les enfants.

Il m'a parlé comme jamais encore il ne l'avait fait. Lui qui a vécu toute la guerre qu'il a terminée avec une croix de guerre de belle taille m'a semblé soudain extrêmement inquiet et un peu écœuré. Je note ce qu'il m'a dit pour ne pas l'oublier :

— Voyez-vous, Richardon, je suis de plus en plus persuadé que nous avons souffert pour rien. À quoi bon une victoire si c'est pour recommencer toujours ? Je suis allé au banquet des anciens, vous avez bien fait de ne pas y venir. Il n'a été question que de beuveries. Une des grandes hontes de cette guerre, honte pour ceux qui l'ont voulue et menée, c'est d'avoir poussé des millions de jeunes hommes à boire. Il y a eu les obus, les balles, les grenades pour tuer du monde, mais aussi les canons. Les canons de vin, j'entends. On a créé une génération d'ivrognes avec le désœuvrement et les coups de gnôle qu'on faisait avaler aux fantassins pour les rendre fous avant de les lancer à l'attaque. Car il fallait les saouler pour qu'ils osent affronter la mort en face, une mort qu'ils voyaient, riant de toutes ses dents. Dans ma compagnie, au début, il y avait deux hommes qui ne buvaient pas. Ils donnaient leur ration aux copains. Et j'ai vu des hommes se lancer à l'assaut en titubant.

Puis il m'a reparlé de l'incident du 11 Novembre car les enfants bavardent. Un soir, je suis allé dîner avec lui, sa bonne avait préparé un poulet et des haricots très bons. Il m'a dit tout ce qu'il sait sur l'oncle du jeune Xavier qui aurait déserté en 17. Puis il m'a confié un paquet de lettres que la mère de cet homme lui avait remises avant de mourir. C'est à travers ces lettres que j'ai pu reconstituer l'histoire d'Arthur Dufrène, frère de Noémie Roissard.

Septième partie

Été 1937

29

Plus le temps passe, plus Xavier Roissard pense à ce cousin d'Allemagne. La photographie que Mathilde lui a montrée le poursuit. Elle a promis de lui en faire tirer une copie. Et elle a ajouté :

— Jure-moi que tu ne la montreras pas à ton père et que tu ne la laisseras pas traîner n'importe où dans la maison.

— Je la mettrai au grenier, où je cache mes petites affaires.

Chaque fois qu'il pense à Rudiger, il se demande ce qui arriverait si venait à éclater cette guerre que bien des gens craignent. Il garde en tête ces images qu'il a vues un jour que toute sa classe est allée au cinéma pour un film sur les Jeux olympiques de Berlin. Une retraite aux flambeaux qui n'a rien de commun ni avec celle à laquelle il a participé au village ni avec celle de la ville. Comme un fleuve de feu s'écoulant entre des immeubles. Quelques gros plans montraient des visages de garçons très jeunes qui portaient des torches fumantes. Est-ce que Rudiger était parmi eux ? Est-ce qu'il fait partie de ces Jeunesses hitlériennes dont tout le monde parle ? Ces garçons dont les amis de son père et son père disent qu'ils sont le poison du monde ! Le levain de la prochaine guerre.

Ce mot « levain » l'a frappé et demeure en lui.

Un jour que Marcel revient au village en tournée d'achat pour des vins, Xavier profite d'un moment où il se trouve seul avec lui pour lui poser la question. Son cousin le regarde au fond des yeux et dit comme à regret :

— J'ai un petit peu peur que ce soit vrai.

— Mais Rudiger ?

— Rudiger est le fils d'un Français. C'est différent. D'ailleurs tu le connaîtras. Attention : pas un mot à personne. Sinon, c'est foutu !

Et la guerre arrive très vite. Pas du tout la guerre que tant de gens ont annoncée. Elle n'arrive ni du nord ni de l'est, elle vient du sud. Pas avec des régiments de soldats casqués et bottés. Non. Elle arrive en poussant devant elle de pitoyables colonnes de réfugiés. Des femmes, des hommes, des enfants, des vieillards, des éclopés. Tous chargés de valises tenues par des ficelles et de baluchons parfois énormes qu'ils ont peine à traîner.

Xavier en voit d'abord des photographies sur des journaux. Puis, un soir, Noémie lui dit :

— Demain, c'est jeudi, c'est la foire. Tu vas venir avec nous et nous irons porter des fruits à ces malheureux Espagnols réfugiés qui n'ont pas grand-chose à manger... Et j'ai fait cuire des œufs durs de nos poules, on leur en portera aussi. Il faut que tu apprennes à donner. Il faut que tu comprennes ce que c'est que la misère engendrée par la guerre. Il le faut, mon petit.

Xavier aide son père à atteler le cheval au tilbury qu'ils prennent pour se rendre en ville dès qu'il n'y a aucune menace de pluie. Ils vont directement en haut de la rue des Écoles. Là, Eugène Roissard les laisse avec les deux paniers très lourds.

— Je vous retrouve derrière le champ de foire. J'y serai vers onze heures.

Xavier aide de son mieux à porter les paniers jusque vers la clôture du grand lycée de garçons. Les Espagnols sont parqués derrière les hautes grilles vertes. Certains s'expriment assez bien en français. Les gens leur donnent ce qu'ils ont apporté. Souvent du pain. Des enfants crient. D'autres pleurent. Quand Xavier et sa mère commencent à distribuer les prunes et les poires qu'ils ont dans leurs paniers, les femmes les prennent pour les partager entre les plus jeunes. Beaucoup sont habillés de vêtements déchirés. Une femme brune aux yeux très noirs, qui doit bien avoir une cinquantaine d'années, s'adresse à Noémie Roissard. Elle a un fort accent.

— Tu comprends ?

— Oui, je comprends.

Elle tend ses mains ouvertes. De grosses mains larges et fortes.

— Tu es campagne ?

— Oui, dit Noémie, je suis paysanne.

— Moi aussi.

Noémie lui serre la main et la femme la retient :

— Mains dures.

— Oh oui !

— La pioche.

— Bien sûr.

— La bêche.

— Oui, c'est pénible.

— Toi tu me prends chez toi. Je pioche. Je bêche... Je fauche... Pas d'argent... Juste le pain et la soupe pour mon petit et pour moi.

Et elle serre contre elle un gamin aux épais cheveux noirs frisés et très bronzé qui peut avoir quatre ou cinq ans.

— Je ne peux pas, dit Noémie.

— Oui, tu peux.

— Je ne peux pas vous faire sortir d'ici... Défendu...

— Oui, tu demandes au bureau.

D'autres la bousculent qui veulent les fruits. Des hommes s'en mêlent. Certains parlent un peu de français et demandent aussi du travail mais la grande paysanne s'accroche à la grille et jure qu'elle est assez forte pour un travail d'homme.

Les paniers sont vides, Noémie Roissard entraîne son fils en promettant de se renseigner. Xavier a la gorge serrée. À plusieurs reprises, tandis que sa mère l'entraîne, il se retourne pour voir ces enfants dont le regard lui a fait mal.

Quand ils ont traversé l'avenue et pris la rue qui descend vers le cœur de la ville, Noémie s'arrête et pose ses paniers. Étonné, Xavier la regarde. Elle vient de tirer un mouchoir de sa poche et s'essuie les yeux. Elle se baisse et le serre fort dans ses bras en murmurant :

— Mon petit... Mon petit.

Sa voix s'étrangle. Ils restent un long moment sur le trottoir, à pleurer tous les deux.

30

Dès qu'ils retrouvent le père Roissard, la mère dont la voix tremble se met à raconter ce qu'elle sait de cette grande paysanne qui voudrait travailler. Mais Eugène fait plusieurs fois non de la tête.

— Je n'ai besoin de personne. J'ai encore la force de mener ma besogne tout seul !

— Elle ne nous coûterait pas très cher... Et ce gamin, quelle pitié... Tu devrais venir voir ça...

Mais le vigneron demeure inflexible.

— J'ai fait ce que j'avais à faire, on ne va pas rester à traînasser ici pour dépenser des sous bêtement.

Il est en train de détacher son cheval quand arrive le gros Magnin, le tailleur de pierre, dont Xavier a plusieurs fois vu le chantier tout près du cimetière. Ce buveur de vin aime beaucoup Roissard à qui il achète souvent quelques bouteilles. Il claque l'épaule du vigneron, embrasse Noémie et serre la main de Xavier dans son énorme patte dure et râpeuse.

— On va boire une chopine chez la grande !

— Pas le temps, bredouille Roissard.

— Si t'en as pas, j'en ai pour toi. Fais pas l'andouille, venez tous les trois.

— Allez-y, dit Noémie, je vais en profiter pour faire un tour de marché et voir les prix des volailles.

— Je vais avec les hommes, fait Xavier.

— Si tu veux.

Le vigneron rattache son cheval et reprend sa canne. Xavier suit, très fier.

Ils entrent chez la grande Juliette qui tient un minuscule bistrot en haut des Arcades. La salle est à peu près pleine mais, tout au fond, un échalas tout en gueule et en os se lève dès qu'il les voit entrer et fait un geste du bras en criant :

— Par ici, Magnin. Arrive avec ton vigneron, je vous fais de la place.

Ils se coulent entre les dossiers des chaises et vont se coincer dans cet angle de la salle voûtée où la fumée est épaisse et très forte l'odeur de vin. Tout de suite après les poignées de main et la commande de deux chopines et d'une limonade, l'échalas, que les autres appellent « la Vache » parce qu'il est mécanicien à la fromagerie La Vache qui rit, se met à parler très fort :

— On y va tout droit, à la guerre ! Ce putain de Franco veut entraîner toute l'Europe dans cette histoire. Les Anglais ont de trop gros intérêts en Espagne, Blum n'a pas voulu se les foutre à dos. Il a pas tenu son bout. On n'aidera pas les républicains. Et les nazis comme Mussolini aident les autres. Marceau Pivert fait tout ce qu'il peut...

— Ton Marceau Pivert, c'est un drôle d'oiseau, interrompt le gros tailleur de pierre, qu'est-ce que tu veux qu'y fasse ? Des discours. C'est tout ce à quoi il est bon, ton Pivert.

D'autres consommateurs se mêlent à cette discussion où le nom de Marceau Pivert revient sans cesse.

Xavier Roissard connaît fort bien le pivert : un oiseau aussi gros qu'une belle pie mais avec un plumage rouge et vert. Il l'a vu souvent grimper contre le tronc des arbres en frappant l'écorce de son long bec pointu. Son père lui a dit : « Tu vois, il tape d'un côté et il fait vite le tour pour aller dire : entrez ! » Et si ce Marceau était un de ces oiseaux ? Bien sûr, ça ne peut pas être ça. Mais comme Xavier n'entend rien à ces questions d'embargo, de frontières, de matériel de guerre, il se met à bâtir des histoires pour s'évader. Il a fini sa limonade et se trouve bien heureux que son père ne s'attarde pas trop.

Une fois dehors, ils se hâtent de regagner le champ de foire où Noémie les attend en bavardant, adossée à la voiture, avec deux femmes. Toutes trois proches des larmes à l'idée de ces réfugiés parqués à certains endroits comme des bêtes.

— Au moins, dans les écoles, ils sont mieux qu'entassés dans les baraques Adrian des camps.

— Il paraît que ce n'est pas partout la même chose.

— Et on ne sait pas comment ils sont nourris.

— Espérons que leur guerre n'en amènera pas une chez nous. On risquerait de se retrouver comme eux...

— Dieu nous préserve !

Là-dessus, les Roissard grimpent sur leur tilbury. Le père prend les guides et fait claquer sa langue :

— Allons, mon beau, on s'en retourne loin de tout ce maudit tintouin.

Noémie le laisse mettre le Noir sur le bon chemin avant de dire :

— Oui, tu peux en parler. Tout ça est bien triste. Et il paraît que des Espagnols, y en a un qui est arrivé chez nous hier au soir.

— Chez nous ?

— Pas loin. Il serait chez les Bichat.

— Eux, ils peuvent le prendre, ils ont grand de terre et de quoi le loger dans leur maison.

— Mais nous, dit Noémie, cette pauvre femme que j'ai vue, si on voulait, avec son enfant...

Elle se tait. Son homme vient simplement de faire non de la tête en toussotant et elle sait qu'il est inutile d'insister. Elle se tait. Il y a un long moment de route avec juste le roulement du tilbury et le trot du cheval qui va bon train. Puis c'est Xavier qui rompt le silence :

— Papa, tu le connais, toi, ce M. Pivert ?

— Non. Mais on en parle beaucoup. Tout ce que je peux dire, c'est que c'est un rouge... Un rouge comme tous ces Espagnols qui nous arrivent sur le dos et qu'on va être obligés de nourrir. Et je ne suis pas certain que ce soit une bonne chose. Enfin, ils peuvent pas être pires que les salauds qui esquintent les chevaux.

Il se tait à son tour. Et pour Xavier, le pivert n'est plus rouge et vert, mais tout rouge.

Carnet de M. Richardon

Décidément, plus je fréquente les enfants, moins je les comprends. Nous sommes en plein bouleversement politique. Les événements prennent une tournure extrêmement inquiétante. La guerre d'Espagne m'effraie car je redoute fort qu'elle ne déborde sur le reste de l'Europe en une sorte de guerre civile internationale qui opposerait le communisme et le socialisme au nazisme et au franquisme.

Le petit Roissard va à la foire de Lons avec ses parents et, dans un bistrot (où il n'avait pas sa place), il entend des hommes parler de Marceau Pivert, qui fait beaucoup de discours en ce moment. J'ai vu sa photographie dans des journaux. C'est un homme mince, petite moustache, des lunettes, un grand front et des cheveux peignés en arrière. Et voilà que Xavier me demande s'il a des plumes toutes rouges. Je bavarde avec lui et je découvre que ce garçon moyennement intelligent (il est sixième dans une classe de dix-huit enfants) est persuadé que Marceau Pivert est un oiseau. Un pivert. Et parce qu'un des consomma-

teurs du café a dit : « C'est un rouge », Xavier voudrait savoir si ce pivert est vert et rouge ou tout rouge.

Bien sûr, ça n'a pas une grande importance et ce que pense un enfant de onze ans, ma foi... Mais je redoute fort que nombre d'adultes ne soient guère plus éclairés sur la politique et les hommes qui la font. Les gens des classes moyennes se disputent pour des bricoles mais semblent se moquer de ce qu'un fou comme Hitler ait aboli la Constitution de Weimar et obtenu une écrasante majorité qui lui donne le pouvoir absolu. Ce qui lui permet de tourner le dos à la conférence sur le désarmement et de laisser tomber la Société des Nations.

Je suis de plus en plus inquiet et très étonné quand je rencontre certains de mes collègues qui ne le sont pas. Michaud vient d'aller faire une période, il en est revenu tout heureux d'avoir été nommé lieutenant. Je sais qu'il est beaucoup plus jeune que moi et n'a pas connu la guerre, mais enfin ! Est-il possible qu'un homme intelligent et instruit ne sente pas les menaces qui pèsent sur l'Europe ?

Face à de pareilles turpitudes, comment s'étonner qu'un gamin de onze ans ait la tête qui bourdonne comme une volière où se poursuivent des oiseaux de toutes espèces ? Des oiseaux qui ont peut-être autant de cervelle que les hommes politiques auxquels nous avons confié le sort du monde.

La semaine dernière, je suis allé à la préfecture voir mon ami Edmond Cormier qui est chef de division. Je ne l'avais pas revu depuis au moins trois mois et il en avait gros sur le cœur. Il m'a parlé de ce mois d'août 34 où le vieux maréchal, président du Reichstag, est mort et de son remplacement par Hitler. La vérité, c'est que ni lui ni moi n'avons su grand-chose, sinon ce que nous avons pu lire dans la presse, de ce qui a précédé l'arrivée au pouvoir de cet illuminé. Or, il y a deux ou trois semaines, Cormier a reçu la visite d'un ami juif allemand, un dénommé Binder, professeur à Berlin d'où il venait de s'enfuir avec sa femme et ses deux enfants. Un esprit mesuré, pas du genre à raconter des fariboles (Cormier lui-même n'est pas un rigolo à qui on fait croire n'importe quoi). Selon Binder, Hitler aurait fait exécuter par ses S.S. un grand nombre de S.A. dont son plus vieil ami Röhm, ancien de 14-18, pédéraste notoire. Ceux que l'on n'a pas fusillés à l'École des cadets, on les a « suicidés ». C'est-à-dire qu'on leur a tiré une balle de pistolet dans la tête avant de leur mettre dans la main l'arme du crime pour que la police fasse son constat.

Comment pourrions-nous ne pas être effrayés par de pareils excès ?

Il semble aussi qu'Hitler, pour mener à bien sa campagne, ait trouvé pas mal d'argent chez les magnats de la Ruhr, tous plus ou moins fabricants d'armes avec le sinistre Krupp à leur tête.

Et quand Edmond Cormier a demandé à son ami de Berlin ce qu'il comptait faire, cet homme lui a répondu :

— Faire comme bien d'autres juifs allemands : foutre le camp aux États-Unis avant qu'Hitler ne trouve un moyen de nous faire assassiner ici, moi et les miens.

Même si la peur le fait exagérer, ce n'est pas encourageant pour nous.

31

Aujourd'hui, mardi 13 juillet 1937, est un très grand jour pour Xavier Roissard ! Il se trouve avec Marcel dans le train rapide qui les mène de Lyon à Paris. Un sacré voyage !

Le nez à la vitre, Xavier ne perd pas une miette du paysage qui défile à toute vitesse sous ses yeux. Rien de commun avec l'omnibus qu'il a pris à Domblans pour venir jusqu'à Lyon où son père l'a amené samedi. Le vigneron n'était pas mécontent de cette occasion d'embrasser son ami le petit Ponard dans son fournil à la Guillotière. Et Xavier était bien aise de manger de la brioche chez le manchot. Mais ce n'est pas une saison où l'on peut se permettre d'abandonner la vigne longtemps et le père est reparti dès le lendemain matin. D'ailleurs, que serait-il allé faire à Paris ?

Aujourd'hui, 13 juillet 1937, Xavier a pris le rapide avec son cousin Marcel. Et ce train roule si vite qu'on ne voit pas passer les poteaux le long de la voie. Xavier n'est pas seul avec son cousin dans ce compartiment de troisième classe, mais il ne s'intéresse absolument pas à ce que disent Marcel et les trois autres voyageurs qui, bien entendu, ont commencé par parler de l'Exposition universelle pour en arriver assez vite à ce qu'ils appellent « la situation ». Ils y viennent tout naturellement car l'ouverture de l'Exposition a été retardée de plusieurs semaines en raison des grèves. Et Xavier, même s'il est plus intéressé par le paysage que par la politique, ne peut pas ignorer leurs cris :

— C'est la merde parce que nous sommes assez cons pour nous laisser gouverner par les deux cents familles.

— À présent, ceux-là, on les connaît, on a eu la liste complète.

— Oui, mais on fait rien. On n'osera jamais fusiller toute cette racaille !

Cette fois, Xavier prête vraiment l'oreille. Mais il ne comprend pas très bien leurs propos. Le train s'arrête. C'est la gare de Laroche-Migennes et il se passe des choses étranges. Xavier ne résiste pas à l'envie de voir mieux et demande à Marcel s'il ne pourrait pas baisser cette vitre.

— Te penche pas trop. À mon avis, on change de locomotive.

— Pensez-vous ! dit un voyageur, ils remettent de l'eau. Mon beau-frère est mécanicien grande roue, alors vous pensez si je connais les trains.

— C'est quoi, grande roue ? s'étonne Xavier.

Les voyageurs se mettent à rire. Une dame, assise dans l'angle près du couloir, les reprend d'un ton sévère :

— Il n'y a pas de quoi rire, messieurs. J'ai beau avoir cinquante-six ans, moi non plus je ne sais pas ce que c'est.

L'expert en chemins de fer se hâte d'expliquer :

— Eh bien, madame, c'est le mécanicien qui ne fait que les très grands trains. Les trains internationaux comme l'Orient-Express.

— Je vous remercie, monsieur. Je m'en souviendrai. Bien que j'aie la certitude de ne jamais pouvoir prendre un train pareil !

— Sûr que c'est réservé aux riches, dit un homme qui fume depuis le départ de Lyon.

Le rapide repart et Marcel se hâte de remonter la vitre.

— Vaut mieux fermer sinon tu risques de recevoir une escarbille dans l'œil et ta mère ne me le pardonnerait pas.

Durant dix minutes au moins, il est question de voyageurs ou de cheminots qui ont reçu des escarbilles dans les yeux. Puis la conversation sur la politique reprend et Xavier cesse d'y prêter attention. Quel intérêt cela peut-il avoir pour lui ? Surtout ce matin, alors qu'il a bien autre chose en tête : l'Exposition qu'il va voir et, surtout, Rudy, oui, Rudy ! Marcel était assez fier de lui annoncer :

— Je t'avais promis une surprise. La voilà : Rudy nous rejoint à Paris !

Et, tout en continuant de contempler le paysage, c'est à ce cousin allemand que pense Xavier. Il a encore vu, avant de partir, une photographie que Mathilde a reçue. Rudy, à côté de son père – cet oncle que Xavier ne connaît pas. Le garçon, qui a quatorze ans, est presque aussi grand que lui. C'est une photographie prise en été. Rudy est en petites culottes, torse nu, il tient une pioche sur son épaule. Il est très musclé, même Marcel est admiratif :

— C'est un costaud, tu peux me croire !

— On va le voir à l'Exposition ?

— On ira avec lui, bien sûr, mais d'abord on va le voir chez Ferdinand Ravier.

— Ton copain qui est électricien ?

— C'est ça. Je t'en ai parlé. Et de son fils, Jean-Claude, qui a un an de moins que toi. Et avec lui et Rudy, on ira au Jardin zoologique de Vincennes.

— Comme celui de la Tête-d'Or à Lyon ?

— Bien plus grand.

Tout cela tourne dans la tête de Xavier, mais, ce qui revient toujours, ce qui s'impose vraiment, c'est ce cousin allemand. Un gaillard solide, musclé, qui doit être très fort.

À présent, le train roule moins vite et le décor qui défile est moins vert. Il y a beaucoup plus de maisons que d'arbres. Et même des immeubles assez hauts.

— On va arriver, s'agitent les gens.

Et tous se lèvent pour prendre leurs bagages. Les hommes se saluent en parlant encore de l'Exposition dont Xavier se demande s'ils pourront la voir puisque tout le monde prétend qu'elle n'est pas terminée. La dame le complimente sur sa sagesse et sur son beau costume.

Sur le quai, c'est la cohue. Un tumulte effrayant, des bousculades. Il faut se faufiler jusqu'au bout du quai pour trouver Ferdinand Ravier qui les attend. Marcel le serre dans ses bras et, dès qu'ils se séparent, Ravier se penche vers Xavier qu'il enlève en lançant :

— Ça va, futur trois quarts aile ? Y paraît que tu tapes ton cent mètres en dix secondes ? Faudra me montrer ça !

C'est que Ferdinand Ravier est, comme Marcel, un ancien joueur de rugby. Moins grand que lui, il est drôlement solide et son visage, au nez tout tordu, porte des traces de coups. Il rit en attrapant la petite valise que Mathilde a prêtée à Xavier et fonce entre les groupes en disant :

— Venez, la tire du singe est pas loin.

Xavier ne sait pas ce qu'est une tire et il se réjouit de voir un singe. Il découvre bientôt que c'est une camionnette bleue. Sur la caisse sont peints une sorte d'éclair jaune dominant une inscription également jaune : « Bornache et compagnie. Électricien. Installation, pose et entretien », une adresse et un numéro de téléphone.

— Grimpe là-derrière, ordonne Ravier, tu t'assieds sur la caisse à outils. J'ai mis une couvrante.

— J'aurais pu le prendre devant sur mes genoux, propose Marcel.

— C'est ça ! fait l'électricien. Un coup de frein et y part la tronche dans le pare-brise.

Marcel s'étonne :

— Je savais pas que ton singe avait des associés ?

— Tu rigoles, pas d'associés, moi et deux arpètes.

— Mais il a inscrit : et compagnie ?

Ferdinand se met à rire.

— Ça fait plus sérieux. Juste nous et sa femme pour la comptabilité et les commandes.

Xavier aimerait savoir où est le singe, mais il n'ose pas interroger l'électricien.

Entre les têtes des hommes, il découvre les rues de Paris. C'est bien pire que Lyon ! Mais ce n'est pas tellement la ville qui l'intéresse, c'est son cousin Rudy. Où est-il ? Il s'attendait à le voir sur le quai de la gare. Après quelques minutes, c'est Marcel qui demande :

— Et notre Allemand, à quelle heure il arrive ?

Le conducteur évite adroitement des cyclistes et se faufile entre une voiture noire et un camion gris avant de tourner la tête vers son ami pour dire d'une voix qui passe mal :

— Viendra pas.

— Quoi ? fait Marcel.

— Peut pas venir. Reçu la dépêche ce matin : « Rudy empêché de partir. Lettre suit. » C'est tout.

— Merde alors. J'espère que c'est pas un accident.

— Faut attendre la lettre.

Xavier ne l'écoute pas. Son cœur s'est serré d'un coup et il a envie de pleurer. À peine s'il entend Marcel qui explique à son ami :

— Ça, c'est incroyable ! Figure-toi que je l'ai annoncé au gosse seulement après que son père est reparti dans son bled.

— Pourquoi ?

— Mon oncle est plus tout jeune. Puis c'est un ancien de 14. Mutilé et tout. Il a toujours été emmerdé par cette histoire de désertion. Je me disais : J'ai toujours le temps de lui dire après, que le gamin était venu voir l'expo avec des amis.

Il marque un temps avant de répéter :

— J'espère qu'il a pas eu un accident.

Le conducteur évite encore quelques cyclistes et grogne un peu avant de regarder un instant Marcel pour dire :

— Tu sais, moi je parierais plutôt qu'avec Hitler, y peuvent pas tous sortir de chez eux comme ça !

— Tu crois ?

— J'en ai bien peur.

Xavier entend mal car la camionnette roule à présent sur des pavés inégaux et les outils dont elle est chargée font beaucoup de bruit. Le garçon a dans la tête ces mots qui reviennent sans cesse : « Viendra pas... viendra pas... viendra pas... »

32

À Montreuil, l'électricien occupe une petite maison coincée entre deux plus grosses. Un jardin devant et un derrière, guère plus grand que la main avec, sur le flanc gauche du bâtiment, une sorte de passage où se trouve la niche d'un gros chien noir. Tout de suite, c'est avec lui que Xavier devient ami, et même si rien ne peut le consoler de ne pas voir son cousin d'Allemagne, il éprouve beaucoup de joie à caresser cet animal. Jean-Claude aussi est gentil mais il a un curieux accent qui étonne beaucoup Xavier. Au rez-de-chaussée de cette maison, il y a un garage qui regorge de matériel électrique. Et Marcel qui vient d'y entrer demande à son ami :

— C'est tout à ton patron, ce fourbi ?

— Ben oui. J'suis logé et responsable de l'atelier. Je garde le bordel. Et l'singe est pas vache, tu vois, quand j'ai besoin, y me prête son carrosse, mais je lui rends des heures.

— Dis donc, t'es pas au large ici.

— Que veux-tu, c'est Paris, les mètres carrés sont chers.

Tout étonne Xavier, même cette rue étroite où ne

cessent de passer des voitures, des camions, des motos qui vont tous dans le même sens.

Il sera plus étonné encore cet après-midi, quand il prendra le métro avec Marcel et Jean-Claude pour gagner le parc zoologique rempli d'animaux merveilleux. À midi, son cousin les invite dans une brasserie où on vous sert des frites à profusion et du bœuf saignant, ce qui dégoûte Xavier qui n'en a jamais mangé chez ses parents. Durant le repas, ils parlent du zoo, bien entendu, des ours blancs qui ont l'air d'être sur une vraie banquise, des singes – et Marcel, à qui il pose la question, lui explique qu'on appelle parfois un patron un singe. Mais très vite Xavier revient à Rudy :

— Pourquoi il est pas venu ?

— Mon pauvre petit, comment veux-tu que je le sache ? J'espère seulement qu'il n'est pas malade. Lui ou ses parents.

— Pourquoi on peut pas aller le voir, nous ?

— Tu sais, on ne va pas à Essen comme à Montreuil. Mais s'il ne vient pas cette année, je te promets qu'aux prochaines grandes vacances, je t'y mènerai.

Xavier se réjouit et Marcel s'empresse de dire :

— À condition que tu aies un carnet de notes qui me convienne. Et si ton papa est d'accord.

— Tu verras... peut-être pas premier partout, mais tu seras content. C'est juré. Et en plus, je vais bosser dur à la vigne. Et mon père sera tout content aussi.

Ils rentrent à Montreuil de bonne heure car, demain, 14 Juillet, ils vont aux Champs-Élysées pour assister au défilé. Et il est nécessaire de s'y rendre tôt si l'on veut voir quelque chose.

— Ce soir, dit le petit Jean-Claude, y a la retraite aux flambeaux.

— Oui, répond Marcel, mais il faut choisir. On ne

peut pas être du soir et du matin. Et tout le monde dit que la revue, c'est bien mieux.

— C'est certainement vrai, affirme Ferdinand.

Les enfants vont vers la chambre où ils dormiront tous les deux, mais Xavier entend tout de même Marcel qui dit à son ami :

— Moi, tu sais, tout ce qui est soldat et compagnie, c'est pas mon fort. Alors je veux bien me taper la revue de demain pour faire plaisir à ce gamin, mais me payer encore la retraite ce soir, merci bien !

— T'as raison, lance l'électricien. Moi aussi, c'est pour le gosse que j'y vais. Mais je me demande toujours si j'ai raison. Toutes ces conneries ne font que leur farcir le citron avec des idées de guerre.

Farcir le citron, encore une expression nouvelle pour Xavier qui ne l'oubliera pas. Ce soir, il s'endort très vite. Il s'endort avec, dans la tête, deux visions qui se confondent, qui se superposent comme s'il était au cinéma et qu'il regardait deux films en même temps. Un, tourné au lycée de Lons-le-Saunier, montre les réfugiés espagnols à qui l'on donne des fruits entre les barreaux de la grille ; l'autre tourné au Jardin zoologique, devant la cage des singes à qui des enfants lancent des cacahuètes.

Et quand il se réveille, Xavier est tout étonné de voir son cousin Marcel couché par terre, sur un petit matelas à côté du lit qu'il partage avec Jean-Claude qui dort encore.

— Alors, tu as bien dormi ? demande Marcel.

— T'as couché par terre, toi ?

— C'est pas la première fois.

— Comme les soldats.

— Y a pas que les soldats qui couchent par terre. Je me demande quand tu t'arrêteras de toujours penser aux soldats. Allez, debout. Debout, Jean-Claude ! Le café est certainement fait.

L'électricien est déjà parti et sa femme, Marie, qui est une longue perche très sèche, explique :

— Un dépannage, mais c'est pas loin. Il sera de retour pour qu'on aille tous à la revue.

— J'ai rien entendu, s'étonne Marcel.

— Non, le téléphone est dans le bureau et il a pas sonné longtemps, j'étais en train de faire des comptes.

Ils prennent du café au lait avec une brioche encore tiède que Marie est allée chercher très tôt. Et les enfants sont prêts bien avant l'heure. Prêts et inquiets, car si l'électricien ne revient pas à temps...

— Ne vous en faites pas, dit Marie, on saura trouver les Champs-Élysées sans lui.

Mais Ferdinand Ravier est bientôt de retour.

— Espérons que j'aurai pas un appel juste au moment de partir.

— Je dirai que tu es absent, fait sa femme.

— J'aime pas laisser un client dans la panade, tu le sais. Et si le singe apprenait que j'ai fait un coup comme ça, y risquerait de me passer un foutu savon.

Fort heureusement, il n'y aura pas d'appel et tous partent prendre le métro bondé qui les dépose très vite au bas des Champs-Élysées. Là, pour Xavier, c'est l'émerveillement teinté d'une certaine peur. Il serre de toutes ses forces la main de Marcel car il sent que, s'il la lâche, il est à jamais perdu. Englouti. Noyé.

— Bon Dieu, grogne Marcel, on a beau avoir plus d'une heure d'avance, on est pas les premiers !

Ils naviguent un moment pour essayer de s'approcher un peu du bord du trottoir, mais ce n'est vraiment pas possible. Comme les enfants ont du mal à avancer, les deux hommes les hissent sur leurs épaules. Étant donné la taille de Marcel, Xavier domine cet océan de têtes, de casquettes et de chapeaux qui ne cesse de remuer. Il regarde tout en haut de l'avenue cet Arc de triomphe qu'il a plusieurs fois vu dans les livres ou sur des cartes postales. Et ils restent longtemps dans cette foule. Des gens sont perchés un peu partout. On crie. On s'interpelle. Quand, très loin vers le haut, une musique éclate. Clairons, tambours, trompettes et le reste. Des sonneries, puis le défilé commence. Il avance au centre de cette large avenue. Xavier Roissard peut vivre cent ans, jamais il n'oubliera ce spectacle. Ces fantassins, ces cavaliers, ces spahis ! Ah, ça, c'est beau, les spahis ! Et ces trompettes qui sonnent si clair. Ces chevaux qui ont l'air de marcher au pas. Puis des automitrailleuses blindées et même des tanks, de vrais chars d'assaut comme on n'en voit qu'au cinéma. La foule hurle. Applaudit à en faire trembler les maisons. Les arbres gênent un peu, mais on peut voir tout de même. Soudain, Xavier baisse la tête. Des avions surgissent comme s'ils sortaient de l'Arc de triomphe et volent si bas, on croirait qu'ils vont vous faucher.

La foule se précipite vers le centre de l'avenue dès que le défilé se termine. Marcel et son ami y vont aussi et suivent le mouvement. Mais, bientôt, la cohue est moins dense. Vers le bas, on voit encore s'éloigner les blindés. Des avions passent de nouveau juste au-dessus des têtes en rugissant. Est-ce que c'est comme ça, la guerre ? Tant et tant de soldats, comment se pourrait-il qu'elle ne vienne pas ? Et Xavier est tout étonné d'entendre son cousin lancer avec colère :

— Bordel ! Y a rien à faire, faut que ces imbéciles jouent à la guerre !

— Oui, soupire l'électricien, quand je pense à ce que ça doit coûter, des conneries pareilles !

— Mon pauvre vieux, avec ce qu'un seul avion comme ça bouffe en trois minutes, tu ferais tourner ta camionnette pendant plus d'un an sans jamais que ton patron ait besoin de payer une goutte d'essence !

— Tu sais que même parmi les copains du Parti, y en a qui osent pas gueuler contre les salauds qui nous piquent notre blé pour faire tourner leurs zincs. Ça me les fout à la retourne.

Xavier ne comprend pas grand-chose à tout cela. Il y a tant et tant de mots nouveaux qu'il se demande si Paris n'est pas un autre monde !

33

Ça y est ! Ils y sont. À peine neuf heures du matin et les voilà dans l'Exposition. Et ils ne sont pas les premiers. Les deux garçons se tiennent par la main et ne quittent pas leurs pères d'une semelle. Pour Xavier, tout est source d'enthousiasme. Même la tour Eiffel qu'il a pourtant souvent vue sur des cartes postales ou dans des livres. Mais sa hauteur est vraiment impressionnante. Et encore, ils ne sont pas tout près.

Où il y a le plus de monde, c'est à proximité des deux pavillons dont on a si souvent parlé : celui de l'Allemagne et celui de l'U.R.S.S. Deux personnages gigantesques – une femme et un homme qui brandissent lui un énorme marteau et elle une faucille – sont perchés sur cette espèce de tour en pierre de taille et semblent menacer de leurs outils l'aigle noir perché plus haut qu'eux encore, au sommet d'une construction faite de colonnes elles aussi en pierre de taille.

S'étant arrêtés entre ces deux monuments, ils regardent vers les jets d'eau du bassin puis, de l'autre côté, vers la Seine. Il y a foule sur le pont et partout devant ces monstres de pierre. Les gens admirent, certains disent leur peur. Après un moment, Marcel demande à son ami Ravier :

— Alors, qu'est-ce que t'en penses ?

L'électricien hoche la tête. Son front bas se plisse et son large visage reflète une profonde inquiétude. Il laisse passer un bon moment avant de se décider à répondre :

— Tout ça me paraît lourd de menaces. Les deux travailleurs sont très beaux, mais l'aigle me fout les jetons.

— T'as pas tort, fait Marcel. Deux puissances pareilles qui se regardent d'un sale œil, c'est pas encourageant.

— Surtout que pas un gouvernement ne semble à la hauteur pour leur tenir tête.

— Pourtant, soupire Marcel, le Front populaire nous avait paru vouloir vraiment la paix.

— Eh oui ! Je me souviens, on disait : C'est l'aube d'une ère nouvelle. Une ère de paix et de bonheur pour le monde entier.

— La démission de Blum n'a rien arrangé, dit Marcel qui ajoute : Mais on peut pas empêcher les choses de se faire.

— Si on nous avait écoutés. Si on n'avait pas laissé la droite prendre le dessus, on n'en serait pas là !

Ravier demeure sans rien dire. Les enfants n'écoutent pas. Ils ne cessent de regarder tout autour d'eux ces constructions étonnantes et cette foule qui déferle partout. Mais Xavier prête l'oreille quand Marcel suggère :

— Faudrait tout de même penser à casser une petite croûte.

— C'est pas les marchands de nourriture qui manquent, constate l'électricien.

En effet, il y a partout des terrasses où des gens sont à table et encore davantage de visiteurs assis un peu partout sur des murs bas, des chaises de jardin, des bancs ou même des bordures de trottoirs et qui dévorent des sandwichs, des brioches, des croissants ou des fruits. Marcel et son ami finissent par trouver, au fond d'une grande baraque, une table où une servante vêtue en Alsacienne vient prendre leur commande. Choucroutes, bière et limonade ! On les sert très vite et ils se mettent à manger. Un violoniste et un joueur de vielle passent entre les tables. Quand ils se sont éloignés, Marcel s'exclame :

— Ce que ça a dû coûter de construire tout ça !

— Tu peux pas t'en faire une idée. Et on ne nous dira jamais la vérité.

— Il y a des entrepreneurs qui ont dû se sucrer. Tu n'y as pas travaillé, toi ?

Ravier se met à rire. Mais d'un rire qui passe mal. Avec une grimace qui plisse son lourd visage, il lance :

— Tu déconnes, mon pauvre vieux ! Mon singe est un petit artisan ! Et en plus, j'ai toujours refusé de cracher au bassinet pour enrichir des mecs qui en foutent pas la rame et qui s'engraissent à nos frais !

— Les politiques ?

Ravier fait la moue. Il réfléchit quelques instants avant de répondre :

— Les politiques, y en a qui ramassent des enveloppes énormes au passage. Mais le pire, c'est pas ça.

Il sourit. Il semble attendre que Marcel lui demande ce qui est le pire. Mais le grand mange tranquillement sa saucisse fumée et son lard. Il demande aux enfants ce qu'ils en pensent. Et les deux garçons sont vraiment heureux de tout, et surtout d'être avec deux hommes et de manger comme eux.

Un moment s'écoule avec le brouhaha et des

musiques de toutes sortes, puis l'électricien se penche vers son ami et dit sur un ton très dur :

— Le pire, mon pauvre vieux, ce sont les architectes. De la racaille. Tu peux pas savoir... Des mecs qui touchent de tous les bords.

— Pourtant, il en faut bien.

— Un bon entrepreneur, un bon maître d'œuvre et des compagnons sérieux, ça vaut cent fois mieux.

— Et qu'est-ce que tu fais des architectes, tu formes des équipes de rugby ?

— Potemkine. Je ne vois pas d'autre solution.

Marcel interroge son ami du regard.

— Tu n'as pas vu *Le Cuirassé Potemkine ?* Un sacré film !

— Mais oui, je l'ai vu, dit Marcel.

— Quand les soldats jettent une bâche sur les marins...

Marcel éclate de rire.

— Je vois ! Assemblée générale des architectes sur l'Esplanade. Et *pan pan pan* fusillez-moi cette racaille ! C'est ça que tu proposes ?

— Et *pan ! pan ! pan !* s'excite Xavier.

— *Pan !* Tire dans le tas, tire dans le tas ! crie Jean-Claude enthousiaste.

— Qu'est-ce qui vous prend, les garçons ? gronde Marcel. Un mot de plus et vous êtes privés de tarte aux prunes.

Le repas terminé, ils se hâtent de prendre place au bout d'une longue file de gens qui attendent pour monter à la tour Eiffel. Ils vont attendre tellement que, lorsqu'ils pourront monter, le jour commencera à décliner et ils auront, autour d'eux, sur une immensité, le spectacle des lampes qui s'allument un peu partout. Là Ravier leur expliquera tout Paris qu'il connaît par cœur. Il parle de Montmartre et des banlieues comme si ce monde étrange lui appartenait. Xavier est fasciné par cet univers. Et, à leurs pieds, c'est, dans la nuée de poussière qui monte du piétinement, un remuement constant de la foule. La Seine est comme un fleuve de ciel semé d'étoiles qui tremblent. Des bateaux illuminés passent où l'on devine des gens assis en rangs serrés.

— Un jour, dit Ravier, faudrait que tu puisses faire une promenade sur le fleuve avec Xavier.

— Moi, j'y suis allé, dit Jean-Claude, c'est chouette.

— On verra, promet Marcel, mais il ne nous reste que demain.

Ils redescendent. Et les garçons ont vraiment la tête pleine de tout ce qu'ils ont pu admirer. Pourtant, Xavier ne peut s'empêcher de regretter :

— Quel dommage que Rudy soit pas venu ! Je suis tellement triste.

— C'est surtout triste pour lui, soupire Marcel.

34

Xavier a pleuré pour que Marcel accepte de rester à Paris un jour de plus. En vérité – mais il n'ose pas le dire –, il garde au fond du cœur l'espoir que son cousin d'Allemagne finira par arriver. Ils vont donc sur la Seine en bateau. Il est seul avec Marcel car l'électricien travaille et le petit Jean-Claude avait promis à des copains d'aller jouer au ballon. Il ne voulait pas risquer de faire perdre son équipe.

La Seine en bateau, c'est très impressionnant, amusant aussi. Et voir l'Exposition et la tour Eiffel depuis le bateau est assez drôle. Mais dès qu'ils débarquent, à Marcel qui lui propose de le conduire à l'Arc de triomphe Xavier répond :

— J'aime mieux rentrer. J'ai un petit peu mal à la tête.

— Ça ne t'arrive pourtant pas souvent.

— Non, mais des fois.

— On va passer dans une pharmacie acheter des comprimés.

— C'est pas la peine.

— Ce serait stupide de rester avec un mal de tête quand un comprimé peut t'en débarrasser.

Bien obligé de suivre Marcel dans une pharmacie, puis dans un café où il fait dissoudre le comprimé d'aspirine dans un demi-verre d'eau que Xavier se force à boire. Il fait la grimace et son cousin commande pour lui un soda qu'il avale le plus vite possible.

— Tu veux te reposer encore un moment ? demande Marcel.

— Non, j'aime mieux rentrer.

— Comme tu voudras.

Le garçon met une éternité à venir, puis à rapporter la monnaie. Comme tout ça serait agréable s'il n'y avait pas Rudy qui est arrivé et qui se morfond en les attendant !

Le cœur de Xavier bat très fort lorsqu'ils entrent dans le petit jardin de la famille Ravier, plus fort encore lorsque Marcel pousse la porte qui ouvre sur un étroit couloir. C'est Mme Ravier qui vient à leur rencontre. Elle a un large sourire et agite un papier :

— Vous avez bien fait de rester un jour de plus. La lettre est arrivée.

— Alors ? demande Marcel.

Et Xavier se retient pour ne pas crier : « Et lui ? » Mais il ne dit rien. Le cœur battant, il suit cette femme et Marcel dans la petite salle à manger. Sur la table où il n'y a qu'une grosse potiche vide, Marie Ravier pose la feuille devant Marcel qui vient de s'asseoir et la déplie. Il lit, mais pas à voix haute. À peine deux lignes et Xavier demande :

— Alors, y vient ?

Marcel continue sa lecture quelques lignes encore et lève la tête au moment où Ferdinand Ravier entre par la porte du fond. C'est lui qui parle le premier pour lancer avec un peu de colère dans la voix :

— C'est un comble, tout de même.

— Oui, approuve Marcel.

Xavier n'y tient plus et questionne :

— Il a eu un accident ?

Les deux hommes ont le même ricanement et l'électricien approuve :

— Oui, comme tu dis. Et c'est pas de la rigolade.

Comme Xavier étouffe un sanglot, son cousin se hâte de le rassurer :

— Mais non. T'inquiète pas. Il est pas blessé. Il est... Il est... Enfin...

Ravier vient à son aide :

— Il est embrigadé. Embarqué dans les Jeunesses hitlériennes. Ceux que t'as sûrement vus dans les actualités au cinéma ou sur des photos des journaux.

Il y a un silence. Xavier ravale son sanglot et parvient à demander :

— Et c'est pour ça qu'il peut pas venir ?

— Figure-toi qu'il est allé à Munich avec ses copains pour saluer ce M. Hitler qui, lui aussi, est allé visiter une exposition de je ne sais quoi, parce que je pige rien à leur baragouin.

— À Munich, murmure Xavier, le souffle coupé par l'émotion.

Dans sa tête, se bousculent des visions de l'Exposition qu'il vient de visiter et de ce Hitler qu'il a vu plusieurs fois au cinéma, gesticulant et hurlant devant des foules énormes. Il a du mal à imaginer ce cousin, qu'il ne connaît que par quelques photos mais qu'il aime déjà, perdu dans cette multitude. Est-ce qu'il défile ? Est-ce qu'il est vêtu comme les autres ? Est-ce qu'il porte un drapeau avec la croix gammée dessus ? Est-ce qu'il tend le bras la main ouverte comme les autres ?

Les deux hommes se sont mis à parler de ce régime nazi qu'ils ont l'air de détester et de redouter vraiment. Durant un moment, Xavier essaie de comprendre ce qu'ils disent mais tout est terriblement compliqué. À présent, c'est comme si on lui avait arraché quelque chose. Un long moment, il lutte contre ce qui lui serre la poitrine, puis, n'y tenant plus, il éclate en sanglots.

— Viens ici, fait Marcel.

Xavier se lève et s'approche de son cousin qui le prend contre lui et l'embrasse avec beaucoup de tendresse. Et c'est bon, cette force d'homme où il se réfugie.

35

Ils sont de nouveau à Lyon. Xavier a fait le voyage du retour blotti contre son cousin. Il a fini par s'endormir et, même dans son sommeil, il était secoué de gros sanglots. Arrivé au café du cours Gambetta, il a encore fondu en larmes en embrassant sa cousine Mathilde :

— Pas venu... Pas venu.

Marcel a fait lire la lettre à Mathilde qui a lancé de sa voix pointue :

— Ces gens-là sont fous !

Et la conversation sur les Allemands, le nazisme et Hitler gagne le bistrot où les quelques clients sont tous des habitués, des ouvriers des usines Berliet et de la fabrique de pâtes alimentaires toute proche. Un grand gaillard fort en gueule qui est mécanicien auto pousse un véritable hurlement pour affirmer :

— Moi, je vous le dis. On se débarrassera de ce fumier d'Hitler que par la guerre ! Faut pas hésiter.

— Tu parles comme un con, s'énerve un autre. Tu veux lui faire la guerre, mais avec quoi ? Il est bien plus fort que nous.

— Et il a les Ritals avec lui, observe un autre.

Les voilà partis ! Xavier Roissard les écoute, terrorisé. Car si la guerre vient, Rudy sera de l'autre côté, avec Hitler. Et il n'arrive pas à le croire. Il est assis sur la banquette avec la chienne blottie contre lui. La chienne qui n'aime pas entendre les gens gueuler ainsi et se quereller. Mathilde non plus n'aime pas qu'on hurle de cette manière. Alors c'est elle qui intervient en criant plus fort que tout le monde :

— S'il vous plaît ! Un peu moins fort. On est pas sur un champ de foire, ici !

Elle quitte son comptoir pour s'asseoir près de Xavier et de Mirette.

Les hommes continuent de discuter en s'efforçant de ne pas trop élever la voix.

— Tu parles, affirme l'un, la guerre, on en a trop peur. Si on avait dû la faire, c'est quand Hitler a fait entrer ses troupes dans les zones démilitarisées depuis le traité de Versailles.

Un autre éclate de rire.

— Versailles, tu peux en parler. Des bouts de papier faits pour être déchirés tout de suite.

— Pour se torcher le cul avec, grogne un autre.

— De toute façon, dit calmement Marcel, tant que nous avons le soutien des Anglais...

Un petit maigrelet l'interrompt pour lancer :

— Les Anglais, avec un roi à leur tête qui laisse tomber sa couronne pour se payer une belle Américaine, faut pas compter sur eux.

Mathilde s'en mêle :

— Belle, cette Simpson, vous l'avez mal regardée. Elle a un pique-légumes qui arrive deux minutes avant elle. Et sa bouche...

Tout le monde part d'un rire moqueur qui fait aboyer la chienne.

— Vous voyez, dit Mathilde en la caressant, même elle, le nez de cette Amerloque la fout en rogne.

— Vous pensez bien que si y laisse tomber sa couronne comme ça, c'est pas seulement une question de fesses, d'un côté il a la trouille des emmerdements, et de l'autre y va où il y a du fric à ramasser facilement.

— Tout de même, c'est bien le Front populaire qui nous aura foutus dans le pétrin.

Plusieurs voix s'élèvent pour répondre au petit homme grisonnant qui ose parler ainsi. L'autre laisse passer l'orage avant de reprendre :

— Votre Front populaire, venu tout droit du Fronte Populare des Espagnols, il a pas grand-chose de bon. À part les Auberges de la jeunesse et la renaissance du tandem. Ça a poussé des tas de gens vers la nature, le plein air...

— C'est certain, fait un bon gros joufflu, ça peut faire une jeunesse plus sportive. Plus saine. Toute prête à partir en découdre avec les gosses que Hitler et Mussolini font défiler en braillant des conneries !

La discussion repart sur la guerre que tout le monde voit arriver. Et le pauvre Xavier se blottit contre sa cousine en serrant contre lui la chienne qui lui lèche la main. Habité par la vision de son cousin d'Allemagne habillé en soldat et défilant parmi des milliers de garçons devant une tribune où Hitler salue en levant la main. Le défilé n'en finit plus. Xavier a cessé d'écouter ce qui se dit. Sa cousine se lève pour aider Marcel car d'autres clients viennent d'entrer. Eux aussi se mettent à parler des événements. Xavier ne saisit pas vraiment ce qui se dit, la seule chose qui le pénètre, c'est que sans cesse reviennent les mots guerre, nazisme, fascisme, Front populaire, Croix-de-Feu. Bientôt la discussion tourne en dispute. Car il y a, parmi les habitués du café, quelques communistes particulièrement montés contre tout ce qui n'est pas de leur parti. Et Marcel, qui n'est pas sympathisant du parti, dit à sa femme :

— Si tu avais entendu Ravier, c'est bien pire.

Mathilde soupire profondément :

— Ce qui est terrible, c'est qu'ils ont raison. Mais moi, leur violence me fait peur.

Marcel se met à rire.

— Une chance que l'oncle Eugène soit pas là, il écumerait, le pauvre homme.

36

Pour consoler Xavier, Marcel l'a reconduit chez ses parents dans son magnifique side-car tout neuf. Ils se sont même arrêtés à Bourg-en-Bresse pour manger dans un vrai restaurant, le Café Français, dont Marcel connaît le patron. Là encore, il a été question des événements mais la salle aux plafonds très hauts est tellement impressionnante que Xavier était assez occupé à tout contempler. Et le repas était imposant aussi avec des hors-d'œuvre sur un petit chariot et du poulet de Bresse aux morilles. Puis une galette bressane comme le garçon n'en avait jamais mangé.

En arrivant à la ferme, Xavier a embrassé ses parents sans rien dire de sa déception. Il sait que son père ne l'a autorisé à se rendre à Paris qu'après avoir beaucoup hésité et sans savoir qu'il devait y rencontrer celui qu'il s'entête à appeler « le petit Boche ». Pour être certain de ne pas pleurer, Xavier est allé dehors pendant que Marcel raconte leur voyage et leur visite à l'Exposition.

À présent, ils sont attablés pour le repas du soir. Bien entendu, les deux hommes parlent des événements et des difficultés de la vie. Le vigneron se plaint qu'on ne fasse rien pour les paysans.

— Tout pour le gros capital et pour les ouvriers. Belle réussite, votre semaine de quarante heures, plus personne veut rien foutre. Même nos poules. Dimanche dernier : pas un œuf ! Lundi : trois seulement ! Elles aussi, elles font les quarante heures.

Marcel se met à rire.

— Tu peux rigoler, va ! Si je faisais quarante heures, moi, ça donnerait pas lourd de raisin ! Et comme on parle déjà de payer moins cher tout ce qui vient de l'agriculture, je sais pas de quoi on va vivre.

— Vous en faites pas, l'oncle, le vin se vendra toujours bien. Le vôtre est si bon...

— Y se vendra, mais de moins en moins cher, et on payera tout de plus en plus cher. Le sulfate a augmenté de vingt pour cent, je sais pas si tu vois ce que ça représente.

— Faut pas vous tracasser trop, tout finit toujours par s'arranger.

Le père Roissard hausse le ton. Sa moustache se place en accent circonflexe et, découvrant sa mâchoire où il manque trois incisives en haut, une en bas, il lance :

— C'est ça, tout s'arrangera. Jeudi dernier, je suis descendu au marché à Lons. Sur la place, devant le théâtre, y avait des gars qui vendaient des partitions de chansons. Et deux qui gueulaient dans des gros entonnoirs pendant qu'une femme jouait de l'accordéon. Tu sais ce qu'ils chantaient ?

— Y a tellement de choses qu'on peut chanter...

— Ben y chantaient : « Tout va très bien, madame la Marquise » !

Marcel et la mère Roissard se mettent à rire et Xavier avec eux. Mais le père est en colère :

— Pouvez rigoler, va ! Tout va très bien puisque

personne veut rien foutre. Moi je vous dis qu'on court tout droit à la catastrophe. Ah, elle est belle, la France ! C'était bien la peine qu'on se fasse trouer la peau pour la France. Bordel ! J'aurais mieux fait de lever les bras à la première attaque comme certains. Je serais pas essoufflé comme je suis et j'aurais mes deux pattes intactes. Et...

Le vigneron est arrêté par une violente quinte de toux qui le secoue et l'oblige à se lever de table pour aller cracher dans le foyer de la cuisinière. Quand il revient prendre sa place, Marcel remarque :

— Vous voyez, oncle Eugène, vous vous emportez pour des riens et vous vous faites tousser.

— Pour des riens. Tu appelles ça des riens ! Des gens qui veulent plus travailler.

Il se tait un instant, puis, plus grave, posant ses deux grosses mains à plat sur la table de chaque côté de son assiette où demeure un os de lapin, il a un mouvement en avant comme s'il voulait se grandir. D'une voix calme mais dure quoique sourde, il reprend lentement :

— Tu sais ce qu'il leur faudrait, à tous ces fainéants ? Tu le sais ?

Marcel qui paraît gêné fait non de la tête et souffle :

— Vraiment, je vois pas...

— Il leur faudrait un Hitler pour les faire marcher à grands coups de bottes dans les fesses !

— Oh ! mon oncle. Ne souhaitez pas un malheur pareil. On a déjà La Rocque et ses Croix-de-Feu, pas besoin d'un Hitler ! Je vous assure.

Marcel se penche vers Xavier qui semble perdu, loin de tout ce qui se dit à cette table. Puis, se tournant de nouveau vers son oncle qui lui verse du vin, il soupire :

— Quand je regarde cet enfant, je ne peux pas m'empêcher de trembler en pensant qu'il risque un jour de partir se battre.

Noémie dont le regard s'embue supplie :

— Seigneur Jésus, épargnez-nous, je vous en prie !

Carnet de M. Richardon

Ce matin j'ai rencontré près de la fontaine Mme Roissard, la mère du garçon au pivert. C'est une femme que je respecte car elle me paraît très sensée, mesurée dans ses propos et ses jugements, travailleuse, toujours prête à rendre service. Elle m'a dit que son Xavier est allé à Paris voir l'Exposition et qu'il en est rentré très triste de ne pas y avoir rencontré, comme il l'espérait, son cousin allemand. La pauvre femme est attristée parce que le fils de son frère fait partie des Jeunesses hitlériennes. Elle a peur. Une peur étrange, un peu irraisonnée de la part d'une femme que je croyais plus solide. Elle tremble de voir son mari très monté contre les communistes et les socialistes à cause des quarante heures et du peu de cas que l'on fait des agriculteurs. M. Roissard, qui comme bien des gens peu informés n'aime pas les juifs et déteste les communistes, admire l'ordre qui règne en Allemagne et la discipline qu'un Hitler arrive à imposer aux jeunes qui le suivent en masse. Il prétend que nous ne sortirons de la crise que si nous avons un régime à poigne.

Je redoute que beaucoup de gens ne voient comme lui. Et le congrès de la S.F.I.O., qui s'est tenu à Marseille au début du mois de juillet, n'a rien donné qui puisse nous réconforter. On est bien obligé de reconnaître que ce sont les radicaux qui ont brisé le Front populaire. Il est évident que le gouvernement a manqué de fermeté durant toute une année. De fermeté et aussi de finesse.

Curieusement, moi qui aime les enfants et qui aime mon métier, je vois venir – il est pourtant encore loin – avec terreur le temps de la rentrée. Que vont m'apporter tous ces gosses qui auront découvert ici ou là, entendu partout des choses et des propos inquiétants ? Certains, comme le petit Xavier Roissard, seront allés à Paris visiter l'Exposition. Ils y auront vu face à face le nazisme et le communisme se toisant du regard et prêts à l'affrontement. Ils auront contemplé un monde de lumière. Une ville où la nuit ne tombe jamais. Paris aussi lumineux à minuit qu'à midi ! Ici, je vais jusqu'au bord de la falaise qui domine le vignoble et je regarde le couchant s'éteindre sur la Bresse lointaine. Rien n'est plus émouvant que ce paysage passant de la grande clarté à la nuit, à une autre vie. Ce que je ne puis plus distinguer dans les lointains, je le devine. Là aussi il y a des lumières, mais qui sont comme autant de minuscules reflets des étoiles. Ainsi, durant une heure au moins, chaque soir, j'oublie le monde où gronde tant de colère, où vivent tant de menaces. J'oublie les poings levés qui font face aux mains tendues pour le salut fasciste. Des gestes qui se veulent de fraternité et qui sont lourds de haine.

Car moi aussi, j'ai peur des temps qui s'annoncent. À Moscou, Staline patauge dans le sang ; à Berlin, Hitler fait défiler des milliers d'hommes et d'enfants pour leur mettre au cœur le germe de la guerre. Une guerre dont je n'arrive pas à me persuader qu'elle est inévitable. Si tous les humains pouvaient, chaque soir, aller comme je le fais méditer en haut d'une falaise en contemplant le spectacle du couchant et en écoutant les stridulations des insectes et les chants des oiseaux, ils penseraient beaucoup moins à se détruire les uns les autres. Mais ils n'ont, souvent, à contempler que des images de violence. Le cinéma et les journaux ne leur donnent que le plus triste reflet du monde. À force, les hommes perdent l'habitude de regarder le monde tel qu'il est dans la nature. Surtout, il leur arrive de moins en moins souvent de se livrer à cette descente en soi-même à la recherche d'une certaine pureté.

Chaque fois que je m'offre ces moments de calme et de silence habités, me reviennent en mémoire ces années de guerre où, prenant la garde, je ne voyais rien de la nuit. Mon œil guettait ce qui risquait à chaque instant de trouer d'un trait de feu l'obscurité où montaient des lueurs proches ou lointaines. Où roulaient des tonnerres. Ces orages que l'homme se plaît à provoquer et qui sèment la désolation sur les plaines et les montagnes. Quand je suis en haut de ma falaise, il m'arrive malgré moi de guetter la lueur qui risque de percer la noirceur et qui sera signe de mort. Preuve que la guerre continue de m'habiter comme elle doit habiter tous ceux qui l'ont vécue. Comme je redoute qu'elle n'habite déjà ces enfants qui risquent de la vivre demain et qui, peut-être, l'espèrent.

Livre III

Huitième partie
Septembre 1939

37

Le matin du 3 septembre 1939, Eugène Roissard est réveillé par le remuement de son lit. Il ouvre les yeux. Nuit noire.

— Qu'est-ce que tu fais ?

— Je me lève, pardi ! répond sa femme.

— Bon Dieu, mais quelle heure il est donc ?

— Pas loin de cinq heures et demie, mais tu peux demander l'heure sans t'en prendre au bon Dieu !

— Je me suis oublié, bordel ! Tu pouvais pas me secouer ?

— Voilà le bordel, à présent, grogne Noémie.

— On dirait que t'as pas l'habitude.

— À pareille heure... les gros mots...

— T'aurais dû m'appeler.

— J'ai mal dormi.

— Ben moi, j'ai trop dormi.

— Mais qu'est-ce qui te presse donc tant ?

— Le travail, pardi !

Il se lève et commence de s'habiller pendant que sa femme quitte la chambre et se précipite à la cuisine. Il la rejoint bientôt et va se débarbouiller rapidement sur l'évier. Puis il sort, fait trois pas dans la cour, interroge le ciel où naît le jour et rentre en disant :

— Devrait faire beau. M'en vas monter à la vigne du bois Raclot. Y a encore à épamprer.

— Tu veux que je monte avec toi ?

— Non, tu t'occuperas des bêtes. Mais appelle Xavier, je veux pas qu'y traînasse au lit.

— Tu veux qu'y monte avec toi ?

— Qu'il fasse l'écurie, y montera après. Et qu'il prenne des liens. Faut aussi qu'il descende de la paille du grenier.

— Il en faut beaucoup des liens ?

— Pas mal. Ça a soufflé, on aura sûrement à rattacher.

Noémie se hâte de faire chauffer du café sur la cuisinière où elle vient d'allumer un feu de sarments bien secs qui pétille.

La porte s'ouvre, Xavier entre. Il est à présent bien plus grand qu'Eugène Roissard. À seize ans, c'est un garçon solide, formé par une année de travail en plein air depuis qu'il a quitté l'école pour se mettre à la vigne avec son père qui le mène dur. Xavier n'est pas fainéant. Comme le domaine n'est pas assez important pour l'occuper totalement, il va souvent faire des journées chez d'autres vignerons du village ou des villages voisins. Il lui arrive même d'aller scier et fendre du bois à la boulangerie de Nevy-sur-Seille. Avec ce qu'il a gagné, il a pu s'offrir une bicyclette.

Son père lui répète ce qu'il aura à faire ce matin avant de monter le rejoindre. Le garçon dit :

— Je voudrais tout de même passer chez Tonin.

— Pour quoi faire ?

— Savoir s'il a des nouvelles.

Eugène Roissard se contente de hausser les épaules. Il sait que sa femme aussi bien que son fils aimeraient beaucoup avoir un poste de T.S.F. mais il n'a jamais voulu entendre parler de pareille dépense. Ils sont les seuls au village à ne pas avoir de récepteur radio, mais il considère que c'est une chose dont on peut fort bien se passer. Il s'en est passé toute sa vie, et il est tout à fait décidé à continuer ainsi jusqu'à sa mort. Même si tout le monde lui serine qu'il a tort, il s'obstine. Noémie ne peut se retenir de grommeler :

— Pourrait bien y avoir la guerre ou un tremblement de terre, on serait pas au courant.

— Les malheurs, on les apprend toujours assez tôt. Et si la terre tremble, tu le sentiras.

Xavier qui s'est mis à manger du pain et du beurre sans attendre que le café soit passé se borne à dire comme il l'a cent fois répété :

— On est les seuls dans tout le Jura à vivre comme au Moyen Âge.

Le père ricane :

— Cause toujours, pauvre topnosot ! Si t'avais vécu comme je vivais à ton âge, tu serais bien aise d'avoir le confort que t'as ici avec l'électricité et tout.

Le garçon hausse les épaules et grogne :

— Tout quoi ?

Son père serre ses poings noueux sur la table. Ses lèvres ne sont plus qu'un pli très mince et sa moustache tremble. Il a envie de crier à ce garçon qu'il a bien de la chance d'avoir les parents qu'il a, mais il se borne à souffler :

— Que vienne ce qui nous pend au nez et tu verras.

Et il se lève après avoir avalé le peu de café qui restait dans son bol. Il sort sans hâte et traverse la cour. Les poules quittent le tas de fumier où elles picoraient pour venir mendier sur ses pas. L'une d'elles, une grosse cou-nu au plumage noir, se couche devant lui. Il se baisse et la caresse un peu en murmurant :

— Oui, mon coco, t'es mon amie, toi... Quand je pense à tous les crétins qui disent que les poules sont pas intelligentes... Ta maîtresse va vous donner...

Il se relève et se dirige vers l'ancienne soue à cochons où se trouvent un sac de maïs et un sac d'avoine. Il prend une poignée de belles graines de maïs et les éparpille sur le sol de la cour.

— Une toute petite gâterie, sinon toi, ma copine, tu serais capable de me suivre. Je te connais, va !

C'est arrivé une fois. Sa poule noire au cou dénudé et rouge est venue avec lui jusque dans une petite vigne qui est pourtant à un bon quart d'heure de marche de la ferme.

Ce matin, il se retourne pour s'assurer que personne ne le suit et, claudiquant en s'appuyant de la main gauche sur un lourd bâton de cornouiller tout noueux, il prend un sentier étroit et montueux. À quatre reprises il doit s'arrêter pour retrouver son souffle. Et chaque fois, il peste contre cette guerre qui lui a tant fait endurer et qui continue de le faire souffrir. Pensant à son garçon, il ronchonne :

— Sûr que ça nous pend au nez. Bon Dieu, on peut pas la souhaiter, mais qu'elle vienne, y verra ce que c'est que d'en baver. Ça pense qu'à s'amuser. Nom de foutre, les journées que je faisais à son âge ! Et sa mère qui le soutient toujours. Pourtant, elle aussi, elle a enduré pendant quatre ans !

Il se retourne et contemple les lointains où se traînent de longues coulées de brouillard que le soleil levant colore de rose et de mauve. Çà et là percent des clochers et de hauts peupliers qui se teintent déjà d'un léger frottis de rouille.

— On va pas vers la bonne saison. Encore, j'ai de la chance de vivre sur la hauteur. Dans la Bresse, y sont en pleine mélasse. Les brouillards, c'est terrible pour mes articulations.

Il se remet en route et atteint bientôt sa petite vigne où il commence tout de suite à relever et à couper certaines tiges trop longues qui gêneraient pour la maturation et la vendange et certaines pousses inutiles qui pompent de la sève.

— Ça devrait pas faire une trop mauvaise année.

De temps en temps il se redresse pour regarder par le sentier si son garçon arrive. Et il grogne :

— Jamais pressé. Pour se mettre à table, ça va. Pour le travail, c'est autre chose... Que vienne la guerre, y verra bien !

38

Xavier est venu rejoindre son père et il a apporté une vieille marmite norvégienne où sa mère a mis de la soupe chaude. Dans un panier, elle leur a préparé du poulet froid, des prunes et du pain. Le garçon transpire au fil.

— J'suis monté vite. J'ai pensé que t'avais faim.

— Et t'es chargé comme une bourrique, mon pauvre petiot.

— Maman a dit que c'est mieux parce que ça t'évite de redescendre.

Ils ont travaillé jusque vers onze heures et demie et sont allés s'asseoir sur un revers de fossé où ils ont mangé tranquillement. Eugène Roissard apprécie ces moments de détente où il se sent presque plus jeune. En harmonie avec ce pays qu'il aime tant même s'il ne cesse de ronchonner à cause du travail si dur et de ses infirmités.

Ils ont fini de manger. Ils boivent un verre de vin et vont se remettre à la tâche quand ils entendent rouler des pierres dans le sentier. Xavier se dresse et, tout de suite, annonce :

— C'est maman.

— Qu'est-ce qui lui arrive ?
— Sais pas.
— J'espère qu'il y a rien de cassé à la maison.
La mère s'arrête, suant sang et eau. Elle est tellement essoufflée qu'elle ne parvient pas à parler.
— Mais qu'est-ce qu'il y a, bon Dieu ? demande Eugène en lui empoignant le bras.
Elle parvient à dire d'une voix à peine perceptible :
— La guerre.
Le père respire un grand coup. Soulagé.
— Tu m'as fait peur, j'ai cru qu'il y avait le feu à la maison !
— Mon pauvre homme, c'est bien pire.
— Comment tu le sais ? demande Xavier.
Elle secoue la tête, tire de sa poche un grand mouchoir à carreaux bleus et blancs, s'éponge le front et le cou avant de soupirer :
— Mon pauvre homme, quel égoïste tu fais !
— Égoïste, moi ?
— Tu préfères la guerre au feu chez toi.
Agacé, Eugène grogne :
— Dis-nous ce qui se passe. Et me critique pas toujours.
— C'est la radio qui l'a annoncé à midi : ce matin à onze heures et demie, l'Angleterre a déclaré la guerre à l'Allemagne.
— Et nous ? demande Xavier.
La mère se tient à un piquet de vigne et peine à retrouver son calme. Elle continue d'une voix qui tremble :
— Mon pauvre petiot... Tout le monde pense qu'on va faire pareil. La radio dit que la décision du gouvernement français sera annoncée dans la journée.
— C'est comme si c'était fait, déclare Eugène. On

laissera pas les Anglais tout seuls face à ces deux abrutis.

— Les deux ? Qu'est-ce que tu veux dire ? demande la mère.

— Tu penses pas que Mussolini va abandonner son copain. C'est couru d'avance.

Il va jusqu'à la levée de terre où ils se sont assis pour manger et il se laisse tomber là, comme écrasé. Sa femme le regarde un moment. Il se tient courbé en avant, les deux mains sur la tête de son bâton, le menton posé sur ses mains. Il a le regard perdu vers les lointains de la Bresse. La mère s'approche de Xavier et, le prenant par les épaules, elle l'embrasse en murmurant :

— Mon pauvre grand... Mon pauvre grand...

Un énorme sanglot. Des larmes qui roulent sur ses joues ridées. Elle se relève.

— Je descends pour savoir.

— On a bientôt fini.

— Laisse pas ton papa tout seul.

— Bien sûr que non.

Il la regarde s'éloigner puis se tourne de nouveau vers son père toujours appuyé sur son gourdin et qui, à présent, a les yeux fermés.

Derrière ses paupières closes, Eugène Roissard revoit très bien cette journée d'août 1914 où la guerre fut déclarée. Il avait trente ans. C'était un dimanche... Il faisait très sec depuis pas mal de temps. La Seille était au plus bas. Les gens allaient pêcher les truites à la fourchette dans les petits gours où il ne restait souvent que quelques centimètres d'eau. Lui n'avait pas le temps de s'amuser, il était dans une vigne du côté ouest. Un clairon dans les rues de Domblans. Puis les cloches. Le tocsin. On s'y attendait, mais, tout de même, ça vous remuait les tripes. Là, il est remonté très vite. Des gens en larmes, d'autres tout heureux. Très fiers d'aller se battre ou d'accompagner un homme qui partait se faire tuer.

Et les chevaux. Les pauvres chevaux. Des vieux paysans qui pleuraient à chaudes larmes le départ de leur cheval.

« Une honte !

— Mon cheval, y demande rien à personne.

— La politique, y s'en fout ! Il a pas envie d'aller se faire étriper. Y demande qu'à travailler pour nourrir les fainéants galonnés et les politiciens pourris qui nous foutent dans la merde tous les vingt ans. »

Lui, Eugène Roissard, partait le troisième jour. Il pleuvait. Les hommes fous. La rigolade et les larmes, les fleurs et les gourdes de vin. Des imbéciles saouls à rouler par terre. Un ivrogne qui tombe sur le quai de la gare et qui manque rouler sous le train. Des copains le retiennent. On s'engueule. Des gendarmes interviennent. Ils se font insulter.

Tout ça est là, devant lui. Plus vivant que jamais tant il est persuadé que, même si les temps ont changé, la guerre ne peut être que la guerre telle qu'il l'a vécue. C'est-à-dire épouvantable.

— Et l'autre arsouille ! Celui qui mène un cheval au fond de la mine. Le déserteur qui a fait un petit Boche. Un garçon plus vieux de quatre ans que Xavier. Qu'est-ce qu'ils vont faire, ceux-là ? Est-ce qu'ils vont nous tomber sur le paletot ?

Sans s'en rendre compte, il a crié cette dernière phrase. Xavier s'approche et demande :

— Qu'est-ce que tu dis, papa ?

— Rien.

— J'ai juste compris : sur le paletot.

— Oui. Sûr que les Boches vont nous tomber sur le paletot. Et ça risque de barder.

Ils se regardent en silence. Regards interrogateurs. Ni le fils ni le père n'osent rien formuler. Xavier aimerait demander si son cousin d'Allemagne risque d'être soldat. Son père voudrait crier que ce sale petit Boche, ce fils de déserteur, va certainement être en tête pour attaquer la France. Il fixe son garçon. Durement. Puis, peu à peu, sa vue se brouille. Il murmure :

— Pauvres de nous !

Et il tourne la tête pour que son fils ne puisse voir les deux larmes qui tombent sur sa moustache grise.

Oui. Sur elle les bottes vont nous tomber sur le patron. Il [illegible] de [illegible].

Ils se regardent en silence. Regards [illegible]. Ni le fils, ni le père n'a [illegible]. Xavier aimerait demander si son [illegible] d'Allemagne [illegible] d'être soldat, son père voudrait [illegible] que ce [illegible] Boche, ce fils de [illegible], va [illegible] été pour attaquer la France [illegible]. Puis, [illegible].

— Pauvres de nous !

Il [illegible] la tête pour que son fils ne puisse voir les deux larmes qui [illegible] sur ses [illegible].

39

C'est fait. La guerre est là. Eugène Roissard n'a pas voulu accompagner sa femme et son garçon chez les David où ils sont allés écouter le poste. C'est Xavier qui revient le premier. Il a couru tout le long. Il est un peu essoufflé, car la montée est raide, et c'est presque en riant qu'il lance :

— Ça y est, papa... C'est déclaré !

Le père le regarde en hochant la tête et grogne :

— On dirait presque que ça te fait plaisir.

— Non, non... Mais j'ai couru.

— Mon pauvre petit, t'as que seize ans, mais le temps passe vite, tu sais. J'espère que tu échapperas au pire.

Le garçon ne dit rien. Il s'est assis sur le banc. Accoudé à la table, il regarde le vieux vigneron qui vient s'asseoir en face de lui. La mère entre. Elle traverse la cuisine sans un mot. Le visage fermé, le regard dur. Et c'est Eugène qui parle :

— Alors, c'est fait ?

— C'est fait, dit-elle.

— Une chance que notre garçon soit trop jeune et notre cheval trop vieux, fait le père.

— Oui, souffle la mère, une chance.

Ils ne savent que dire, que faire. La nouvelle les écrase. Elle est là, inerte devant eux. On pourrait presque la toucher.

Le père pianote quelques roulements de tambour sur la table puis s'arrête en ordonnant à sa femme :

— Tiens, donne-nous un coup à boire.

Elle va au placard chercher une bouteille de vin blanc entamée. Elle la rapporte avec deux verres qu'elle emplit à moitié.

— Tu prends pas une goutte avec nous ?

Elle les regarde d'un air très étonné et lance :

— Pourquoi ?... Y a quelque chose à fêter ?

— Non, dit le père, mais on peut toujours boire un coup à la victoire.

Elle hausse les épaules et va jusque vers son évier.

— La victoire, mon pauvre homme, on la tient pas encore. Il en faudra des morts avant qu'on y arrive !

Les deux hommes avalent quelques gorgées puis restent face à face, les coudes sur la table. Le père a croisé ses grosses mains derrière son verre et le fils se tient le front. Ils sont ainsi depuis un moment quand arrive quelqu'un. Un pas dans la cour. Des cailloux qui roulent et deux poules qui se sauvent en piaillant. Xavier lève les yeux vers la porte grande ouverte et annonce :

— C'est M. David.

Comme le voisin arrive au seuil, la mère lui crie :

— Entrez, monsieur David. Entrez !

Le garçon se lève. De sa place, son père lance :

— On est justement après boire un verre pour se remonter le moral.

Le visiteur est un long homme très maigre, au visage bronzé et buriné où luit un regard d'un bleu limpide.

— Asseyez-vous, propose la mère.

L'homme s'assied au bout de la table et dit tout de suite :

— Tout de même !

— On s'y attendait un peu, grogne Eugène Roissard.

— C'est vrai, admet M. David. En 14, la guerre nous avait vraiment pris par surprise, on ne peut pas en dire autant aujourd'hui. On a eu le temps de la voir arriver.

— On n'aura rien fait pour l'éviter, se lamente la mère.

— Mes pauvres amis ! Que pouvions-nous faire ? Avec un fou comme Hitler, on allait forcément à l'affrontement. Si on veut vraiment arrêter l'expansion du Troisième Reich, il est hors de question de le laisser envahir la Pologne sans bouger. Je me demande si on n'a pas trop attendu. L'Autriche annexée, la Bohême, ça faisait déjà mal. Une Allemagne deux fois plus lourde que la France.

M. David est un homme instruit. Il était ingénieur des Ponts et Chaussées et a fait une grande partie de sa carrière au Cameroun. Xavier et son père aiment beaucoup l'entendre évoquer le temps où il vivait à Douala et se rendait souvent dans la forêt vierge. Il a fait cadeau à Noémie d'un iguane empaillé qu'elle a posé sur la commode de leur chambre. À Xavier, il a offert un portefeuille en peau de reptile. Quand la mère a des papiers à remplir, c'est à lui qu'elle s'adresse. Le père dit que c'est un sage qui a vu bien des choses et qui se souvient. Un homme qui a fait toute la guerre de 14 dans la coloniale et qui, blessé trois fois, a toujours demandé à reprendre sa place en première ligne. Xavier aime se rendre chez lui, tout en haut du village. Les David ont une salle à manger et même un petit salon où sont accrochées des photographies du Cameroun et un gros cadre ovale à verre bombé qui contient toutes les décorations de l'ancien colonial. Sur le haut du buffet, trône son képi de capitaine. Ça impressionne le père Roissard : « Cet homme-là, ingénieur des Travaux, il aurait pu être dans le génie. Non, il a préféré la biffe. »

Et aujourd'hui, le vigneron lui demande :

— Vous n'allez tout de même pas rempiler, monsieur David ?

Le vieux colonial a un léger sursaut :

— S'il le fallait, je n'hésiterais pas. Mais à mon âge et avec la santé que j'ai, ça ne pourrait être que pour servir dans un bureau. Et ça, je peux vous dire que je n'en ai guère envie... Mais qui sait ?

Il se tourne vers Xavier qu'il observe un moment en silence et avec un petit sourire.

— Mais toi, mon petit gars, si ça se prolonge, tu es bon comme la romaine !

— Vous pensez que ça risque d'être long ? demande la mère avec angoisse.

— Honnêtement, je ne crois pas. Avec les moyens actuels, les armes modernes et surtout l'aviation, ça risque d'aller très vite.

Il se tait. Hésite quelques instants puis, les ayant tous regardés de son œil vif, il reprend :

— Mais les moyens modernes, Hitler en a sans doute beaucoup plus que nous. Alors...

Le vieux vigneron, qui n'a encore pas parlé, se racle la gorge et lance d'une voix râpeuse mais encore forte :

— Nous aussi, on pourrait en avoir, des armes et des avions et tout le fourbi, mais chez Hitler, les quarante heures, y savent pas ce que c'est ! Quand on est dans un monde où personne veut plus rien foutre, faut pas s'étonner que ceux qui travaillent soient les plus forts. Y a qu'à lire le journal : chez Hitler, au moment des vacances, les jeunes vont faire les moissons ; ici, y vont se rôtir les fesses sur les plages. Moi, des quarante heures et des congés payés, j'en ai jamais vu la couleur. C'est pas avec des conneries pareilles qu'on fait un pays !

Nul ne répond. M. David comme Noémie Roissard et son garçon savent que lorsque le père est en colère, mieux vaut ne rien dire. De toute façon, ses coups de gueule se terminent toujours de la même manière : la quinte de toux.

Personne ne bronche. Ils attendent qu'il soit allé cracher dans le foyer de la cuisinière. Puis, ayant vidé son verre, M. David se lève :

— Je rentre. Reprendre la radio pour voir où on en est. Si quelqu'un veut venir écouter, vous savez que la maison vous est toujours ouverte.

— J'irai après la soupe, promet Noémie.

Et Xavier ajoute :

— J'irai avec toi, m'man.

Sur le pas de la porte, M. David se retourne pour dire :

— Si vous voulez venir aussi, monsieur Roissard, ne vous gênez pas. On boira une goutte !

— Merci, fait le vigneron d'un ton rogue. Moi, après la soupe, je me mets au lit. C'est pas la guerre qui va m'empêcher de travailler. Et le matin, y a fête à bras. S'agit pas de rester couché !

Le vieux colonial s'en va et le vigneron sort derrière lui pour aller uriner contre le tas de fumier. Il regarde le ciel du côté du couchant où montent des nuées qui n'ont rien d'engageant. Il grogne :

— Si le mauvais temps s'en mêle !

Il entre dans l'enclos où le cheval, dès qu'il le voit, vient vers lui. Il lui prend la tête et colle sa joue contre la sienne. Il le serre fort et, avec un curieux tremblement dans la voix :

— Mon beau... J'suis content... T'es trop vieux, y te prendront pas... J'en ai tant vu partir, en 14... Ça me fendait le cœur... Allez, viens, on se rentre !

Carnet de M. Richardon

Cette fois, ça y est. Ce que j'ai tant et tant redouté. Ce que certains ont tant espéré même s'ils n'osaient pas le dire franchement. Hitler et tous ceux de son espèce doivent jubiler. Et avec eux tous ces jeunes qu'ils ont formés pour la guerre. Tous ces enfants qui levaient le bras pour saluer les milliers de drapeaux défilant à la clarté des torches.

Dans quelques jours, des mères pleureront qui n'ont rien entrepris pour l'en empêcher.

Mais nous-mêmes, qu'avons-nous fait pour barrer la route à la sottise ? Les rares hommes qui ont tenté de s'opposer à la guerre ont été insultés.

Et il faut bien reconnaître que ce n'est pas simple. Car nous pensons aujourd'hui que, face à une Allemagne qui n'a cessé de s'armer et de préparer ses hommes au combat, nous aurions dû préparer notre défense. Mais préparer la défense, c'est préparer la guerre. C'est faire le jeu des industriels qui ne rêvent que de conflits dévoreurs d'acier.

Ce qu'il convient de regretter vraiment, ce n'est pas

l'armement que nous n'avons pas été capables de fabriquer. Ce ne sont pas non plus les hommes que nous n'avons pas entraînés. C'est que nos gouvernants aient manqué de lucidité, de clairvoyance et aussi de courage. Si nous avions, au moment où nous le pouvions, empêché Hitler de former une armée et de se lancer dans la fabrication d'un énorme matériel, nous n'en serions pas là. En plus, nous avons accepté que les patrons d'industrie allemands l'aident à prendre le pouvoir. Car ceux-là n'ont pas manqué de clairvoyance. Si les Krupp et toute la clique des gens du fer et de l'acier n'avaient pas financé les campagnes électorales de Herr Hitler, il serait resté le clochard qu'il était. Mais il leur promettait la guerre et c'est exactement ce qu'ils espéraient.

Je pense à tous les garçons à qui j'ai enseigné la morale et qui vont partir se battre. Deux sont venus me voir hier parce qu'ils habitent tout près d'ici. Il n'y avait en eux aucune tristesse et je ne me reconnais pas le droit de les effrayer. Je ne pouvais que leur conseiller la prudence. L'un d'eux est un gaillard très sportif, bel athlète qui a participé aux championnats de France pour le lancement du disque. Il paraît heureux et fier de sa force. De ses possibilités. L'autre est un petit gars très ordinaire. Un bon ouvrier ébéniste très adroit qui m'a confié :

— Si je dois être blessé, j'espère que ce sera pas aux mains. J'en ai trop besoin.

Que dire quand on a, comme je l'avais, la gorge nouée ? J'ai regardé ses mains de fier travailleur et je les ai serrées dans les miennes. Je n'ai pu que répéter :

— Sois prudent, mon petit.

Je les ai embrassés tous les deux et presque poussés

dehors car j'avais envie de pleurer. Et je ne voulais pas risquer de leur enlever ce beau courage que je voyais en eux mais que je sentais tout de même très fragile.

Le lendemain, un autre garçon est venu me voir : Xavier Roissard. J'ai tout de suite senti chez lui un besoin de se confier. Il avait la gorge nouée quand il m'a parlé de son cousin allemand. Il ne peut pas en parler avec son père qui se met en colère chaque fois qu'il est question de « ce petit Boche ». Xavier sait que Rudiger est à présent soldat. Et pas dans une unité quelconque. Pas appelé. Non, il s'est engagé dans la S.S. où le frère de sa mère l'a pistonné pour qu'on l'accepte en dépit du fait que son père n'est qu'un Allemand naturalisé. Quels tourments pour ce mineur de fond qui, tout de même, est français ! Et Xavier, qui ne connaît Rudiger que pour avoir vu des photos de lui, a très peur. Il aime ce garçon comme s'il était son frère. Étrange passion pour un inconnu. Je me demande d'ailleurs si le fait que ce cousin soit allemand n'y est pas pour quelque chose. Mystères de l'âme humaine.

Le pauvre Xavier, qui est un garçon que j'aime bien, m'a fait pitié. Dans ma classe, il a toujours été faible en français et en calcul, mais très fort en histoire et en géographie.

En mettant de l'ordre dans de vieux papiers, je suis tombé sur un numéro de France-Soir *du 8 mars 1936. Un titre sur toute la largeur de la première page : « Les troupes allemandes sont entrées en Rhénanie ». Je n'ai jamais souhaité la guerre ni aucune forme de violence, mais il me semble que si nos gouvernants de l'époque s'étaient opposés à ce coup de force, nous n'en serions sans doute pas là où nous en sommes.*

En 36, Hitler n'était pas aussi fort qu'aujourd'hui. Il est bien vrai que l'année 36 n'a pas été une année facile. Les Français, les Anglais, les Belges ont laissé Mussolini conquérir l'Éthiopie : premières batailles depuis le 11 novembre 1918. Tandis qu'en France, la gauche et la droite ne cessaient de se quereller – l'année avait débuté par cette tentative des gens de droite pour supprimer Léon Blum. À peu près en même temps, les Arabes et les Juifs de Palestine ont commencé à s'affronter. Si on ajoute à ça l'affaire espagnole, il faut reconnaître que tout fermentait. La violence était partout et très peu d'hommes se sentaient disposés à faire un véritable effort pour que revienne la paix.

Quant aux Anglais, ils n'étaient pas en train de se battre, trop excités par une histoire d'amour qui défrayait la chronique.

Et, dans notre Revermont – comme en Bourgogne d'ailleurs –, les vignerons grognaient car ce n'était pas une très bonne année et ils se plaignaient déjà d'avoir très mal vendu les années précédentes.

40

Cette nuit, Noémie Roissard n'a presque pas dormi. Elle s'inquiète. Pas pour elle, à cinquante ans passés, avec la vie dure qu'elle a menée, elle estime qu'elle a fait son temps. Si le bon Dieu veut bien d'elle, qu'il la prenne. Mais il y a son garçon. Son Xavier qui n'a que seize ans. Est-ce qu'elle n'a pas eu tort de le retenir ? On ne sait même pas où sont les Allemands. Certains prétendent qu'ils sont dans la vallée de la Saône. Mais où ? Hier, des gens qui fuyaient se sont arrêtés à Lons. Ils ont affirmé à M. Richardon qui était descendu aux nouvelles à bicyclette que les Allemands sont à Tournus. Tournus, ce n'est pas très loin. Au train où ils vont... Noémie n'a jamais été moins sûre d'elle. Fallait-il écouter les voisins ? Empêcher Xavier de partir dans cette débâcle de voitures, de camions, de vélos ? Soudain, elle a peur. Si les Allemands le tuent !... Puis sa peur prend un autre visage. Il s'est peut-être levé sans bruit dans la nuit. Il est parti... tout seul sur la route. Une folie. Elle n'a pourtant pas beaucoup dormi. Elle aurait dû l'entendre.

Doucement, elle se glisse hors du lit.

— Tu te lèves déjà ? demande Eugène.

— T'inquiète pas, je reviens.
— T'es pas malade ?
— Non. Ça va.

Elle enfile une blouse par-dessus sa chemise de nuit et s'engage dans le couloir obscur. Le jour pointe. On devine la lumière derrière le gros rideau que les hommes ont accroché contre la fenêtre. La porte de la chambre minuscule où est couché Xavier – son placard, comme il l'appelle – est à peine entrouverte. Noémie la pousse doucement de quelques centimètres. Il est là. Elle l'entend respirer. Son cœur se gonfle de joie. À peine a-t-elle fait trois pas dans le couloir, sa peur la reprend. Et si les Allemands arrivent et qu'ils le trouvent ? On raconte tant de choses. En Pologne ils auraient massacré des villes entières. Mais peuvent-ils aller partout ?

À présent, elle pense à ce Rudiger qu'elle ne connaît pas. Son neveu. Le fils d'Arthur qu'elle n'a jamais revu depuis 1915. Elle ferme un instant les yeux et demeure immobile avec la tête qui tourne un peu. Il serait là, ce petit Boche, comme l'appelle toujours Eugène, il les protégerait sans doute. Il ne laisserait pas fusiller son cousin.

La porte de la chambre s'ouvre et Eugène sort. Il va directement à la fenêtre dont il tire le rideau.

— Le jour arrive. Devrait faire beau.

Sa femme pousse un énorme soupir.

— Y a pas que le jour qui arrive, les Fritz aussi.
— Va savoir où ils sont...
— On le saura bien assez tôt. Mais parle pas trop fort. Pas la peine de réveiller Xavier.
— Y va pas rester au lit toute la journée.
— Je voudrais pas qu'il lui prenne l'idée de partir sur les routes.

Le père se dirige vers la cuisine en grognant :

— Si y monte à la vigne avec moi, y pensera pas à partir avec tous ces fous.

Noémie a commencé de vider les cendres de la cuisinière. Elle les porte sur le fumier et revient en disant :

— Je me demande si j'ai pas eu tort de l'empêcher de s'en aller.

— Arrête de te tracasser. Les Boches mangent personne.

— Y mangent pas, mais y peuvent tuer.

— Ils penseront plus à te tuer tes poules et tes lapins qu'à s'en prendre à ton garçon.

Eugène va jusqu'à l'écurie où il donne du foin à son cheval. Il lui parle un moment, lui promet qu'il va faire beau et que les Fritz ne viendront pas le prendre.

— Ils ont assez de moteurs. C'est plus comme en 14.

Quand il revient à la cuisine, le café est en train de passer et Xavier est là, qui se lave sur l'évier de pierre. Il demande à son père :

— T'as vu quelque chose ?

— Oui, mon cheval. Je lui ai donné du foin.

— Je te parle pas de ça. Mais les troupes.

— T'en fais pas pour les troupes. D'ici qu'il en arrive jusqu'ici, on aura le temps d'abattre de la besogne. Je voudrais profiter que c'est sec pour faire un voyage de bois.

— On va pas à la vigne ?

— Non, faut se débarrasser de ce bois avant que ça remouille et qu'on risque de s'embourber.

Le garçon enfile sa chemise, la boutonne et retrousse les manches. Puis il vient prendre place à table en face de son père. Sa mère soupire :

— J'espère qu'on aura pas à regretter que tu sois pas parti.

— Y a pas à regretter, m'man. À présent, c'est trop tard.

Elle hésite et apporte la cafetière sur la table avant d'ajouter :

— J'ai envie d'aller chez M. David, savoir au moins où ça en est. La guerre est à notre porte, tout le monde est sens dessus dessous, et nous autres, on continue notre vie comme si de rien n'était.

— Si tout le monde faisait comme nous..., dit Eugène.

Son garçon l'interrompt :

— Tais-toi voir...

Il se lève et va vite sur le seuil d'où il regarde la cour.

— C'est M. David.

— Qu'il entre, dit la mère, j'ai du café.

Xavier écarte le store de perles et se plaque contre la porte ouverte pour laisser le passage au visiteur.

— Bonjour à tous !

— Venez, le café est chaud, propose Noémie.

— Je l'ai déjà pris.

— Ça fait rien, dit la mère en apportant un bol sur la table.

— Alors ? demande Xavier.

— Ils sont là.

— Où ça ?

— Je reviens de la roche. J'ai vu des motos et deux camions à Voiteur. Il y en a aussi à Domblans.

— Qu'est-ce qu'ils font ?

— Pour le moment, ils sont arrêtés sur la place. Près de la fontaine.

— Qu'est-ce que vous nous conseillez de faire ? demande Noémie.

— Rien.

— J'allais atteler pour monter au bois, dit Eugène, et Xavier monte avec moi.

— Tout ce que je peux vous conseiller, c'est de ne pas laisser votre maison vide.

— Mais moi, je suis là, dit Noémie.

M. David hésite. Il fait une grimace qui plisse tout son visage hâlé et dit :

— Une femme seule... Avec la cave que vous avez...

— Bon, soupire le père. On va rester là. On trouvera bien à bricoler pour s'occuper.

— Je vais faire un saut jusqu'à la roche, annonce Xavier en se levant.

— Je te le déconseille, dit le vieux colonial, tu devrais monter seul au bois, tu es jeune, on sait pas. Tu m'expliques où tu iras. S'il le faut, je monterai te dire quoi faire.

C'est le père qui explique où son garçon doit monter. Et M. David s'excuse :

— Vous comprenez, il n'y a probablement pas de risques. Mais vous serez plus tranquilles comme ça.

Ils parlent encore du village et des gens qui sont partis. La mère a pris une musette et prépare à manger et à boire pour son garçon. Elle sera moins inquiète de le sentir là-haut que de le savoir en train de pédaler sur une route où le pire peut arriver.

Elle le serre très fort dans ses bras et le regarde s'éloigner d'un bon pas avec sa musette et une serpe. Car le père qui n'aime pas qu'on perde son temps lui a dit :

— Prends une serpe. Tu pourras toujours débroussailler.

Et à la ferme, le temps s'immobilise. M. David est rentré. La mère ira chez lui en fin de matinée pour savoir si la radio a donné des nouvelles. Le père va à la remise bricoler, puis à la cave. On entend, dans les lointains, de sourdes détonations. Sur le soir, au fond de la plaine, on voit s'élever de lourdes fumées noires. Comme le crépuscule s'avance après cette journée morte, le père Roissard monte au bois chercher son garçon.

Il le trouve en train de fagoter.

— Alors ?

— Alors rien. J'ai bien perdu ma journée à bricoler tandis qu'on aurait pu faire ce voyage de bois. Connerie ! On devrait jamais écouter les autres.

— Qu'est-ce que je fais ?

— Prends ta musette et ta serpe. On rentre.

Ils redescendent tous les deux. Le père devant qui boitille en maniant sa lourde canne et qui ne cesse de ronchonner contre les gens qui lui font perdre son temps.

Quand ils arrivent, la soupe est déjà trempée et elle sent bon. Comme le père continue de pester, la mère le reprend avec agacement :

— Tu exagères. C'est la guerre. Il y a des morts. Des hommes, des femmes qui s'enfuient en abandonnant tous leurs biens et toi tu grognes pour une journée perdue. Le jour où les Boches seront dans ta cave, tu auras d'autres raisons de grogner.

Le père souffle sur sa soupe et se borne à hausser les épaules.

41

Les Allemands se sont installés mais pas partout. Depuis l'été 1940, la France est coupée en deux par une ligne de démarcation entre le Nord, zone occupée où les Allemands sont omniprésents, et le Sud, où ils n'apparaissent pratiquement pas. À l'est de Lyon, cette nouvelle frontière au tracé extrêmement sinueux suit la Loue. Si bien que les Roissard, qui ont la chance d'être du bon côté, n'ont jamais vu le moindre soldat allemand. En revanche, ils étaient nombreux à Lyon avant la mise en application de la convention d'armistice. Marcel, qui est venu chercher récemment des pommes de terre chez son oncle, leur en a parlé avec un certain calme :

— Je les aime pas, mais faut reconnaître qu'ils sont corrects. Au café, tant qu'ils étaient là, ils payaient sans discuter.

La mère a demandé si Mathilde avait des nouvelles de sa sœur qui habite Dole, en zone occupée.

— Elle a reçu deux cartes interzones, une lettre aussi que quelqu'un avait dû poster en zone libre. Mais elle ne pourra pas aller la voir.

— C'est triste, a dit la mère.

— Oui, mais ça pourrait être pire.

Marcel est reparti avec, dans son side-car, un sac de pommes de terre, un lapin, et des courges.

— Si on m'arrête, c'est foutu, mais je tente le coup.

À présent, c'est le calme. On travaille à peu près comme si de rien n'était. Le père n'est pas mécontent que le pouvoir soit entre les mains du maréchal Pétain. Il s'est un peu accroché avec M. David enthousiasmé par l'appel que de Gaulle a lancé de Londres sur les ondes. Depuis, le vieux colonial est plus distant. C'est la mère qui va chez lui et Xavier aussi. Mme David est une longue femme maigre qui parle très peu. Le couple a deux enfants qui sont bloqués à Paris.

Le père Roissard continue de ronchonner. Il semble en vouloir à la terre entière. Il regarde le journal que sa femme rapporte de chez les David. Les premiers jours, tout ce qu'il lit le met en colère. Puis, quand il apprend que les anciens combattants veulent se rassembler sous l'autorité de Pétain, il semble un peu plus serein.

Un jour que le colonial s'étonne de voir le vigneron porter tant d'intérêt à Pétain et aux hommes qui lui emboîtent le pas, Eugène Roissard explique :

— Pétain, j'ai servi sous ses ordres. Sans lui, je sais pas si on aurait pas été étrillés en 14. Et puis m'en vais vous dire : cet homme-là, je l'ai rencontré un jour. Il était venu à Lons. Y avait eu un grand banquet des anciens. En ma qualité de mutilé, j'étais à la table d'honneur. Pétain, c'est un homme. Et pas fier. Il m'a serré la main. Des généraux comme ça, j'en ai pas rencontré beaucoup.

Noémie qui entend cette histoire pour la centième fois ne peut s'empêcher d'intervenir :

— Mon pauvre homme, parce qu'il t'a serré la

main, tu en déduis que c'est un grand homme. Figure-toi qu'il a dû serrer la main à des milliers de gens.

— Eh bien, ça prouve qu'il est pas fier.

— Et si tous ceux à qui il a serré la main en parlent aussi souvent que toi, ça fait beaucoup de colle de bavard gaspillée !

Le vieux vigneron hausse le ton. Et sa moustache tremble lorsqu'il lance :

— C'est ça, je suis un vieux maboul qui rabâche !

— Tu n'es pas maboul, mais c'est vrai que tu rabâches.

M. David qui semble très gêné intervient :

— Vous n'allez pas vous chamailler pour des gens qui ne sont pas toujours dignes d'intérêt. Vous savez bien qu'il ne faut pas attacher trop d'importance aux grands de ce monde.

Xavier, qui n'a encore rien osé dire car il redoute toujours les colères de son père, ne peut se contenir plus longtemps :

— Tu sais, papa, Pétain, t'as sûrement raison de penser que c'est un homme bien, mais de Gaulle, à Londres, y doit serrer pas mal de mains aussi...

Un rugissement du vieux lui coupe la parole :

— Celui-là, qu'on m'en parle pas ! Il était pas à la retraite, lui, quand les Boches nous ont attaqués. Qu'est-ce qu'il a fait ? Rien du tout. Et à présent, il ouvre sa grande gueule. C'est facile, avec l'océan entre lui et Hitler...

— C'est pas l'océan, papa, c'est la Manche...

Cette fois, Eugène Roissard bondit. Il fonce sur son garçon en hurlant :

— Fous-moi le camp au travail, espèce de topnosot ! À ton âge, si j'avais parlé comme ça à mon père, il m'aurait foutu son pied au cul et y m'aurait envoyé gagner ma croûte chez Dache !

Xavier s'en va en haussant les épaules et en grommelant :

— C'est pas de ma faute si tu sais pas où est l'Angleterre.

Son père n'a pas saisi ce qu'il a dit mais hurle tout de même :

— Fous-moi le camp, voyou...

Il a crié si fort que c'est une quinte de toux qui l'interrompt et le secoue un bon moment.

Lorsqu'il revient vers la table, M. David lui dit :

— Vous ne devriez pas vous emporter comme ça pour des riens, monsieur Roissard.

— Ah, vous appelez ça des riens. Un garnement qui cause sur ce ton à son père !

— Ce n'est plus un enfant...

— Je m'en fous.

Il hésite un instant, puis, d'une voix plus posée mais où l'on sent couver la colère, il martèle :

— Je ne supporte pas qu'on s'en prenne à un homme qui a fait ce que Pétain a fait. Un homme qui essaie de réparer les conneries des incapables qui ont foutu le pays dans la merde... Un qui reste solide au poste pendant que l'autre arsouille fout le camp chez les Anglais pour faire des discours.

Comme le ton monte, Noémie Roissard intervient :

— Calme-toi donc. Tu vas encore te faire tousser. Et quand tu seras vraiment malade, c'est pas Pétain qui viendra te soigner. Ni l'autre de Londres non plus !

Eugène Roissard s'assied à table et demande à sa femme :

— Donne-nous un coup de blanc. Asseyez-vous, monsieur David.

— Non, merci. Il faut que je rentre et, vous savez, je ne pourrais pas boire du vin comme ça le matin.

— Ben, vous avez tort. Ça peut pas faire de mal. Et si les Boches viennent visiter nos caves, on regrettera de pas en avoir bu un peu plus.

— Monsieur Roissard, les Allemands ne sont plus là. Ils sont de l'autre côté de la ligne. Ils ne risquent pas de venir vous voler votre vin.

Eugène émet un petit ricanement et, ayant bu une gorgée du vin que sa femme vient de lui verser, il ricane :

— Vous les connaissez pas. Ils peuvent revenir d'un jour à l'autre. Et c'est pas la grande gueule de Londres qui les en empêchera. Il aurait fallu qu'il le fasse plus tôt, s'il est si malin !

42

Après cette altercation, Xavier n'est pas monté à la vigne. Il ne s'est pas non plus rendu à l'écurie pour s'occuper du cheval. Il a attendu un moment et il est allé chez les David où il y a un poste de téléphone. Il a demandé tout de suite :

— Excusez-moi, monsieur David. Faudrait que je téléphone. Mais j'ai de quoi payer.

Le vieux colonial s'est mis à rire.

— Tu veux appeler l'Amérique ? Je crois pas que ce soit possible.

— Je veux appeler mes cousins à Lyon.

— Y a personne de malade chez toi ?

— Pourquoi malade ?

— Allons, qu'est-ce qu'il y a ? Je ne veux pas me mêler de tes affaires, mais si tu as besoin d'un conseil, tu sais que je suis toujours là.

Xavier a hésité un moment, tergiversé un peu avant de se décider à parler :

— Vous voyez bien, mon père n'arrête pas de m'engueuler. J'en ai marre, je veux foutre le camp. Je suis certain que mon cousin Marcel peut me trouver du travail à Lyon.

M. David hoche la tête et fait la moue.

— Tu te vois à Lyon, toi le vigneron ?

— Vigneron... Je peux faire autre chose.

— Et tes parents ? Tu les laisserais se débrouiller seuls avec leurs terres ? Allons, mon petit, tu n'es plus un enfant. Tu es un être raisonnable. Tu ne vas pas te conduire comme ça avec eux, je suis certain que tu le regretterais très vite. Ne te fais pas une vie qui te rendra malheureux. La terre, Xavier, quand on y est né et qu'on a des parents vignerons, il faut savoir lui rester fidèle. Même si c'est au prix de certains sacrifices. Si tu n'as pas confiance en moi, va demander conseil à ton ancien instituteur.

Xavier rentre en courant à la ferme où son père vient de sortir le cheval dans la cour.

— Où étais-tu ?

— Chez un copain qui m'avait promis des rustines pour mon vélo. Mais il les a pas encore.

— C'est bon. Viens, on va atteler.

Comme il s'avance près du cheval, son père lui pose la main sur la nuque et le secoue un peu en s'excusant :

— Je t'ai engueulé... Faut pas m'en vouloir. Tu peux pas comprendre. Mais y a des idées qui me mettent hors de moi.

— Je comprends, p'pa. Je comprends.

— T'aurais vécu ce qu'on a vécu nous autres, les anciens, tu voudrais pas entendre parler de certaines choses. Allez, perdons pas notre temps.

Ils finissent d'atteler le Noir au char et ils chargent les tonneaux où l'on met le sulfate de cuivre pour la bouillie bordelaise. Par souci d'économie et pour éviter le travail épuisant qui consiste à tirer l'eau du puits, ils vont à la fontaine du village, celle qui se trouve à côté du lavoir communal. Là, trois femmes sont en train de laver du linge. Bien entendu, elles parlent beaucoup. Quand elles voient arriver les Roissard père et fils, elles se taisent. L'une d'elles, la grosse Ginette Ruffard, s'adresse tout de suite au père Roissard.

— Tiens, toi, Eugène, tu dois bien avoir une idée sur ce qui se passe ?

Eugène laisse son garçon commencer à prendre de l'eau à la fontaine pour emplir les deux tonneaux qui sont sur le char. Il s'approche des lavandières et demande :

— Qu'est-ce qu'il se passe donc ?

La grosse éclate d'un rire qui fait danser son énorme poitrine mal contenue par un corsage à fleurs beaucoup trop étroit. Elle lance :

— Tu sais pas qu'il y a la guerre !

— La guerre, dit une petite blonde toute menue qui a l'air d'une gamine, la guerre, elle est finie.

— Finie, crie la grosse, tu parles, finie, avec les Fridolins chez nous ! T'appelles ça finie, toi !

La petite maigre s'arrête de ricaner et se redresse pour répliquer :

— Ben le nazisme, c'est socialiste, c'est populaire. C'est tout le contraire du capitalisme. Si t'as pas compris ça, Ginette, c'est que t'en traînes une couche aussi épaisse que tes nichons.

La grosse pose le linge qu'elle était en train d'essorer sur le bord du lavoir et, empoignant son battoir, elle se précipite sur la blonde en glapissant :

— Petite salope. M'en vas te foutre à la flotte, moi ! M'en vas t'apprendre la politesse. Voyez-vous ça, c'est épais comme une carpette et ça ose ouvrir son clapet !

La petite blonde détale tandis que la grosse crie :

— Faudra que tu reviennes chercher ton linge. Je te dis que je te foutrai à l'eau !

L'autre laveuse et le père Roissard interviennent pour la calmer.

— Laisse tomber, Ginette, c'est une gamine mal élevée.

— Allons, dit Roissard, tu vas pas t'abaisser à te battre à ton âge.

— Je vais pas me battre, je veux juste la corriger. Et elle peut aller chercher son homme, y me fait pas peur non plus, ce trou du cul sans fesses !

— Ma pauvre Ginette, soupire Eugène Roissard, et on s'étonne qu'il y ait des guerres !

La grosse tourne sa colère contre lui :

— Me dis pas que t'es d'accord avec cette traînée ! Ou alors, c'est que t'es facho aussi. Bougre de vieille buse, tu serais du côté de Pétain que ça m'étonnerait pas !

Comme le père Roissard empoigne son fouet et se dirige vers la grosse, Xavier laisse son seau d'eau et se précipite vers son père.

— Non ! Non, papa, fais pas ça ! Fais pas ça !

Le vieux vigneron se tourne vers son fils qu'il fixe d'un œil dur. Quelques instants passent avec l'empoignade des regards, puis l'œil bleu du père s'adoucit soudain. Il soupire profondément et s'approche de son garçon qu'il prend par les épaules et qu'il embrasse comme il ne l'a pas fait depuis longtemps. Xavier sent qu'une larme de son père lui mouille la joue. La voix du vieux vigneron tremble lorsqu'il dit :

— T'as raison, mon petiot. Faut pas se salir. T'as raison !

Ils sont montés à la vigne et ils ont fait une bonne matinée de sulfatage. À midi, la mère est venue leur apporter le repas et elle a mangé avec eux. Ils se sont assis à l'ombre d'un gros frêne car il fait très chaud. Elle était bien aise de voir son homme si affectueux avec son garçon.

À présent, ils sont là tous les trois à regarder les lointains de la Bresse où traînent des fumées. C'est le père qui parle après avoir longtemps hésité. Il raconte ce qui s'est passé au lavoir et Noémie l'écoute calmement.

— Je ne suis pas étonnée, cette grosse ne vaut pas cher.

— Si Xavier n'avait pas été là, je lui aurais fouaillé ses énormes fesses.

— Et tu serais en route pour la prison à l'heure qu'il est.

Elle regarde son fils avec tendresse.

— Les gens sont fous, il vaut mieux rester chez soi. Ce matin, j'ai rencontré Aimée, la femme du boucher du bas. On a causé. Elle était avec une de Nevy que je connais pas et qui disait : « Tout ce qui arrive, c'est à cause de la T.S.F. Y racontent n'importe quoi et tout le monde gobe ça. » Pauvre imbécile ! Elle pense que tout a été manigancé par des gens qui veulent la révolution. Elle en a dur contre les communistes.

— Il est certain que c'est pas du beau monde, affirme le père. Une sacrée racaille à exterminer. Fainéant et compagnie !

— Tu parles contre eux et tu ne les connais pas.

— Mon pauvre petiot, les rouges, j'en ai connu pas mal, t'étais même pas au monde.

La mère redoute que son homme recommence à s'attraper avec Xavier. Mais s'il l'appelle « mon petiot », c'est qu'il est en pleine affection.

Ils sont bien, tous les trois, avec le cheval qui n'est même pas attaché et qui reste là, tout près d'eux, à mâchonner des tiges tendres. Le père se met à parler :

— Dans le dernier journal que nous a apporté M. David, j'ai lu que le nommé Déat, c'est un ancien combattant dont on avait pas mal parlé. Je l'aimais pas parce que je le trouvais trop abouché avec les socialistes, mais ce qu'il dit à présent est pas si mal vu. Il veut que le gouvernement allemand et le nôtre s'arrangent pour faire une Europe où on se batte plus. Y dit quelque chose qui me plaît bien. Y dit : les partis sont morts. Ben, je crois qu'il a raison. Les partis politiques nous ont foutus par terre.

Xavier s'efforce de prendre un ton détaché pour demander :

— Dis donc, papa, le nazisme, c'est pas un parti ?

— Si tu veux... Enfin, c'en était un. À présent, c'est un gouvernement. Et on aurait le pareil, on serait pas dans le pétrin.

La mère se lève en disant :

— Faut que je redescende, moi. Vous avez encore beaucoup à faire ?

— Trois rangs, dit le père.

— Si tu veux descendre aussi, propose Xavier, je peux finir tout seul. J'en ai pas pour longtemps.

— Oui, mais tu passes bien partout. Tu fais très attention.

Xavier emplit sa bouille, la charge sur son dos et marche jusqu'à une rangée de ceps pas encore sulfatés. Là, il se retourne pour demander :

— P'pa, avant de descendre, attache tout de même le Noir. Qu'il vous suive pas. J'ai pas envie de ramener le char tout seul.

Le père et la mère se mettent à rire. Et le père lance :

— Tu me prends vraiment pour le dernier des topnosots !

— Non. Mais je sais que ton cheval est amoureux de toi.

Il regarde ses parents descendre le raidillon où le père peine beaucoup car le sol est très inégal avec de grosses pierres qui roulent sous les pieds. Xavier hoche la tête et murmure :

— Sûr que le pauvre p'pa, il en arrache. La guerre l'a pas arrangé. Je comprends qu'y soit des fois en aria.

Il se met à grimper entre les rangées de ceps, pompant de la main gauche et, de la droite, dirigeant son jet d'eau bleue sur les feuilles et sous les feuilles de vigne.

— Ça devrait faire une grosse année. Quant à savoir si elle sera bonne, ma foi...

Il redescend de son deuxième rang pour aller remplir sa bouille quand il voit, dans le chemin, un chapeau blanc qui danse derrière la haie.

— Tiens, c'est m'sieur David qui monte.

Il va jusqu'au char et pose sa bouille à côté du tonneau. Il caresse le Noir en passant et marche à la rencontre du vieux colonial. Lui aussi a une canne, mais il ne s'y appuie pas comme le père Roissard, il la lance en avant d'un geste décidé et la fait parfois tourner en un moulinet rapide. Lorsqu'une tige de ronce pointe le nez hors de la haie, il la cingle d'un coup sec. Dès qu'il aperçoit Xavier, il cesse ses moulinets et ses coups sur les tiges. Ils se rejoignent et, tout de suite, M. David qui est un peu essoufflé dit :

— J'ai vu passer tes parents. Je savais que tu étais là, j'ai voulu te voir seul.

Xavier est étonné. Il répond seulement :

— Ben, restait peu à faire, alors c'était pas la peine d'être à deux...

— Tu sais, mon petit, je suis très triste que ton papa prenne si mal ce qu'on lui dit. Mais je comprends fort bien. Hélas, nombreux risquent d'être les anciens de 14 qui seront comme lui. Qui suivront Pétain. Mais Pétain n'est rien. C'est un drapeau. Et à l'ombre de ce drapeau, vont s'agiter des gens qui sont capables d'entraîner des jeunes du côté des nazis sous prétexte de faire l'Europe. L'Europe contre les Anglais.

Ils remontent lentement vers le char. Arrivé près du cheval, M. David lui caresse le front puis l'encolure en disant :

— Brave bête ! Si les hommes n'étaient pas plus féroces que les bêtes, le monde serait moins laid.

Il se tourne vers la plaine et contemple un moment les lointains où monte une légère brume de chaleur. Il enlève son chapeau blanc et tire de sa poche un grand mouchoir qu'il déplie pour essuyer son front hâlé et son crâne presque dénudé où luit la sueur, puis, s'étant recoiffé, il dit :

— Vois-tu, Xavier, je t'ai un peu vu grandir. Je t'aime bien. Ma femme aussi t'aime bien et tu sais que mon fils t'aime bien aussi. Malheureusement, il est obligé de rester à Paris où j'ai peur qu'il ne soit pas très heureux mais enfin, c'est la vie...

Il se tait. Il hésite. Ce qu'il a à dire n'est pas simple. Après avoir de nouveau caressé le Noir, il reprend :

— Je crois fort que la raison n'est pas du côté des Allemands. J'écoute beaucoup la radio. Celle de Londres d'abord, où je suis aussi bien les émissions en anglais que celles en français. Radio Stuttgart aussi, où parle ce Ferdonnet qui est manifestement vendu aux nazis. Et la Suisse, Radio Sottens. Et ce que j'entends me donne à espérer qu'il va se créer un grand mouvement pour reprendre la guerre contre les nazis d'une façon ou d'une autre. Ne parle pas de tout ça à ton papa. Je voudrais seulement que tu sois sur tes gardes. Que tu ne te laisses pas entraîner du mauvais côté.

Il se tait, hésite encore, caresse le cheval puis, avant de reprendre sa marche vers les hauteurs, il ajoute :

— Je sais que tu as un cousin allemand. Mais ce n'est pas une raison. Et si tu as besoin de conseils, M. Richardon est là. Et moi aussi, je suis là. N'hésite pas.

Il lui serre fortement la main et Xavier le regarde s'éloigner. Un long moment il suit des yeux ce chapeau blanc qui danse comme s'il sautillait sur la haie. Xavier aime beaucoup M. David qui a connu une vie très riche. Une vraie vie d'aventure. C'est un homme qui sait bien des choses. Un homme qui raconte justement. Il y a deux jours, alors que Xavier était descendu à Domblans acheter des clous, il a rencontré son copain Moreau. Moreau est un garçon de son âge dont les parents ont quitté le village pour s'établir à Lons. Il y demeure aussi et il est apprenti chez un marchand de cycles. Moreau lui a dit :

« Y a des copains qui veulent foutre le camp chez les Anglais. Tu viendrais ?

— Mais comment ?

— T'inquiète pas, on va trouver. Si ça t'intéresse, tu le fais savoir. »

Xavier n'a dit ni oui ni non. Depuis, l'idée est en lui. Elle le tient. Il n'a osé en parler ni à M. David ni à M. Richardon, mais il ne cesse d'y penser. Et il se voit en route. Sans doute en bateau, même s'il faut aller rudement loin pour embarquer. À moins que des aviateurs les emmènent ; encore faut-il trouver un avion. La colère que piquerait son père s'il apprenait demain qu'il est parti de l'autre côté de la Manche ! Il y a aussi des gens qui affirment que le gouvernement de Vichy va préparer la revanche, former une nouvelle armée pour repousser les Allemands. Que faut-il croire ? Auprès de qui se renseigner ?

Le chapeau blanc a disparu.

— J'aurais dû lui en parler.

Xavier rêve un moment en regardant la vaste plaine qui fuit vers des horizons incertains. Là-bas, très loin, c'est l'océan qu'il n'a jamais vu que dans des livres et au cinéma. Et par-delà l'océan, des terres où les hommes sont libres.

43

Quelques semaines ont passé. Le village s'est installé dans cette guerre qu'il ne voit pas mais dont il parle beaucoup. La mère Roissard n'a plus à se soucier de descendre au marché pour vendre quelques œufs, quelques fruits et des légumes qu'elle peine tant à cultiver.

— Non seulement les gens de la ville viennent chercher jusqu'ici, mais on leur demanderait de les ramasser eux-mêmes, ils seraient tout heureux de le faire.

Un employé du P.L.M., qu'Eugène Roissard connaît parce qu'il est le fils d'un de ses copains mutilé comme lui, est monté à bicyclette pour acheter du vin.

— C'est pas pour moi, pensez si j'ai les moyens de boire du vin bouché, moi ! mais pour des gens pleins aux as qui vont me le payer. En plus, y me donneront de l'épicerie. Faut faire des réserves. Qui sait combien de temps ça peut durer. Et si vous avez besoin, hésitez pas, je saurai me démerder.

Eugène Roissard est toujours content de faire plaisir à un ami, mais, une fois le mécanicien parti, il se met à tempêter. Et pas doucement car il s'est contenu pour ne pas éclater en sa présence :

— Bordel de milliards de merde ! On est dans un monde pourri ! Pourri jusqu'à la moelle. Si tous les malins se mettent à trafiquer de tout, ça va être du propre ! Les moins bien lotis vont crever de faim et les tordus s'en foutre plein les poches ! Les guerres, c'est toujours ça. Y a pas que ceux qui se font démolir la charpente, y a aussi ceux qui crèvent de faim parce que les roublards s'enrichissent. Et c'est pas d'aujourd'hui.

Le voilà parti à raconter ce que sa mère lui a dit de la guerre de 70 avec les casques à pointe dans la cour de la ferme. Puis ce qu'il a lui-même enduré en 14 tandis que ses parents se crevaient la paillasse et que d'autres faisaient fortune dans l'industrie et le commerce.

Il faut une énorme quinte de toux pour l'arrêter. Et sa femme lui répète une fois de plus :

— Tu te ruines la santé à force de colère, mon pauvre homme. Tu hurles contre la guerre, mais si tout le monde était aussi violent que toi, ce serait la guerre tout le temps et partout.

Elle s'empresse de quitter la pièce pendant qu'Eugène est encore trop essoufflé pour lui répondre. Elle sait qu'il en sera ainsi chaque fois que quelque chose paraîtra une injustice ou une escroquerie à cet homme d'une parfaite honnêteté. Ce qui l'inquiète, c'est de sentir qu'il est de plus en plus séduit par ce que l'on dit du maréchal Pétain et de ce qu'il est en train de mettre sur pied. Elle redoute ce qui se passera si les choses en viennent à tourner mal. Car bien des gens qu'elle rencontre sont très montés contre le gouvernement. Parmi eux, des hommes sérieux, intelligents, instruits comme M. Richardon et M. David. Elle les interroge chaque fois qu'elle le peut, mais elle n'ose pas trop leur dire à quel point son mari est tenté par les idées de retour à la terre. Il s'intéresse beaucoup à ce qu'il lit dans le journal de la création d'un mouvement nouveau des anciens combattants. Une initiative que M. David redoute car il sent que tout ça est fait pour soutenir le gouvernement de Vichy qu'il tient pour vendu aux Allemands.

Un soir que Xavier se rend avec sa mère chez l'ancien colonial, l'instituteur qui se trouve déjà là les accueille en brandissant un numéro de *L'Œuvre*.

— Vous ne pouvez pas mieux tomber. Nous venons justement d'examiner un article où se trouve citée une déclaration de M. Vallat.

Et sur le ton que Xavier Roissard a si souvent entendu quand son maître donnait l'énoncé d'un problème, M. Richardon lit à haute voix une partie de l'article :

— « Dans un village, la tâche sera facile car tout est à portée de bras. Dans une ville, il faudra former de petits groupes dont la besogne consistera à tout observer. Un groupe ou deux dans chaque quartier, dans l'atelier, l'usine, l'immeuble. Il faut que le membre de la Légion des combattants observe et écoute tout et rende impossible le sabotage de l'œuvre du Maréchal. »

M. Richardon pose le journal et enlève ses lunettes à lourde monture d'écaille. Il observe un instant ses amis avant de demander :

— Alors, qu'en pensez-vous ?

— C'est ni plus ni moins qu'une incitation à l'espionnage, grogne M. David. Cette légion sera le rassemblement des mouchards qui iront cafarder auprès des autorités. C'est exactement comme ça que les nazis ont procédé dans les débuts. Je me souviens parfaitement de ce qui se passait en 33 et 34. Ce qu'on apprenait grâce aux quelques nouvelles sérieuses que l'on pouvait avoir.

Mme David qui tricote sous la lampe soupire :

— Pauvre pays qui en arrive là !

Xavier et sa mère restent silencieux. Tous deux pensent au père qui a ses idées et qu'ils connaissent assez pour savoir qu'il s'y cramponnera sans démordre.

— Faut aller, décide la mère, mon homme va se demander ce qu'on fait.

Ils se lèvent tous les deux. M. David se lève aussi et, prenant le journal, il le tend à Xavier.

— Tiens, il y a d'autres articles qui méritent aussi d'être lus.

— Tu sais, lui propose l'instituteur, que tu peux également venir chez moi si tu as besoin d'entendre un peu ce qui se dit à Londres ou en Suisse.

Xavier promet et sort derrière sa mère. Au couchant, le ciel est très beau, avec des clartés fauves qui ruissellent comme une lave en fusion sur la plaine où luisent des plans d'eau.

Eugène Roissard les attend dans la cuisine. Accoudé à la table, un journal déplié devant lui. Il enlève ses petites lunettes ovales à monture de fer et il demande :

— Bordel, qu'est-ce que vous foutez dehors à pareille heure ?

— Si on avait une radio, on serait pas obligés d'aller écouter les nouvelles chez les gens qui en ont une.

— Les nouvelles, y suffit de ce qu'il y a dans le journal. C'est bien assez pour nous saper le moral !

— Qu'est-ce que tu as vu encore, papa ? demande Xavier.

— J'ai vu, mon pauvre petit, qu'on risque bien de manquer de pas mal de choses. Ces salauds d'Anglais ont décidé de nous affamer. Ils veulent faire le blocus.

Empêcher nos colonies de nous envoyer des marchandises. Comme les Français sont de plus en plus fainéants, si on a plus les nègres pour nous ravitailler, ça va être du propre !

Voyant que le ton commence à monter, sa femme se hâte de prévenir :

— Énerve-toi et tu vas encore tousser comme un malheureux !

Plus calme, Eugène réplique tout de même :

— Franchement, tu crois pas qu'il y a de quoi être un peu en colère ?

— Bien entendu, mais essaie de ne pas crier trop fort.

Le père soupire et annonce plus calmement :

— Enfin, les avions allemands vont se charger de les mettre au pas. Ça tombe déjà sur Londres.

— On dirait que ça te fait plaisir, fait Xavier.

— Ça me fait jamais plaisir de savoir que des gens qui n'y sont pour rien vont se faire massacrer ou estropier. Peut-être même des gamins, mais nom de foutre, c'est toujours la faute des gouvernants.

La mère fait signe à Xavier de se taire. Un moment passe durant lequel le père tourne une page de son journal, reprend ses petites lunettes et dit :

— Ça, c'est une bonne nouvelle : « Plus de deux mille fonctionnaires ont été révoqués parce qu'ils appartiennent à la franc-maçonnerie, que le gouvernement de Vichy vient de dissoudre en même temps que toutes les autres sociétés secrètes. »

— Et ça te réjouit ? demande Xavier. Les francs-maçons, tu les connais pas !

Cette fois, le père ne se fâche pas, il éclate de rire.

— Non, je les connais pas et je m'en contrefous, mais qu'on se débarrasse de deux mille fainéants qu'on se crève la paillasse à nourrir, ça me fait bigrement plaisir. Y en a sans doute encore bien d'autres qui méritent de prendre le même chemin.

— Et qu'est-ce qu'ils vont faire ? demande Xavier.

Cette fois, le père ne rit plus. Sans trop crier, il élève pourtant la voix :

— Ce qu'ils vont faire ! Nom de Dieu, qu'on me le demande et je me charge de leur mettre à chacun une pioche dans les mains. Y a encore chez nous de la terre à défricher. On les a assez nourris à rien foutre, qu'ils triment un peu pour nourrir les autres...

La mère intervient :

— Attention, Eugène, tu vas tousser !

Le père se tait, mais son regard lance des éclairs. On sent vraiment qu'est profondément enracinée en lui une haine terrible des paresseux. Or, à ses yeux, tous les gens qui ne travaillent pas de leurs mains sont des paresseux.

Carnet de M. Richardon

J'ai eu cette semaine la visite de plusieurs de mes anciens élèves. Je suis toujours étonné de constater que des adolescents – ou même des jeunes gens – viennent me demander des conseils qu'ils devraient pouvoir, tout aussi bien, demander à leurs parents. Mais je me rends compte qu'ils ont un peu peur des parents. Tel ce garçon de quinze ans que son père veut envoyer en apprentissage et qui préférerait aller dans une école d'agriculture. Seulement le père est maçon et veut faire de son garçon un « homme du bâtiment ». Telle cette fille qui rêve d'être médecin et que sa mère veut mettre au travail. Finalement, je crois qu'elle sera infirmière.

À leur âge je partais pour la guerre. J'ai eu la chance de n'être que légèrement blessé, mais l'expérience m'a tellement traumatisé que je ne puis me résoudre à pousser des jeunes gens vers la carrière militaire, même quand ils en ont très envie. De toute façon...

J'ai eu encore la visite de Xavier Roissard qui va

souvent voir également M. David. Et je sais à présent que si ce garçon aime tant écouter cet ancien du Cameroun, c'est qu'il imagine l'aventure coloniale comme une véritable course au trésor. Hélas pour lui, ce n'est guère le moment ! Et, au fond, je me demande si la plupart des hommes ne font pas comme lui. Ils rêvent d'aventures exotiques sans jamais se dire que ce sont des pages de notre histoire terriblement tachées de sang.

Je crois que je n'ai jamais été aussi écœuré durant la Grande Guerre que par la vision de ces tirailleurs noirs ou bruns qu'on lançait en avant sous la mitraille exactement comme si leur vie n'avait aucune valeur. Et, quelques années plus tard, on méprisait ceux qu'on appelait des « bicots ». Dans bien des cas, les officiers attachaient beaucoup plus de prix à la vie de leur cheval qu'à celle de ces pauvres bougres venus de si loin se faire tuer pour des provinces dont ils n'avaient rien à faire. Nos gouvernants et nos chefs militaires ne faisaient pas plus de cas de ces gens-là qu'Hitler ne fait des juifs. Mais si je disais cela à présent, il est certain qu'on me traiterait de nazi. Dieu sait pourtant que je déteste le nazisme et le fascisme. Je souffre assez de n'avoir pas le droit d'en parler librement à mes élèves d'aujourd'hui.

44

Ce matin est arrivée au village une femme qui a déjà passé plusieurs fois des vacances chez les Crétin. Noémie Roissard l'a rencontrée et, de retour à la maison, elle raconte :

— Mlle Duverne est venue de Paris jusqu'à Chalon-sur-Saône par le train. Là, elle avait le nom et l'adresse d'un homme qui lui a fait traverser la ligne de démarcation. Il lui a demandé cinq cents francs. Il paraît que c'est le tarif. Parce qu'il y a des Allemands qui sont dans le coup et qui ferment les yeux. Mais l'homme qui passe les gens partage avec ces Fritz qui s'engraissent.

— C'est bien la preuve que la France est pourrie, gronde Eugène. La France et l'Allemagne avec, puisque les Boches touchent aussi leur part.

Mais Noémie proteste :

— Ces passeurs, ils prennent des risques. Et puis, tant qu'ils font ça, ils ne peuvent rien faire d'autre. Faut bien qu'ils vivent !

Xavier qui a entendu depuis sa chambre arrive :

— L'autre jour, à Lons, un copain m'a dit qu'il y a des mécaniciens du P.L.M. qui font passer des gens.

Ils les cachent dans les tenders, sous le charbon. Y en a même qu'on met dans les réservoirs d'eau. Paraît que quand le train freine fort, ça fait des vagues et y boivent la tasse.

— Et ceux-là aussi, ils payent les mécanos ?

— Non. Ils veulent pas d'argent, les cheminots. Jamais.

Le vieux vigneron soupire :

— Ça m'étonne pas. Les gens des chemins de fer qui font le travail le plus dur, c'est toujours des hommes bien.

Reste qu'en ce moment, ce qui se passe hors du village n'intéresse guère Eugène Roissard. Ce qui le préoccupe, c'est sa vigne. Il y a du raisin mais, depuis deux jours, il pleut. Et il faudrait du soleil si on veut que les grains mûrissent et ne pourrissent pas.

Le père Roissard s'enferme de plus en plus chez lui et dans son petit vignoble. On dirait que la compagnie de son cheval lui suffit largement. Pourtant, quand sa femme ou son garçon rentrent du village et qu'ils ont des nouvelles, il écoute. La mère parle du marché de Louhans. Il était presque vide.

— Qu'est-ce qu'il y avait donc ? Plus rien à vendre ?

— Il paraît, explique-t-elle, que la semaine dernière les paysans ont vendu des poulets à quarante francs le kilo alors qu'il est taxé à quinze francs. Il y en a qui ont été condamnés. Alors, ils n'apportent plus rien. Les gens vont acheter dans les fermes.

Eugène gronde :

— Bon Dieu, de la volaille à ce prix. Quand je dis que le monde est pourri ! Si on veut s'aligner sur ces marchands, combien il faudra vendre la bouteille de vin jaune ? Combien, je vous le demande ! Mais j'aurais honte. J'aimerais mieux crever...

Il se met à tousser et sa femme menace :

— Si tu continues à brailler comme ça, c'est ce qui va t'arriver.

Dès qu'il a mangé ses gaudes et une pomme avec un morceau de pain gris, Xavier sort et va chez M. David où se trouve déjà l'instituteur. Ils ont beaucoup de mal à capter la radio anglaise.

— C'est comme ça, déplore M. Richardon. Les Fritz brouillent les ondes pour nous empêcher d'entendre les vérités qui les dérangent, et le gouvernement français oblige les journaux à nous farcir le cerveau avec des mensonges. De quoi être toujours de bonne humeur ! Toujours optimiste ! Exactement comme au temps où on nous serinait : « Tout va très bien, madame la Marquise. » C'est d'une affligeante stupidité !

Plus calme que l'instituteur, le vieux colonial rectifie :

— Vous êtes trop mesuré, cher ami. Je trouverais plus juste de dire que c'est burlesque ! Tenez, vous qui êtes enseignant, avez-vous vu ce que le nommé Georges Ripart – vous savez, ce membre de l'Institut, doyen de je ne sais quelle faculté à Paris, qui vient d'être choisi comme secrétaire d'État à l'Instruction publique – propose ?

M. Richardon ouvre de grands yeux.

— Qu'est-ce que vous me dites là ? Cette potiche réactionnaire comme pas un serait ministre ? C'est un comble !

— Pour lui, il serait inadmissible qu'un maître d'école ou un professeur de la faculté exprime une opinion qui soit en désaccord avec les thèses du gouvernement. Il invite les parents d'élèves à ne pas tolérer que les enseignants critiquent les directives qu'il donnera.

— Autrement dit, il pousse les gens à cafarder. Il nous veut tous soumis à ses idées.

M. David hoche la tête. Xavier ne lui a encore jamais vu ce visage sombre.

— Oui, déplore-t-il après un moment de silence, vous devez être des mouchards. Toujours prêts à dénoncer vos collègues.

M. Richardon est effondré. Il regarde Xavier puis M. David comme s'il attendait d'eux un conseil. Un secours. Hochant la tête, il finit par dire d'une voix éteinte :

— Je préférerais donner ma démission et travailler à l'usine plutôt que me soumettre à pareilles directives.

Il hésite un instant avant d'ajouter :

— Et j'espère qu'il y aura des réactions.

M. David a un petit sourire triste qui plisse son visage. Il fait non de la tête.

— Il n'y aura pas de réactions. Seulement des gens qui traîneront la patte. Ce que finiront peut-être par faire tous les mécontents. N'oubliez pas que la zone occupée n'est pas loin et qu'elle est sous la botte. Le régime nazi est un régime violent.

Xavier Roissard ne dit rien. Il se borne à écouter et pense à son père. S'il osait, il demanderait ce qu'il doit faire si celui-ci lui parle encore de l'obéissance que tout Français doit au maréchal Pétain. Mais il ne peut se résoudre à parler du vieux vigneron à des hommes dont il sait qu'ils n'approuvent pas ses idées. Lui non plus n'arrive pas à le suivre. Il sait que sa propre mère, qui aime cet homme honnête et bon, n'est pas d'accord non plus. Mais elle se tait.

Les deux hommes parlent de nouveau de tout ce qui leur paraît monstrueux dans ce que publient les journaux. À plusieurs reprises, revient le nom de Béraud que M. David aussi bien que M. Richardon condamnent violemment pour ses articles. N'y tenant plus, Xavier finit par demander :

— Béraud, est-ce que c'est lui qui a écrit ce que vous nous avez fait lire à l'école, vous savez, l'histoire du petit garçon qui veut qu'on lui achète un microscope comme cadeau ?

M. Richardon sourit. Il se donne le temps d'essuyer ses grosses lunettes avant de répondre :

— Je vois que tu as de la mémoire et que ton Lyonnet t'a laissé de bons souvenirs. Seulement Béraud est aussi un grand journaliste. S'il s'était contenté d'écrire des livres comme *La Gerbe d'or*, ce ne serait pas grave. Mais ses articles contre les juifs sont affligeants.

— Révoltants, rectifie M. David. Moi aussi j'ai aimé les livres de Béraud, j'ai d'autant de mal à comprendre que cet ancien de 14 en soit arrivé là.

Il se tait. Respire profondément comme s'il souffrait, puis se décide à ajouter :

— J'ai passé quatre ans enterré avec bien d'autres hommes. Avec la mort embusquée partout, à chaque coude de la tranchée. On en a bavé et, comme des cons, on se figurait qu'on se battait pour retrouver la vie qu'on avait connue. Pour assurer la paix du monde. On s'est bien battus pour rien. Et ce qui se passe en ce moment, cette vie entre guerre et paix, ces âneries qu'on essaie de nous faire absorber, c'est une chose que j'encaisse très mal. Si on ne réagit pas contre tout ça, le monde est pourri. Pourri pour toujours.

Il regarde Xavier tristement puis sa femme qui n'a pas prononcé un mot de la soirée et qui tricote toujours sous la lampe. Elle cesse un instant sa besogne pour regretter :

— Nous, ce n'est rien. Mais les jeunes...

Et elle fixe sur Xavier un œil baigné de beaucoup de tristesse. M. Richardon soupire :

— Je ne vois plus jamais mes élèves sans être angoissé.

Quand Xavier Roissard sort de la maison des David, la nuit est là. Un ciel constellé verse sur le village une clarté froide. La lune sort de terre. Elle est rouge.

Il marche lentement. Il est habité par tout ce qu'il vient d'entendre. Et il pense à son père. Eugène Roissard n'est pas un homme du même gabarit que M. David ou M. Richardon. Il n'a ni leur culture ni leur intelligence. On ne peut pas discuter avec lui. Il est enfermé dans ses idées. Et pourtant, Xavier l'admire. Longtemps il a pensé que des hommes de la trempe de son maître d'école et de l'ancien colonial lui étaient de beaucoup supérieurs. Il le croit encore mais ce qu'il vient d'apprendre sur Henri Béraud le trouble beaucoup. Car Béraud n'est pas un vigneron. C'est un grand écrivain. Un homme qui publie des articles dans des journaux importants. Or il semble qu'il soit d'accord avec le père Roissard.

— J'aurais dû leur demander.

Xavier vient de parler à voix haute et il en est presque étonné.

Quand il arrive à la ferme, tout est plongé dans l'obscurité et le silence. Il traverse la cuisine à tâtons, gagne le couloir et longe le mur en le frôlant à peine de la main. La porte de la chambre de ses parents s'entrouvre. À voix basse, sa mère souffle :

— Il est tard. Ton papa dort depuis longtemps.

— Bonne nuit, m'man.

Ils se cherchent dans l'obscurité pour s'embrasser.

— T'as appris du nouveau ?

— Rien d'important.
— Dors bien, mon grand.
— Toi aussi, m'man.
Il fait les quatre pas qui le mènent à sa chambre. Il y a en lui un trouble profond qui le tient éveillé longtemps.

45

Le père Roissard a piqué une colère d'une telle ampleur que sa femme et son garçon ont bien cru qu'il allait y rester. Il faut dire que lorsque les mauvaises nouvelles s'accumulent...

Eugène était dans sa cave lorsque est arrivé un grand type bien baraqué, M. Andrau, qu'il avait rencontré deux ou trois fois sur le marché. On ne sait pas très bien ce que fait ce fonctionnaire qui se déplace en automobile alors que tout le monde pleure le carburant. En tout cas, il venait annoncer que le gouvernement allait procéder à la réquisition de tous les métaux non ferreux. Il voit dans le fond de la cave une vieille bouille à sulfater dont le bras de pompe est cassé et une bassine en cuivre rouge percée que le père Roissard veut faire rafistoler.

— Ça, vous devez le donner à la réquisition.

— Le donner, mais pour quoi faire ?

— Si vous voulez du sulfate de cuivre pour votre vigne...

— Bordel ! hurle le père, j'aimerais mieux foutre ça au fumier que de les voir transformés en obus !

— Vous serez bien obligé...

— Nom de Dieu ! Espèce de voyou, allez-vous me foutre le camp avant que je vous astique les côtes à coups de trique !

Et il empoigne un bigot qu'il remmanche en tapant un coup sec sur la dalle. Il lève le manche alors que M. Andrau remonte l'escalier de la cave à toutes jambes en hurlant :

— Vous le regretterez !

Le père grimpe derrière lui mais, au milieu de l'escalier, il est obligé de s'arrêter. Courbé, cassé en deux, une main à la poitrine, l'autre posée sur son manche de bigot, il tousse et crache, les yeux brûlés par les larmes.

La mère, qui avait vu arriver M. Andrau, sort de la cuisine et accourt. Xavier bondit hors de l'écurie où il chargeait une brouette de fumier.

— Qu'est-ce qui se passe ?

— Votre mari m'a insulté et menacé. Vous allez voir ce que ça va vous coûter !

— Occupe-toi de ton papa, Xavier. Venez, monsieur, venez, je vous en prie.

— Je n'ai rien à faire chez vous. M. Roissard saura de quel bois je me chauffe.

— Enfin, dites-moi au moins ce que vous voulez. Venez prendre un verre à la maison. Nous ne sommes pas des sauvages.

L'homme part d'un rire féroce et crie :

— C'est ça, essayez de m'acheter... Vous aggravez votre cas !

Et il s'en va à grandes enjambées jusqu'à sa voiture. La mère rejoint son homme que Xavier aide à monter les quelques marches qui les amènent dans la cour à l'instant où la voiture du visiteur démarre en trombe.

Noémie et Xavier soutiennent le père pour le mener

jusque dans la cuisine où ils le font asseoir. Un coude sur la table, penché en avant, il expectore dans une bassine que sa femme vient de poser devant lui.

— Je vais chercher le docteur, propose Xavier.

Le père parvient à dire :

— Pas la peine...

Mais la quinte reprend de plus belle et la mère fait signe à Xavier d'y aller. Le garçon part en courant. Très vite, il revient et annonce :

— Il va arriver...

La toux a cessé mais le père reste cassé en deux à la recherche de son souffle. Un bon quart d'heure passe avant l'arrivée du Dr Tissier, grand échalas tout en os et à la voix profonde et rocailleuse. Il rédige une ordonnance, donne des conseils et accepte de boire un demi-verre de vin jaune.

— Ça vous prend souvent, avec cette violence ?

C'est la mère qui répond :

— Chaque fois qu'il se met en colère.

Le docteur rit.

— Eh bien, il faut éviter de le mettre en colère, madame Roissard, et toi aussi, Xavier, et il sera guéri.

— C'est pas nous, explique la mère, c'est ce nommé Andrau, un gabelou. Il voulait je ne sais quoi...

Le vigneron intervient :

— Nos vieux cuivres pour faire des obus.

— Et vous l'avez envoyé promener ?

— Je lui ai montré ça et je lui ai promis de lui astiquer les côtes, dit le père Roissard.

— Bigre, vous n'y allez pas de main morte, fait le médecin.

— L'ennui, dit Noémie, c'est qu'il a promis qu'on serait poursuivis.

Le docteur se lève de sa chaise, fait trois pas en direction de la fenêtre puis revient en se frottant le menton.

— Je connais un peu cet énergumène, c'est un dangereux. Il y a quelques mois, il braillait contre les nazis, à présent il cite Hitler en exemple : un homme qui sait pousser son peuple vers le sacrifice en lui donnant l'amour de sa patrie !

D'une voix que l'anxiété voile un peu, la mère demande :

— Et qu'est-ce qu'il peut nous faire ?

— Oh, il est capable du pire. Mais on peut le museler.

Le docteur reprend place et se tourne vers Eugène Roissard pour lui demander :

— Vous avez bien parlé à Durand à propos de la Légion des combattants ?

— Ben oui... Ça me paraît une bonne chose.

— Je le crois aussi. Il faut prendre votre carte. Paul Durand sera sans doute le président de la section régionale. Il saura faire en sorte que cet abruti ferme sa grande gueule. Il connaît tout le monde, Durand.

— Vous croyez ? demande Noémie, toujours tendue.

— J'en suis certain, madame Roissard. Et j'estime, moi, qu'un mutilé comme votre mari est tout désigné pour être un bon porte-drapeau.

Xavier regarde le vieux vigneron qui se redresse et semble déjà en bien meilleure forme. Il est à la fois troublé par tout ce qui se passe et assez fier de son père.

— Papa, j'ai l'impression que si tu avais pu le rattraper, tu allais lui casser ta trique sur le dos.

Le vigneron se met à rire.

— Oh que non, dit-il. C'est pas ma trique que j'aurais cassé. Un manche de bigot en fouaillard, c'est costaud. C'est ses os qui auraient cédé.

— Ne le regrettez pas, dit le médecin. Parce que là, ça pouvait vous coûter cher. Si vous revoyez ce crétin, essayez de vous dominer. Moi je vais tout de suite appeler Paul Durand. Il interviendra. Il ne devrait pas y avoir de suite.

Il se lève, serre les mains et va jusqu'à la porte avant de se retourner pour ajouter :

— Pensez à votre carte, monsieur Roissard.

— Oui, promet le père, j'oublie pas.

— Combien je vous dois, docteur ? demande la mère qui est allée chercher son porte-monnaie.

— Rien du tout, madame Roissard. Et merci pour le vin qui est fameux.

Il sort tandis que la mère dit à Xavier :

— Faudra que tu lui en portes quelques bouteilles. C'est la moindre des choses.

Carnet de M. Richardon

Je crois bien que le monde a rompu avec la paix dès 1934. Plus précisément le 6 février 1934 où les mouvements d'extrême droite ont pris d'assaut notre Chambre des députés. Oui. Sans doute ce jour-là a-t-il vraiment sonné le glas de l'après-guerre en annonçant que commençait l'avant-guerre. Comme si on pouvait toucher du doigt le passage d'une époque gonflée de joie, d'espérance, à une ère d'angoisse et de deuil.

Je me suis souvent demandé alors si les Français n'étaient pas fatigués de vivre dans la facilité. Au point de ne rien voir de ce qui se passait de l'autre côté des frontières pourtant transparentes qui séparaient notre pays de l'Espagne, de l'Italie et surtout de l'Allemagne.

Comment ne pas avoir le cœur serré, quand on a des idées de gauche, qu'on a grandi et étudié avec des parents et des maîtres épris de liberté, d'assister à la montée de régimes tels que le nazisme ? Quand on a, comme je l'ai fait, vécu très jeune deux années d'une guerre atroce, rien n'est plus douloureux que d'en voir venir une autre. Rien n'est plus sinistre que les bruits de bottes et les acclamations destinées à un homme qui ne rêve que de tueries.

Au lendemain des émeutes du 6 février, un ami de mon père est venu un soir dîner avec nous. Il était voyageur de commerce et rentrait de Paris. Il avait tout vu de près, et je fus très étonné de l'entendre dire :

— J'ose à peine en parler. Ça puait la guerre civile à plein nez !

Mon père avait beau lui répéter qu'il exagérait, cet homme posé insistait. J'avoue que j'ai été, ce soir-là, très impressionné par ce qu'il nous racontait. À ses yeux, l'Action française, les Jeunesses patriotes, les Croix-de-Feu, les Francistes étaient de la même race qu'Hitler. Il nous les décrivait en uniforme, défilant en hurlant et voulant envahir le Palais-Bourbon. J'avais eu, à plusieurs reprises, de petits accrochages avec mon père qui n'était pas du tout favorable au Front populaire. Quand il me trouvait en train de lire Vendredi, *journal fondé par des écrivains de gauche, il entrait en furie. Ce soir-là, tout changea. Alain Picard – son nom me revient tout à coup – nous raconta qu'il avait vu les Croix-de-Feu armés de triques, auxquelles ils avaient ficelé des rasoirs, taillader les jarrets des chevaux montés par les gardes républicains. C'était, paraît-il, dans leurs habitudes. Mon père, qui était forestier, avait toute sa vie travaillé avec des chevaux. Il avait noué avec eux une solide amitié. Je me souviens qu'il a posé de nombreuses questions tant il avait du mal à croire que des hommes se soient conduits de cette manière. Et je suis persuadé que bon nombre de paysans français, qui n'étaient pourtant pas attirés par les meneurs de la gauche, ont viré de bord en apprenant pareilles choses. De même, bien des braves gens mobilisés en 14 ont été plus écœurés par les souffrances endurées par les chevaux que par celles endurées par leurs camarades de combat.*

C'est que les hommes admettent volontiers que nous avons tous une part de responsabilité dans la guerre – même si elle est minime – alors que les animaux n'en ont aucune.

46

L'hiver 1940-41 est très dur. Et pour tout le monde : ceux qui ont du mal à se procurer du bois et du charbon. Ceux qui n'ont pas de quoi manger à leur faim. Dur aussi pour les vignerons car il faut tailler en dépit du gel. Chez les Roissard, c'est Xavier qui fait à peu près tout.

— Tu te crèves, mon pauvre petiot, dit la mère.

— Je me crève pas, m'man. J'aime quand il fait froid comme ça. Tu voudrais tout de même pas que ce soit papa qui travaille dehors.

Xavier va comme une brute. De la vigne au bois, du bois de chauffage aux piquets, et le cheval fait sa bonne part. Xavier est heureux d'être seul avec cet animal qu'il aime bien. Il le mène à sa manière et le Noir semble apprécier beaucoup ses façons de faire. Il leur arrive de rentrer à la nuit et les gens du village qui les voient passer lancent parfois :

— Allons, tu devrais prendre une lanterne. Mais tu sais que c'est interdit !

— Tout est interdit, c'est pas sorcier.

Bientôt il faudra une autorisation pour aller pisser un coup sur le tas de fumier !

Le père ne sort presque plus. Il va de la maison à la cave et de la cave à l'écurie. Mais dès qu'il respire l'air glacial, ses bronches le font terriblement souffrir. Alors c'est Xavier et sa mère qui font tout le travail. Et, quand la taille est finie, Noémie dit à son garçon :

— Tu as bien gagné de te reposer. Je crois que tes cousins aimeraient t'avoir quelques jours à Lyon.

— Et papa ?

— Ton père est d'accord. S'il ne faisait pas si froid, il partirait avec toi.

— Et toi, ma pauvre maman...

Elle se met à rire.

— Moi, mon petiot, tu sais bien qu'avec les bêtes, je suis rivée ici. Et alors ? J'aime ça. Une grande ville comme Lyon, ça me ferait peur.

Il part. Sa mère le mène à la gare avec la voiture et le Noir, sur une route où brillent encore de larges plaques de verglas. Le Noir va lentement, car il n'est pas ferré à glace. Et la mère ne cesse de répéter à Xavier qu'il faut qu'il soit prudent. Il emporte deux valises. Il y a mis des vêtements mais surtout quatre bonnes bouteilles choisies par son père, des raves, des pommes de terre, deux pots de confiture de groseille faite par sa mère et un petit bocal de cerises à l'eau-de-vie. Le vieux vigneron lui a aussi donné une bouteille de marc qu'il a lui-même emballée dans une épaisse serviette de toilette. La mère s'inquiète :

— J'espère qu'on ne te fera pas ouvrir tes valises, mon pauvre petit. Ils seraient capables de te mettre en prison.

— Mais non, maman. M. David te l'a dit : il n'y a rien de vraiment interdit dans ce que j'emporte.

Le voyage se déroule sans problème. À Lyon, Marcel l'attend sur le quai avec un client du café qui connaît les employés de la gare et se fie à eux pour qu'ils les fassent sortir par un passage que nul ne surveille. Comme Marcel remercie cet homme et l'invite à venir un jour boire un verre au bistrot, le cheminot promet :

— D'accord, et te fais pas de souci. On se démerdera toujours pour t'aider. Si on n'avait pas nos combines, y a belle lurette qu'on serait tous morts de faim.

Quand il entre dans le café, Xavier est accueilli par sa cousine et par la chienne. C'est à peine s'il trouve un mot à leur dire tant il est ému.

Il arrive là dans un monde tellement différent de celui auquel il est habitué que sa gorge se noue simplement à l'idée qu'il devra repartir dans trois jours, quitter ces cousins qui savent tout prendre en riant, qui parlent de l'actualité comme nul n'en parle jamais au village.

Xavier a beau aimer beaucoup la maison de ses parents, son père, sa mère, le cheval, tout ce qui a toujours fait sa vie, le retour chez lui est d'une tristesse qui lui donne envie de pleurer. Même dans ce train qui se traîne, tout est morne alors que tout était si gai quand il est venu.

Sa mère l'attend à la gare avec le Noir. C'est bon de les retrouver tous les deux. C'est chaud. C'est doux, mais c'est tout de même bien triste.

Il neige de bise. Des flocons minuscules qui courent très vite et vous piquent le visage. La mère dit :

— Cette bise nous coupe en deux.

Xavier n'ose pas protester qu'elle lui coupe surtout sa joie.

— T'aurais pas dû descendre, maman, je serais monté à pied.

— Mon petiot, j'ai toujours hâte de te revoir.

Elle est descendue avec le petit break, mais la bise souffle si fort qu'elle a dû replier la capote de peur qu'elle ne soit arrachée par une bourrasque. Plus ils montent au flanc de la colline, plus la bise se fait rageuse et plus la neige tombe serré. À peine si l'on voit à quelques mètres. Heureusement que le Noir est un animal très calme, qui connaît son chemin. La mère et le garçon se tiennent étroitement serrés l'un contre l'autre.

— Quand il neige de bise, dit la mère, il neige à sa guise.

— Ça veut dire qu'il risque d'en tomber un sacré paquet.

— Oui, et avec le froid qu'il fait, elle va tenir.

— Et demain, faudra faire les chemins.

Lorsqu'ils arrivent à la ferme, Xavier se hâte de rentrer le Noir à l'écurie et de le bouchonner très énergiquement. Le cheval semble tout heureux de retrouver son jeune maître. Xavier prend sa grosse tête dans son bras et la serre contre sa joue.

— Tu sais que je t'aime rudement, toi. À Lyon, c'était vachement chouette, mais j'suis bigrement content de te revoir !

Il grimpe rapidement au fenil, fait tomber quelques fourchées de fourrage dont il est content de respirer l'odeur chaude.

— Ben mon Noir, c'était temps que je revienne, sinon la mère allait être obligée de grimper au grenier pour que tu sois pas obligé de bouffer les planches de ta mangeoire.

Il rit et le cheval hoche la tête comme s'il avait parfaitement compris.

— T'es fier, hein ?

Oui, fait la tête du Noir.

— En tout cas mon vieux, je te promets que les chevaux qui livrent le charbon ou la bière dans les rues de Lyon, ils ont moins la belle vie que toi. Sur les pavés verglacés, c'est pas très marrant.

Xavier le caresse encore tandis qu'il se met à manger.

— Sois tranquille, je reviendrai te voir tout à l'heure.

Et il sort dans la tempête.

La bise souffle un peu moins fort, mais la neige tombe plus serré et à plus gros flocons. La couche est déjà épaisse dans la cour, avec des congères qui se dessinent.

Le père et le fils s'embrassent. Xavier va dans sa chambre pour se changer. Quand il revient, Eugène est assis devant la cuisinière, les deux pieds posés sur la porte du four qui est ouverte. La nuit commence à tomber mais le père n'aime pas qu'on allume tant qu'on y voit assez pour se diriger.

— Alors, c'était bien ?

— Chez Marcel, c'est toujours bien.

— Je sais.

— Et ici, ça s'est bien passé ?

— Oui, ta mère a tout fait. Et l'Arsène est venu pour faire l'écurie. Il a mangé avec nous. Bon Dieu, quel appétit il a, celui-là !

Xavier ne répond pas. Un moment s'écoule avec juste les miaulements de la bise et le battement d'un volet qui ferme mal. Le père se lève et vient s'asseoir à la table en disant :

— Allume.

Xavier va allumer la lampe : une ampoule de vingt-cinq bougies sous un abat-jour de métal émaillé qui pend au centre du plafond.

— Je suis allé hier au soir à la réunion de la Légion des combattants, annonce Eugène Roissard. J'ai rapporté ça, j'aimerais que tu y jettes un coup d'œil.

Il montre, ouvert devant lui sur la table, un exemplaire du journal *Le Légionnaire* avec en première page la photographie du maréchal Pétain.

— Je connais, dit Xavier. Y avait un type dans le train qui le lisait. Et des gens en ont parlé, chez Marcel. Une belle connerie ! C'est du nazisme, ni plus ni moins !

La main épaisse et lourde du vigneron s'abat sur le journal et fait sonner la table.

— Nom de Dieu ! Je t'interdis de salir ce qui porte la marque du seul soldat qui ait une chance de sauver l'honneur de la France. Il est question de créer des sections de jeunes, j'espère que tu en seras !

Xavier, qui durant son séjour à Lyon a beaucoup entendu Marcel et les clients du café critiquer la politique de Laval et de Pétain, n'est pas assez malin pour se contenir. Il part d'un rire forcé et lance :

— Mon pauvre papa, compte pas sur moi. Le seul soldat qui puisse sortir la France de la merde, c'est pas ce vieux gâteux de Pétain. C'est le général de Gaulle !

Cette fois, Eugène Roissard explose :

— Je t'interdis ! Tu entends, je t'interdis d'insulter le Maréchal. Si c'est ça que tu es allé apprendre à Lyon, tu aurais mieux fait de rester ici à travailler au lieu de laisser ta mère se crever à la...

Ce qui était inévitable se produit : une quinte de toux l'interrompt. Écartant un peu sa chaise, un avant-bras sur la table où demeure son journal et l'autre pressant sa poitrine, il tousse à s'arracher les bronches.

Doucement, Noémie parle à son garçon :

— Tu es content... Seigneur. Tu ne peux pas te taire. Tu sais combien ton père déteste les communistes et ce général de brigade de Londres.

— Mais maman, je peux pas être pour ce qui est vendu aux Fritz.

— Pense ce que tu veux, mais tais-toi, souffle la mère qui apporte un peu d'eau fraîche à son homme.

Elle pose le verre devant lui sur la table et lui met la main sur la nuque en disant doucement :

— Allons... Voyons... Te mets pas dans des colères pareilles pour des bêtises.

Le père parvient à dire :

— Bêtises... Que non... Voyou...

Son regard embué de larmes se pose sur Xavier. Il fait non de la tête et cherche sa voix :

— Te foutrai dehors... Voyou... Pas... Pas possible...

Mais il ne peut pas reprendre son souffle. Son regard est terrible. Lentement, Xavier se lève et se dirige vers la porte. Sa mère demande :

— Où vas-tu ?

— Dehors.

— Reste là !

Elle se précipite en criant :

— Ne fais pas l'imbécile...

Mais Xavier est déjà dans la cour. Il n'a pas entendu son père qui parvient à grogner :

— Marcel... Grand benêt... Communiste... Foutre ça dans ta tête... Pas aller... Lyon.

Et il tousse de nouveau.

Toujours la neige. Xavier reste un moment immobile à la regarder tomber. Il n'a pas pris le temps de décrocher son manteau. Il hésite à rentrer puis se dirige vers l'écurie. Il ouvre la porte lentement car les gonds du bas ont tendance à grincer. Il entre sans allumer. Un reste de clarté coule par l'étroite lucarne qui se trouve au fond, sur la gauche. Un reflet marque le flanc luisant du cheval. Xavier va à ses côtés et le caresse. L'animal tourne sa bonne grosse tête vers le garçon. Sa queue bat sa large croupe.

— Toi au moins, t'as pas d'idées sur tout ça. Sûr et certain que les bêtes sont moins connes que les hommes. Mais c'est plus fort que moi. J'peux pas laisser mon père dire des âneries pareilles. Je foutrai le camp. Ça me peinera pour maman et pour toi, mon vieux Noir...

Il se tait. Sa mère crie dans la cour :

— Xavier ! Xavier ! Où es-tu ?

Il hésite mais il sait qu'il fait froid et que la pauvre femme risque de s'obstiner à le chercher. Il va ouvrir la porte et lance :

— T'inquiète pas, m'man. J'suis là !

Toute frêle dans la tourmente blanche avec sa robe noire qui bat comme un drapeau, la mère est si maigre qu'on dirait un instant que c'est une robe vide qui avance en titubant. Elle entre, allume l'ampoule enveloppée de toiles d'araignées qui pend aux poutres du plafond.

— Allons, mon grand, ne fais pas de niaiseries. Viens demander pardon à ton papa. Tu sais bien qu'il t'aime mais il ne peut pas souffrir les communistes.

— Je suis pas communiste, maman. Et de Gaulle ne l'est sûrement pas non plus, mais Pétain est une vieille baderne qui se laisse mener par ce voyou de Laval.

Elle s'accroche à lui, se hausse sur la pointe des pieds et l'embrasse. Sa pauvre voix fait pitié :

— T'as sans doute raison... M. David dit comme

toi. Et ton maître aussi, mais ton pauvre papa est fatigué, tu sais. Et il a des idées de son âge.

— Justement, il a des idées de son âge et moi je veux pas le suivre... Alors je vais m'en aller. Ça me peine pour toi, mais je peux pas rester. J'irai à Lyon. Marcel connaît un gars qui aura pas de peine à me trouver du travail. Richardon me dit, lui aussi, qu'à Lyon, on en trouve sans difficulté.

— Tu pourrais dire : Monsieur Richardon. Il mérite ton respect et aussi ta reconnaissance.

Elle hésite. Elle va vers la tête du Noir. Elle lui frotte le front puis, revenant vers son fils, elle le regarde avec une infinie tendresse et murmure :

— Mon pauvre grand, quelle vie t'attend !

Elle se tait. Le cheval tourne la tête et lui bourre l'épaule d'un coup de museau. Elle sourit :

— Tu vois, même le Noir se fait du souci pour toi. Et il comprend, tu sais. Il comprend.

— Moi aussi je comprends, maman. Il n'y a que papa qui ne veut pas comprendre.

Il s'approche de sa mère qu'il prend dans ses bras et serre fort contre lui. Elle souffle :

— Tu me fais mal.

— Je t'aime, ma petite maman. Seulement, je veux pas devenir un suppôt de Pétain.

— Ma foi, c'est peut-être mieux. Quand tu reviendras, ça sera plus facile. Tu seras tout content de retrouver la terre et ton père sera heureux de te voir au travail.

Elle va jusqu'à la porte et, avant d'ouvrir, elle ajoute :

— Tu viendras. Je vais préparer à souper de bonne heure. Tu dois être fatigué et avoir faim.

47

Quand Xavier regagne la cuisine, sa mère est en train de poser sur la table trois assiettes, trois cuillères et trois verres. Le père est déjà assis à sa place. Il lève vers son garçon un regard dur à l'ombre de sa casquette. Quand il porte sa casquette ainsi rabattue sur les yeux, c'est mauvais signe. Il met à l'ombre la colère de son regard. Xavier gagne sa place. Avant de s'asseoir, les mains crispées sur le dossier de sa chaise, il dit :

— Papa... Je te demande pardon.

Sans un mouvement, le père grogne :

— C'est bon... Assieds-toi.

Lentement, Xavier tire sa chaise et prend place. Le pétillement du feu dans la cuisinière que la mère vient de recharger est énorme dans ce silence. La bise miaule toujours en s'écorchant à l'angle du toit, mais c'est tout de même le silence. Écrasant. Si au moins il y avait un poste de radio, ce serait moins pénible.

La mère apporte la soupière sur la table. Une bonne soupe aux légumes embaume la pièce, une soupe où a cuit un morceau de lard que la brave femme a pu se procurer en donnant deux bouteilles de vin au charcutier.

C'est toujours elle qui sert. Le père fait un petit geste de la main.

— Un pochon seulement.
— Pourquoi ? Tu n'es pas bien ?
— Ça va, mais j'veux pas me charger.

Elle n'ose pas insister. Une pleine assiettée à Xavier. Ils mangent. Les bruits qu'ils font ne tuent pas le silence.

Dès que le père a fini, il se lève. Repousse sa chaise et, les mains sur le dossier, dit d'une voix forte :

— Tu réfléchiras. Je veux pas sous mon toit d'un garçon qui insulte Pétain. Si tu avais enduré ce qu'on a enduré en 14, tu comprendrais.

Il se retourne. Fait deux pas puis lance :

— La nuit porte conseil. Alors, bonne nuit.

Et il disparaît. La porte refermée, on entend encore son pas puis c'est de nouveau le silence, avec toujours la bise. Le feu ne pétille plus, il gémit à peine. La mère, qui a sorti le lard et l'a posé dans une assiette, en coupe une grosse tranche qu'elle donne à Xavier.

— Merci, m'man. T'en prends pas ?

Elle hésite et se sert une tranche minuscule.

— C'est pas ça qui va te faire mal.

Elle soupire :

— Ce qui me fait mal, c'est de voir mon garçon et son père en aria. Seigneur, c'est pas assez d'avoir la guerre en dehors, faut aussi l'avoir dans la maison.

Xavier mange un peu sans rien dire puis, après quelques instants, il se décide :

— Écoute, m'man. Moi je peux pas accepter qu'on soit contre de Gaulle. Marcel m'a dit...

Sa mère l'interrompt :

— Tais-toi. Et ne parle pas de Marcel à ton père. Il est déjà assez monté contre lui. Il est persuadé que c'est Marcel et Mathilde qui te mettent ces idées dans la tête, alors...

— Alors c'est comme je t'ai dit tout à l'heure : je vais foutre le camp.

Il a parlé haut et sa mère lève la main pour lui imposer silence. Un instant passe où ils restent à se regarder presque durement, puis la mère baisse le bras. Sa grosse main se pose à plat sur la table à droite de son assiette vide. Ses yeux se sont soudain embués de larmes. Sa voix manque d'assurance.

— Si tu veux t'en aller, je ne peux pas te retenir. Moi aussi, je te l'ai dit : je préfère te voir partir plutôt que d'assister à ces algarades avec ton père qui n'en peut plus... Mais ce sera dur...

Les derniers mots ont franchi ses lèvres de justesse. Deux larmes perlent. Elle se lève et son garçon se lève en même temps. Alors qu'elle se dirige vers la porte qui donne sur le petit couloir, il se plante devant elle et ouvre les bras. Elle a un instant d'hésitation puis, se jetant contre lui, elle sanglote :

— Mon pauvre grand...

— Pleure pas, maman... Pleure pas.

— Mais où iras-tu ? Que vas-tu devenir dans ce monde en folie ?...

Il la serre fort contre lui. Elle pleure. Il voudrait pleurer aussi mais il a trop de joie en lui à l'idée de partir pour que lui viennent des larmes.

— Tu m'écriras... Tu me laisseras pas sans nouvelles. Et dans tes lettres, tu feras attention. Ton papa peut vouloir les lire.

— J'y parlerai ni de Pétain ni de De Gaulle. J'suis pas fou.

Elle s'éloigne à bout de bras et, le fixant au fond des yeux, elle dit, à mi-chemin entre rire et larmes :

— Il y a des moments où je me demande si tu ne l'es pas un peu.

Carnet de M. Richardon

Deux personnes venues de la zone interdite me disent que certains soldats allemands font eux-mêmes « du passage ». Cinq cents francs par personne, huit cents francs pour un couple. Il paraît que des gendarmes français acceptent des pots-de-vin ou plus volontiers des livres de beurre pour de petits services. J'ai très peur que cette guerre ne mène à une sorte d'érosion du sens du devoir, de la conscience professionnelle et par là de la conscience tout court.

Mais je dois être un peu naïf. N'en est-il pas de même pendant toutes les guerres, qu'elles soient civiles ou internationales ?

Au début de l'Occupation, les Allemands ont fait de la propagande : « Nos soldats sont corrects ! » Certes, ils ne coupaient ni la main des enfants ni la tête des adultes. Ils ne violaient pas les filles. J'ai même entendu qu'un soldat allemand avait été fusillé par les siens pour avoir abusé d'une Alsacienne de douze ans. Je ne l'ai pas vérifié mais, au fond, ça ne m'a surpris qu'à moitié. Chez les Français, on a fusillé pour moins que ça en 17.

J'ai été obligé de séparer des enfants qui se battaient dans la cour de l'école. L'un d'eux avait le visage très marqué et saignait du nez. Il avait traité son camarade de « sale nazi ! » parce que son père est à la Légion des combattants. Le lendemain, celui-ci est venu m'insulter. Il hurlait dans la cour, menaçant de me dénoncer comme « dangereux communiste ». Que faire ? Tous les élèves entendaient. J'ai empoigné mon sifflet, que je n'utilise presque jamais, et sifflé la fin de la récréation. Ce forcené s'est alors précipité sur moi en me traitant de voyou. Je m'en suis plaint au maire, lui aussi membre de cette Légion des combattants. Réponse :

— C'est triste à dire, mon pauvre ami, cet homme-là porte la violence en son cœur. Et il déteste tout ce qui n'est pas de son bord.

Hésitation. Regard inquiet puis :

— Voyez-vous, Richardon, moi non plus ça ne me convient pas parfaitement, cette Légion. Mais c'est le seul moyen de n'être pas emmerdé. Et je me demande dans quelle mesure vous n'auriez pas intérêt...

— Je vous arrête tout de suite, monsieur le maire. Même si on risquait de me foutre à la porte, je ne me soumettrais pas. Ce qui ne signifie pas que je vous méprise. Je comprends. Mais je ne pourrais pas. C'est au-dessus de mes forces.

Cet homme n'est pas un mauvais bougre, seulement un vigneron prudent qui ne veut prendre aucun risque. Hélas ! l'esprit de révolte semble mourir chez nous. Mon métier me devient pénible parce que j'ai de plus en plus de difficulté à ne pas enseigner aux enfants la vérité. Et j'ai souvent du mal à répondre à leurs questions.

48

C'est fait. Le garçon est parti. Avant que la mère ne le descende à Domblans avec le gros char à quatre roues dans lequel il a chargé deux énormes valises, il a pris le temps de déblayer des passages dans la cour. Un sentier pour aller à la grange et à l'écurie, un autre qui conduit à la porte de la cave dont il a aussi nettoyé l'escalier, un qui va jusqu'au tas de fumier, un autre enfin pour gagner la rue où on a passé le triangle. C'est Boivin qui a fait ce travail avec ses deux bœufs tellement forts qu'ils arracheraient une maison. Xavier l'a regardé travailler et, sans bien comprendre pourquoi, il a eu le cœur un peu serré.

Le père n'est pas sorti de la cuisine mais, à trois reprises, il est allé jusqu'à la fenêtre pour observer son fils en train de pelleter. Chaque fois il a grogné :

— Costaud comme il est, aller faire l'imbécile en ville... Si c'est pas malheureux !

La mère a fait semblant de ne pas entendre. Elle ne veut pas de disputes. Elle souffre assez comme ça !

Et quand Xavier est venu dire au revoir à son père, le vieux vigneron l'a embrassé en disant simplement :

— Ma foi... C'est toi qui vois... Tu reviens quand tu veux.

Et il a regardé son fils s'en aller jusqu'à la voiture sans se retourner. Il a suivi des yeux le cul du char jusqu'à ce qu'il disparaisse derrière l'angle de l'ancienne remise. Un moment encore il a contemplé la cour où la bise continue de mener le bal en polissant la couche luisante qui va bientôt tourner à glace, puis il est revenu près de la cuisinière en murmurant :

— C'est vrai... C'est lui qui voit... Mais nous, on est dans la merde !

Il s'est assis devant la cuisinière après l'avoir rechargée.

— Heureusement qu'on a du bois d'avance... Bordel, avec le froid qu'il fait !

Il s'assied les pieds sur la porte ouverte du four et il écoute chanter la grosse bouilloire d'où monte un jet de vapeur. À sa gauche, il a la fenêtre. Il guette. Il attend le retour de sa femme et, souvent, il regarde la haute horloge comtoise dont le balancier de cuivre est la seule vie avec celle du feu.

— Sur une route pareille... Tout ça pour des couillonnades !

Il est inquiet. Même un gros char, ça peut verser. Entraîner la femme et le cheval au ravin. C'est tout de même une route dangereuse. Il se souvient d'hivers pas plus durs que celui-ci où il a eu du mal à remonter.

— Enfin, le Noir, c'est une bonne bête !

Le temps se fige. Il coule, mais très mal. Une voiture passe dans la rue. Des gens à pied qu'il distingue à peine.

— Et si ce gamin allait faire des conneries ? S'il lui arrivait malheur ?... Tout ça alors qu'il aurait pu rester là à mener une bonne petite vie. Si ça se trouve, il risque d'avoir faim. Ça lui ferait pas de mal !

Un roulement, un bruit de sabots sur la terre dure comme pierre. Le Noir dont les naseaux fument entre dans la cour. Le père Roissard soupire et se fixe vers le feu pour faire comme s'il n'avait rien vu, rien entendu.

— Je devrais l'aider à dételer et à bouchonner...

Il a envie d'aller voir mais il se force à rester là.

— Après tout, c'est son garçon. C'est elle qui le soutient tout le temps.

Enfin, la porte s'ouvre. L'appel d'air glacé fait grogner le feu. Le vieux vigneron tourne la tête.

— Ah, te voilà... Je t'ai pas entendue arriver.

— Forcément, avec la bise...

— Ça a bien roulé ?

— Oui, ils ont sablé partout où ça risque.

La mère vient frotter l'une contre l'autre au-dessus du feu ses grosses mains râpeuses.

— Même à travers les mitaines de laine, ça pince.

— Est-ce qu'il en a au moins, des mitaines ?

— Il a des beaux gants de cuir que Mathilde lui a donnés... Marcel en avait deux paires.

Un bon moment passe. Noémie Roissard se met à éplucher des pommes de terre. Elle s'est assise devant l'évier de pierre. Elle a pris le panier à côté d'elle et laisse tomber les épluchures dans le creux de son tablier.

— Qu'est-ce que tu veux faire ? demande son homme.

— De la purée.

Quelques instants puis il se décide :

— De la purée comme celle que tu fais, y risque de pas en manger tous les jours.

— Mathilde fait très bien la cuisine.

— Oui, mais quand t'as rien, t'as beau savoir faire.

— T'inquiète pas, ils doivent se débrouiller.

Elle n'en parle pas, mais elle pense à tout ce qu'elle a pu mettre dans les valises de son garçon.

Un long moment coule. Quelque chose d'indéfinissable est tendu. Comme s'il y avait, dans cette vaste pièce basse de plafond, un air qui se charge de mots durs. Puis le vigneron dit :

— Tout de même, foutre le camp comme ça au diable vauvert pour cavaler après des conneries...

— Que veux-tu, il n'a pas notre âge.

— À son âge, si j'avais annoncé à mon père que je voulais aller faire le zouave à Lyon, j'aurais été bien reçu, tiens !

— Les temps ont changé, mon pauvre homme.

— Pauvre, tu peux le dire, oui. Les temps ont changé, et pas dans le bon sens.

Elle se lève et va porter ses pommes de terre épluchées sur l'évier où luit le corps de la petite pompe de cuivre rouge. Elle actionne le bras de pompe.

— Je sais pas si les temps changent dans le bon sens, mais pas pour nous, en tout cas. La conduite d'eau passe pourtant pas loin, mais on continue à pomper.

— L'eau du puits est plus saine que celle qu'ils nous vendent à prix d'or.

— Oui, mais l'huile de coude est pour rien...

Le vigneron hausse le ton :

— Ne recommence pas à m'emmerder avec ça. Tu sais que je vais pas creuser une tranchée jusqu'à la rue...

— D'autres pourraient la creuser, seulement faut les payer...

— Ton garçon, par exemple. Y pourrait, lui, mais y préfère aller faire le zouave. L'huile de coude, y risque pas de la gaspiller, lui.

— Si tu continues à crier, tu vas tousser.

Eugène Roissard regagne sa place près du fourneau en grognant :

— Si je pouvais crever... Tu serais bien débarrassée...

— Seigneur, ce qu'il faut entendre !

La mère apporte sur la cuisinière une casserole où elle a mis de l'eau et ses pommes de terre. Elle en a profité pour recharger le feu de deux rondins de charmille, puis, prenant le panier à bois, elle pose près du fourneau les trois bûches qu'il contenait encore et elle se dirige vers la porte. Tandis qu'elle enfile son vieux manteau, le père propose :

— Veux-tu que j'y aille ?

— Reste au chaud !

Et elle sort dans la tourmente.

Carnet de M. Richardon

J'ai revu le père Coulon qui m'a reparlé des papiers que lui a laissés la vieille mère Dufrène. Il y a dans le lot une importante liasse de lettres du fils devenu allemand et qui a continué d'écrire à sa mère jusqu'à ce qu'il apprenne sa mort. Le père Coulon me dit sa stupéfaction en découvrant que non seulement Arthur est devenu presque allemand, vraiment amoureux de ce pays bien qu'il y mène un travail très dur au fond de la mine, mais qu'il parle sans aucune honte de son fils comme d'un véritable petit admirateur d'Hitler. Dans une de ses lettres, il écrit ainsi : « Il a à peine quatre ans et son oncle lui apprend déjà à démonter et remonter un fusil de guerre. Nul doute qu'il sera très adroit au tir, fusil ou pistolet. »

Le pauvre prêtre n'en revient pas. Mais moi, je ne suis pas réellement étonné. Comment un homme pourrait-il vivre durant des années dans un pays sans s'y attacher ? Ou alors, il s'en va. Il hurle. Il devient fou. N'est-il pas compréhensible qu'ayant vu l'Allemagne si pauvre en 1918, il soit admiratif de la manière dont elle s'est relevée ? Et, par là même, admiratif de ceux qui l'ont tirée du gouffre où l'avait précipitée la défaite.

N'empêche : tout cela me plonge dans une sorte de désespoir. Car je mesure à quel point nous sommes vulnérables. Et je suis effrayé de constater à quel point des hommes simples peuvent avoir perdu le sens de ce qui doit être fait. Hier, j'ai rencontré Arsène Huilier. Il doit avoir à peu près soixante ans. Il est maréchal-ferrant et très adroit forgeron. C'est lui qui a refait le portail de la cour d'école, un très beau travail. À propos des événements, il en est venu à me dire :

— Depuis la Révolution, les Français ne supportent plus d'être commandés. Voyez où ça nous a conduits ! Je vais vous dire, ils ont besoin d'un dictateur qui les mène à la trique !

Je venais à peine de le quitter que je rencontre Mme Ducharne. C'est une bonne mère de famille. Son gamin et sa gosse ont de très bonnes manières et travaillent fort bien en classe. Nous parlons de la radio anglaise qu'elle aussi écoute. Elle est très gaulliste mais ça ne l'empêche pas d'affirmer que les Anglais ne sont pas des gens honnêtes. Selon elle, ils font combattre les autres pour leur propre compte. Et elle ajoute :

— J'ai beau détester les Boches, au moins, ceux-là, ils savent faire la guerre. Leurs victoires, elles sont à eux. Ils n'ont pas eu besoin des autres pour nous foutre la pile !

Est-ce que tous ces braves gens ne sont pas en train de virer au nazisme ? Je le crains énormément et je m'en veux de ne pas tenter de les remettre dans le droit chemin ! Que répondre sans courir le risque d'être traité de sale communiste ?

Je donnerais cher pour être autorisé à prendre dès à présent ma retraite. Au fond, je serais prêt à abdiquer face à la montée de la bêtise.

49

Eugène Roissard peste et tempête contre tout. Le froid, la neige, les bêtes, rien ne trouve grâce à ses yeux. À la fin, sa femme profite d'un moment où il cherche son souffle pour lui dire :

— Si ça continue, tu vas crier aussi la nuit. Je serai obligée d'aller coucher dans la chambre de Xavier.

— Tu peux y aller. Et dormir tranquille, y risque pas de revenir pour l'heure ! Bien trop content de vivre sans rien foutre.

— Tu ne sais pas s'il ne fait rien. En tout cas, il ne nous demande pas d'argent. Il faut croire qu'il doit en gagner.

— Gagner des sous de cette manière, y risque pas de se fatiguer !

— Pour toi, si on a pas de la corne dans les mains, on n'est pas honnête.

— C'est un peu ça ! Et je peux te dire que je suis pas fier d'avoir un garçon à la ville !

La mère hésite. Elle le regarde. Un instant, elle est prise de pitié. Envie de se taire, mais c'est plus fort qu'elle :

— T'aimerais peut-être mieux le voir défiler avec ta Légion.

Là, Eugène explose :

— Parfaitement ! Ceux de la clique qui viennent défiler avec nous sont des bons petits gars respectables ! Pas des voyous. Tous bons clairons... Bons tambours...

C'est fait. La toux a raison de sa rogne.

Dès qu'il a fini, il va s'asseoir à sa place et boit lentement le verre d'eau que sa femme vient de poser devant lui. Se retenant de crier, il s'en prend à présent à la jeunesse.

— Ce que tous ces topnosots reprochent à Pétain, c'est son âge. Peuvent pas accepter d'être gouvernés par un vieux. Ils voudraient des jeunes au pouvoir. Alors là, ce serait du propre ! Ils vont tout de même pas dire que c'est un ambitieux. Un homme qui a sauvé la France en 15 et mis fin aux mutineries en 17, il a pas besoin d'être à la tête du pays aujourd'hui pour avoir la gloire. Ni l'argent non plus ! C'est en 36 qu'il aurait fallu le porter au pouvoir. On n'en serait pas là où on en est !

Il se lève et va jusqu'à la fenêtre. Se retourne et regarde l'horloge.

— Il fait sûrement moins froid. C'est à peine dix heures, je m'en vais faire un voyage de piquets. Tout est prêt. J'ai eu raison de charger hier.

— Reste donc au chaud encore aujourd'hui.

— Non. Je veux faire. Puis ça fera du bien au Noir de se remuer un peu.

— On dirait que tu cherches la mort. Veux-tu que je monte avec toi ?

— Surtout pas !

Elle sait qu'il est inutile de discuter. Quand Eugène a une idée en tête...

— Enfile ta grosse pelisse grise.

Il se prépare et sort. À l'écurie, le cheval tourne la tête et le regarde approcher.

— Ben oui, mon beau. On va bouger !

Il le détache et le fait reculer avant de lui passer les harnais de cuir. En le harnachant, il ne cesse de lui parler et de le caresser.

— Je te dis que si mon garçon était comme toi, on en aurait fait du travail à nous trois !

Il ouvre la porte de l'écurie et fait sortir le Noir dans la cour. Le cheval qui voit la voiture sous l'avant-toit de la remise se dirige tout de suite vers elle.

— T'as compris, mon beau. Au moins, toi, tu rechignes pas sur le travail. T'es pas comme certains.

Noémie qui sort de sa cuisine avec un panier à la main se dirige elle aussi vers la remise. Voyant le chargement, elle montre les piquets et demande :

— Tu les as pas flambés ?

— Je le ferai là-haut.

— Pour te geler un peu plus.

— J'ai ce qu'il faut sur place. J'économise de la peine et du bois.

— C'est ridicule, ça pourrait se faire ici.

Cette fois encore, il se fâche :

— M'emmerde pas avec ça. Quand on a un garçon qui veut rien foutre, faut pas gaspiller son temps.

Elle entre dans la remise en grognant :

— Gueule un peu plus, tu vas tousser.

Son homme se tait et se met à atteler. Dès que c'est fait, il empoigne la bride.

— Allons-y, mon Noir. Y a personne qui viendra nous faire notre besogne, va !

La neige qui reste sur les côtés et à l'ombre des talus est luisante sous le soleil. Un vent d'est léger court en gémissant faiblement.

— Quand j'aurai déchargé, je m'en vais commencer à tailler.

Il monte ce chemin un peu raide et se met à souffler.

— Ho là ! mon Noir. Une petite minute.

Le cheval s'arrête et tourne la tête vers son maître. Ses naseaux fument. Le vigneron est déjà très essoufflé mais il ne veut pas monter sur son char.

— Tout de même, j'suis pas pourri à ce point !

Il se tient un moment à la ridelle. Le cheval souffle aussi.

— Mon pauvre Noir, c'est plus que les vieux qui veulent travailler ! Allez, on y va !

Il reprend la bride et, d'un bon coup de reins, le Noir enlève son chargement. Tout va bien jusqu'à un tournant un peu dur et qui grimpe plus raide. Et là, une épaisse couche de glace barre la chaussée.

— Bordel de merde ! hurle Eugène. Faut pas caler, mon Noir... Tiens bon.

Le cheval donne à plein poitrail. Il a déjà les deux sabots avant sur la glace quand le gauche glisse. L'autre suit et il tombe à genoux avant de s'incliner et de se coucher sur le flanc gauche. Eugène a bondi. Il empoigne un piquet et le glisse entre les rayons d'une roue arrière pour bloquer le char. Puis il se précipite sur un autre piquet qu'il jette sur le sol pour faire cale. L'effort qu'il vient de fournir l'a, d'un coup, trempé de sueur. Il tousse mais ne s'arrête pas. Se précipite vers le Noir qui bat des pattes pour essayer de se relever.

— Bouge pas !

Le vigneron a les doigts glacés mais il veut absolument dételer son cheval. Tout en toussant et en crachant, il jure des « bordel de merde de salaud de gosse ». Si ce petit crétin était là !...

Impossible de déboucler la sous-ventrière.

— Faut que je la tranche.

Le vigneron qui avait prévu de tailler a dans la poche de sa pelisse son gros sécateur bien affûté qui coupe comme un rasoir, il parvient à le prendre et à l'ouvrir. Le cuir est dur mais il arrive à le trancher.

— Bon Dieu !

Il transpire au fil.

— Regimbe pas trop, tu vas me foutre des coups.

Il se baisse pour aider son cheval mais, cette fois, c'est lui qui glisse et tombe sur la glace.

— Putain de merde !

Le Noir est debout avant lui.

— Bouge pas, mon Noir !... Bouge pas !

S'accrochant au timon, il parvient à se lever.

— Nous voilà propres.

Il comprend tout de suite qu'il ne parviendra pas à sortir son char de là. L'essentiel, c'est le Noir.

— J'espère que tu t'es rien cassé.

Le cheval ne bouge pas. Il souffle fort, c'est tout.

— Bordel, mais d'où elle vient toute cette glace !

Il comprend que le fossé a été obstrué et que l'eau a coulé sur le chemin.

— Reste plus qu'à redescendre.

Il éprouve une forte douleur à la jambe et dans les reins.

— Si ça se trouve, me suis cassé quelque chose...

Prenant le Noir par la bride, il le fait tourner afin qu'il longe le char et se trouve dans le sens de la descente.

— Bon Dieu que j'ai mal... T'es plus solide que moi !

Il prend sa canne qu'il met toujours sous le siège de la voiture et, tenant son cheval de la main gauche et sa canne de la main droite, il commence très lentement à descendre. À mi-voix, il grogne :

— Ce petit salopard qui fout le camp... Et moi dans la merde... Les vieux, plus qu'à crever !

Vingt fois au cours de la descente, il est obligé de s'arrêter. La douleur augmente et le souffle lui manque.

— Je vaux pas cher... Je serais un cheval, dans l'état où je suis on me foutrait à l'abattoir.

Il arrive à hauteur du portail quand la porte de la cuisine s'ouvre. Sa femme sort en courant.

— Seigneur Dieu... Un accident.

Et elle vient l'aider de toutes ses pauvres forces.

50

— Cette fois, nous voilà mal pris !

Noémie vient d'aider son mari à se dévêtir et à se coucher. Elle se hâte vers l'écurie où le Noir est rentré seul, très sagement. Elle le débarrasse de ce qui lui reste de son harnais.

— Mon pauvre Noir, encore heureux que tu sois une bête calme. Un nerveux, va savoir ce qu'il aurait fait à ta place ! Aussi, quelle idée de monter là-haut par ce froid. Mais il a une tête, ton maître. Le voilà bien avancé à présent, au fond de son lit !

Une fois le cheval à sa place et le râtelier garni de foin, elle se dépêche de retraverser la cour où demeurent des plaques de glace qui sont autant de pièges à éviter.

— Manquerait plus que je me casse une patte !

Elle rejoint la cuisine et va ouvrir la porte de la chambre.

— C'est toi ? demande Eugène.

— Qui veux-tu que ce soit ? C'est pas le pape ! T'as besoin de rien ? Je file chercher le docteur.

— Pas la peine.

— Sûr que si.

— Je te dis que non, c'est des sous foutus en l'air...

La toux l'empêche d'en dire plus et Noémie en profite pour refermer la porte et se sauver. Elle se hâte tant que la fille Duclos, la grande Jeannine qui la voit de sa fenêtre, sort pour crier :

— Où courez-vous comme ça, Noémie ?

Noémie s'arrête, essoufflée, et Jeannine qui est une longue perche sèche dans la trentaine traverse la rue.

— Mon homme a eu un accident, je cours chercher le docteur. Si tu pouvais...

Elle ne la laisse pas terminer :

— Bien sûr que j'y vais. Retournez vite vers lui. J'espère qu'il a rien de cassé, le pauvre.

— Merci, ma grande...

— C'est bien le moins.

— Couvre-toi.

— J'ai pas froid !

Elle file sans se retourner. Elle est déjà presque au bout de la rue.

— Fait bon être jeune !

Noémie revient un peu plus lentement. Elle a un point très douloureux au côté droit. Elle souffle :

— Ça peut pas être le cœur... Manquerait plus que je sois sur le flanc, moi aussi.

Elle s'arrête dans sa cuisine pour recharger le feu où elle met sa bouilloire pleine. En attendant de pouvoir faire de l'infusion, elle boit un verre d'eau froide. Puis elle se dirige vers la chambre.

— Bon, y souffre, c'est certain, mais si au moins y tempêtait pas tout le temps.

Elle entre. Il tourne la tête vers elle.

— Bon Dieu, t'as fait vite !

— J'ai vu la grande Jeannine. Elle y va. T'as toujours aussi mal ?

— Ce qui me fout en rage, c'est que si ce topnosot était pas parti faire l'andouille, ce serait pas arrivé. Tu vas faire téléphoner par quelqu'un pour qu'il revienne en vitesse.

— Tu crois qu'il faut ?

— C'est sûr !

— Pauvre grand, s'il a trouvé une place...

— M'en fous ! Ça nous sortira pas de la merde ! On n'est pas...

C'est fait. La toux le reprend et le secoue à tel point que le sommier en gémit.

Noémie retourne à la cuisine pour préparer la tisane. Un peu de bourrache, de l'aunée pour les bronches, du tilleul et de l'aspérule pour le calmer.

— Si seulement ça pouvait l'endormir un peu !

Dès qu'elle a coulé sa tisane, elle regagne la chambre et en verse une grande tasse. Son homme est très rouge, il transpire à grosses gouttes.

— Mon Dieu, mais tu as de la fièvre.

— T'as pu faire téléphoner ?

— Pas encore.

— Qu'est-ce qu'on va devenir, bon Dieu ?

— Quand la grande reviendra je lui demanderai d'aller chercher l'Arsène Boilot. Que veux-tu, c'est la guerre !

— Mais l'Arsène, faut le payer...

Elle quitte la chambre et ferme la porte derrière elle pour ne plus l'entendre. Elle a presque envie de pleurer.

— Seigneur ! On croirait qu'on est dans la misère noire !

Elle est tout juste de retour dans sa cuisine que la grande Jeannine arrive, à peine essoufflée.

— Le docteur sera là avant midi. Dès qu'il peut.

— Est-ce que tu irais dire à l'Arsène Boilot de venir dès qu'il aura un moment ?

— Je veux bien, et si vous avez besoin d'aide...

— T'es gentille, c'est pour le char qui est resté pris, et moi toute seule...

— Et alors, je peux y aller.

— Ça m'embête de te demander ça. Faut le décharger...

— C'est pas une affaire.

— Les piquets, y sont pour notre jeune plantée tout en haut de Pronde.

— Je dis pas que je vous planterai les piquets, mais je peux les décharger et vous ramener le char.

— Ce serait mieux si tu y montais avec l'Arsène. Je voudrais pas que tu te fasses mal. Je serais plus tranquille.

— C'est bon, j'vais chercher l'Arsène et on fait ça tous les deux, sans se fatiguer.

Elle est déjà sur le seuil quand Noémie lui crie :

— Prends pas le Noir tout de suite. Mon homme a été obligé de couper une lanière. Faut rafistoler.

— On fera ça. Vous faites pas de bile.

Elle sort en courant et Noémie approuve, en la regardant traverser la cour et sauter par-dessus les plaques de glace :

— Y a tout de même du bon monde...

Elle hésite un instant puis se décide à retourner voir son malade. Dès qu'elle ouvre la porte, c'est pour l'entendre dire :

— Qu'est-ce que j'ai pu faire au bon Dieu pour avoir un garçon pareil !

Elle referme doucement. Elle sait qu'il ne se porte pas plus mal et que, si elle entre, il va encore se mettre à brailler. À peine est-elle de retour à la cuisine que le docteur arrive. Elle le voit traverser la cour et se hâte pour ouvrir. Très vite, elle raconte ce qui s'est passé. Le médecin hoche la tête.

— À son âge et dans son état, il y a des choses qu'il ne devrait pas essayer de faire seul.

L'auscultation n'est pas très longue et le diagnostic sans hésitation :

— Rien de cassé. Votre genou est luxé mais c'est une question de repos et je vous prescrirai une pommade. Pour le reste, c'est plus ennuyeux : congestion pulmonaire. Vous avez un état chronique d'insuffisance cardiaque. Le moindre coup de froid est dangereux. Vous avez eu très chaud, puis, après, vous avez pris froid. Votre femme va vous poser des ventouses sèches. On va pas commencer par des ventouses scarifiées, on verra si ça ne s'arrange pas. Des boissons chaudes le plus possible. Je vais vous prescrire un sirop expectorant, des calmants et je reviendrai. Pour le moment, je ne vous donne pas de tonicardiaques.

— Croyez-vous qu'il faut tout ça ?

— Je pense, oui.

Plus bas, le vigneron grogne :

— Bon Dieu, ce que ça va coûter !

— Monsieur Roissard, dit le docteur, il faut bien vous soigner.

Il passe à la cuisine pour s'asseoir à la table et rédiger son ordonnance. Noémie va chercher son portemonnaie.

— Laissez, dit le docteur. La dernière fois, vous m'avez donné du vin. Et il était fameux.

— Alors, je vais descendre vous en chercher de la même année.

Le docteur se lève, range son stylo et son papier dans sa grosse serviette de cuir fauve et file vers la porte.

— La prochaine fois. Je suis pressé. J'ai encore des malades à voir. J'ai tenu à venir ici le plus tôt possible.

Noémie ne sait comment remercier, mais l'homme aux longues jambes est déjà en train de traverser la cour. Elle ferme la porte et retourne dans la chambre. Elle n'attend pas que son homme commence à parler. D'un ton assez raide, elle lance :

— Le docteur n'a pas voulu que je le règle. Tu me fais honte avec ta peur de manquer. On dirait que nous sommes à la misère...

— Laisse faire. On lui donne du vin qui vaut plus que ses ordonnances...

— Il n'a même pas voulu une bouteille.

Il lui lance un regard noir et se tourne sur le côté en grognant :

— Fous-moi la paix. J'suis fatigué.

Carnet de M. Richardon

J'ai appris l'accident dont a été victime M. Roissard. Suis allé le voir. Il dormait. J'ai vu sa femme et c'était aussi bien car il m'énerve un peu avec sa mauvaise humeur. Je comprends qu'il souffre mais il n'est jamais satisfait de rien et râle contre tout le monde.

En revanche, sa femme me fait un peu pitié. Elle assume tout et se fait du souci pour leur fils. Le vieux est exaspérant, mais c'est incontestablement le meilleur vigneron non seulement du village mais de la région. Le roi du vin jaune. M. Verjou qui est, lui aussi, un fameux vigneron me disait un jour : « Roissard, il a un don. Quelque chose qui ne s'explique pas. Moi, quand je mets en tonneau, je me demande toujours ce que je dois faire. Lui ne se pose jamais aucune question. Il met en fût et, dès qu'il a frappé du maillet sur la bonde, il sait si au bout des sept années d'attente ce sera bon ou moins bon ou mauvais. Tout ça au pif. Et il ne s'est jamais trompé. Et il faut reconnaître qu'à part quelques années catastrophiques pour tout le monde, son vin est toujours le meilleur. Ça n'empêche pas ce vieux grincheux de passer sa vie à grogner contre tout. »

Je suis émerveillé par ce vin jaune. Il est certain qu'il y a là un mystère, une sorte d'alchimie que nul n'a jamais pu expliquer. Et pourtant, il n'est guère connu hors de notre région. Le vieux Roissard n'est pas un homme qui aime à se vanter. Et il n'aime guère, non plus, faire visiter toutes ses caves. Il y avait des années que je le connaissais quand il m'a fait descendre dans sa deuxième cave. On ne peut y accéder qu'en se tortillant sur une sorte d'escalier aux marches glissantes et inégales. Là, il garde des trésors auxquels il ne touche pratiquement jamais. Il y a même des espèces de niches dans la pierre où des bouteilles dorment depuis des décennies derrière un tissu de toiles d'araignée. Quand je lui ai demandé l'âge de ce vin, il m'a répondu :

— Je ne sais pas. Mon père ne savait pas non plus. Un jour, quand je ne serai plus de ce monde, il y aura sans doute des gens qui le boiront et qui diront que les vieux qui ont fait ce vin... Ma foi...

Mais que sera ce vin dont nul ne change jamais les bouchons ?

Encore un mystère ! Et quand je lui ai demandé s'il y a des secrets pour la vinification, il a eu un petit rire de casse-noix en me montrant son nez :

— Le secret, c'est là que ça se tient.

Un marchand de vin établi à Lyon, venu ici pour acheter, me disait un jour : « Eugène Roissard, c'est une tête de cochon. Un caractère de chien. N'empêche, c'est un génie du vin. S'il avait voulu m'écouter, faire faire des étiquettes et un peu de publicité, il aurait fait fortune. Quand je lui en ai parlé, il m'a engueulé. J'en connais qu'il a foutus à la porte et qui n'osent même plus aller acheter chez lui. »

Et moi je pense à sa femme qui se crève et qui tire le diable par la queue. Et qui l'excuse en disant qu'avec ce qu'il a vécu pendant la guerre, on peut tout comprendre.

51

Le médecin a interdit à Eugène Roissard de mettre le nez dehors tant qu'il n'est pas guéri de sa congestion pulmonaire. Eugène est furieux car il a promis à ses amis de se rendre à la ville le jour où il y aura la grande assemblée de la Légion française des combattants.

— Même si vos amis proposent de venir vous chercher en auto, ne sortez pas. Restez au lit et continuez de prendre vos médicaments et de boire beaucoup de tisane bien chaude. On ne risque pas sa peau pour une réunion.

Le vieux vigneron grogne :

— Je l'ai risquée pendant quatre ans pour moins que ça !

— Et vous voyez ce que ça vous a rapporté. Allons, soyez raisonnable. Pensez à votre femme.

— Ma femme, elle se crève pendant que le gamin fait le zouave je ne sais où.

Le docteur est parti en conseillant encore :

— Ne vous énervez pas. Votre garçon va revenir et vous avez de bons voisins pour vous aider.

Vingt fois par jour, Eugène demande à sa femme si

elle a pu faire prévenir Xavier. Et chaque fois elle répond :

— J'ai écrit, mais ça ne va pas vite !

En réalité, Noémie n'a rien fait. Elle ne veut pas gâcher la chance qu'a son fils de travailler en ville. De pouvoir s'évader de ce monde où il faut se crever la peau pour gagner une misère ! Elle aussi, elle fulmine. Car elle souffre. Des douleurs partout. Le docteur qui a examiné ses articulations déformées lui a dit que c'est de l'arthrite déformante. Pas grand-chose à faire. De l'aspirine si elle a trop mal et du repos. Du repos ? Tu parles, avec tous ces ennuis. Et il faut manger. Se battre pour tout. Ce n'est pas le retour de son gamin qui la soulagera. Elle ira au bout du rouleau sans passer son temps à gémir et à se dorloter !

La réunion de la Légion a eu lieu. Eugène était dans une rogne épouvantable.

— Tout ça par la faute de ce propre à rien ! Bordel de merde, est-ce qu'il va finir par revenir ?

Élisée Monceau, un vieux copain de régiment qui fait aussi partie de la Légion, est venu le voir. Lui, il a un fils qui travaille à la préfecture et qui l'a amené en auto. Un bon fils, quoi ! Il a de la chance, Monceau ! Ils ont parlé tous les trois. De la Légion, bien entendu. De cette assemblée où il s'est dit bien des choses. Et ils ont parlé aussi de Radio-Légion. Tous les jours un quart d'heure, de midi à midi et quart, « La Légion vous parle », mais Eugène ne va pas demander à sa femme d'acheter un poste de T.S.F. uniquement pour ça. Et si elle en achète un, il faudra entendre des âneries, du tam-tam. De cette musique de nègres que le vieux vigneron déteste.

Cette visite lui a fait du bien, mais elle l'a aussi mis en colère. S'il n'avait pas eu cet accident, il aurait pu descendre à l'assemblée.

Quand les deux hommes sont sortis de sa chambre, Noémie leur a confié qu'elle n'a pas écrit à Xavier. Dans quelques jours, on verra.

Et le vigneron fulmine de plus belle après chaque passage du train que l'on entend tous les jours siffler très loin, un peu avant midi.

La grande Jeannine et l'Arsène Boilot ont monté le chargement de piquets et ramené le char avec un gros voyage de fagots de sarment qu'Eugène avait ordonné à son fils de descendre depuis bien longtemps. Au lieu d'en éprouver de la satisfaction, il a trouvé le moyen de tempêter :

— Et voilà. Ce fainéant ne fait pas le travail et il faut payer des étrangers pour le faire. Quand je dis que c'est une honte !

Et il est parti dans une longue diatribe. Tout y passe :

— C'est leur putain de Front populaire qui est cause de tout ça ! Quarante heures par semaine, des congés payés, des je ne sais quoi. Est-ce qu'on a eu tout ça, nous autres ? Et en plus, t'as un petit mal de gorge, on te colle au repos des huit jours grassement payés. Quand le monde veut plus rien foutre, c'est normal que tout déraille. On fait des générations de voyous. Bordel ! Les Boches, au moins, chez eux ça travaille. Mais on a vu le résultat !

Bien entendu, c'est la grosse quinte de toux et Noémie en profite :

— T'es content. T'as bien braillé et à présent tu t'arraches les bronches. Je peux toujours me crever à te soigner, faut que la colère foute tout en l'air !

Il va au bout de la crise. Crache dans le pot de chambre qu'elle vide deux fois par jour. Et dès qu'il a fini de cracher, plus calmement, il dit :

— Oui, je le sais que tu te crèves. Et ton gamin aussi il le sait, mais ça le fait pas revenir pour autant.

52

À vrai dire, Xavier n'a pas vraiment cherché un emploi. Il était à peine rendu à Lyon que sa colère était déjà tombée et que son Noir, sa vigne, sa mère lui manquaient. Son père aussi lui manquait. Et ses cousins lui disaient :

— Reste ici le temps de te calmer et de le laisser ruminer sa colère, puis tu rentreras chez toi.

— Mais y me foutra dehors. Il l'a dit.

Sa cousine se met à rire et lance :

— Grand nigaud ! Toi aussi tu as dit que tu voulais t'en aller. T'es parti. Et aussitôt loin, ton père te manque et ta mère encore plus.

Marcel qui riait doucement ajoute :

— Et ta terre, elle te manque pas ? Bien sûr que si ! C'est la preuve que tu es un vrai vigneron. Un pur-sang. Et je parle pas de ton cheval...

À les entendre, Xavier a presque la larme à l'œil. Jamais il n'avait mesuré à quel point il est attaché à tout cela.

— Ici, dit encore sa cousine, me faudrait pas une heure pour te trouver une bonne place. Mais je suis certaine que dans deux jours tu te mettrais à chialer.

Pourtant, tu sais comme je serais heureuse de te garder.

Ça n'a pas traîné : dix jours passent et il repart !

Comme il ne veut pas obliger sa mère à l'attendre à la gare, il s'en va sans ses bagages. Rien qu'un sac que Marcel lui a prêté et une petite valise dont sa cousine lui a fait cadeau. Si bien qu'il arrive à la gare de Domblans avec juste ces deux bagages. Et il prend la route à pied. Ça ne fait que six kilomètres. Il les a souvent parcourus mais c'est une montée assez raide et le peu qu'il porte pèse très vite.

Il va d'un bon pas jusqu'à la Seille. Il franchit le pont puis s'arrête. Toute la neige a fondu. On dirait déjà le printemps. Il hésite entre la route et un raidillon plus montueux, assez malaisé mais plus court. La route, c'est une toute petite chance d'être pris par une voiture. Mais elles sont si rares par ces temps de restrictions que mieux vaut encore le sentier. Il passe son sac de l'épaule gauche à l'épaule droite, saisit sa valise de la main gauche et commence à grimper sur ce sol où les cailloux vous roulent sous les pieds. Il ne porte pas ses bons gros godillots de marche mais des souliers bas un peu serrés. Il a mal aux pieds. Il n'y pense pas. Il ne pense à rien. Il voit son cheval et sa mère qui laboure avec la petite charrue. Soudain, il s'arrête.

— Merde ! J'ai fait une connerie.

Entre les buissons, il reconnaît la camionnette du maréchal-ferrant qui remonte.

— Y m'aurait pris... Ma foi, pas de veine. J'vais pas redescendre.

Il continue. Ce pays qu'il aime, il est bien aise de le retrouver. Au fond, il se dit qu'il est certainement mieux seul à peiner entre des vignes que dans une camionnette avec un homme qui allait lui poser bon nombre de questions.

Et lorsqu'il entre dans la cour de la ferme, Xavier se sent comblé. Beau soleil, à peine un peu de vent. Il file à la cuisine : personne. Il court jusqu'à l'écurie. Sa mère y est seule, en train de charger une brouette de fumier. Elle laisse tomber sa fourche et se précipite :

— Mon petiot.

— Maman.

Ils sanglotent tous les deux. Puis le garçon s'écarte de sa mère et va prendre la fourche.

— Laisse ça, m'man. Je vais le faire.

— Non, mon petiot, faut que tu montes aider ton papa.

— Où il est ?

— En Pronde.

— Je vais y aller, m'man, mais avant, je veux faire l'écurie.

— Va rejoindre ton père. Et tâche d'être gentil. Il a été très mal. Le docteur voulait pas qu'il se lève si tôt. Mais tu sais comme il est : rien à faire pour le raisonner. On dirait qu'il court après la mort. Comme si elle venait pas assez vite !

— Mais je veux faire l'écurie.

— Je te dis que non. Je m'arrête. Tu la feras ce soir en rentrant.

— Je cours me changer.

Il file dans sa chambre où il est tout heureux de retrouver ses vêtements de travail.

— J'aurais dû lui dire...

Lui dire quoi ? Que c'est si bon de la revoir. De la serrer dans ses bras. De revoir la maison et les vignes. Qu'il a hâte de revoir le Noir et son père.

Oui, il voudrait le dire, mais ce ne sont pas des

mots faciles à prononcer. Ça ne vient pas tout seul, ces choses-là.

Alors il se hâte de se vêtir et de chausser ses gros godillots. Puis il traverse la cour à toutes jambes. Quand il arrive à la route, il entend sa mère lui crier :

— Cours pas comme un fou !

53

Le père Roissard avait juré à sa femme de ne pas se mettre en colère quand Xavier reviendrait. Il a tenu, les dents serrées.

— 'jour, p'pa !

— Bonjour. Comment es-tu remonté ?

— À pied.

— T'aurais prévenu, ta mère serait descendue.

— Pas la peine.

— Ma foi !

— Faut retourner te reposer, papa. C'est pas raisonnable de travailler quand t'es pas bien.

Xavier a caressé le cheval qui semble satisfait de l'avoir retrouvé. Et, tout de suite, il s'est mis au travail. Il a pris la place de son père aux mancherons de la grosse galère. Le travail est dur car l'herbe a poussé. Le Noir peine beaucoup et il faut s'arrêter souvent pour le laisser reprendre son souffle. Xavier est très attentif à son travail. Dès qu'il ne reste plus que deux rangs à galérer, le père profite d'un demi-tour au bas de la parcelle pour dire :

— Je m'en vais devant.

— Tu veux pas attendre pour redescendre sur la voiture ?

— Non, dans ce chemin-là, ça me secoue trop.

— Ah ! Comme tu veux.

Le père a déjà fait deux pas. Il se retourne :

— T'as pas l'air de te rendre compte que je souffre, moi !

— Je sais, papa. Tu devrais être au lit.

— Et d'avoir fait tout seul pendant que t'étais je ne sais où, ça m'a pas arrangé, va !

Il se retourne et part le plus vite possible en boitant et en gémissant. Xavier le suit des yeux jusqu'à ce qu'il disparaisse derrière les petits arbres qui bordent le chemin.

— C'est vrai qu'il boite pas mal.

Il revient à son attelage et lance :

— Allez, mon Noir ! On y va...

Le cheval amorce tout de suite son demi-tour tandis que Xavier soulève la lourde galère pour la placer face à la ligne qu'il va attaquer.

— Hue, mon Noir. Hue donc !

Le cheval gonfle sa large croupe luisante et tire à plein collier. Dès qu'il est en haut, Xavier le fait tourner face à la descente et, avant de déplacer sa galère, il s'accorde le temps de souffler et de laisser sa bête se reprendre. Il contemple les lointains bleutés où monte une légère buée. Il sait qu'au fond, sur la gauche, c'est Lyon. Il pense un instant à cette ville qu'il aime bien, mais il ne regrette pas d'être revenu sur sa terre. Il met le cheval en place puis il crie d'une voix claire :

— Allez, hue !

Le Noir tire. C'est la descente et tout va plus facilement. Arrivé au bout du rang, Xavier regarde les lointains. Il pense tout haut :

— Des fois, c'est comme la mer.

Il laisse aller son regard sur les coteaux plantés de vignoble avant d'ajouter :

— Ben oui, mon Noir, je vais passer ma vie à trimer dans la vigne. C'est dur, mais je peux te dire que ça vaut mieux que la grande ville. Je crois entendre la mère : « Cette vigne vient des vieux. Si tu ne la gardes pas, c'est leur mémoire que tu trahis. » Et M. Richardon : « Il y a une fidélité à la terre qui est parmi ce que les hommes ont de plus précieux à conserver. »

Carnet de M. Richardon

Toutes les nuits des avions allemands déversent des tonnes de bombes sur Londres. Nul ne peut dire combien de morts gisent sous les décombres. Récemment, deux ou trois avions de la Royal Air Force seraient parvenus à lancer des bombes sur Berlin. Ce qui me paraît un sérieux avertissement pour Hitler et sa bande. Qui sait si la population allemande ne connaîtra pas un jour le sort du peuple anglais ?

Il n'y a pas si longtemps, quand deux peuples dits primitifs se battaient à coups de lances ou de flèches, on les appelait des sauvages. Et bien que ces guerres-là aient fait moins de victimes que les affrontements de nos puissances modernes, pas de doute : c'était bien de la barbarie. Les bombes larguées par les aviateurs constituent-elles véritablement un progrès ? Je n'arrive pas à m'en persuader.

À Bordeaux, un officier allemand a été tué par des hommes qui se sont sauvés et qui refusent de se livrer. À leur place, on fusille cinquante otages. Où se trouve le courage ? Qui peut prétendre agir en être civilisé ?

Il faut dire que l'exemple vient parfois d'assez haut : me tombe sous les yeux un exemplaire déjà ancien de Je suis partout *où je lis un article terrible de Brasillach qui écrit notamment : « Pas de pitié pour les assassins de la Patrie... Qu'attend-on pour fusiller les chefs communistes déjà emprisonnés ? » L'appel au meurtre est ignoble. Il l'est doublement quand il vient d'un esprit brillant.*

Je suis effrayé à l'idée que le nazisme pourrait un jour prendre pied parmi les Français. S'imposer comme il s'est imposé en Allemagne.

Nous apprenons toujours les nouvelles par raccroc et sans avoir la possibilité de les vérifier. C'est ainsi que Degrelle aurait fait à Liège, devant des milliers de personnes, un discours afin de justifier son admiration pour Hitler et ses sbires. Tobrouk aurait été pris par une armée composée d'Anglais et de Français. Les Français auraient également pris Koufra.

Rignaud, qui n'a pas l'habitude de parler sans savoir, me raconte que Goering est venu à Paris assister au départ pour l'Allemagne des objets d'art pris à des juifs qui, eux aussi, partent pour l'Allemagne, mais avec pour tout bagage un baluchon de quelques kilos et la perspective de mourir de faim et de froid derrière des barbelés. Le même aurait ordonné le partage entre Hitler et lui de la collection enlevée par les S.S. à la famille Rothschild.

Ce qu'on sait de manière certaine, c'est qu'en Lorraine le franc est remplacé par le mark et que les raids de la Luftwaffe sur Londres se poursuivent.

La semaine dernière, je suis descendu en ville où j'ai rencontré mon vieux copain Jerber qui m'a présenté un homme dont l'histoire mérite d'être racontée. Né en Alsace, il avait dix-neuf ans en 1914. Mobilisé dans l'armée allemande, il y devient lieutenant. Réussit à passer du côté français où on l'interne. La guerre finie, il reprend ses études à Strasbourg et devient professeur d'anglais et d'allemand. Extrêmement doué, il accède au grade de doyen de la faculté. Mobilisé en 39 dans l'armée française, comme soldat de deuxième classe, il se trouve dans une caserne de je ne sais plus quelle ville d'Alsace et fait les corvées comme tous les bidasses. Un matin, avec un caporal et deux soldats : corvée de bois. Tous les quatre sont dans un coin de la cour en train de scier des bûches pour le feu. Arrive à l'improviste un général en tournée d'inspection. Notre deuxième classe, appelons-le Ungerer, regarde le général qui descend de sa voiture alors qu'une sonnerie de clairon fige tout le monde au garde-à-vous. Un capitaine qui se trouve dans la cour fait au caporal de corvée de bois des signes désespérés. Le caporal, qui reste au garde-à-vous et n'ose pas crier, souffle :

— Ungerer, arrête, nom de Dieu. Garde-à-vous !

Mais l'autre continue à scier son bois. Intrigué, peut-être même indigné, le général se dirige vers le scieur. Visage dur. Les gradés se disent : On est foutus ! Mais à mesure que le général approche, son visage se détend. Il arrive en souriant vers le scieur qui pose son outil sur le chevalet et tend la main au général médusé.

— Comment, Ungerer, vous ici ? Et deuxième classe !

— Voyez, je travaille pour la France.

Le général en a le souffle coupé. C'est un réserviste qui, dans le civil, est simple professeur dans l'université dont le scieur de bois est le doyen. Les deux hommes se serrent longuement la main. Le général n'en revient toujours pas.

— Eh bien ! mon ami, si c'est ainsi qu'on constitue notre armée, je nous vois bien mal partis !

Le lendemain, Ungerer était nommé caporal. Et, terminant son histoire, il conclut :

— Comme ça, je pouvais commander les corvées de bois. Mais c'était vrai : nous étions bien mal partis...

54

Xavier Roissard s'est remis au travail avec son père, un tout petit peu moins bougon, mais qui lui a dit tout de même :

— J'espère que tu vas pas foutre le camp tous les huit jours.

— Non, papa. C'est promis, je reste ici.

— Oui... jusqu'à ce qu'un topnosot quelconque vienne à passer par là.

— Certainement pas.

Et il travaille d'arrache-pied une longue semaine. Le père est content mais reste bougon parce que c'est sa nature. Personne ne l'a jamais connu de bonne humeur. M. David n'a pas tort : « C'est un brave homme. Toujours d'humeur égale : très mauvaise. Mais on l'aime tel qu'il est. »

La mère est heureuse. Chaque soir, elle va avec Xavier soit chez le vieux colonial, soit chez l'instituteur pour écouter les nouvelles que donne la radio anglaise. Le père se couche dès qu'ils sortent. Il a déclaré une fois pour toutes qu'il se refuse à courir et veiller pour écouter la radio :

— Les mauvaises nouvelles, on les apprend toujours assez tôt.

Et le matin, c'est la mère et le fils qui lui racontent ce qu'ils ont appris. Des dégâts, des morts, des malheurs après des malheurs.

Deux semaines passent. Il fait bon. La vigne est belle et le père est à peu près satisfait.

Puis un jour que Xavier est seul à travailler tout en haut de la vigne du bois Raclot, il voit monter son ami Roger Ménard. C'est un copain de Louhans qu'il n'a pas vu depuis au moins six mois. Roger n'est pas seul. Il y a, avec lui, un grand garçon mince et pâle qui transpire et semble très essoufflé.

— Salut, dit Roger. Je te présente Paul-Henry Jeanin. Ta mère nous a dit que t'étais là. On a laissé les vélos dans la cour.

Xavier attache le Noir au char où se trouve le matériel qu'il a monté, et ils vont tous les trois s'asseoir sur un talus, à l'ombre d'une charmille. Xavier a offert ce qu'il lui reste d'eau.

— On ira boire autre chose à la maison.

Les deux garçons se désaltèrent, et, tout de suite, Roger commence à parler :

— J'ai eu de tes nouvelles par des copains d'ici. Paraît que t'es pas très fanatique de Pétain et de ses potes.

— C'est le moins qu'on puisse dire, fait Xavier.

— Londres, tu écoutes ?

— Tous les soirs.

— Tu sais qu'il y a là-bas des mecs qui se font parachuter en France pour organiser la résistance.

— Oui, je sais.

— Des mecs comme ça, tu serais partant pour les aider ?

— Plutôt deux fois qu'une !

— Eh ben, en voilà un qui demande que ça. C'est l'aspirant Jeanin.

Xavier regarde ce grand garçon frêle et il en a le souffle coupé. Ce gars-là viendrait de Londres ! Il y a un moment de silence, puis :

— Et qu'est-ce que je peux faire ?

— Le loger en attendant qu'il puisse repartir.

— Mais y a pas de chambre chez nous.

— Y s'en balance. Y peut roupiller dans la paille.

— Moi j'veux bien, mais mon père...

— Ton vieux, tu lui dis que c'est un prisonnier évadé qui va se tirer bientôt. C'est vrai qu'il va pas s'éterniser. Faut qu'il retourne à Londres. On s'est démerdé pour lui obtenir des faux papiers. Dès qu'ils sont faits, y se débine. Mais si y part à présent, y se fait ramasser et les flics sont assez cons pour le refiler aux Schleus. Tu piges ? Il a été parachuté en zone interdite. Il a fait du travail, mais il s'est fait repérer. Il avait les Fritz aux trousses et il a pu passer la ligne en loucedé, mais faut pas déconner.

Roger Ménard se lève.

— Bon, les gars, moi, je me casse. Faut que je ramène le vélo de mon frangin. Toi Xavier, tu te démerdes. On va pas laisser tomber un mec qui arrive tout droit de Londres et qui y retourne.

— Mais mon père...

Roger se retourne le temps de lancer :

— Si ton vieux t'engueule, tu lui fous un coup de fusil !

Il dévale à toutes jambes. Xavier le regarde s'éloigner puis, se tournant vers le nouveau venu :

— On va s'arranger. Mais vaut mieux ne pas dire à mon père que vous venez de Londres.

— Je suis désolé de vous causer des ennuis. Mais je pense que nous pouvons nous tutoyer.

Ils reviennent vers le cheval et Paul-Henry demande :

— Ton père est pétainiste ?

— C'est un mutilé de 14, faut comprendre. Le mieux, ce serait que je rentre le premier, et je leur expliquerai.

— Ta mère, qu'est-ce qu'elle pense ?

— Pas du tout pour Vichy... Bon, faut que je finisse ma journée. Tu peux m'attendre là.

Xavier remonte où il a laissé ses liens et il se remet à la tâche. « Tout de même, aspirant et qui a été parachuté, il a pas l'air, mais y doit être costaud. » Dès qu'arrive l'heure de cesser le travail, il attelle le Noir et dit :

— On va y aller. Tu attendras un petit moment pas loin de la maison. Je te ferai signe.

Ils descendent et Xavier a la chance que sa mère soit seule dans la cuisine quand il y entre.

— Papa est pas là ?

— Il est à la cave à soufrer une pièce.

— Bon. Je t'explique. T'as vu Roger, tout à l'heure ?

— Oui, avec un autre que je connais pas. Ils sont montés à la vigne ?

Xavier fait signe que oui.

— L'autre, c'est un officier français qui était à Londres, avec de Gaulle. Il a été parachuté. Y va repartir mais faut le planquer deux ou trois jours, le temps qu'on lui fasse des faux papiers.

La mère est émerveillée. Ils conviennent de ce qu'ils diront au père et Xavier sort appeler Paul-Henry. Il le fait entrer à la cuisine où il le laisse avec sa mère. Il rejoint son père à la cave et, tout de suite, lui raconte son histoire de lieutenant évadé d'un camp de prisonniers allemands.

— Le cacher, le cacher, dit le père, c'est bien beau, mais qu'est-ce qu'il va manger, chez nous ?

— T'inquiète pas, papa, Roger nous apportera ce qu'il faudra.

— Et si les gendarmes viennent, qu'est-ce qu'on fait ?

— Pourquoi y viendraient ?

— Les gens parlent.

— Personne saura.

Le père fait la grimace.

— J'aime pas beaucoup ça ! Enfin. On va voir.

Ils montent et Paul-Henry se lève pour saluer le père qui lui serre la main en demandant :

— Alors, d'où venez-vous, mon lieutenant ?

— J'étais dans un oflag près de Stuttgart. J'ai pu m'évader à l'occasion d'une corvée hors du camp.

— Ah, y font travailler même les gradés ?

— Bien sûr.

— Ma foi, faudra pas vous montrer.

— Je ne vais pas vous gêner longtemps. Je tiens à filer le plus vite possible.

La mère a préparé la soupe. Ils se mettent à table et le père ne peut se retenir de remarquer :

— Ça devient de plus en plus dur. Sans tickets, on peut plus rien acheter.

— Je vais en avoir.

— Ah !

Quelque chose de glacial pèse sur eux. Le repas se déroule sans que nul ne souffle mot. À la fin, la mère dit :

— On ne va pas vous laisser coucher dans la paille comme un mendiant, il y a un matelas qu'on peut mettre par terre à côté de ton lit, Xavier.

Le père se lève.

— Bonne nuit. Faut que je me couche, moi.

Il sort et Paul-Henry s'excuse encore en ajoutant :

— Je vois que ma présence pèse beaucoup à votre mari, madame. J'en suis désolé. Il ne fait pas froid. Je peux aller dormir dans la forêt.

— Je m'en voudrais. Eugène est toujours grognon. C'est sa nature. Ne vous en faites pas, tout ira bien. Voulez-vous venir avec nous écouter la radio anglaise ?

— Avec joie. D'autant plus qu'il peut y avoir un message pour moi.

Carnet de M. Richardon

Des gens arrivant de la zone interdite et qui ont franchi la ligne sur la Loue, non loin de Parcey, racontent que le curé de Dole a été emprisonné parce qu'il aidait des prisonniers évadés. L'un d'eux aurait tué, ou blessé, un Allemand. Arrêté, il aurait dénoncé le pauvre prêtre si dévoué.

Cette ligne de démarcation semble de plus en plus difficile à franchir. Même le courrier circule mal. Je viens de recevoir une longue lettre de mon oncle Joseph qui demeure près de Besançon. J'ignore par qui elle a été portée à Sellière, probablement par un de ces passeurs très dévoués qui prennent de gros risques avec le courrier. Certains prennent les mêmes risques, mais à prix d'or. On ne saurait leur en vouloir.

De tous les bruits qui courent en ce moment, le plus étonnant est celui concernant un nombre assez important de grands brûlés, arrivés dans les hôpitaux de Lyon et de Bourg-en-Bresse. Des divisions allemandes auraient tenté de débarquer sur les côtes britanniques.

Les bateaux une fois proches du rivage, les Anglais auraient mis le feu à une couche de mazout répandue sur la mer. Je me méfie car ni la radio anglaise ni la presse française n'en ont parlé. Mais qui donc peut avoir intérêt à inventer pareilles « nouvelles » ?

Autre bruit : les prisonniers de guerre français seraient libérés à condition qu'ils s'engagent dans des unités allemandes pour combattre les Anglais en Syrie. La radio suisse l'aurait annoncé. Je l'écoute de plus en plus car elle est moins brouillée que celle de Londres, de plus en plus pénible à écouter.

Rencontré ce matin deux vignerons du village dans une belle colère. Il paraît qu'à Dole on va enlever la statue de Pasteur et celle de Grévy ainsi que le buste de Pasteur qui se trouve dans sa maison natale. Mes deux paysans écumaient :

— Grévy, on s'en fout. Mais Pasteur, c'est un savant qui a sauvé la vigne.

Hélas ! ils ne peuvent rien faire car Dole est en zone interdite. Ce qui les met hors d'eux, c'est que les Allemands prétendent enlever ces statues non pas pour en faire des canons ou des obus, mais du sulfate de cuivre dont les vignerons ont besoin pour les traitements.

J'ai très peu vu Xavier Roissard depuis son retour.

Ce matin, comme il rentrait de ses vignes sans son père, je l'ai rencontré près du lavoir. Il cache chez lui un jeune officier parachuté de Londres et qui doit y retourner. Son père croit que c'est un prisonnier évadé. Tout ça me paraît louche, mais je n'ai pas pu en savoir plus. J'aimerais voir sa mère car elle seule me semble vraiment sensée et équilibrée. D'autant que M. David m'avait dit, moins d'une heure avant, que Xavier était venu chez lui la veille avec un inconnu qui ne lui avait pas fait bonne impression du tout. « Mais que faire ? Ils étaient tous les deux, ils voulaient écouter la radio, je ne pouvais tout de même pas leur fermer ma porte. » J'ai demandé à Xavier pourquoi il n'avait pas amené l'officier chez moi.

— J'aurais aimé le connaître.

— C'est que vous habitez beaucoup plus loin. Et je ne tiens pas à ce que, arrivant de Londres, mon ami soit vu par trop de gens dans le village. Le risque serait trop grand qu'on le dénonce.

55

L'homme de Londres est reparti. Xavier est triste. Il aurait aimé aller avec lui. Mais l'autre a été intraitable :

— Je vais sans doute devoir passer par l'Espagne ou par la Suisse. Ici, je suis trop près de la ligne de démarcation. Il faut que je m'en éloigne.

Xavier lui a confié l'adresse de ses cousins de Lyon. Les copains qui sont venus le chercher se sont cotisés pour lui remettre de l'argent et Xavier a donné ce qu'il avait. À peine ont-ils quitté la cour de la ferme, Noémie Roissard avoue à son garçon :

— Je suis contente qu'il soit plus là. Ce jeune homme ne m'inspire pas confiance. Il y a chez lui quelque chose qui me met mal à l'aise.

— Maman, il vient de Londres. C'est un officier.

— C'est possible, mais il a quelque chose dans les yeux qui m'inquiète.

Indigné, Xavier réplique :

— T'as pas le droit de dire du mal d'un envoyé de De Gaulle !

La mère fait aller de droite à gauche sa tête aux cheveux tout gris :

— Mon pauvre petit, je te trouve bien naïf... Et surtout, surtout n'en parle plus à ton père.

— Crois-tu que Paul Hernon, l'oncle de mon copain Lucien, lui aurait fait une carte d'identité s'il y avait le moindre risque ? Voyons maman ! Un homme qui est le chef de division à la préfecture... C'est pas rien !

— Ma foi, j'espère que je me trompe.

Pour cette carte d'identité, Paul-Henry Jeanin a fait faire des photographies. Avant de partir, il en a donné une à Xavier qui l'a mise dans son portefeuille et qui la gardera précieusement en souvenir. Il ne la montre pas à sa mère. Il ne lui dit pas non plus que l'officier a juré de tout faire pour que Xavier et ses copains rejoignent l'Angleterre. On sait que des avions se posent de temps en temps en France pour amener des gens de la Résistance. Au retour, ils prennent parfois des jeunes gens qui souhaitent s'engager dans les Forces françaises libres. Xavier en rêve, non sans s'inquiéter de ce que son père ferait s'il partait pour Londres. Car le vieux vigneron continue de s'occuper activement de la Légion. Des amis passent le chercher assez régulièrement pour descendre en ville où ils prennent part à des défilés, assistent à des réunions. À plusieurs reprises, des personnages importants se sont joints à eux. Et le père parle d'eux avec beaucoup d'admiration. Car tous sont des anciens combattants très décorés.

Le père Roissard est à présent brouillé avec M. David. Le vigneron aurait voulu que l'ancien colonial entre, lui aussi, à la Légion des combattants. Croyant l'impressionner favorablement, un soir il est allé lui porter un exemplaire du texte que tout légionnaire doit lire quand il prête serment : « Je jure de continuer à servir la France avec honneur dans la paix comme je l'ai servie sous les armes... Je jure de consacrer toutes mes forces à la Patrie, à la Famille, au Travail. Je m'engage à pratiquer l'amitié et l'entraide vis-à-vis de mes camarades des deux guerres, à rester fidèle à la mémoire de ceux qui sont tombés au champ d'honneur. J'accepte librement la discipline de la Légion pour tout ce qui me sera commandé en vue de cet idéal. »

Lorsque Eugène Roissard est rentré, il écumait. Sa colère a duré toute la journée. Cent fois il a répété que cet ancien soldat était un traître comme de Gaulle.

— Je vous interdis d'aller chez lui écouter cette radio vendue aux Anglais. Ces salauds qui ont brûlé Jeanne d'Arc. Ces gens qui font tout pour nous faire crever de faim.

Quand il en est arrivé là, sa femme n'a pas pu se contenir :

— Je sais pas si ce sont les Anglais qui veulent nous faire crever de faim, mais ce sont bien les Fridolins qui raflent tout ce que nous avons de meilleur pour l'expédier en Bochie !

— T'as pas honte de les appeler Fridolins et de parler de Bochie ?

Là, il s'est mis à tousser et il n'a pas entendu sa femme qui répliquait :

— T'es content, tu brailles et tu tousses. En tout cas, tu n'as rien à nous interdire. On ira où on voudra et on écoutera ce qui nous plaira !

À présent, le calme est revenu, mais l'atmosphère reste extrêmement lourde. Xavier ne cesse de penser à l'homme de Londres. Bien sûr son départ serait terrible pour ses parents. Reste que si on lui en donnait la possibilité, il n'aurait pas la force de refuser.

Depuis que cet officier évadé a séjourné ici, Eugène Roissard est troublé. Il ne cesse de penser à son temps de régiment au 44e d'infanterie, puis à toute la guerre de 14. Les officiers qu'il a eu mille occasions d'approcher l'ont toujours impressionné. Capitaines, lieutenants, aspirants, sans parler des plus hauts gradés qu'il n'a connus que de loin. Un officier, pour le soldat qu'il était et qu'il est resté quoi qu'on en pense, un officier, même au grade le plus bas, c'est quelque chose. Alors, il les revoit tous. Aspirant, il en a connu un nommé Lombard. Un bon garçon avec un visage d'enfant. Les soldats l'appelaient « Bébé Lombard ». Il a été tué dans les Vosges en 18. Au mois de janvier. Il y avait près d'un mètre de neige et il gelait à pierre fendre. Le pauvre gars avait reçu une balle de mitrailleuse dans le bas-ventre. Impossible de l'évacuer. Une journée et une nuit à râler et à pisser son sang. Foutu. Mort à l'aube, alors que le froid diminuait et que la neige se remettait à tomber. C'était un grand gaillard un peu frêle comme ce garçon venu d'un camp de prisonniers.

Le père Roissard est poursuivi par cette vision. Les deux visages se superposent. Se confondent. Cette nuit, il en a rêvé. Il s'est réveillé et il a vu très nettement le gars à l'agonie, les mains sur son ventre d'où ruisselait le sang.

— Quelle idée, nom de Dieu, d'aller se foutre on sait pas où alors que Pétain est là avec l'armée d'armistice !

Sa femme qu'il venait de réveiller s'est retournée dans le lit en demandant :

— Qu'est-ce qu'il y a ? T'es malade ?

— Non. Ça va.

— Tu as crié.

— Je devais rêver.

Ce matin, il continue d'y penser. « Tout de même, officier si jeune, c'est pas rien ! » C'est vrai qu'il en a connu quelques-uns qui ne valaient pas cher ! Des guignols qui se planquaient dès que ça canardait un peu fort et qui n'hésitaient pas à envoyer leurs hommes se faire trouer la peau. Mais un type qui s'est évadé, ça n'est certainement pas un trouillard.

Eugène Roissard pense à sa dispute avec M. David. M. David, c'est un ancien gradé. Tout cela est bigrement compliqué ! « Est-ce que je ne devrais pas en parler à la prochaine réunion de la Légion des combattants ? » Là aussi il y a des militaires de haut grade ! « Oui, mais si j'en parle, ils vont me dire que j'aurais dû le dénoncer. Le faire arrêter. Et ils ont sans doute raison. J'aurais dû le faire. Il y a tout de même une armée en France. »

Aujourd'hui, Xavier est monté à la vigne avec le Noir. Eugène travaille à la cave. Vers onze heures du matin, il a besoin d'une paire de tenailles pour arracher un clou qui dépasse d'un rayon. Il monte à la cuisine où Noémie est en train de préparer le repas de midi. Il n'est pas venu avec l'idée de lui reprocher quoi que ce soit, mais c'est elle qui commence :

— Tu aurais entendu ce qu'ils ont dit hier au soir, je crois qu'Hitler ne va pas briller encore longtemps.

— Possible, mais bordel de merde, ça me ferait chier d'aller perdre mon temps à écouter les sornettes de gens qui trahissent un chef comme Pétain.

— Je t'ai mille fois demandé de laisser le bordel et la merde tranquilles. Et pour ce qui est de ceux qui trahissent Pétain, je me demande si c'est pas plutôt Pétain qui trahit la France.

— Je t'interdis ! Pétain est un honnête homme et

un grand soldat. Si on avait eu beaucoup de soldats comme lui, on ne serait pas là où on est. Tu devrais avoir honte de dire des choses pareilles.

— Crie plus fort, et tu vas tousser.

Il se tait un moment. Il fait un effort énorme pour ne pas se remettre tout de suite à crier. Plus bas, il finit par reprendre :

— C'est toi qui devrais avoir honte d'entraîner ton gamin sur le chemin de la trahison.

— Trahison ? Tu déraisonnes, mon pauvre homme !

— Je déraisonne ! Tu vas voir où toutes ces conneries vont nous mener. Ça va être du propre !

Une fois encore, c'est la toux qui a raison de sa colère. Il est obligé de s'asseoir pour aller au bout de cette quinte. Et sa femme lui apporte un verre d'eau fraîche qu'elle pose devant lui, sur la table.

— Tiens, bois. Ça t'éclaircira la gorge et les idées.

Il suffoque :

— Mes idées... Mes...

— Calme-toi, va ! C'est pas ton maréchal qui viendra te soigner.

Il est là, courbé en avant, une main sur sa poitrine. Plus rien ! Il n'est plus rien.

Et il continue d'être habité par ses souvenirs de guerre qui, à présent, sont dominés par le visage de tous les officiers qu'il a connus.

Soudain, il y en a un qui surgit de l'ombre. Un qui sort des oubliettes comme un diable d'une boîte à malice : Ronand ! Le commandant Ronand. Qu'est-ce qu'il est devenu, celui-là ? Eugène Roissard l'a peu connu, il ne l'a vu qu'une fois, un jour de foire. Il était descendu en ville avec le Noir. Il doit y avoir pas mal de temps car le Noir était tout jeune. Sur la foire, il rencontre son vieux copain Bontemps, le coiffeur.

Avec Bontemps, il y a un grand gaillard sec comme un coup de trique que le coiffeur lui présente :

— Commandant Ronand, chef d'escadron chez les spahis. C'est un cousin de ma femme.

Eugène voit tout de suite que la boutonnière du spahi est très fleurie. Rouge. Rouge et vert, jaune. Tout y est. Celles de France comme celles des colonies.

— On va boire un verre, propose Bontemps.

— Dans la cavalerie, rectifie le chef d'escadron, on ne boit pas, on s'abreuve.

Bistrot des Arcades, et on parle. Le spahi parle peu, mais sec. Ça ne doit pas être un tendre. Mais quel regard ! Quelle tenue ! Quel port de tête !

Et voilà qu'Eugène a besoin de savoir. Il n'a jamais revu ce militaire qui doit être depuis belle lurette à la retraite, mais il lui avait fait une telle impression que tous « ses » autres officiers viennent de s'effacer soudain devant son image. Devant les quelques souvenirs qu'il avait racontés dans cette salle de café sombre et enfumée. En quelques instants, il avait fait galoper des escadrons d'hommes aux longs burnous flottant dans la poussière, dans le sable brûlant soulevé par les sabots des chevaux et le vent du désert. Eugène Roissard n'est jamais allé là-bas, mais il lui semble connaître très bien le pays. Qu'est-il devenu, ce grand cavalier au visage hâlé et au regard d'aigle, cet homme qui savait si bien faire charger sabre au clair ses spahis ?

« Faudra que je demande à Bontemps. Un homme comme ce commandant, il ne peut pas trahir Pétain. C'est certain. »

Le père Roissard est demeuré accoudé à la table. Il ne voit plus cette cuisine sombre et basse de plafond où sa femme se déplace avec des paniers, une casserole, une seille de bois. Elle sort dans la cour. Elle revient. Elle est chargée et peine beaucoup. Tout ce qu'il voit, Eugène, c'est ce grand maigre sec et brun de peau. Un officier ! Au fond, le seul gradé de ce niveau avec qui il a pu trinquer. Il se souvient très bien qu'ils ont bu trois tournées de vin blanc de l'Étoile pas mauvais du tout. Et même bigrement bon. Et le chef d'escadron Ronand ne crachait pas dessus. C'était un franc buveur, un homme qui ne passait pas inaperçu. Avec sa gueule burinée et sa boutonnière fleurie, dans un bistrot comme celui des Arcades, on le remarquait.

— Bon Dieu, j'aimerais bien savoir ce qu'il est devenu celui-là !

Sans le vouloir, Eugène a parlé à voix haute et sa femme s'étonne :

— Qu'est-ce que tu dis ?

— Rien... Je pense à des choses.

Elle se borne à hausser les épaules sans interrompre sa besogne. Et Eugène qui a remarqué cette attitude murmure :

— C'est sûr qu'elle pourrait pas comprendre. Sûr et certain !

56

Il y a bien longtemps qu'Eugène Roissard n'a pas vu son copain Bontemps qui n'a plus son salon de coiffure.

— Il habite toujours au-dessus. J'ai qu'à monter chez lui. C'est après-demain jeudi qu'on va à Lons. M'en vas le surprendre pendant que tu feras tes courses.

Bontemps n'est pas là mais sa belle-fille le renseigne :

— Vous le trouverez au Café du Théâtre.

Ce n'est pas un lieu qu'Eugène fréquente volontiers mais pour voir Bontemps... Il le trouve, en effet, avec deux hommes plus jeunes que lui. Deux qui ne doivent pas être d'ici car Eugène ne les connaît pas.

— Approche, vieille fripouille ! Viens trinquer.

Un canon, ça ne se refuse pas. Eugène va s'asseoir. Présentations : des amis de Moirans. Un verre de blanc. Puis un deuxième. On parle et, très vite, le vieux vigneron demande :

— Dis donc, et ton cousin le commandant de spahis, as-tu des nouvelles ?

Le visage rond de Bontemps se durcit. Son regard

noir, son front plissé, tout se tend d'un coup. Il regarde ses deux copains puis, se penchant par-dessus la table, il fixe Roissard et dit sans crier mais d'un ton tranchant :

— Écoute, Eugène, depuis au moins trente ans qu'on se connaît, on s'est jamais engueulé. S'agit pas de commencer aujourd'hui. Et pas ici. Alors, écoute-moi bien : je t'ai vu défiler avec les gens de la Légion des combattants. C'est pas dans mes idées. Figure-toi que le chef d'escadron de spahis, c'est lui qui est le grand patron de la Légion pour son département du Midi. Il est venu nous voir. Il a voulu me prêcher la bonne parole pour son machin. J'l'ai foutu dehors, cousin de ma femme ou pas cousin, je m'en fous !

Le vigneron ne veut pas en entendre davantage. Plusieurs consommateurs des tables voisines commencent à s'intéresser à ce qui se passe. Roissard se lève. Il empoigne sa grosse canne et fait deux pas jusqu'au comptoir :

— Combien je dois ?

— Vous réglez tout ?

— Non, ma tournée.

L'ancien coiffeur lance :

— Rien du tout, Simone. Y règle rien. C'est sur mon compte.

— Y a pas de raison.

— Que si ! c'est la tournée à de Gaulle. T'inquiète pas.

Comme tout le monde se met à rire dans cette salle où il y a au moins vingt personnes, le vigneron file sans mot dire. Il serre sa canne très fort. Il a envie de cogner. Mais tout seul...

Il sort et la porte qu'il tire d'un coup claque derrière lui, enfermant le grand éclat de rire de tous ces buveurs.

Il marche. Il y a des années qu'il n'a pas marché aussi vite. Il s'engage dans une petite rue pour éviter le monde. Il continue de foncer mais il s'est vraiment trop dépêché. Il étouffe. La toux l'oblige à s'arrêter, le feu dans la poitrine. Quand il a bien toussé et craché, il reprend son souffle. Il revoit tous ces buveurs qui riaient de lui. Est-ce que tout le monde serait pour les Anglais ? Tout de même, Pétain, il existe ! Et il n'est pas tout seul...

Plus lentement, Eugène Roissard reprend sa marche en direction du champ de foire où il a laissé son attelage. Il a mal, et ce n'est pas seulement à cause de sa poitrine en feu.

57

Eugène Roissard a attendu sa femme, assis sur la voiture. Des gens qui le connaissent et qui passaient par là sont venus le saluer. Il a répondu, mais absent. Quand Noémie l'a rejoint, elle l'a regardé d'un œil inquiet.

— Qu'est-ce que t'as ?

— Rien.

— Tu as un drôle d'air, t'es pas malade ?

— Ça va.

— J'ai rencontré Mlle Berthe, elle m'a dit : « J'ai vu votre homme, il avait l'air égaré. »

— Monte et fous-moi la paix.

Noémie monte sur la voiture et prend place à côté de son mari. Elle le regarde. C'est vrai qu'il a l'air égaré. Elle le laisse mettre le cheval en route. Il conduit comme d'habitude mais semble vraiment ailleurs. Elle attend qu'ils aient dépassé la maison d'octroi, le laisse rouler encore un moment puis, se tournant vers lui, elle demande :

— Tu veux pas me dire ce que tu as ?

Il ne parle pas, il grogne :

— J'ai rien.

— Enfin, Eugène, tu n'es pas dans ton assiette. Ça se voit.

Il laisse passer quelques instants, puis, se tournant vers elle, il aboie :

— Non, j'suis pas bien. C'est sûr que je suis pas bien. Et on le serait à moins. Mais t'es trop bornée pour comprendre.

— C'est ma fête !

— Tous pourris par la politique, voilà ce que vous êtes.

— Merci pour la pourriture.

— J'vois pas d'autre mot.

— Je suis ta femme, tout de même.

— J'ai pas de quoi être fier.

— Si tu as honte de moi, j'ai rien à faire sur ta voiture. Arrête, que je descende.

— Fais pas l'andouille.

Noémie n'a pas l'habitude de se mettre en colère. Chaque fois qu'ils se sont chamaillés, elle a toujours cédé. Elle déteste la violence. Encore calme, mais parlant plus haut, elle lance :

— Je te demande de t'arrêter !

— Merde !

— Ho, mon Noir. Ho là !

Le cheval ralentit. Eugène crie :

— Hue donc !

Le cheval repart mais Noémie, qui s'est déjà levée, manque tomber de la voiture. Elle se cramponne et crie :

— Ho ! Arrête, tu me feras mal !

Le cheval s'arrête de nouveau et Noémie se hâte de sauter. Elle chambille et manque de tomber dans le fossé. Elle s'est tordu la cheville mais préfère avoir mal en marchant que de remonter. Son homme lui crie :

— Monte !

— Fous-moi la paix !

— Tête de mule.

Elle l'étrangle du regard.

— Allez, mon Noir, hue !

Le cheval repart et Noémie attend que la voiture ait roulé un peu pour se mettre à marcher. Elle grimace. Sa cheville est douloureuse. Elle avance lentement. Eugène a déjà disparu dans le premier virage quand elle entend un moteur. C'est la camionnette du marchand de fromages. Elle lui fait signe. Il s'arrête et baisse sa vitre.

— Vous êtes à pied, madame Roissard ? Montez donc.

Elle monte à côté du gros homme dans cette cabine qui sent le fromage et le tabac. Ils ne roulent pas longtemps avant de voir devant eux la voiture tirée par le Noir.

— C'est votre mari ?

— Oui.

— Voulez-vous que je vous dépose ?

— Non. Je vais lui faire la surprise d'arriver avant lui.

Un moment de silence. On double le Noir, puis le fromager dit :

— Des fois, y a des choses qu'on comprend mal.

— C'est comme ça. Faut pas chercher à comprendre.

Ils restent un moment sans parler. La camionnette fait un vacarme effroyable. Le fromager sort d'un virage et, avant de reprendre de la vitesse, il remarque :

— Sûr qu'avec cette putain de guerre, y a bien des choses qu'on a beaucoup de mal à saisir.

— C'est sûr.

Il lui lance un regard qu'elle n'aime pas beaucoup.

Pas besoin d'être sorcier pour deviner ce qui s'est passé. Tu dois te douter que mon homme ne m'a pas dépassée sans me voir ! Toi, mon gros, tu vas me poser des questions, et j'aime pas ça. Après, tu iras clabauder dans tout le pays. Raconter à tout le monde que les Roissard s'engueulent sur la voiture. Elle se blottit dans l'angle avec une forte envie de demander à descendre, mais ce serait ridicule. Avec sa cheville qui la fait souffrir, elle n'irait pas vite et le Noir ne mettrait pas longtemps à la rattraper.

Le fromager recommence :

— C'est tout de même quelque chose, cette foutue guerre qui n'en est pas une. Ça fout la zizanie chez tout le monde.

Comme elle se tait, il reprend :

— Figurez-vous que chez l'Antonine Bordelier, y a eu du grabuge aussi. Y paraît que sa sœur qui habite à Paris a réussi à passer la ligne en douce pour venir la voir. Mais sa sœur, à l'Antonine, son mari est communiste. Un type violent qui bouffe du curé à tire-larigot. Je sais pas ce qui est arrivé exactement, mais vous savez que l'Antonine, c'est pas une rouge et son homme non plus. Elles se sont chamaillées. Et la sœur qui est plus jeune qu'Antonine d'au moins cinq ans lui a foutu une paire de calottes. Vous voyez où ça peut mener, la guerre !

Noémie se contente d'une espèce de grognement. Demain, tout le monde va savoir qu'elle s'est querellée avec Eugène. On va en déduire que c'est la même chose chez eux tous les jours. Et elle n'osera plus se montrer dans le village. Certains qu'elle connaît bien ne se gêneront pas pour poser des questions au gamin. Pauvre Xavier, de quoi il va avoir l'air ?

Il arrive justement de la vigne au moment précis où

la camionnette du fromager s'arrête devant l'entrée. Noémie remercie le gros qui pue le tabac et descend. Comme elle boitille, son gars se précipite.

— Qu'est-ce que t'as, m'man ? Vous avez pas eu un accident ?

— T'inquiète pas.

— Et papa ? Et le Noir ?

— Ils arrivent.

— Qu'est-ce qu'il y a ?

Elle a le cœur tellement serré qu'elle doit faire un effort énorme pour ne pas fondre en larmes. Elle parvient à sourire pour répondre :

— J'ai vu le gros, je suis remontée avec lui pour gagner du temps, mais je recommencerai plus. Tu peux pas savoir comment ça sent mauvais la vieille pipe, dans son fourbi.

— Tu boites, m'man, c'est pas l'odeur ?

— Rien que mes vieilles douleurs.

Xavier l'embrasse et la prend par le bras. Et c'est bon, ce soutien.

58

Quand Eugène Roissard arrive avec le Noir, Xavier se hâte de gagner la grange pour dételer.

— Ta mère est là ?

— Oui, elle est remontée avec le fromager. Elle est à la cuisine.

— Je te laisse t'occuper du Noir.

Il se hâte de gagner la cuisine où il entre en coup de vent.

— T'es contente ?

— Pas mal, oui. J'ai gagné du temps.

— Imbécile ! tu as gagné que tout le pays va savoir qu'on s'est chamaillé.

— Qu'est-ce que tu racontes ?

— Même si t'as rien dit au gros, il aura deviné. Et c'est un bavard. Je le connais.

— Si tu veux savoir, je me sens pas plus imbécile que toi. Et je me fous pas mal de ce que les autres peuvent penser.

— Moi, je m'en fous pas. Déjà que certains me traitent de pas-grand-chose parce que ton gamin s'en va frayer avec des suppôts à de Gaulle...

Elle l'interrompt pour lancer avec aigreur :

— Mon gamin, je te ferai remarquer que c'est aussi le tien et qu'il est pas le seul dans la famille à penser comme ça.

— Ah bon, dans la famille ! Bordel, j'aimerais bien savoir qui d'autre.

Cette fois, elle crie :

— Moi, pardi ! Moi, si tu veux savoir !

Le vieux vigneron éclate d'un rire mauvais.

— Toi ! Nom de foutre, comme si les femmes avaient leur mot à dire dans la politique !

— C'est ça, juste bonnes à récurer les chaudrons et à trimer. C'est sûrement dans les idées de ton maréchal : Travail ! Famille ! Patrie ! Ça pour les femmes et les hommes au bistrot !

— Au bistrot ! Tu m'y vois souvent, au bistrot ?

Il sent que la toux n'est pas loin. La brûlure de ses bronches s'accentue. Comme il ne veut pas avoir l'air de battre en retraite devant une femme, il crie simplement en se dirigeant vers la porte :

— Tu m'emmerdes !

Et il sort tandis que sa femme lui lance :

— On mange dans un quart d'heure !

Il est déjà dans la cour et elle ne peut pas l'entendre qui grogne :

— Ta bouffe, tu peux te la foutre au cul !

Il a vu qu'il y a de l'herbe dans sa vigne de Pronde, il file vers la grange et prend une pioche. Xavier qui sort de l'écurie le voit avec cet outil sur l'épaule :

— Où tu vas, p'pa ? On mange pas ?

— Pas moi, non !

— Qu'est-ce qu'il se passe ?

La mère qui vient de sortir sur le seuil de la cuisine crie :

— Laisse-le aller, quand il aura faim, y reviendra !

Eugène marche d'un bon pas, sa canne de la main droite et son outil sur l'épaule gauche. Et il bougonne :

— Ah ! y vont voir : Travail, m'en vas leur montrer, moi ! Famille, elle est belle, la famille. Les vieux au turbin. Plus qu'à crever. Patrie, c'est pas eux qui vont m'apprendre ce que c'est. La patrie, j'ai payé. Et je peux payer encore. C'est pas leur de Gaulle, vendu aux Anglais, qui va m'apprendre ce que c'est !

Plus il va, plus sa rage augmente. Il y a quelques jours, il a rencontré Ferdinand, un vieux camarade de régiment qui était monté au cimetière sur la tombe de ses parents. Ils sont allés boire une chopine chez Curtat. Ils ont parlé. Calmement. Ferdinand n'est pas un violent. Pas une brute non plus. Il a lui aussi de l'admiration pour Pétain car il a combattu sous ses ordres en 17, mais il pense que si la France peut se tirer du pétrin, c'est avec les gaullistes. Ils ne se sont pas querellés et ce qu'a dit ce vieil ami n'est pas tout à fait tombé dans l'oreille d'un sourd. À la fin de la guerre, Ferdinand était sergent-chef. C'est moins bien qu'officier, mais pas mal tout de même. Dans le civil, il était comptable à La Vache qui rit. C'est pas n'importe qui. Depuis qu'il est à la retraite, il s'occupe beaucoup d'aider les gens en difficulté. Sûr que c'est pas un arsouille. Et c'est lui qui lui a dit : « Tu devrais voir plus souvent MM. David et Richardon. Ton garçon les voit, lui. Et je crois pas qu'il pense comme toi. » Eugène l'a beaucoup écouté et ça lui a donné à réfléchir. Mais ce matin, à cause de cette empoignade stupide avec sa femme, il sent remonter toute sa bile. C'est comme si Pétain était là, à côté de lui, et qu'il lui dise : « Soldat Roissard, tu vas pas me trahir. Pense à ce que j'ai fait pendant l'autre guerre qui était tout de même une vraie guerre. Pas une guignolerie. »

Eugène arrive en bas de sa vigne. Il transpire et souffle comme un phoque. Il accroche sa grosse canne au fil de fer près du premier piquet. Demeure un moment appuyé sur sa pioche à regarder les lointains de la Bresse. Un beau ciel clair porte quelques petits cumulus immobiles. Le vent d'est miaule doucement en se frottant aux arbres qui crêtent la colline.

— Les gens du bas, ils ont de la chance. Pas de côtes à grimper. Font rien à la main. Tout avec des chevaux ou des bœufs. Bon, c'est vrai qu'ils font pas de la vigne. Ou alors, ça donne de la piquette. Tout de même, ils ont la vie facile.

Il sort son mouchoir et s'essuie le front et le crâne. Son souffle est moins rauque. Il essuie aussi le cuir de sa casquette avant de la remettre sur sa tête. Puis il empoigne sa pioche et se met au travail. Il a à peine désherbé la moitié du premier rang quand Xavier arrive. Il a lui aussi une pioche et il porte également le panier noir où l'on met les repas. Il est souriant.

— Dis donc, papa, tu crois vraiment qu'on peut piocher sans se nourrir ?

— Fous-moi la paix. J'ai pas faim.

— Tu vas pas m'engueuler, je viens t'aider. Je t'apporte à manger, tu vas pas me laisser casser la croûte tout seul.

Le père ferme un instant les yeux tandis que Xavier ajoute :

— J't'ai rien fait, moi. C'est pas parce que tu t'es accroché avec maman qu'il faut m'en vouloir.

Il a raison. Et Eugène se sent soudain très mal à l'aise. Il se revoit à l'âge que son fils a aujourd'hui. Il se revoit dans cette même parcelle que son père venait d'acheter et qui était alors une friche. À deux, ils abattaient les plus gros arbres. Ils piochaient autour pour arracher les souches. À l'époque, ils avaient une jument beaucoup plus légère et plus vive que le Noir. Pour dessoucher : pas question. Trop nerveuse. Dès que ça accrochait trop dur, elle rechignait. Une bonne bête mais pas faite pour ce travail-là. Ils avaient dû emprunter une paire de bœufs à Ducloux. Des bonnes bêtes lentes et solides. Ça tirait dur. « Un château fort, elles l'arracheraient », disait son père. Il revoit son père. Un costaud. Dur à la peine et pas toujours facile à vivre. Mais d'une honnêteté à faire rougir tous les brigands du canton !

Il suit Xavier jusqu'au pied d'un orme où se trouve un tronc couché. Xavier ouvre le panier et sort une bouteille de vin, deux verres et un torchon. Du lapin froid et un morceau de comté.

Ils se mettent à manger. Et le père d'Eugène est là, avec eux. Xavier ne l'a pas connu. Quand il est né, le vieux était enterré depuis près de dix ans. Dommage. Certain qu'il aurait aimé avoir un petit-fils. La mère aussi, morte deux ans après lui. Tout ça est en train de remonter de l'ombre. Un passé très proche en dépit de tant d'années mortes.

Soudain, Eugène a envie de prendre ses jambes à son cou et de descendre embrasser sa femme. Il hésite. De quoi il aurait l'air ? Et se mettre à courir, il en est incapable. Il fixe les lointains bleutés où montent quelques buées, puis il regarde son garçon qui le regarde aussi :

— Tu veux quelque chose, papa ?

— Non, rien.

Xavier rouvre le panier et y plonge la main pour en sortir une petite bouteille que le vieux vigneron reconnaît.

— Tu vois, dit le garçon avec un grand sourire,

maman, elle pense à tout. Elle s'est dit que ça te ferait plaisir d'avoir une petite goutte.

— Sûr que ça me fait plaisir.

— Elle était bien en peine de te voir partir comme ça, sans rien à te mettre sous la dent !

— Mon pauvre petit, la dent, ça doit faire dix ans que j'ai arraché la dernière.

Et ils se mettent à rire tous les deux comme des enfants.

Ils ont rigolé un bon coup. Presque sans raison. Simplement parce que ça fait du bien de se détendre. Ils ont bu la goutte puis ils se sont mis au travail. Eugène n'est plus avec son garçon. Il est avec son père. Un homme à peine plus grand que lui mais deux fois plus large d'épaules. Oui, un sacré costaud. Il se prénommait Rémi. Certains l'appelaient Mimi et il n'aimait pas ça du tout. Il le disait avec un regard tel qu'il était rare que ses interlocuteurs ne comprennent pas. Ses camarades racontaient que, lorsqu'il avait dix-sept ans, il se tenait un jour avec eux sur le belvédère qui domine la vallée. Des étrangers au pays s'étaient trouvés de passage par là. À l'époque, Rémi Roissard avait un chien, Mousse. Un brave corniaud incapable de faire du mal à une mouche. Les gens de passage se mettent à casser la croûte en regardant le paysage. Ils posent de la charcuterie sur le banc derrière eux. Mousse, attiré par l'odeur, vole une tranche de lard. Un garçon d'une vingtaine d'années fonce et lui donne un grand coup de pied dans le ventre. Rémi bondit. Comment il s'y prend, personne n'a le temps de le voir, il empoigne le gaillard par les chevilles et s'en va le secouer par-dessus la barrière du belvédère. Il menace calmement :

— Salaud ! Demande pardon à mon chien ou je te laisse tomber dans le vide.

L'autre hurle : « Au secours ! » Mais Rémi prévient ceux qui l'accompagnent :

— Approchez pas, ou je le laisse tomber.

L'autre a fini par demander pardon. Et tous ont déguerpi sans plus parler de charcuterie.

Aujourd'hui, Eugène Roissard revoit tout ça. Son père est vraiment là. Au travail. À la foire. À la fête foraine. Partout où il l'a accompagné. Et il le voit aussi ce jour de 1912 où Rémi l'a laissé à la porte de la caserne alors qu'il partait faire son temps. À l'époque : trois ans. Ce qui veut dire qu'en août 1914, le pauvre Eugène était déjà en uniforme. Bon pour la casse. Et les vieux dans la panade. Plus de cheval. Plus de garçon. Plus rien pour leur venir en aide. Rémi Roissard a beau être costaud, il se crève la peau. En moins de deux années de cette vie épuisante, il est au trou. Quand on fait le compte des morts de la guerre, on oublie toujours ceux qui n'ont pas été tués sur le front, à coups de fusil. On oublie ceux qui sont morts d'épuisement. Les coups de pioche aussi, ça peut tuer. Pas ceux qui les reçoivent, mais ceux qui en donnent un peu trop.

Tout ça, on l'a dans la tête pour le reste de ses jours. On le porte au fond du cœur. Rémi Roissard et sa femme Fernande, morte deux ans après lui, leurs noms ne figurent pas sur le monument aux morts de la commune. Pourtant, ils devraient y être avec cette mention : « Morts à la peine ». Morts parce que leur fils était en train de se faire casser les os quelque part dans les Vosges.

Eugène se redresse. Il porte sa main gauche à ses reins douloureux. Il regarde son garçon qui continue de piocher. Il se sent soudain débordant d'amour pour lui. « Pourvu que cette putain de guerre finisse avant qu'il soit obligé d'y aller. » Son regard va se perdre un moment sur les lointains de la Bresse. Combien de tombes ? Combien de monuments ? Combien de noms gravés pour dire la douleur, la détresse des hommes ?

Le jour décline. Le vieux vigneron sent la fatigue lui serrer les reins et les épaules. Il lance :

— Viens, on y va.

— Va devant, papa ! Je continue un moment.

Eugène prend sa pioche sur son épaule et va décrocher sa canne. Il descend en écoutant tinter la pioche. « Il est comme j'étais à son âge. Nom de foutre, y fait bon être jeune ! »

Carnet de M. Richardon

Sur le moment, j'ai eu du mal à le croire : mon ami Rivière me dit qu'à Besançon on aurait arrêté un professeur du lycée dénoncé par un enfant (ou par ses parents) pour avoir fait traduire par ses élèves un texte qui ne serait pas conforme à ce que veut l'autorité occupante. Il paraît même que de tels dénonciateurs sont rémunérés. Qui encaisse, les enfants ou les parents ?

Dans notre village, nous sommes relativement à l'abri de la faim. Mais je rencontre en ville des gens qui commencent à en souffrir cruellement. Ces privations ont un effet redoutable sur le caractère même des gens. Mme Roissard qui est venue avec son fils écouter la radio semblait très mal dans sa peau. Elle qui parle volontiers m'a paru très sombre.

À entendre certaines grandes gueules de la radio de Vichy, si nous avons perdu la guerre, c'est que, en France, tout était pourri. Les fonctionnaires en tête et surtout les enseignants, mais aussi les ouvriers contaminés par le communisme.

Tous les fonctionnaires vont être obligés de prêter serment à Pétain. Exactement comme les S.S. prêtent serment à Hitler. Et dire que j'ai tant aimé ce métier et tant aimé mes élèves ! Envie de démissionner. Mais pour quoi faire ? Et quand je vois tous ces beaux visages d'enfants, tous ces regards, mon cœur se serre.

Il se serre aussi quand je me trouve en présence de gens comme le père Roissard. Les anciens combattants qui ont versé leur sang dans les tranchées de 14 et s'en vont, à présent, défiler pour glorifier Pétain, sont pitoyables. Le père est ainsi, le fils voudrait partir pour Londres rejoindre de Gaulle. C'est la guerre au sein même des familles. Et c'est bien ce qu'il y a de plus affligeant.

Neuvième partie

Été 1944

59

Des mois ont passé. Des mois terribles pour beaucoup de gens. Le père Roissard continue de pester et de tempêter contre tout et contre tout le monde. Sa femme a beau lui répéter qu'il a de la chance d'avoir un garçon sérieux, travailleur et solide, il n'est jamais content. Ce matin, Xavier a gonflé les pneus de sa bicyclette et il est descendu à Lons. Alors, le père a rouspété.

— Aller en balade par un temps pareil !

— Il avait à descendre pour voir un copain. Ça fait des semaines qu'il travaille sans jamais s'arrêter.

— À son âge, si je m'étais arrêté en plein été...

— Tais-toi avec ça. On n'est plus au Moyen Âge.

Xavier est descendu parce que plusieurs de ses copains ont pris le maquis pour ne pas être obligés d'aller travailler en Allemagne. Il en a parlé à M. David.

— Ça ne plairait pas à ton père, mais tu devrais aller voir ton ami Masson. Moi-même je ne vais pas tarder de partir. Et pourtant, je n'ai plus l'âge où l'on risque d'être expédié en Allemagne. Mais il y a un devoir de se battre. Je ne me permettrais pas de te dire de le faire, c'est aussi un devoir que d'aider ses parents. Toi seul peux prendre une décision pareille.

Xavier est allé voir M. Richardon, mais l'instituteur, pas plus que le vieux colonial, n'a voulu prendre parti.

— Tant que rien ne t'y oblige, toi seul peux décider.

Et ce matin, Xavier roule vers la ville. Il n'est jamais allé chez son ami Victor Masson, mais il l'a plusieurs fois raccompagné jusque devant chez lui et sait très bien où il demeure. C'est un immeuble de deux étages qui se trouve juste en face de l'école normale d'instituteurs.

Depuis le 1er mars que la ligne de démarcation a été supprimée, les troupes allemandes occupent toute la France. Et Xavier est étonné de voir un poste de garde devant l'école normale. Il entre son vélo dans le couloir de l'immeuble et monte l'escalier. À peine a-t-il frappé deux petits coups que la porte s'ouvre. Son copain est là. Dans une petite entrée large comme un mouchoir de poche.

— Je t'attendais, mon vieux Roissard.

Ils se serrent la main et Xavier sort tout de suite de la poche arrière de la vieille veste de chasseur que lui a donnée son cousin Marcel une bouteille de vin jaune. Il l'a prise à la cave sans rien dire à son père.

— Vingt dieux, fait Victor, c'est sûrement pas de la piquette, ce vin-là !

— Tu l'ouvriras avec ton père.

— Tu veux pas qu'on le boive maintenant ?

— Non, non, du vin pareil, faut l'ouvrir au moins sept heures avant de le boire. Le temps qu'il prenne l'air.

— Tu connais pas ma frangine.

Xavier suit son ami dans une salle à manger où l'on

a du mal à se déplacer. Un énorme bahut bressan et deux chaises laissent à peine la place de se couler le long de la table. Au bout, il y a un fauteuil profond et, sur les deux autres côtés, également des chaises. Victor entrouvre une porte et crie :

— Berthe !

— J'arrive.

Un pas rapide sonne sur le plancher.

— Avec ses semelles de bois, elle risque pas d'arriver en douce !

Entre une fille mince, presque aussi grande que son frère. Une longue chevelure noire. Les yeux sont noirs aussi, des yeux immenses. Une voix claire mais assez grave :

— Bonjour, Xavier.

La main qu'il serre est infiniment douce.

— Mademoiselle.

— Faut pas dire mademoiselle. J'ai un an de moins que vous.

— Et faut pas dire « vous », ajoute Victor qui fait un signe à sa sœur en direction de la porte. Va nous chercher à boire et tu nous laisses tranquilles. On a à parler entre hommes.

La jeune fille sort et, baissant le ton, Victor Masson demande :

— Elle est belle, hein ?

Xavier se sent rougir jusqu'aux oreilles.

Berthe revient avec une bouteille de vin blanc entamée qu'elle pose sur la table avant d'ouvrir la porte du buffet pour y prendre deux verres. Xavier admire sa taille mince et ses reins qu'on devine musclés sous une robe bleue à fleurs blanches très légère. Elle pose les verres sur la table et dit à son frère :

— Tu verseras.

— Non, sers-nous. C'est un travail de femme, ça !

Elle hausse les épaules et soupire :

— Celui-là, y va pas se fatiguer. J'espère que tu n'es pas comme lui, toi.

C'est Victor qui répond :

— Lui, il est vigneron, alors, verser à boire, y sait ce que c'est.

Berthe le regarde. Tout son visage sourit.

— T'es vigneron. C'est dur, ce travail-là.

Xavier ne trouve pas un mot, et c'est Victor qui parle :

— Oui, c'est dur, mais il est costaud. Puis il aime ça : vivre au grand air.

Elle l'examine un instant avant d'approuver :

— C'est vrai que t'es drôlement bronzé.

Elle a pris la bouteille, la lève et dit :

— Tu connais certainement, c'est du blanc du Vernantois. Paraît qu'il est bon. Moi, j'en bois pas.

— T'aimes pas ça ?

— J'aime bien, mais pour mon métier, ça vaut rien. Paraît que ça fait trembler.

— Qu'est-ce que tu fais ?

— J'étudie pour être infirmière.

— Ah ! C'est bien, ça.

— Allez, je vous laisse entre hommes.

Elle sort et ferme la porte derrière elle. Tout de suite, Victor demande :

— Alors, tu serais partant ?

— Ma foi, faut voir.

— Faut te décider vite.

— C'est mes parents...

— Si t'attends leur bénédiction, tu partiras pas et c'est les Schleus qui te prendront chez eux. Et l'Allemagne, c'est autant de risques.

Xavier laisse passer quelques instants. Il boit une gorgée, marque un temps, puis demande :

— Et toi, tes parents ?

— Mes vieux, tu penses si je vais leur demander leur avis !

Un silence épais.

— Et ta sœur, qu'est-ce qu'elle dit ?

— Ma sœur, faut qu'elle finisse ses études. Dès que c'est fait, elle monte aussi.

— Une fille au maquis ?

— Y a besoin d'infirmières.

Xavier demeure un moment, la poitrine serrée.

— Alors ? demande son ami.

— Ben... Ben oui. Je pars avec toi.

— Certain ?

— Certain.

— Une fois là-haut, tu peux plus te reprendre.

— Non. Mais t'as raison. C'est mieux que l'Allemagne.

— C'est bon, fait Victor en se levant et en lui tendant la main, y a des mecs qui partent dans dix jours. Dès que j'ai la date exacte, je te la dis.

— Et où on va ?

— Ça, je le sais pas encore. On le sait qu'en arrivant sur place. Tu te tiens prêt. Et tu viens me voir dès que tu peux. Je te tiendrai informé.

Ils vident leur verre, se serrent la main solidement et quittent la pièce. Victor appelle sa sœur qui devait être tout près car elle arrive très vite.

— On vous reverra ?

C'est Victor qui répond car Xavier est muet :

— Y va revenir souvent. Te fais pas de mouron.

Et il accompagne son ami jusqu'au pied de l'escalier où est restée sa bicyclette.

60

Il est presque midi lorsque Xavier remonte au village. Quand il entre dans la cour, son père tourne l'angle de la maison. Son regard est plus sombre que jamais à l'ombre de sa casquette. Il grogne :

— T'arrives juste pour la soupe. T'es pas trop fatigué au moins ?

Xavier ne sait quoi répondre. Il va pendre son vélo à la grange et contourne la maison pour aller voir le Noir. Il sait que son père vient de le mettre au pré. Il sait aussi que le père est en rogne. Il hésite avant d'entrer à la cuisine mais il ne veut pas obliger sa mère à venir le chercher.

— C'est prêt, dit la mère.

— Une chance, grogne le père, si c'était pas servi, ton garçon serait capable de t'engueuler.

— Ne commence pas, fait la mère. Celui qui engueule les autres, ici, c'est toujours toi.

— Tu voudrais tout de même pas que ce soit lui ? Lui qui fout rien de la matinée et qui arrive juste pour se faire nourrir !

La mère se tait. Elle pose la soupière fumante sur la table et va chercher la louche.

— T'inquiète pas, m'man, t'auras plus à me nourrir longtemps, les Fritz vont bientôt me refiler du bon pain noir.

Le père et la mère se regardent puis se tournent tous deux vers Xavier et c'est sa mère qui lance :

— Qu'est-ce que tu nous racontes ? T'as pas l'âge.

— Je suis descendu à la préfecture pour me renseigner, paraît qu'ils vont ratisser plus large. Prendre tout ce qui est valide à partir de dix-sept ans.

Le père respire profondément avant de battre la table de sa main dure et de gronder :

— Bordel de merde ! Y veulent faire crever tout le monde !

— Ben oui, mon pauvre papa. Et y paraît que Laval est d'accord... et Pétain sans doute aussi.

Là, le père élève la voix :

— Doucement ! N'accuse pas sans savoir. Pétain a dit l'autre jour encore, je ne sais plus dans quelle ville, qu'il compte sur les paysans pour relever la France, que toutes les friches doivent être remises en culture, même si le sol est ingrat. Pétain n'est pas un imbécile, il sait très bien que ça ne peut se faire qu'avec des bras solides.

— En tout cas, moi je vous dis que j'aime mieux me planquer que d'aller dans une usine tourner des obus pour les Fritz.

Le père et la mère se regardent. Le père se racle la gorge et avale une cuillerée de soupe avant de dire :

— Te planquer, c'est certain, mais où donc ? Et y sont foutus de venir te chercher ! Bordel de Dieu, nous voilà bien dans la merde. Aussi, tu serais venu avec les jeunes de la Légion des combattants, tu te trouverais pas dans un pétrin pareil et nous non plus.

La mère, qui venait de s'asseoir, laisse sa cuillère dans son assiette et se lève.

— Écoutez, foutez-moi la paix. On est sûr de rien. Les gens disent n'importe quoi et vous vous disputez sans savoir. Taisez-vous et mangez pendant que c'est chaud.

— T'as raison, m'man. Attendons. On verra bien.

Le père plisse le front et serre les lèvres. Il mordille un peu sa moustache et, reprenant sa cuillère, il regarde son garçon durement.

— En attendant, la vigne réclame. Tant que tu sais rien, tu ferais aussi bien de te remettre à l'ouvrage. Ce qui sera fait sera plus à faire !

Xavier ne dit rien. Il regarde sa mère en souriant et il se remet à manger.

Dès la dernière bouchée avalée, le père se lève en lançant :

— Va atteler, on monte en Pronde. Faut sulfater. Y a grand besoin.

— Je peux faire tout seul, p'pa.

— Non. J'suis pas pourri. Pas encore. Mais j'aime mieux monter à pied. Le chemin est tellement mauvais que la voiture me secoue trop.

Et il part en balançant haut sa canne, ce qui est un signe de grande colère. Il prend par le chemin le plus long pour éviter de passer près du lavoir car il redoute d'y voir des femmes avec lesquelles il risquerait fort de se quereller.

Il va en ruminant sa rogne :

— Si tous les hommes valides sont expédiés en Bochie, qu'est-ce qu'on va foutre, nous autres ? Crever la gueule ouverte ! C'est pas Pétain qui peut avoir décidé ça. On lui met toutes les conneries sur le dos alors que c'est une bande d'arsouilles qui mène la barque. Et qui la mène droit au naufrage... Bordel ! Je te foutrais tout ça au travail, moi. Une pioche dans les pattes et si tu veux pas trimer, tu crèves !

Il croise l'Anatole Guillot qui lui lance sans s'arrêter :

— Salut, l'Eugène, tu m'as l'air en rage !

— Y a de quoi.

— Je file, j'suis pressé.

Le vieux vigneron ne tient pas non plus à s'arrêter pour perdre son temps en bavardages. Surtout que celui-là serait plutôt de gauche. Encore un qui n'a pas dû se fatiguer beaucoup dans sa vie, vu qu'il a été facteur des postes. Ça fait belle lurette qu'il est à la retraite.

— Ça veut dire nourri par l'État et avec le pognon des hommes comme moi qui se défoncent la paillasse à travailler !

Il vient de passer la dernière maison. Une ferme abandonnée depuis des années et qui commence à tomber en ruine.

— Encore des fainéants qui n'ont pas eu le courage de rester à la terre. Une espèce de grande salope qui s'est fait engrosser par un fonctionnaire pour s'en aller se prélasser en ville. Tout de la racaille !

Décidément, plus Eugène Roissard avance, plus sa colère gronde.

Il s'est engagé dans un raidillon tortueux qui longe une sorte de falaise guère plus haute qu'un homme et très irrégulière. Une muraille naturelle de grosses roches qu'on appelle le sentier de pierres. Et qui, après quelques centaines de pas, se divise en deux. Une partie mène au cimetière, l'autre dans les vignes.

Pendant qu'il progresse ainsi, son garçon attelle le Noir et charge les bouilles. Il lui restera juste à s'arrêter à la fontaine pour finir de remplir les deux tonneaux où le père a préparé ce matin la bouillie bordelaise. Il travaille, mais ce qu'il voit, ce sont les yeux noirs de Berthe. Jamais il n'a rencontré fille aussi belle. Jamais il n'a éprouvé pareil choc.

Il va se mettre en route quand sa mère sort de la maison et le rejoint. Tout de suite, elle demande d'une voix qui trahit son angoisse :

— C'est vrai, cette histoire ?

— Ce qui est vrai, maman, c'est que je veux pas courir le risque d'être embarqué en Allemagne.

— Est-ce qu'il y a vraiment un risque ?

— Tu le sais bien, m'man. Plus ça devient dur pour eux, plus les Fritz ont besoin de monde pour leurs usines.

— Et où irais-tu ?

— Dans le haut.

— Avec qui ?

— Des officiers qui ont formé un maquis.

— Ce sont eux qui attaquent les convois, qui font sauter les trains et fusiller des otages ?

— Ben oui.

Elle hoche la tête. Elle vient se blottir contre lui et se met à sangloter.

— Mon pauvre grand... mon pauvre grand. Pense à ton papa.

— Papa, y va m'engueuler si je le fais attendre. Faut que je passe à la fontaine. Allez, mon Noir, on y va ! Hue donc !

Il embrasse sa mère et allonge le pas à côté de sa voiture. Il crie sans se retourner :

— À tout à l'heure !

Il part et les yeux noirs sont toujours là, devant lui, bien plus présents que les maisons du village, bien plus présents que les yeux embués de larmes de sa mère.

— Faut que je retourne à Lons. Y a pas de doute !

Vingt pas et il pense : « Pauvre maman. Quand je serai parti, qu'est-ce qu'elle va devenir ? » Il pose la main sur l'encolure du Noir qui tire à plein poitrail.

— Et toi, mon pauvre vieux, qu'est-ce que tu vas devenir avec le père qui va t'engueuler tout le temps ?

Il arrive au lavoir. Deux femmes sont là. Une lessiveuse fume sur le foyer. Xavier salue la Louise Peletier et l'Hortense Sirot. La Louise lui demande :

— T'es tout seul ?

— Avec le Noir, oui.

— Ben ton Noir, au moins, il est toujours de bonne humeur, lui. Il est pas comme ton père, qui arrête pas de gueuler.

Elles rient toutes les deux et Xavier fait comme s'il n'avait pas entendu.

Carnet de M. Richardon

Onze heures. En sortant de l'école, je suis passé près du lavoir. Je salue Mme Peletier qui achevait une grosse lessive et qui me dit :

— Je ne sais pas ce qui se passe chez les Roissard, mais avant, y avait que le père pour être grincheux, à présent le fils vaut pas mieux.

Cette femme n'a pas un caractère en or, mais je serais étonné qu'elle invente. Et j'ai très peur qu'il ne se passe, chez les Roissard, des événements qui ne sont pas faits pour que ce garçon et son père s'entendent à merveille. Mme Peletier a trouvé le moyen d'ajouter :

— Ils n'ont pas à se plaindre, ceux-là, ils s'enrichissent avec leur pinard pendant que les autres sont expédiés chez les Fridolins pour se crever dans des usines.

C'est vrai, il y a un peu plus de deux mois, son mari a été envoyé en Autriche comme mécanicien. Mais pas plus lui que les autres métallos français n'ont rien dit ni rien fait tant qu'on les a fait travailler ici pour fabriquer des armes pour les Allemands. On ne les a entendus se plaindre qu'à partir du moment où il a été question de les envoyer en Allemagne ou en Autriche. Il paraît que plus de cent cinquante mille ouvriers sont partis. Si Pétain avait élevé la voix, peut-être les choses se seraient-elles passées autrement. Je ne lui dirai rien, mais j'espère que Xavier fera comme bien d'autres, qu'il ne partira pas.

61

Au cours de la semaine, Xavier est descendu à Lons trois fois. Toujours sous prétexte de discuter avec son ami Victor. En vérité il n'y a plus que Berthe qui compte. Il l'a vue deux fois, jamais seule. Et si elle l'avait été, il n'aurait pas osé lui parler. Ce regard noir, cette beauté le paralysent. Et dès qu'il est loin d'elle, il a mille choses à lui dire. Mais, comme il s'y attendait, son père pousse des hurlements chaque fois qu'il s'en va. Il a beau se donner de toutes ses forces au travail, le vieux vigneron ne voit plus que ses absences.

Un jour qu'il se trouve seul avec sa mère, Xavier menace :

— S'il se figure que c'est en m'engueulant comme ça qu'il va me donner envie de rester là. Vraiment, il a rien pigé du tout !

Noémie ne sait plus quoi faire. Elle a parlé à M. David qui lui a dit :

— Ma pauvre amie, tout homme en état et en âge de porter les armes va devoir partir. Moi comme les autres. Et si j'ai la chance de me trouver dans la même unité que votre Xavier, je vous promets de veiller sur lui.

Ça n'a rassuré la mère qu'à moitié. Qu'est-ce que ça veut dire : « veiller sur lui », dans un monde pareil ? Elle pourrait aller trouver M. Richardon. À quoi bon ? Alors, pour essayer d'oublier un peu ce qui la tourmente tant, elle se donne de plus en plus au travail. Les poules, les lapins, les chèvres et surtout la vigne. Elle évite les parcelles où se trouvent les deux hommes. Elle aimerait bien être avec son garçon, mais elle ne veut pas de la compagnie d'Eugène qui n'arrête pas de récriminer.

Même ainsi, il trouve le moyen de crier. Quand il va sur une terre où elle a travaillé, il le voit. Dès qu'ils se rejoignent, il grogne :

« C'est toi qui es montée en sous-roche ?

— Bien sûr, c'est pas le pape.

— Ma pauvre femme, t'es maboul.

— Me dis pas que c'est mal fait.

— Non, mais c'est de la besogne d'homme. »

Elle se tait pour ne pas envenimer la dispute. Il ajoute :

« Méfie-toi. Là-haut, y a des vipères. Si tu te fais piquer, ma foi... »

Xavier évite d'intervenir. Il ne veut pas se mêler à ces disputes dont il sait qu'elles naissent à cause de lui. De plus en plus, et sans s'en rendre compte, il se détache aussi bien de ses parents que du vignoble. Il rêve. Bâtit des projets. La guerre est finie. Il épouse Berthe et l'emmène vivre ici. Elle l'aide et ils font un grand domaine. Elle a l'air d'aimer la vie au grand air, la campagne, les animaux. Elle aimera la vigne.

— Je la lui ferai aimer ! Mais pour ça, faut pas partir en Allemagne. Sinon, c'est fichu !

Xavier s'est encore accroché très sévèrement avec son père. Alors qu'il revenait de Lons où il était allé pour quelques heures seulement, le vieux vigneron l'a secoué durement :

— Tu finiras par plus rien foutre.

— J'ai pas perdu mon temps.

— Qu'est-ce que t'as fait ?

— J'ai rencontré un monsieur bien informé qui m'a donné des nouvelles de Laval et de ton copain Pétain.

— Je t'interdis...

La mère s'avance et intervient :

— Laisse-le au moins dire ce qu'il a appris.

— Quoi ? rugit le père.

— Y paraît qu'on dit : Pétain au dodo, Laval au poteau, de Gaulle au boulot.

Le père qui venait de se mettre à table bondit, renverse sa chaise et fonce sur son garçon. Au passage, il empoigne sa canne qu'il brandit en hurlant :

— Viens ici, salopard, que je t'apprenne à respecter les...

Xavier, qui est sorti dans la cour, ne saura jamais ce qu'il doit respecter car la quinte empêche son père de le poursuivre et de prononcer un mot de plus. Cassé en deux, le vieux vigneron s'assoit. Il tousse un bon moment et, dès qu'il a bu une gorgée d'eau fraîche, avant même d'avoir repris complètement son souffle, il menace :

— Veux plus le voir... Valise et foutre le camp.

Sa femme ne dit rien. Elle ne risque pas de le contrarier quand il est dans cet état. Elle a remis sa casserole de soupe sur la cuisinière et recharge son feu. Elle attend un moment avant de se diriger vers la porte. Elle a à peine fait deux pas que son homme lance :

— Reste là !

— Fais pas de sottises, va !

— Je te dis de rester là. C'est lui ou moi.

— Mon pauvre homme, où tu pourrais aller, dans ton état ?

— Au cimetière !

— Si ça continue, c'est ce qui va arriver.

— Et tu seras contente, t'auras toute la place.

— C'est ça. Et j'irai remercier Pétain.

— Je t'interdis de dire du mal du seul qui puisse nous sauver du désastre.

— Le désastre, c'est quand la famille se divise.

Le père Roissard soupire profondément. Il vide son verre d'eau.

— C'est bon, va l'appeler. Mais avertis-le : si je l'entends encore une fois dire du mal du Maréchal, je le fous à la porte à coups de trique.

Noémie sort et se dirige vers l'écurie. Elle sait que lorsque son garçon est triste, c'est vers le Noir qu'il va. Il est là, en effet, assis sur le rebord de la mangeoire et qui tient la tête du Noir serrée contre son visage. Elle l'entend dire :

— Ça me fera peine, tu sais. Toi, t'es vraiment mon ami.

Elle fait trois pas sans bruit et demande :

— Et moi, je suis quoi ?

— Toi, t'es ma maman.

Sa voix tremble. Il va se mettre à pleurer.

— Pleure pas, mon grand... Viens demander pardon à ton papa... Allons, viens.

Elle caresse le cheval et, prenant son fils par la main comme elle faisait quand il était tout petit, elle l'entraîne jusqu'à la cuisine où le père est toujours à table devant son assiette vide. Mais il a empli de vin leurs trois verres et dit d'un ton bourru :

— Buvez un coup. C'est toujours ça que les Boches auront pas !

62

Eugène Roissard et son garçon viennent à peine de partir pour la vigne que la mère voit arriver dans la cour de la ferme deux cyclistes. Les poules s'envolent. L'un d'eux s'arrête peu après avoir franchi le portail et l'autre pédale jusqu'à la porte de la cuisine.

— Tiens, c'est son copain Victor. Qu'est-ce qu'il lui veut ? Une chance que mon homme soit pas là.

Le garçon appuie son vélo contre le mur et s'avance.

— 'jour, m'dame Roissard. Il est pas là, Xavier ?

— Y vient de partir à la vigne avec son père.

— Où ça ?

— Pourquoi, tu veux le voir ?

— Faut qu'y vienne avec nous tout de suite. Y a une tripotée de S.S. qui ont foutu la merde dans trois villages. Y raflent tous les jeunes. Et y fauchent tout ce qu'ils peuvent de bon à boire et à bouffer.

— Seigneur !

— Où qu'il est ?

— Tu connais le chemin qu'on appelle le sentier de pierres ?

— J'y suis monté avec lui.

— Y sont en haut. Mon Dieu, qu'allons-nous devenir ? Et mon homme ?

— Y prennent que les jeunes ! crie Victor en enfourchant son vélo et en filant, suivi par son camarade.

Noémie est effondrée. Elle ne peut que répéter :

— Seigneur, protégez-le... Mon Xavier... Mon Xavier...

Quelques minutes passent et le camarade de Victor revient seul pour dire :

— Madame, faudrait lui préparer un sac avec des vêtements et un peu à manger, si vous avez.

Noémie se trouble. Une minute ou deux, elle tourne comme une toupie dans sa cuisine puis, très vite, elle se ressaisit. Elle prend le sac tyrolien qu'elle avait offert à Xavier quand il voulait entrer chez les scouts.

— Tout neuf, ce sac ! Y voulait être boy-scout mais il y est allé qu'une fois !

Elle file à la chambre et ouvre l'armoire où sont les vêtements de son garçon. Tout est bien empilé, bien repassé, tout propre.

— Seigneur ! Soyez avec nous... Avec mon petit...

Les larmes brouillent sa vision mais elle sait qu'elle doit être forte.

— C'est pas le moment de se laisser aller.

Quand elle a mis dans le sac trois chemises, trois caleçons, le gros pull de laine qu'elle lui a tricoté l'an dernier et un pantalon, elle se baisse pour chercher des chaussures.

— Faut pas que j'oublie les chaussettes !

À présent, tout y est. Elle court à la cuisine et ouvre la caisse à pain.

— Une chance que j'en aie pris hier.

Elle coupe une tranche de la miche qu'elle a achetée.

— Ça suffira pour mon homme, moi j'peux m'en passer.

Elle enveloppe les trois quarts de la miche dans une serviette de table et la met dans le sac. Elle va dans son placard où se trouvent deux petites boîtes de pâté pas très bon.

— On trouve rien de mieux... J'ai même plus un bout de lard, plus un bout de saucisson, misère ! Je l'aurais su avant... Ah oui, quelques morceaux de sucre, c'est tout. Pauvre grand !

Elle vient juste de fermer le sac quand elle entend parler dans la cour. Elle sort. Xavier arrive, assis en travers sur le cadre de la bicyclette de son copain Victor. Il saute à terre et se jette contre elle. La prend dans ses bras et la serre très fort.

— Et ton papa ?

— Y gueule... Mais laisse-le gueuler !

Elle a le souffle coupé. D'énormes sanglots la secouent. Elle ne parle pas : elle bredouille. Xavier est incapable d'un mot et c'est son copain qui la rassure :

— Faut pas vous en faire, m'dame Roissard, y risquera moins là-haut que chez vous.

Et l'autre garçon ajoute :

— Le temps qu'il apprenne à se servir d'une mitraillette, la guerre sera finie et les Fritz repartis chez eux ou tous morts. Et vous êtes trop âgée et votre mari aussi. Vous risquez rien à rester ici. Mais faut pas laisser votre maison sans personne dedans.

Entre deux sanglots, elle parvient à dire :

— Paraît que la police française arrête beaucoup de gens, ces temps-ci. À Dole, ils ont pris trois hommes.

C'est l'ami de Victor qui répond :

— Je sais. Trois mecs du ravitaillement. Des employés qui faisaient du trafic avec des tickets. Ceux-là, on va pas les plaindre !

— Allez, m'man, faut qu'on se tire !

Elle l'embrasse encore tandis qu'il la rassure :

— Pleure pas, m'man. On risque rien. Pleure pas. Et soigne bien mon papa.

Il prend son sac où sa mère vient d'ajouter deux bouteilles de vin blanc qu'elle a enveloppées dans des serviettes éponge. Et il part derrière ses amis. Avant de franchir la grille, il se retourne et fait un grand geste de la main, puis il se remet à pédaler. Elle le suit des yeux jusqu'en haut de la rue, mais il n'est plus qu'une forme très floue que les larmes embuent. La mère revient en tremblant dans la cuisine où elle se laisse tomber sur une chaise. Elle demeure un long moment sans un geste, sans un mot, puis, d'une voix à peine perceptible, elle se met à prier.

63

Quand le père arrive, le soleil est déjà bien près de la ligne bleue des lointains qui marquent la rive ouest de la vaste plaine bressane. La mère va à sa rencontre pour l'aider à dételer et à panser le Noir.

— Mon pauvre homme, tu n'en finis plus. Tu dois être éreinté.

— Pas mal, oui !

— J'ai cru que tu n'arriverais plus. J'allais monter voir.

— Comment veux-tu que le travail se fasse ? Quand les jeunes veulent plus en moudre, faut ben que les vieux pâtissent.

— S'il n'y avait pas tant de risques, notre pauvre gars serait pas parti. Tu le sais.

Le vieux vigneron grince soudain d'un mauvais rire.

— Tu parles, ma pauvre femme, belle occasion d'aller se la couler douce dans une forêt au bord d'un lac.

La mère Roissard pâlit. Ses lèvres se mettent à trembler. Sa bouche s'entrouvre. Elle hésite puis grogne :

— Dis pas une chose pareille. Si un malheur lui arrivait, tu le regretterais toute ta vie.

— Ma vie, elle arrive au bout. Et le malheur, pour le moment, il est sur nous.

Le Noir bat du sabot.

— Oui, mon beau... Ça vient. C'est qu'on s'est pas amusés, nous deux, cet après-midi ! On est pas allés se promener comme des millionnaires !

Cette fois, Noémie n'y tient plus. Elle lâche la fourche qu'elle venait de prendre pour donner du foin au cheval et elle sort en criant :

— Tu m'exaspères. Quand ton gamin sera mort ou estropié, tu seras content, espèce de maboul !

Eugène pousse un véritable hurlement :

— Quoi ! Tu oses m'insulter...

Il ne peut en dire plus. La toux le casse en deux. Il se précipite derrière sa femme, mais il est arrêté net sur le seuil. Cramponné d'une main à la porte de l'écurie, il se tient la poitrine de l'autre. Les larmes l'aveuglent. Un moment très long s'écoule. Noémie, depuis le seuil de la cuisine, le regarde. Quand elle voit qu'il est un peu mieux, elle traverse la cour et vient jusqu'à lui. Le prenant par le bras gauche, elle dit :

— Viens donc t'asseoir, vieux fou.

Il la suit. Elle le mène jusqu'à sa chaise. Il s'assoit lourdement. On le sent à bout de souffle et de forces.

— Je vais te donner de l'eau.

Elle va pomper de l'eau fraîche sur l'évier, emplit le pot qu'elle apporte sur la table avec un verre. Elle verse et lui tend le verre. Il le prend d'une main qui tremble.

Il voudrait parler, mais il n'a pas encore assez retrouvé son souffle. La sueur ruisselle à flots sur son crâne chauve et son visage où les gouttes s'accrochent dans sa barbe de trois jours. Noémie va chercher un torchon propre dans son bahut et lui essuie la tête. Il lui prend le torchon et achève de s'essuyer. Il grogne :

— Me feront crever !... Pas possible... Pas possible.

— Calme-toi. C'est la guerre. On ne fait pas ce qu'on veut. Personne ne peut faire ce qui lui plaît.

— La guerre, quand je pense comment on l'a faite, nous autres...

Elle préfère ne pas lui répondre. Comme il se lève et cherche sa canne, elle dit :

— Tu as dû la mettre sur la voiture, j'y vais. De toute façon, je finirai l'écurie.

— Laisse ça, je le ferai.

— J'y vais aussi.

Ils sont à peine au milieu de la cour qu'ils entendent gronder des moteurs de camions.

— Qu'est-ce que c'est, bon Dieu ?

Elle se tait. Écoute mieux.

— Ça vient par là.

— Merde, le Noir est sorti.

Le cheval est tout près du portail. Noémie se précipite pour le ramener, mais il n'a plus le moindre harnachement. Elle crie :

— Viens, mon Noir... Viens !

Mais le cheval est déjà dans la rue. Il a tourné l'angle du portail quand un camion s'arrête. Il prend peur et, au galop, file vers le haut.

— Bordel de Dieu, mon cheval ! hurle le vieux vigneron.

Un second camion chargé de soldats passe et monte vers le haut du village. Les soldats vêtus de noir bondissent hors du véhicule qui vient de s'arrêter au milieu de la cour. L'un des S.S. se précipite et, empoignant le père Roissard par le bras, l'oblige à s'arrêter. Un autre, qui doit être un gradé, s'avance.

— Fous, ba partir.

— Mon cheval. Je veux mon cheval.

— Ba chefal. Fous, pon fin !

Il montre la maison et ordonne :

— Fotre cafe. Fotre cafe.

La mère est blême. Elle s'avance pourtant et dit d'une voix qui tremble :

— Mais oui, monsieur, nous allons vous montrer la cave. C'est que mon mari est inquiet pour son cheval.

— Non. Pas chefal, cafe, vin.

Elle se tourne vers son homme.

— Le Noir ne craint rien, il est parti vers le haut, mieux vaut leur montrer la cave tout de suite et leur donner un verre à boire.

Eugène se dirige vers l'escalier.

— Ta canne ! Attends, je vais te la chercher.

Noémie part en courant. Visiblement, les Allemands n'ont pas compris. Ils la regardent s'éloigner, l'air inquiet. Leur chef a sorti de son étui un gros pistolet qu'il tient en dirigeant le canon vers l'extérieur. Les autres restent en retrait. Ils sont plus jeunes. Presque des gamins. L'un long et maigre, un autre trapu et presque ventru et le troisième, tout à fait moyen, a un air embarrassé qui fait presque pitié. Noémie revient très vite en brandissant la canne de son homme et les Allemands se mettent à rire. Le chef dit :

— Ba tompé tan le cafe.

Le vieux vigneron prend sa canne et ouvre la porte. Il allume et s'engage dans l'escalier. Les autres le suivent. Il se retourne pour crier à sa femme :

— Reste en haut. Va à la cuisine.

Elle sort à regret. Dans la cour, les S.S. vont et viennent. Ils ont capturé deux poules qu'ils ont déjà saignées.

Le père Roissard descend et va directement à un fût qu'il a mis en perce depuis peu et d'où il tire son vin de tous les jours. Il y a deux verres sur une tablette fixée au mur. Il en prend un qu'il commence à remplir quand le chef lui dit :

— Non. Pas ça. Pouteilles. Pouteilles.

— Des bouteilles, j'en ai pas.

— Oui. Autre cafe.

L'Allemand se retourne et regarde tout autour. Il voit la petite porte du caveau où Roissard cache les bouteilles qui font l'envie de tant de connaisseurs.

— Là... Là !

Il cherche un interrupteur et voit tout de suite la bougie qui se trouve sur un petit rayon à gauche de la porte avec une boîte d'allumettes. Il parle en allemand au plus grand des trois jeunes qui prend la bougie, sort un briquet de sa poche et allume. Roissard enrage :

— C'est ce salaud de gabelou qui les a renseignés. Cet Andrau... Fumier !

Le chef éclate de rire. Il a compris.

— Andrau... Oui... Pierre connaître le fin. Le pon fin.

Le chef laisse passer celui qui tient la bougie puis il ordonne au vigneron :

— Toi !

Les dents serrées sur sa colère, Roissard suit le grand S.S. Le chef descend derrière lui. Toujours avec son pistolet. Dès qu'ils sont en bas, il prend une bouteille qu'il tend à Eugène.

— Oufrir.

— J'ai pas de tire-bouchon.

L'Allemand regarde autour de lui et dit quelques mots en allemand. L'un de ses hommes prend la bouteille et brise le goulot en le frappant sur le canon de sa mitraillette. Du vin jaune coule sur le sol. Le chef saisit la bouteille et la lève pour boire à la régalade.

Du vin coule par terre sur les dalles. Roissard grogne, les dents serrées :

— Salaud, du vin de trente ans !

— Qu'est-ce que fous dit ?

— Rien.

L'Allemand tend la bouteille à un de ses hommes en disant quelque chose qui doit signifier : Servez-vous, car les trois empoignent des bouteilles dont ils brisent le goulot. L'une se casse par le milieu et le vin se répand sur le sol. Les Allemands rient tous les quatre.

— Salopards. C'est à pleurer. Du vin pareil !

Le chef a vu la niche dans la pierre où sont les bouteilles qui n'ont pas d'âge, celles qui viennent des parents d'Eugène et qu'il n'a jamais osé toucher. Comme l'homme avance la main pour en prendre une, le vigneron se précipite en criant :

— Non... Non... pas ça.

Sans même se tourner vers lui, le chef réplique :

— *Ja*... Ça... très pon fin !

Il va attraper une bouteille de la main gauche quand la lourde canne du vigneron s'abat sur son poignet.

— Non ! Non !

L'Allemand pousse un juron dans sa langue et, faisant volte-face, il tire. La détonation emplit cet espace étroit d'un véritable tonnerre. Eugène Roissard lâche sa canne et porte ses mains à son ventre. Sa bouche grande ouverte cherche l'air mais il n'en sort qu'une sorte de râle puis un flot de sang. Il vacille et s'écroule, la face contre les dalles. Des pas bottés dévalent les marches de pierre. Des cris en allemand.

À présent, ils sont au moins dix à se bousculer dans cette petite cave. Les bouteilles sortent de tous les casiers. La niche aux flacons si précieux est déjà vide.

Le vin coule partout et le vieux vigneron agonise dans une mare de ce vin jaune si précieux auquel se mêle son sang. Un râle ténu sort encore de ses lèvres avec des bulles rouges.

Dans l'escalier, une femme hurle. C'est Noémie qui descend en courant. Elle arrive. Elle entre là. Ses bras se lèvent. Ses yeux s'ouvrent démesurément. Elle se précipite et se jette sur le corps inerte de son mari. Elle le soulève et, comprenant tout de suite qu'il a cessé de vivre, elle le laisse retomber et se redresse lentement. Son regard est habité de folie. Elle cherche autour d'elle. Elle voit le chef des S.S. qui tient toujours son énorme pistolet. Elle hurle :

— C'est toi !... C'est toi !

Et comme si elle se sentait assez de force pour tuer tous ces hommes armés, elle se lance les poings en avant sur le chef. Un coup de feu part. Une balle atteint la malheureuse en pleine poitrine. Sa bouche et ses yeux s'ouvrent, ses mains se lèvent jusqu'à hauteur de ses épaules et retombent. Ses genoux fléchissent. Sa tête tombe en avant et son corps s'écroule à moins d'un pas du corps de son mari. Les S.S. rient et continuent leur beuverie.

Une beuverie qui va durer des heures. Des paniers de bouteilles vont monter dans les camions. Et des tonneaux pleins. Et bien des choses prises dans la maison. Les poules, les lapins, tout va partir. Le seul qui continue de vivre est le Noir. Il a pris le chemin de la montagne, le sentier de pierres. Il s'est arrêté dans une clairière où l'herbe est bonne. Il broute. Il lève la tête et flaire le vent qui lui apporte une odeur de feu. De la fumée monte du village où brûle la maison de ses maîtres. Sa maison.

64

Dans le village, d'autres maisons brûlent. Celle de M. David qui a eu le temps de fuir avec sa femme. Lui qui est un amateur de vin avait aussi une assez bonne cave. Elle a été vidée. Volées ou saccagées ses collections d'objets rapportés d'Afrique tout au long de sa vie. Il est parti vers les hauteurs et il a gagné un maquis alors que sa femme allait se réfugier chez des amis près de la frontière suisse.

Seules quatre maisons ont été épargnées. On se demande pourquoi. Sans doute les S.S. ont-ils tout simplement manqué de temps, appelés ailleurs par d'autres tâches, par d'autres ripailles.

Xavier et ses camarades se sont rendus dans une ferme où les attendait un camion avec, à son bord, un chauffeur et deux sous-officiers de la Résistance :

— Adjudant Vassier.

— Sergent Dumont.

Vassier a ajouté :

— Vous laissez les vélos ici ou vous les mettez dans le camion, comme vous voulez.

Ils ont préféré les prendre avec eux. Ils sont partis. Ils étaient dix en comptant le conducteur et les deux sous-officiers. Leurs seules armes : les deux pistolets de l'adjudant et du sergent. Une fois les vélos chargés, l'adjudant réfléchit :

— Au fond, je crois qu'il vaut mieux attendre demain matin pour monter au camp. On risquerait d'être pris par la nuit et j'aime pas ça. On va mettre des hommes de garde et roupiller dans la paille. La fermière nous donnera du pain et du fromage. C'est la mère d'un copain qui est avec nous depuis longtemps.

La fermière est une femme d'une cinquantaine d'années longue et sèche, avec un visage dur mais un regard plein de bonté. Elle leur apporte de quoi manger et boire. Son vin n'est pas un jaune du Revermont mais il n'est pas mauvais. L'adjudant Vassier n'autorise qu'un quart par homme. La fermière approuve :

— Il a raison, il faut être en santé si on veut pouvoir foutre les Boches dehors de chez nous.

Ils vont se coucher. Vassier a placé deux hommes à l'entrée et confié son arme à l'un d'entre eux en précisant :

— C'est vraiment pour la forme, personne peut avoir l'idée de venir voir ce qui se passe ici. On est loin de tout.

Ce sont deux gamins qui prennent la garde les premiers. La nuit n'est pas encore là mais l'ombre avance lentement comme si elle sortait de la forêt dont la lisière se trouve à une vingtaine de pas du mur de la ferme. Les deux factionnaires regardent surtout en direction du sud, là où file le chemin. Comme on est dans un cul-de-sac, le danger ne peut venir que par là. On entend parfois gronder des moteurs, mais très loin. À plusieurs reprises, ils perçoivent des explosions sourdes qui semblent surgir du fin fond de la Bresse, invisible d'ici. Une heure passe doucement. La nuit est presque là.

De la forêt, sont sortis quatre hommes silencieux comme des ombres. Nul ne peut les voir ni les entendre. Ils se sont approchés jusqu'au mur de la ferme qu'ils longent. Ils s'arrêtent, hésitent, l'un d'eux se penche et regarde vers le portail. La clarté blême qui coule des étoiles lui permet de voir clairement les deux factionnaires dont l'un est debout, adossé au pilier du portail, et l'autre assis sur la borne chasse-roue.

L'homme en noir se retourne et fait un geste du bras. Un grand gaillard le rejoint. Ils avancent toujours sans bruit mais l'un des factionnaires les devine.

— Halte ! qui vive !

Le costaud répond :

— Bouge pas, gamin, tu risques rien.

Il parle français sans le moindre accent. Pourquoi se méfier de lui ? Le factionnaire avance de deux pas et son camarade le suit. Les inconnus les rejoignent. L'homme en noir, qui est un gradé de la S.S., lui appuie contre le ventre le canon de sa mitraillette tandis que l'autre, un civil, braque son pistolet sur le deuxième factionnaire.

— Pas un geste, les petits. Vous êtes faits ! Mais on va pas vous tuer. Donnez vos pétoires de panoplie au monsieur.

Le premier factionnaire supplie d'une pauvre voix qui franchit mal le seuil de ses lèvres :

— Je vous reconnais, m'sieur Andrau. J'vous reconnais...

— Eh ben, au moins, t'es en pays de connaissance. Vous faites demi-tour et vous allez réveiller vos potes. Au moindre geste, on vous met la carcasse en passoire.

— C'est moche, ce que vous faites là, m'sieur Andrau.

— T'occupe pas, marche, tu causeras plus tard.

Les deux garçons entrent dans la cour et vont jusqu'à la porte de la grange où dorment les autres. La porte est restée ouverte, sur le seuil il s'arrête et le gabelou lance :

— Tout le monde debout ! Sortez un par un, les mains en l'air. Vous êtes cuits.

D'autres S.S. sont arrivés qui envahissent la cour. L'un d'eux a fait des signaux avec une torche électrique. Bientôt, on entend gronder des moteurs. Xavier Roissard est le quatrième à sortir. Passant devant M. Andrau, il ne peut s'empêcher de grogner :

— Fumier !

Le poing du gabelou lui arrive en plein visage.

— Petit con. T'as intérêt à fermer ta gueule si tu veux pas te retrouver avec du plomb dans l'estomac ! Avance. Et boucle-la !

65

Dans un camion avec des S.S. en armes pour les surveiller, ils ont roulé dans la nuit jusqu'à Lons-le-Saunier où le véhicule est entré dans la cour de la caserne. Interdiction de parler. On les a poussés dans une grande pièce entièrement nue dont la lumière s'est éteinte dès que la porte s'est refermée sur eux. Xavier Roissard était tout près de son ami Victor Masson à qui il demande :

— C'est pas loin, chez toi ?

— Non.

— Et ta sœur, elle y est ?

— Oui. Elle t'a vraiment à la bonne, tu sais.

C'est tout. D'autres parlent à voix basse.

Xavier s'est allongé par terre à côté de son ami. Mais c'est surtout à Berthe qu'il pense. C'est elle qu'il voit. Elle a des yeux noirs qui vous pénètrent. Qu'on n'oublie pas. Elle étudie pour être infirmière. Elle pense à lui. Ils se sont très peu vus, ils ont très peu parlé, mais elle ne peut pas ne pas avoir senti qu'il l'aime.

Comme Victor bouge contre lui, il souffle :

— Où tu crois qu'ils nous mènent ?

— Sais pas.
— Fusillés ?
— Y nous auraient flingués tout de suite.
— Pour se tirer d'ici, pas possible.
— En route, peut-être.

Les autres aussi chuchotent.

Xavier se tait. Il s'enferme avec les yeux noirs de Berthe. Elle sait que Victor est avec lui. Elle avait dit : « Si vous allez au maquis, je viendrai aussi. Ils ont besoin d'infirmières. » Pourvu qu'elle ne tente pas d'y monter. Elle se ferait prendre. Ils arrêtent aussi bien les femmes que les hommes. Et ils les violent. Ils les torturent. Ils en fusillent aussi. À présent Xavier craint davantage pour elle que pour lui. Il n'ose plus parler à Victor qui s'est peut-être endormi. De toute façon, comment son ami saurait-il si Berthe risque de monter ? Elle ne devrait pas tarder à apprendre qu'ils ont été arrêtés. Supposons qu'elle le dise aux chefs de la Résistance, est-ce qu'ils ne vont pas tenter de les délivrer ? Attaquer leur camion ? Xavier s'y voit déjà. Berthe avec les maquisards. Elle vient le libérer. À moins qu'elle soit prise elle aussi. Non, elle est tuée. Plutôt blessée. Il est délivré et c'est lui qui la prend dans ses bras pour l'emporter. La soigner. Elle guérit très bien et ils s'aiment.

Xavier a peur soudain. Peur sans savoir exactement ce qu'il risque.

Si les Fritz apprennent qui il est, ne vont-ils pas aller chez lui et torturer ses parents ? Les tuer ?

À présent, il a peur de tout. Peur pour lui et pour tous ceux qu'il aime. Il tremble et il a froid. Le froid du sol de pierre le pénètre. Le froid monte en lui. Le froid de la mort.

Les chuchotements se sont arrêtés. Plus personne ne

parle. Plus personne ne bouge. Des soupirs. Un ronflement. Il y en a donc au moins un qui est parvenu à s'endormir !

Victor se retourne et respire profondément. Un autre fait un bruit curieux avec sa bouche, comme s'il sanglotait. Dehors, des pas bottés approchent. On vient les chercher pour les fusiller. Mais non, on ne fusille pas avant l'aube. Xavier sourit faiblement. On ne va pas exécuter des gens en pleine nuit !

Des voix. Des ordres en allemand. La lumière s'allume. Éblouissante. Les prisonniers bougent. La porte s'ouvre. Un S.S. entre d'un pas, regarde rapidement puis se retire. La porte se referme et la lumière s'éteint. Des ordres encore, des pas bottés qui s'éloignent. Qui n'en finissent plus de s'éloigner. Des prisonniers parlent à voix basse, puis c'est de nouveau le silence. Un silence habité de respirations, de soupirs, de frottements de chaussures sur les dalles. Un silence plein de vie et d'angoisse.

Xavier s'assoupit un peu, se réveille. Les yeux noirs de Berthe sont là. Toujours aussi présents. Un regard qui va au fond de lui.

Soudain, il pense à Rudy. Il n'est pas possible que son cousin allemand n'intervienne pas pour le tirer de ce trou. À condition de savoir. Et si Marcel le prévenait ? Le père de Rudy ne peut tout de même pas rester indifférent à son sort. Xavier voudrait pouvoir en parler avec Berthe. La rassurer. Car si sa famille allemande le fait délivrer, elle fera délivrer ses camarades. Après tout, ils n'ont rien fait de mal. Xavier reprend espoir. Pour un peu, il leur crierait à tous qu'ils vont sortir. Il crierait, mais la peur le retient. Pourtant, il se sent mieux. Il va peut-être parvenir à dormir un peu.

66

Les résistants de la région ont d'autres chats à fouetter. Dans les jours qui suivent, ils apprennent que les Américains, débarqués en Provence en août, remontent la vallée du Rhône. D'ici quelques jours, ils atteindront les environs de Lyon. De là, ils gagneront la Bresse puis le Jura dont il est hors de question de leur laisser libérer la capitale. L'un des chefs locaux de la Résistance réunit tous les responsables qu'il peut joindre :

— On monte une attaque pour la nuit prochaine. Contactez tous les groupes F.F.I. et F.T.P. que vous pouvez toucher. Demain matin, j'aurai dressé mon plan.

Avec ses adjoints, il travaille une bonne partie de la nuit. Quand la stratégie est au point, il expédie des agents de liaison dans toutes les directions. Et l'attaque si hâtivement préparée est déclenchée à quatre heures du matin. Sur toutes les routes, sur tous les chemins qui entrent dans la ville de Lons-le-Saunier, les Allemands ont, depuis fort longtemps, fait édifier des fortins soit en maçonnerie soit en pierre de taille. Ce sont des points solidement armés. Dès que les premières grenades sont lancées, la fusillade crépite. Les mitraillettes et les canons se mettent à hacher la nuit finissante.

Les F.F.I. attaquent près de l'octroi de Montmorot, en bas de la route de Montciel. Ils progressent assez vite et s'élancent en tirant dans la rue des Salines et la rue des Écoles. Nombreux sont ceux qui parviennent à entrer dans des maisons. Par les couloirs de traverse, ils pénètrent dans certains appartements des étages et, depuis les fenêtres, tirent sur les troupes qui occupent l'école normale, l'école annexe et le lycée. La fusillade est de plus en plus intense. Il y a de part et d'autre des blessés et des morts.

Du haut de la colline de Montciel, des hommes du maquis tirent également sur les Allemands qui se trouvent dans les jardins des écoles.

Dans l'immeuble qui fait face à l'école normale, M. Masson vient d'obliger sa femme et sa fille Berthe à descendre à la cave où se sont déjà réfugiés locataires et voisins. Une femme a été blessée à une jambe. Berthe, qui a pris sa trousse d'infirmière, désinfecte tout de suite la blessure, pose un garrot car la plaie saigne en abondance et applique un pansement. Des enfants terrorisés poussent des hurlements. D'autres sont blêmes et muets, paralysés par la peur.

Les Allemands ont réussi à tuer bon nombre d'assaillants. Ils en ont capturé d'autres.

On dirait que les tirs diminuent. Ou qu'ils s'éloignent.

M. Masson et un de ses voisins montent pour voir. À peine ouvrent-ils la porte du couloir donnant face à la grande entrée de l'école qu'une rafale de mitraillette crépite. Un panneau de la porte vole en éclats et les deux hommes, touchés l'un et l'autre de plusieurs balles, s'écroulent en travers du couloir.

Aussitôt, des S.S. qui viennent de sortir de l'école se précipitent et lancent dans le couloir et par les issues de l'immeuble des grenades incendiaires. Le feu se met à crépiter. Il lèche les boiseries, il coule dans les pièces et le vestibule, puis, gagnant l'escalier de la cave, il ruisselle de marche en marche.

Berthe Masson, qui se tient près de la montée, voit arriver ce torrent de feu et de fumée. Elle prend un enfant et s'élance dans l'escalier en criant :

— Vite ! Vite ! Suivez-moi !

Des gens se précipitent derrière elle. Elle marche sur du feu. C'est atroce mais elle sait qu'elle ne doit pas reculer. Derrière elle, des gens crient :

— Plus vite ! Plus vite !

Elle arrive en haut la première. Elle fonce dans le couloir où la fumée très épaisse la fait suffoquer. L'enfant qu'elle porte hurle, elle ne doit pas le lâcher. La rue est là. On devine la clarté derrière la fumée.

Ça y est. Elle sent de l'air plus frais. Elle voit déjà mieux. Trois pas. Deux. Encore un pas et c'est la rue.

Un dernier pas, et le choc : des éclairs rouges. Une mitraillette crache la mort. L'enfant qui reçoit la première rafale ne crie pas. Il n'est plus que chair molle. La deuxième rafale atteint Berthe en pleine poitrine. Elle ouvre grande la bouche. Un flot de sang coule sur l'enfant qu'elle tient toujours serré.

Berthe fléchit. Ses genoux se plient et elle tombe en avant puis roule sur le côté. Les gens qui la suivent tombent à leur tour car les S.S. continuent de tirer.

Le couloir est encombré de cadavres.

Seuls deux hommes et une petite fille ont pu rebrousser chemin et s'enfuir par-derrière. Ils ont franchi le seuil qui donne sur le minuscule jardin intérieur.

À peine y sont-ils parvenus que des S.S., arrivés par un couloir, les voient et tirent à leur tour.

Rien. Plus rien ne continue de vivre dans cette maison. Dans cette partie de la rue où ont joué tant d'enfants.

67

De l'autre côté de la ville, à la sortie qui ouvre la direction de Dole et de Besançon, les Allemands ont construit un énorme blockhaus. Là aussi, les maquisards ont attaqué à quatre heures du matin.

À présent le jour est né mais, avant qu'il ne soit vraiment là, un Allemand est sorti du fortin et s'est coulé le long d'un petit mur qui borde des jardins. Sans arme. Tête nue. Pourquoi file-t-il ainsi ? Il sait que c'est la déroute pour les siens mais après encore de rudes batailles. Bien des risques de se faire tuer. Car rien ne changera l'issue de la guerre. C'est évident.

Kurt n'a jamais aimé se battre. Il l'a fait parce qu'il n'y avait pas d'autre issue. Tous ceux qui ont dit non à Hitler l'ont payé de leur vie, comme les étudiants de la Rose Blanche. Kurt les a connus. Il vivait à Munich où il se trouvait en convalescence en février 1943 quand la belle Sophie Scholl, son frère Hans et leurs camarades ont eu la tête tranchée à la hache. Kurt n'a pas leur courage. Il le regrette, mais c'est ainsi. Aujourd'hui, il préfère se rendre. Les prisonniers de guerre ne sont pas maltraités.

Il se faufile le long de ce mur bas. Avance, le dos courbé, jusqu'au bout du premier jardin. Là, il y a une haie. Il se redresse lentement, regarde autour et franchit rapidement les quelques mètres qui le mènent à une clôture derrière laquelle il se cache. Rien d'inquiétant. Il gagne la baraque du jardin, une petite construction en planches goudronnées avec une étroite fenêtre. Il pousse la porte et entre. Derrière lui, la fusillade a repris. Des tirs d'armes automatiques et des éclatements de grenades.

Le blockhaus se défend.

Kurt pénètre dans la baraque où se trouvent des outils de jardinier, pelles, pioches, bêches, fourches, triandines. La petite fenêtre laisse couler une clarté suffisante pour qu'on devine tout ça. Ici, Kurt va pouvoir attendre la fin des combats sans courir le moindre risque.

Une section de maquisards a été chargée de contourner le fortin par la gauche. Le sergent ordonne à un de ses hommes de courir vers l'unité commandée par le lieutenant et qui attaque en bas de la vallée.

— Tu lui dis de m'envoyer du monde.

Le garçon part. Il a dix-huit ans. C'est la première fois qu'il combat. Comme son arme est un Lebel lourd et encombrant, son chef lui a dit de le laisser à un de ses camarades.

— Sans rien, tu iras plus vite.

Il file. Les balles sifflent à ses oreilles. Une grenade éclate pas très loin et il plonge derrière une murette de jardin. C'est l'enfer. La peur lui coupe les jambes et le souffle.

— M'en fous... J'me planque !

Il voit la baraque en planches, plonge derrière la haie, rampe et parvient à la porte. Il la pousse et il entre. Il la referme derrière lui.

Pénombre. Une forme remue. Un homme se dresse. Un homme qui parle en allemand. Le Français crie :

— Fais pas le con... Je me rends !

Kurt empoigne une bêche et fait un pas en avant. Il se croit menacé. Il crie dans sa langue que le garçon ne comprend pas. Voyant qu'il lève la bêche, il saisit ce qu'il peut. Le premier outil à portée de sa main. Une pioche.

Ils crient tous les deux et cognent en même temps. Et tous les deux s'écroulent, le crâne ouvert. L'Allemand ne bouge plus. Le Français se tord un moment puis cesse de remuer.

Tout autour du blockhaus et en bien d'autres endroits, la fusillade continue.

Les Allemands sont les plus forts. Les troupes du maquis dont l'attaque avait été mal préparée sont obligées de se retirer. Des hommes passent près de la cabane de jardin dont l'un ouvre la porte. Il se retourne et crie :

— Venez, y a des blessés là-dedans ! Ça saigne à flots ! D'autres se précipitent.

— Faut les emporter, y a un camion en bas.

— Y en a un qui est un Fritz.

— Ça fait rien. On laisse pas un blessé.

— Allez, vite !

Ils courent. Les balles sifflent autour d'eux. Ils ont encore un blessé à emporter mais ils ne veulent abandonner ni ce Français ni cet Allemand qui râlent.

Dans toute la ville, c'est la débandade. Et les Allemands fusillent un peu partout les Français qu'ils arrêtent les armes à la main.

Les sauveteurs transpirent et peinent beaucoup, mais parviennent enfin à un camion bâché où ils chargent leurs deux blessés. D'autres y sont déjà. Le camion démarre avec, à son bord, un étudiant en médecine qui commence à soigner. Il examine les crânes ouverts.

— Lui, je vais mettre une bande pour arrêter le sang, mais l'Allemand, ça m'étonnerait qu'il s'en tire.

Il prend des serviettes et, avec une sorte de bande molletière, fait au Français un énorme pansement. Quand il revient vers l'Allemand, il prend son poignet et dit simplement :

— Pas la peine. Celui-là, il est foutu. Le cœur bat plus.

Kurt était instituteur à Munich, il avait une femme et un petit garçon de deux ans qui ne le reverront plus. À vingt et un ans.

68

Tandis que tant de sang coule sur le Revermont, des camions roulent vers l'Est avec, à leur bord, ces garçons qui ignorent ce qui se passe dans leur pays mais qui savent bien qu'on les mène vers les camps de la mort. Xavier Roissard est parmi eux. Il souffre. Tous souffrent beaucoup, tous sont traversés de visions terribles.

Camions. Wagons à bestiaux. Rien à manger. Rien à boire. Impossible de voir l'extérieur. Et chaque fois qu'il faut changer de wagon, passer d'un train à un baraquement, d'un camion à un autre, s'abat sur eux une grêle de coups de crosses, de lanières, de bottes. Quand un homme tombe, s'il ne parvient pas à se relever tout de suite, un S.S. lui tire une balle dans la tête. Ainsi, tout le trajet des trains de déportés est marqué de cadavres qu'on abandonne. Les brutes qui mènent ainsi les prisonniers sont souvent de très jeunes garçons.

Depuis longtemps Xavier Roissard s'est rendu à l'évidence. Aucun secours ne peut venir d'un cousin qui appartient lui aussi à cette troupe de gamins forcenés. Il n'espère plus. Il ne pense plus. Il est un animal parmi les autres. Une bête du troupeau que l'on conduit à l'abattoir. Seuls apparaissent devant lui, parmi d'étranges fulgurances, des regards, des visages. Son père. Sa mère surtout. Le grand Marcel. Et, constamment, le regard de la fille aux yeux noirs. Où est-elle ? Où sont-ils, tous les êtres qui lui sont si chers ?

Mais les coups pleuvent toujours, et toujours chaque fois qu'il faut passer d'un lieu à un autre.

Et puis c'est un portail qu'il faut franchir. Et des baraques. On les pousse dans l'une d'elles. Un vent mauvais rabat sur eux une fumée noire qui pue la viande brûlée.

L'univers n'est plus qu'une lourde plainte. La vie n'est plus qu'une atroce douleur. Plus rien pour se raccrocher à la vie.

Plus rien que le sol de ciment où Xavier demeure couché, à peine conscient. Combien de temps ? Tout autour de lui, c'est la mort.

Un jour, alors qu'il parvient à peine à ouvrir les yeux, des voix qui parlent anglais. Puis une qui dit en français :

— T'es vivant, toi ?

Xavier parvient à peine à murmurer :

— Oui...

Et à remuer un peu la tête. On le soulève doucement. On le dépose sur une civière. Des voix d'hommes et des voix de femmes. C'est la nuit. Il sombre.

Combien de temps ?

Il ne l'apprendra que plus tard. Mais on le fait boire. Longtemps après, on lui fait manger une bouillie sucrée. L'image qui lui revient alors est celle des gaudes de son enfance. Mais cette bouillie est à peine tiède.

Un autre voyage débute où tout se fait en douceur. Et les yeux noirs l'accompagnent comme l'accompagnent d'autres regards, d'autres visages.

Quand il commence à pouvoir se soulever sur un coude, il comprend qu'il est en France. Alors, épuisé mais rassuré, il se laisse retomber et sombre de nouveau dans le sommeil. Cette fois, un bon sommeil.

Il a perdu la notion du temps qui passe car les jours et les nuits se confondent.

Plus tard, une voix de femme lui dit presque tendrement :

— Vous êtes à Lons... À l'hôpital.

— Ma mère ?

— On va prévenir votre famille. Il faut seulement donner quelques détails. Un monsieur va venir.

Il donnera tout ce qu'on voudra. Cette fois, il est sauvé. Il est heureux. Il ne se demande même pas comment on a su d'où il venait. Il se rendort en attendant sa mère, son père, les yeux noirs...

69

La ville de Lons, reprise par les Allemands, a payé cher cette folie de quelques chefs du maquis. Berthe Masson et ses parents ne seront pas les seules victimes. Un capitaine S.S., dont plusieurs hommes ont été blessés, fait arrêter une dizaine de femmes et d'hommes dans un quartier où des assaillants français avaient beaucoup progressé. Il les fait conduire au champ de foire où on les force à se coller au mur. On les fusille très vite.

Dans bien des villages des environs, il y a eu des arrestations. Des fusillades. Des incendies. Des déportations.

À Lyon, le grand Marcel et sa femme ont réussi à préserver leur café. Mais des résistants qui se réunissaient chez eux ont été arrêtés.

Partout, la Libération a fait des victimes.

Durant longtemps Marcel a tenté d'avoir des nouvelles de la famille allemande, en vain.

Il est venu au village. Il a trouvé les ruines de la ferme incendiée, la cave dévastée. Il était là, en train de regarder ce désastre, lorsque est arrivée une jeune fille un peu forte, avec un visage rond et des yeux bleus très pâles.

— Vous êtes le grand Marcel que Xavier aimait tant. Est-ce que vous savez qu'il vient de rentrer ?

Le visage de Marcel s'est éclairé.

— Xavier est là ? Où donc ?

— À l'hôpital de Lons.

— J'y vais tout de suite.

Elle hésite et, montrant la moto, elle demande :

— Vous pouvez pas m'y mener ? J'ai une surprise pour lui. C'est tout ce qui lui reste, à ce pauvre Xavier.

— Et qu'est-ce que c'est ?

Elle rit.

— Le Noir.

— Son cheval ?

Elle fait signe que oui.

Il rit à son tour.

— On peut pas le prendre sur ma moto, mais Xavier va être heureux de savoir qu'il est vivant. Venez, on y va tout de suite... Je vous remonterai.

Cette fille a vraiment l'air d'une bonne pâte. Elle monte sur le tan-sad et, très vite, ils se garent devant l'hôpital.

— Xavier Roissard ? Premier étage, au bout du couloir de gauche, salle deux, lit vingt et un.

Dès qu'ils arrivent près de lui, ce sont des sanglots et des embrassades.

— T'as reçu ma lettre ? demande Xavier.

— Non, c'est cette demoiselle qui m'a dit que tu es là.

— C'est la Jeanne, elle est gentille.

Et ils pleurent encore. Marcel rit à travers ses larmes.

— Elle a une surprise pour toi.

— Moi ? J'ai plus rien, moi.

— Que si, dit la Jeanne d'une pauvre voix frileuse.

— Quoi donc ?

— Ton Noir.

Les yeux de Xavier envahissent son visage squelettique. Il bégaie :

— Mon... Mon Noir...

— Oui.

— Mais comment ?

— Il était dans les vignes de Pronde... Je lui ai dit : « Viens, le Noir » et y m'a suivie. Je l'ai mis dans le pré derrière chez toi. Je vais le voir au moins trois fois par jour. Je lui donne de l'eau. Je lui ai trouvé de l'orge. Il a de l'herbe. Y manque de rien.

Xavier pleure. De grosses larmes coulent sur ses joues creuses. Jeanne prend son mouchoir et essuie ce visage décharné, puis elle l'embrasse.

— T'es pas tout seul, mon Xavier. T'as ton cousin Marcel. Puis t'as ton Noir. Puis moi, je suis là. On va te gâter. T'as besoin de reprendre.

Elle se tourne vers Marcel et ajoute :

— Quand il est arrivé ici, y pesait trente et un kilos. Un grand comme lui ! Vous vous rendez compte.

Marcel regarde son cousin et dit d'une voix brisée :

— C'était dur, mon pauvre Xavier.

Xavier fait oui de la tête puis, après quelques instants, il souffle :

— Tous... On était dix... J'les ai tous vus mourir. Y a que moi qui...

Sa voix s'étrangle. Il ferme les yeux et tourne la tête comme s'il ne voulait pas que l'on puisse lire au fond de lui.

Jeanne et Marcel restent un moment près de lui sans rien dire puis, l'ayant embrassé, ils promettent de revenir bientôt. Et ils s'en vont. Une fois dans le couloir, Jeanne dit :

— Buchenwald, tout de même, c'était pas rien !

Marcel a la gorge nouée et son cœur cogne très fort. Une fois dehors, il propose :

— Allons voir le Noir.

Dixième partie
Été 1964

70

Il y a plus de quinze ans que la Seconde Guerre mondiale est terminée, mais le monde n'est pas encore débarrassé de la guerre. Elle continue en bien des points du globe et il n'y a pas si longtemps les Français ont subi une cuisante défaite à Diên Biên Phu.

La guerre avec l'Allemagne n'a pas fini non plus d'empoisonner l'Europe. Son souvenir demeure, douloureux pour beaucoup.

Xavier Roissard a réussi à reprendre des forces. Il ne sera plus jamais le costaud qu'il était mais il parvient à cultiver sa vigne, et même si sa réputation n'égale pas encore celle de son père, des gens viennent déjà d'assez loin pour lui acheter son vin jaune. Son cousin Marcel lui amène souvent des amateurs lyonnais.

Il faut dire que Xavier est bien secondé par Jeanne Blanchard, devenue sa femme, Jeanne qui avait sauvé le Noir. Le Noir est mort de vieillesse, il y a six ans. Il a eu une belle fin de vie car lui aussi avait une compagne pour l'aider dans sa tâche : la Grise, une belle jument toute jeune que Xavier a pu acheter et qui est une bête merveilleuse.

Xavier est heureux avec la Jeanne qui n'a pas encore pu lui donner un enfant mais qui ne désespère pas. Il l'aime beaucoup mais restera toujours en lui le souvenir des yeux noirs dont le regard s'est éteint dans les flammes de l'incendie allumé par les S.S., rue des Écoles.

Par le grand Marcel, Xavier a appris que son oncle d'Allemagne avait été tué dans un bombardement à Essen peu avant la fin de la guerre. Rudy, son cousin, est mort en France, quelque temps après le débarquement des Alliés en Normandie. Il servait dans la S.S. Et durant son séjour dans le camp de concentration où il a vu mourir tous ses amis, Xavier a pu mesurer ce qu'étaient les S.S., mais s'il a tant souffert, si tous ses camarades sont morts, si des vieux serviteurs de la patrie ont été abattus comme des traîtres, c'est qu'ils ont été, comme lui, donnés ou vendus aux Allemands par des Français, des hommes de ce pays.

Il y a deux ans, alors qu'il se trouvait à Lons avec un client venu de Lyon lui acheter du vin, ils sont allés boire un apéritif dans un café. Les voilà attablés devant un verre de vin blanc, en train de bavarder des mérites du vignoble du Revermont. Arrive un homme qui vient se planter juste face à Xavier.

— Salut, Roissard, tu me reconnais pas ? Andrau, on s'est connu avant la guerre et aussi...

Le sang de Xavier ne fait qu'un tour. Il se lève, crache dans la main que lui tend l'ancien gabelou :

— Fumier !

Son poing part. Le nez d'Andrau pisse rouge.

L'ancien collabo s'est sauvé en hurlant sous les applaudissements de nombreux consommateurs, tandis que le patron du café commentait :

— On se demande pourquoi ce salaud n'a pas été fusillé.

Il y a eu quelques bonnes années pour la vigne. D'autres plus pénibles, mais Xavier les a toujours vues passer en disant :

— Quand on a subi ce que j'ai subi, toutes les années sans guerre sont de bonnes années.

Il pense chaque jour à ses parents, à ses copains, à Berthe.

Pour qu'on n'oublie pas les noms de ses neuf camarades, il a décidé de les graver dans les roches qui bordent le sentier de pierres. Il y monte dès qu'il a un moment. Et dans la partie du chemin qui mène au cimetière, il tape dans la pierre avec un burin et un marteau. Aux noms de ses neuf camarades, il ajoutera celui de sa mère, celui de son père et celui des yeux noirs. C'est un travail qui lui prendra bien du temps mais qu'il mène avec beaucoup d'amour.

Un après-midi qu'il est en train de graver, il voit passer un homme qui pousse une brouette dans laquelle se trouvent deux gros pots de chrysanthèmes. De belles fleurs violettes. L'homme boitille, il n'a qu'un œil, et son visage porte une énorme cicatrice qui part du haut du crâne pour descendre jusqu'au menton. Ils se saluent mais Xavier n'ose rien lui demander. Pourtant, dès le lendemain, il parle aux gens du village.

— C'est celui qui s'est battu avec un Allemand dans la cabane à outils. Chaque année, il monte avec sa brouette pour porter des fleurs sur sa tombe.

Le temps passe. Un jour, le grand Marcel, qui a fini par acheter une automobile, arrive avec à son bord une dame âgée, une femme longue et osseuse aux cheveux tout blancs.

— Embrasse-la, c'est ta tante Renata. La maman de Rudy.

Le cœur de Xavier se met à battre très fort. Il serre dans ses bras cette dame qui pleure, et lui aussi se met à pleurer.

— Nous allons coucher ici, dit Marcel, et demain matin on ira sur la tombe de Rudy. Tu viendras, je pense ?

— Oh oui !

Le soir, tandis qu'ils sont attablés devant une assiette de soupe que vient de leur servir Jeanne Roissard, Renata raconte, avec son fort accent allemand, la mort d'Arthur Dufrène, cet oncle que Xavier n'a pas connu :

— Il travaillait à la mine avec son cheval. Quand une partie des galeries se sont écroulées sous les bombes, ils ont remonté les chevaux. Une nuit, il y a eu un autre bombardement. On était tous dans un abri. Mais les chevaux étaient dans une écurie. Des bombes sont tombées pas loin. Il est sorti. J'ai crié : « Non, ne sors pas. » Il a dit : « Je veux pas laisser tuer mon cheval ! » Des gens ont essayé de le retenir. Rien à faire. Il se serait battu. Il a couru. Il a fait sortir les chevaux et il les a poussés vers la prairie où les bombes risquaient moins de tomber.

Elle se tait, la voix étranglée de sanglots. Puis elle reprend :

— Les chevaux ont été sauvés. Mais mon pauvre, une bombe est tombée à quelques pas de lui.

Elle n'en dira pas plus. Elle ne peut pas.

Le lendemain à l'aube, ils partent tous les trois. Ils laissent la Jeanne et la Grise dans cette maison que

Xavier et sa femme, aidés par des amis, ont pu reconstruire. Et ils s'en vont dans la vieille 203 de Marcel.

Ils vont jusqu'à Champigny-Saint-André, où se trouve un vaste cimetière allemand. Un gardien leur indique la tombe de Rudy. Xavier tient par le bras cette Allemande qui pleure en silence. Un soleil splendide baigne ces rangées de tombes.

Ils vont rentrer dans la nuit et, le lendemain, cette tante inconnue reprendra le train pour Essen. Ils ne se reverront plus.

Xavier regardera les documents qu'on lui a donnés au bureau du cimetière. Il y découvrira que son cousin appartenait à la division Das Reich et qu'avant de venir se faire tuer près de là, il se trouvait dans une unité qui avait pris part aux massacres de Tulle et d'Oradour-sur-Glane. En effet, tante Renata avait parlé de l'estime de Rudy pour son chef, un dénommé Dickmann. Sinistre individu ! avec beaucoup de morts sur la conscience. Xavier y pensera souvent, mais sans jamais arriver à croire que ce cousin, qu'il avait aimé sans le connaître, se trouvait parmi les assassins de tant de Français.

Cette période si troublée a laissé bien des traces. D'un conflit à l'autre, on dirait parfois que le mal poursuit les hommes, qu'une sorte de lèpre suinte des guerres pour empoisonner la paix.

Un jour que le grand Marcel vient voir Xavier, il l'interroge :

— Te souviens-tu de ce grand type, Paul-Henry Jeanin, que tu avais aidé quand il se débinait ?

— Tu parles, si je m'en souviens ! Un gars qui avait été parachuté. Y venait de Londres.

Marcel éclate de rire.

— Qu'est-ce que tu as à te marrer comme ça ?

— Tu lui avais donné notre adresse. Il est arrivé chez nous. On l'a logé là où tu couchais quand tu venais. Et nourri et abreuvé. Eh bien, ton copain, y venait pas de Londres ! Figure-toi qu'il avait bien les Fritz aux trousses, mais c'est qu'il avait fait partie de leur police. Seulement, je ne sais pas quelle connerie il avait pu faire, toujours est-il qu'ils le recherchaient. Ils ont fini par l'avoir. Chantage : « Ou tu recommences à bosser pour nous ou alors on te liquide illico. » Et il a recommencé. À la Libération, il a été arrêté, condamné à mort. Peine commuée à perpétuité. Gracié et libéré quand de Gaulle a gracié tous les types comme lui.

Xavier reste sans voix. Marcel attend quelques instants avant de reprendre :

— Tiens-toi bien : c'est pas tout. Ce con-là a été condamné à mort et gracié une deuxième fois il y a pas si longtemps.

— Quoi ?

— Durant la guerre d'Algérie, il faisait partie de l'O.A.S.

— Nom de Dieu !

— Comme tu dis. Quand je pense qu'il aurait pu nous faire tous fusiller, nous et les copains de notre réseau !

Un moment passe.

— Et comment tu sais ça ?

— Un client du café. Un homme qui a été commissaire dans un bled où Paul-Henry Jeanin a été arrêté. Il a eu accès au dossier et il nous a raconté tout ça.

Xavier revoit ce garçon qu'il avait admiré.

— Ma pauvre mère qui disait : « Ce garçon ne m'inspire pas confiance. Il y a en lui quelque chose de trouble qui me gêne. » Et moi je la rabrouais : « Tais-toi, maman, y vient de Londres ! »

Marcel sourit et hoche la tête :

— Ta mère avait du flair. Les femmes en ont souvent plus que nous. Elles sont comme les bêtes. Je me souviens que Mirette ne l'aimait pas non plus, cet oiseau de malheur !

Onzième partie

Juin 2002

71

Le 11 juin 2002, Xavier Roissard se réveille alors qu'une lueur grise frôle déjà les vitres de la fenêtre. Il tâte le lit à sa droite. Vide.

— Et la Jeanne qui m'a pas secoué... C'est pas croyable.

Il se lève. C'est pénible. Les reins sont très douloureux. Un élancement dans la jambe gauche qui part du haut de la fesse pour descendre jusque derrière le genou. Il grogne :

— Sciatique, qu'il dit, le toubib. Peut-être, mais tout ce qu'il me donne, à part me brûler l'estomac, ça fait pas beaucoup d'effet. C'est encore l'aspérule et la camomille qui me font le mieux. Mais j'en ai plus. Puis c'est pas la saison de récolter.

Il va dans la petite pièce attenante que sa femme appelle pompeusement salle de bains. Il n'y a là qu'un lavabo et deux cuvettes en matière plastique rose. Il se débarbouille rapidement et se hâte d'enfiler sa chemise et son pantalon. Ayant passé la jambe droite, il lève le pied gauche mais, dans sa hâte, il est maladroit et son gros orteil accroche la ceinture. Il perd l'équilibre, tente de se retenir et entraîne dans sa chute le tabouret en bois peint sur lequel sa femme a posé une vieille trousse de toilette qui n'est pas fermée. Xavier tombe lourdement sur le flanc en lançant :

— Bordel de merde !

La porte s'ouvre et la grosse Jeanne entre en criant :

— Qu'est-ce que tu fais ? Seigneur !

— Me suis entroupé en enfilant mon pantalon. Et j'ai foutu par terre tout ton fourbi.

— C'est rien, mais t'es tombé ?

— Ben oui.

— Tu t'es pas fait mal ?

— Ça va. J'ai atterri sur ton tapis de bain.

— Tu vois, tu disais que c'était du luxe. Ben, ça peut servir à amortir les chocs quand on se fout par terre.

Il achève de boucler sa grosse ceinture en cuir fauve. Comme sa femme sort, il demande :

— Pourquoi tu m'as pas réveillé ?

— Y a pas le feu. T'as mal dormi. T'as remué toute la nuit.

— Je t'ai empêchée de dormir ?

— Non, mais t'es pas bien, en ce moment. Je sais pas ce que t'as.

Il émet un ricanement un peu grinçant et lance :

— Ce que j'ai ? Je suis vieux, c'est tout ce que j'ai. J'suis vieux puis tu sais bien d'où je reviens. Y reste de la place pour mon nom au sentier de pierres. Quand on peut plus enfiler ses culottes sans se foutre par terre, c'est qu'on est pas loin de la fin. Et à près de quatre-vingts, c'est normal.

La grosse Jeanne disparaît en maugréant :

— Rogne pas tout le temps. T'es fait pour vivre cent ans et tu le sais bien. Tu nous enterreras tous. Viens, ton café est chaud !

Xavier achève de s'habiller, enfile ses chaussettes et ses galoches en grognant :

— Si t'avais les douleurs que j'ai, tu verrais si c'est drôle.

Il rejoint Jeanne à la cuisine. Longue pièce étroite éclairée par une seule fenêtre dont la clarté coupe en deux une vieille table de ferme. Chaque extrémité est encombrée de casseroles, de corbeilles, de paniers et de boîtes en fer ou en carton. Au centre, deux bols bleus, un sucrier à fleurs roses, une miche de pain et une assiette sur laquelle se trouvent une livre de beurre entamée et un gros couteau. Jeanne prend sur le réchaud à gaz une casserole émaillée rouge qu'elle apporte toute fumante. Elle verse le café dans les bols et une bonne odeur chaude envahit la pièce. Xavier sort son Opinel de sa poche et coupe deux tranches de pain tandis que sa femme allume le poste de radio perché sur une étagère très encombrée.

— C'est juste l'heure des informations.

— Bordel de merde ! Y recommencent avec leur football..., hurle Xavier. Y a rien à foutre, peut y avoir une menace de guerre sur le monde. C'est pas croyable !

— Braille pas comme ça, tu t'esquintes la santé, mon pauvre homme. Pire que ton pauvre père. Faut ben que les jeunes fassent du sport. Pendant qu'y tapent dans leur ballon, y pensent pas à mal.

— C'est pas leur ballon qui me fout en rogne, c'est que ces gamins empochent dix fois ce qu'un bon ouvrier gagne en un an de travail ! Sûr que dans ceux qui payent pour les voir, y a des types dont les gosses ont le ventre creux !

Jeanne hausse les épaules et Xavier grogne :

— Ferme ce zinzin !

— Attends, va y avoir d'autres nouvelles.

Aux États-Unis, on vient d'arrêter un terroriste porteur d'une bombe d'un modèle nouveau. Capable de causer d'énormes dégâts.

— Chierie ! cette bombe, c'est tout de même pas un bricoleur de quartier qui l'a fabriquée ! Y a bien une grosse tête qui l'a inventée. Pis, un industriel qui s'est enrichi avec ! C'est tout ce monde-là qu'y faudrait foutre en taule ! Mais non, on leur passe des commandes. Les responsables, c'est les politiques. Et on est assez con pour aller voter.

— Personne t'oblige à y aller.

— Je fais mon devoir, mais j'en suis pas fier. Gauche-droite, c'est tout racaille et compagnie ! Tous des gens qui se sucrent sur notre dos !

La grosse qui tartine de la confiture de groseille sur son pain hausse les épaules.

— Mon pauvre homme, tu seras toujours le même. Jamais content de rien.

— T'es contente, toi, que le monde soit à la merci de salauds qui s'enrichissent de la mort des pauvres bougres et de mabouls qui pensent qu'à tuer ?

La grosse soupire profondément. Son lourd visage est presque sans rides. Elle n'a que deux ans de moins que son mari, mais paraît beaucoup plus jeune. Elle se lève pour éteindre le poste de radio où il est à nouveau question de sport, puis elle revient prendre place en face de Xavier.

— Coupe-moi encore une tranche, s'il te plaît.

Le vigneron reprend son couteau et tranche le pain qui a une belle croûte dorée et une mie bien blanche avec de beaux trous. Ils mangent un moment en silence. Puis, ayant bu son bol de café, Xavier annonce :

— M'en vas aller donner aux poules. Puis après, j'veux aller voir les cerisiers.

— Va pas faire le guignol sur une échelle, c'est plus de ton âge.

— Je cueille ce que je peux. Victor viendra en chercher pour lui et y nous en ramènera aussi.

— Ces cerisiers, faudrait les rabattre. Y sont trop hauts. Personne ira chercher ce qu'il y a tout au bout des branches.

— Si, y a les oiseaux. Faut bien que tout le monde vive.

— Ma foi, t'as raison. Tant que les oiseaux sont chez nous, au moins y risquent pas les coups de fusil.

Jeanne se lève à son tour et se dirige vers la porte.

— T'as rien entendu ? Tu deviens vraiment dur d'oreille.

Elle ouvre. Aussitôt, un gros chien noir à poil ras passe le seuil avec, entre ses pattes, une belle chatte tigrée. Jeanne dit :

— La Mounette a passé sa nuit dehors. Celle-là, elle doit s'en payer, des rats et des petits oiseaux.

— Ça, dit Xavier, c'est la loi de la nature. On n'y peut rien. Tant qu'il y a pas pire, faut pas se plaindre.

Il caresse la chatte qui vient de sauter sur ses genoux puis, la posant par terre, il se lève.

— Allez, Rip, on y va.

Il sort et sa femme derrière lui. Comme il va s'éloigner, d'une voix forte elle lance :

— Xavier ! Regarde-moi !

Il s'arrête et se retourne :

— Qu'est-ce qu'il y a ?

— Oublie pas ce que tu m'as promis.

— Quoi ?

— T'es bâti pour vivre cent ans, mais tu m'as

promis de pas monter sur un arbre. Si tu tombais, ma foi...

— Si je tombais, tu m'enterrerais. Et toi, tu sais ce que je veux : pas de cercueil, un sac en plastique et à la fosse commune ou à la chaudière comme les copains à Buchenwald... Si c'était pas si loin, c'est là-bas que je voudrais qu'on me foute. Avec eux !

Il se retourne, fait deux pas puis s'arrête à nouveau pour lancer :

— Mais t'en fais pas, je suis pas pressé. Je grimperai pas aux arbres !

Et il part. Il l'aime bien, sa Jeanne. Ça le peinera de la laisser toute seule dans cette maison qu'elle l'a aidé à reconstruire. Il lui arrive encore de penser aux yeux noirs, mais comme il pense au regard de tous ceux qui sont morts en déportation alors qu'il en est revenu. Souvent, il se demande ce qui l'a protégé. Est-ce que ce n'est pas un peu injuste ?

Et chaque fois qu'il entend ou qu'il lit des nouvelles qui font redouter la guerre, il revoit ces images atroces de la déportation. Ce camp. Ces baraques. Ces S.S. terriblement brutaux. Tous ses compagnons morts si jeunes. Il n'a pas de gros effort à faire pour voir aussi le feu de la rue des Écoles avec ses amis et Berthe dont il était si épris. Et il grogne :

— Mon pauvre Rip, y a rien à foutre : la guerre, c'est trop de sang versé.

72

Son chien sur les talons, sa vieille seille de fer cabossée à la main, Xavier contourne la maison. Arrivé à l'angle, il s'arrête un instant pour embrasser du regard la vaste plaine bressane qui s'en va jusqu'aux monts du Lyonnais, par-delà la Saône invisible. Cette immense étendue est ponctuée de villages, de clochers et de bouquets d'arbres. Une lumière grise coule d'un ciel où stagnent des nuées que troublent çà et là quelques traits de lumière.

— Risque encore bien de pleuvoir, grogne Xavier. Foutue année, y a rien de normal. Tout va pourrir.

Il va vider son seau dans l'enclos où une dizaine de poules s'empressent derrière lui en caquetant.

— Oui, les cocottes, ça va vous plaire, tout ça ! C'est du bon.

Elles se mettent à éparpiller à coups de griffe les feuilles de salade, les épluchures, les croûtes de pain trempé et quelques fraises pourries. Xavier les regarde faire un moment. Une grosse cou-nu rouquine a trouvé une couenne de lard et se sauve avec, poursuivie par deux noires voraces.

— Battez-vous, c'est votre affaire !

Il quitte l'enclos dont il referme soigneusement la grille.

— Viens mon Rip, laisse la volaille se démerder.

Ils prennent la direction d'un petit verger où se trouvent quelques pommiers dont les troncs ont été chaulés. Xavier observe :

— J'ai bien fait de vous blanchir, vous autres, avec une saison pourrie comme on a, y va s'amener pas mal de vermine. C'est sûr !

Il s'arrête devant un cerisier tardif dont certaines branches basses très chargées ploient jusque dans l'herbe.

— Celles-là, faudra se baisser pour les cueillir. Quand je dirai que je me baisse pour cueillir mes cerises, on va penser que je vais pas bien.

Il va vers un autre arbre plus haut et beaucoup moins chargé mais dont les cerises bien mûres sont d'un beau rouge virant au noir. Il en cueille qu'il mange. En donne à son chien qui s'est assis sagement et attend en le regardant de ses bons yeux bruns.

— Y en a par terre, te gêne pas pour les ramasser, cossard ! T'as que la gueule pour bouffer, toi ! On voit que t'as jamais enduré !

Il jette quelques fruits abîmés dans sa seille et se dirige vers le potager.

— Bonsoir ! c'est tout de même quelque chose. Au temps de la bande à Bonnot, les anarchistes avaient des pistolets, de nos jours ils ont des bombes, dernier modèle.

Comme chaque fois qu'il entend parler d'actions violentes, Xavier Roissard vient d'être rattrapé par la guerre. Une vermine qui le pourrit. Qui lui court après et lui renifle sur les talons comme un vieux chien hargneux. Il se tourne vers Rip et se baisse pour lui caresser la tête.

— Pas toi, mon copain. Toi, tu ferais de mal à personne. Cette putain de guerre, y a rien à chiquer, faut qu'elle me colle aux trousses.

Il traverse son potager sans s'y arrêter et retourne jusqu'à la maison. Pose son seau devant la porte et, sans ouvrir, crie :

— M'en vas marcher avec le chien. Me cherche pas.

— Va ! Va !

Il empoigne une trique qu'il laisse toujours près de la porte. Le voyant prendre ce bâton, Rip comprend tout de suite et se met à frétiller.

— T'es comme moi, mon copain, tu sens l'âge qui te gagne, tu te dis qu'y faut pas se laisser aller. C'est qu'on serait vite ankylosés de la tête aux pieds.

Ils vont un moment en silence. Xavier allonge le pas et son chien trotte autour de lui, fouinant au bord des ronciers. Comme il arrive au bout de son bois, il débouche sur un chemin de terre qui amorce une longue courbe avant d'atteindre la route goudronnée conduisant jusqu'au village. Une haie maigre laisse voir un vaste parc où trois engins et quelques hommes creusent des tranchées. La propriété a été achetée récemment par un industriel lyonnais qui veut y passer ses vacances. Il a entrepris des travaux pour installer tout un éclairage dans son parc.

— Bonsoir ! soupire Xavier, c'est Verdun, par ici. Et quand ils auront fini, ce sera Versailles !

Il regarde un moment avant de s'engager sur un sentier qui grimpe en se tortillant au flanc du coteau.

— Verdun, c'était pas rien !

Cette vision des tranchées qu'il n'a pourtant pas connues réveille en lui un flot de souvenirs. La boue mêlée de sang. Les hommes sous terre. Les morts qu'on n'avait pas besoin d'enterrer, les obus s'en chargeraient. Les morts que les mêmes obus déterraient. Xavier a, durant toute son enfance, entendu son père et ses amis raconter leur guerre.

— Et y s'arrangeaient pour vous donner envie d'y aller ! J'en ai jamais connu un pour nous dire : « N'y allez pas. Refusez. C'est la pire saloperie ! » Penses-tu !

Au contraire, les anciens leur montraient comment s'y prendre pour se battre. Ils leur prêtaient leurs vieux casques cabossés. En 39, on avait « remis ça ». Xavier était alors trop jeune pour être appelé. Il avait bien pensé s'engager, mais sa mère avait rugi : « T'engager à seize ans, mais tu voudrais tuer ta maman. J'aimerais mieux t'enfermer à la cave. » Son père avait ajouté : « À la cave avec une cruche d'eau et du pain dur jusqu'à ce que la raison te revienne. »

Xavier n'avait pas osé rappeler à Eugène Roissard qu'il ne l'avait jamais empêché de jouer à la guerre. Il savait très bien que le vieux aurait répliqué : « Jouer, c'est une chose. La faire c'en est une autre. » C'était exact, mais le ver était bel et bien entré dans le fruit. Et il avait fallu à Xavier ce qu'il avait enduré pour comprendre la monstruosité de la guerre.

N'empêche que la garce continue de lui coller à la peau. Partout où le portent ses pas, elle le suit, le devance, s'embusque sous un buisson, sous un porche, dans une entrée de cave pour lui bondir après. La guerre : une teigne ! Et cette histoire de bombe moderne transportée par un terroriste continue de le harceler.

— Faudra-t-il qu'ils foutent le monde à feu et à sang ? Mais qu'est-ce que c'est que ces gars-là ?

Il marche sur le sentier désert qui serpente au flanc de la colline : ce sentier où il a gravé tous les noms de ses morts dans la pierre et où il reste rarement plus de deux jours sans venir. Au-dessous, il y a une alternance de bois d'acacias, de prés maigres et de vignes très bien entretenues. Certaines qui lui appartiennent encore. D'autres qui lui ont appartenu et qu'il a dû vendre peu à peu à mesure que l'âge l'obligeait à restreindre son activité. Personne ne travaille, ce matin. Seul un jeune gars qu'il connaît est en train de passer un gros motoculteur dans une nouvelle plantée. Xavier le regarde un moment. L'autre ne l'a pas vu, très absorbé par sa besogne.

— C'est un bon motoculteur qu'il a, le fils Tournier, mais c'est pas donné, un engin comme ça. À mon âge, j'aurais même pas le temps de l'amortir.

Xavier siffle son chien qui a pris pas mal d'avance. Rip revient tout de suite.

— Allez, on va se rentrer. On a tout de même fait une bonne marche.

Ils prennent le chemin du retour. Le soleil vient d'écarter un peu le rideau de nuages. Quelques plaques de lumière crue vernissent la plaine où luisent des toitures. Un léger vent d'est dévale le coteau en miaulant.

Épilogue

31 juillet 2003

C'est aujourd'hui jeudi, mais Xavier Roissard n'a pas attelé sa jument pour descendre au marché. Il peste. Il tempête tous les jours depuis plus d'un mois parce qu'il n'est pas tombé une goutte d'eau.

— Si ça continue, on va crever la gueule ouverte. Je sais pas si t'as entendu à ton poste, ils parlent de nous interdire tout arrosage.

Sa femme, comme toujours, essaie de le calmer :

— Pense à tous ces gens du Midi qui ont ces incendies de forêt. Y a des villages entiers qui y passent.

Xavier n'écoute pas. Il parle de son jardin où plus rien ne pousse. Où il se crève à charrier des arrosoirs d'eau qu'il faut tirer du puits au prix d'efforts qui lui brisent les reins. Et Jeanne réplique, agacée :

— Ça sert à rien... tout est grillé.

— J'ai tout de même sauvé quelques salades.

— Trop dures pour qu'on puisse les vendre.

— Je les donne à mes poules. T'as qu'à voir comme elles se jettent dessus. Elles manquent de verdure. Je suis même allé leur ramasser des pissenlits en bordure du bois.

— Arrête de te crever pour tes poules.

Mais il n'écoute pas.

— Tu verrais comme elles bouffent ça. Y doivent être durs comme du bois, c'est égal. Elles aiment !

Jeanne hausse les épaules et fait la moue pour remarquer :

— Ça vaut pas de te crever pour ce qu'elles pondent...

Puis, s'interrompant, elle regarde vers la rue et dit :

— Mme Trappe vient de passer, j'y vais.

Et elle sort en ajoutant avec un éclat de rire :

— Le journal va te donner d'autres raisons de gueuler !

Depuis le début du mois de juillet, Mme Trappe est en vacances dans le bas du village. C'est une Parisienne très aimable qui est abonnée au *Monde* et qui, de temps en temps, en allant se promener, leur en dépose un exemplaire sur la murette, près du portail. Et c'est en effet, souvent, pour Xavier Roissard quelques raisons de plus de se mettre en colère. Jeanne revient avec quatre journaux qu'elle pose sur la table, devant lui.

— Tiens, t'as de quoi te distraire.

Xavier chausse ses petites lunettes à monture de métal blanc et étale un premier numéro sur la grosse table au bois lustré et patiné. Un titre s'étale en première page : « Attentats du 11 septembre : graves accusations contre la C.I.A. et le F.B.I. »

Il se met à lire à mi-voix tandis que la grosse épluche les courgettes... « ... Plus de huit cent cinquante pages de rapport sur cette affaire qui a fait près de trois mille morts... Le FBI fait figure de principal accusé. »

Il relève la tête et, tapant sur le journal, il lance :

— Tu te rends compte, plus de trois mille victimes

et c'est l'État qui est responsable ! Est-ce que tu crois pas que tous ces gens-là sont à fusiller ?

Elle sourit sans lever les yeux de son travail :

— Fusillés avec des fusils que t'auras achetés aux marchands d'armes pour les enrichir ?

Xavier se contente de hausser les épaules en grognant :

— T'as raison : un bout de corde ou la fosse à purin avec une roche sur la tête pour être certain qu'y sortiront pas ! C'est tout ce qu'ils méritent.

— Ben la fosse, depuis le temps que tu balances du monde dedans, elle doit être bigrement pleine !

Ils rient un moment tous les deux puis, redevenant grave, Xavier dit :

— On rigole, mais on a tort. C'est écrit dans le journal : « La menace Al-Qaïda est toujours présente. » Bon Dieu, c'est comme ça que le monde va finir. Et pourquoi ? Parce que les hommes, et surtout les hommes d'État, ont été assez cons ou assez salauds pour laisser des petits malins s'enrichir en usinant des armes. Y a pas à sortir de là, tout le mal qui ronge le monde vient de ce qu'on fabrique pour le mettre à mal. Quand y a plus de Krupp, y a toujours des pourris qui pensent qu'au pognon. Même s'ils le gagnent sur la mort des pauvres bougres, c'est pas gênant pour eux.

Xavier laisse le journal sur la table et, prenant sa trique, il sort en disant :

— Je vais pas bien, mais j'ai besoin de bouger.

Son chien qui l'a vu prendre sa canne et enfoncer son vieux chapeau de toile sur son front le suit. Ils traversent la cour où les poules picorent et sortent par le pré qui mène au petit bois que longe la première vigne.

— Si y vient pas de la grêle, ça devrait faire une sacrée bonne année ! Ce serait aussi bon qu'en 45 que ça m'étonnerait pas. Mais ça en fera pas lourd si y vient pas d'eau.

Quelques pas puis, s'arrêtant pour respirer mieux, il repart en disant :

— Mais 45, nom de foutre, dans quel état j'étais !

Et soudain, lui revient en mémoire ce qu'il a appris de la brave institutrice d'Izieu qui s'était accusée d'il ne sait plus quoi pour être embarquée avec les enfants qu'on venait d'arrêter et qui fut déportée avec eux. Il marche un moment en essayant de ne pas trop penser à ces hommes, mais voici que lui revient en mémoire le procès qu'on a fait à cette ordure de Barbie.

— Oui, sacrée ordure ! Est-ce que ça n'est pas toute l'histoire du monde qui est marquée par des monstres de cette espèce ? La charité chrétienne, on peut en parler... !

Il n'était pas sorti avec l'intention de faire une longue marche, mais quelque chose l'attire vers les hauteurs. Et, voyant qu'il prend la direction du sentier de pierres, son chien, tout heureux, se met à gambader.

— T'es content, mon gros, on va se payer une bonne trotte. Qu'est-ce que tu veux, si je reste trois jours sans voir les copains, je suis pas bien.

Ils longent encore de belles vignes, puis montent un moment à l'ombre d'un bois d'acacias. Un sentier où il est venu souvent chercher de la verdure pour ses poules. Le chien va devant et s'engage parfois entre les épineux.

— Un jour tu vas te faire mordre par une vipère !

Rip revient sur le chemin où il attend.

— Je peux pas cavaler comme toi, grand voyou !

Ils viennent d'atteindre les premières roches quand Rip bondit derrière un buisson en grognant.

— Reste là !

Mais le chien ne l'écoute pas. Grondant toujours, il tape tant qu'il peut des pattes de devant et Xavier qui s'est précipité voit un reptile se tortiller et se dresser la gueule en avant.

— Laisse ça !

Il lève sa trique et tape fort sur la bête qui se tord. De la main gauche, il saisit le collier du chien et tire tandis que, de la main droite, il continue de taper sur le serpent qui se tortille encore puis n'a plus que quelques mouvements convulsifs.

— Touche pas, Rip !

Le chien s'éloigne en grognant toujours. Xavier se penche et retourne le reptile qui bouge encore un peu.

— Merde ! Tu m'as fait tuer une couleuvre, imbécile ! Une belle couleuvre vipérine. Y en a déjà pas beaucoup. C'est utile, ces bestioles. Quand mon père en voyait une, il la prenait et la ramenait dans son jardin. Ma pauvre mère gueulait assez en lui disant qu'à en traîner comme ça dans ses poches, un jour y se ferait piquer... Nom de Dieu, c'est trop idiot d'avoir cogné sur cette bête sans regarder comme il faut !

Il hésite un instant puis, tirant son chien vers la descente, il l'entraîne en ajoutant :

— Viens, espèce de grand con. On montera plus ici... Laisse cette bête, y aura bien un rapace pour la bouffer.

Ils descendent assez vite. Xavier Roissard est vraiment triste de la mort de cette couleuvre dont il se sent responsable.

— Faut pas s'étonner qu'y ait des guerres. Pauvre bête. Elle demandait rien à personne. J'ai honte, tiens. Je vais même pas le dire à la Jeanne...

Il marche un moment en silence. Tous les morts de sa vie sont là, sortis de leur trou à cause d'un malheureux serpent qui a la malchance d'être un long corps sans pattes...

— Ben oui, y en a qu'on tue parce qu'ils sont juifs, d'autres parce qu'ils sont noirs ou jaunes... Nom de Dieu, quand est-ce qu'on va s'arrêter d'avoir le crime dans la peau ? Quand donc ? Jamais...

Le dernier mot s'est étranglé dans sa gorge. Une larme coule et s'accroche à sa barbe de trois jours. D'une voix à peine perceptible, il dit encore :

— Tuer... Tuer... Toujours tuer...

Et il se remet à marcher plus vite, comme s'il se hâtait vers sa mort.

Saint-Cyr-sur-Loire, novembre 2000
La Courbatière, 29 octobre 2003

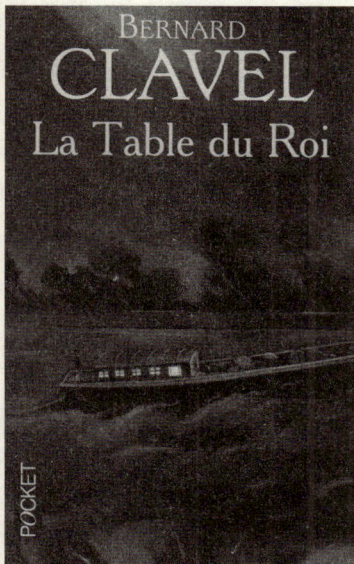

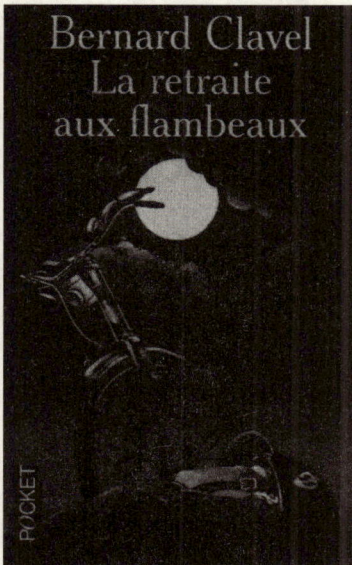

Composition et mise en page

NORD COMPO
multimédia

Imprimé en décembre 2006 en Espagne par LIBERDÚPLEX
St.Llorenç d'Hortons (Barcelone)
Dépôt légal : janvier 2007

POCKET 12, avenue d'Italie - 75627 PARIS Cedex 13